林肯公路

THE LINCOLN HIGHWAY

[美] 埃默·托尔斯 —— 著　裘宁 —— 译

AMOR TOWLES

献给

我的哥哥斯托克利

以及

我的妹妹金布罗

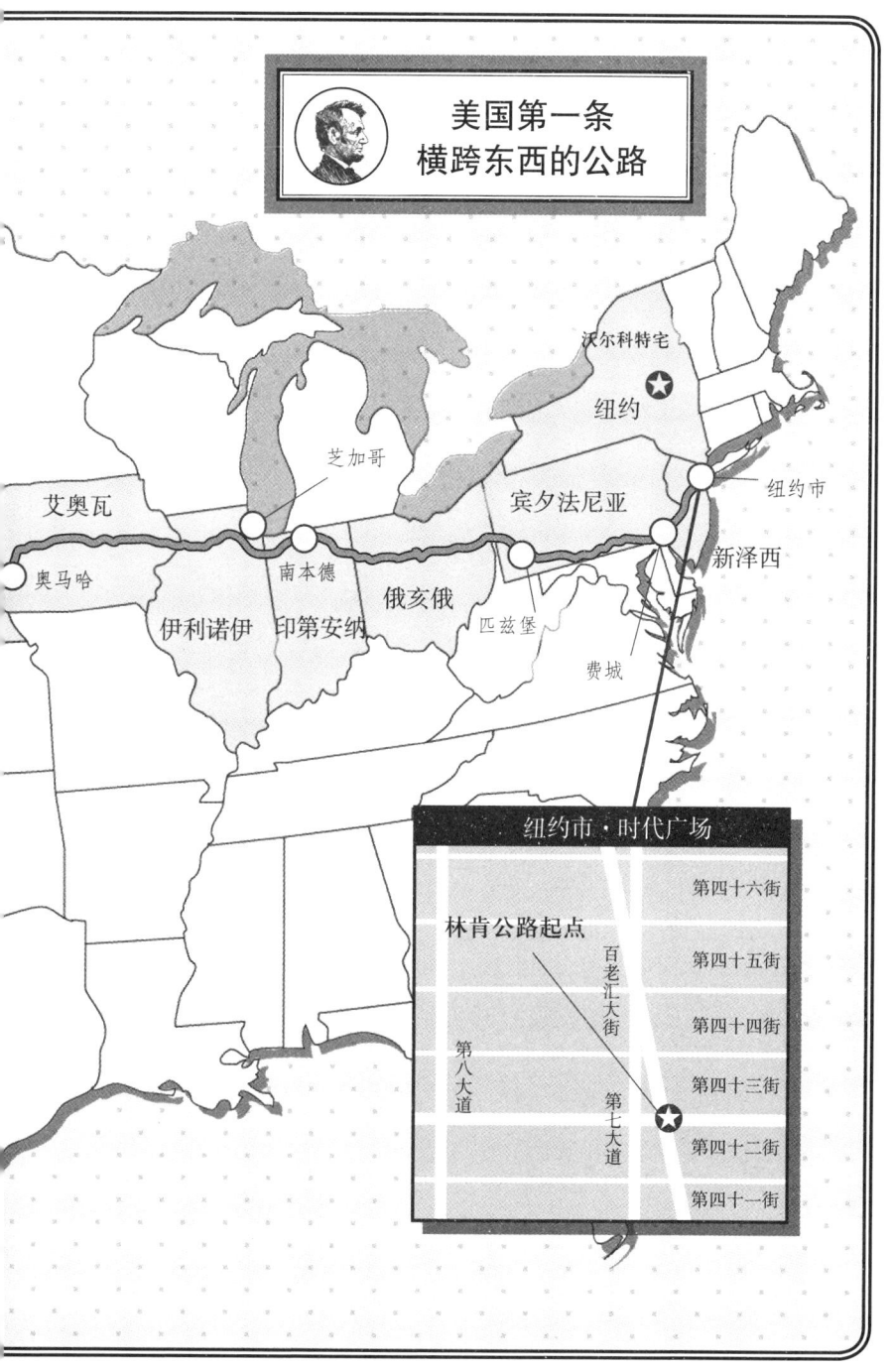

黄昏与平原，

丰饶阴沉，始终静默；

新犁之地，绵延不绝，

沉重黢黑，坚韧粗砺；

抽长的麦，横生的草，

辛劳的马，疲惫的人；

漫漫长路，空旷无迹，

晚霞如织，余晖将逝，

苍穹永恒，了无回应。

这一切啊，衬托着青春……

——薇拉·凯瑟[1]《啊，拓荒者！》

---

[1] 薇拉·凯瑟（1873—1947），美国作家，代表作《啊，拓荒者！》讲述了移民家庭在内布拉斯加草原上的艰苦奋斗。——译者注（若无特殊说明，本书注释均为译者注）

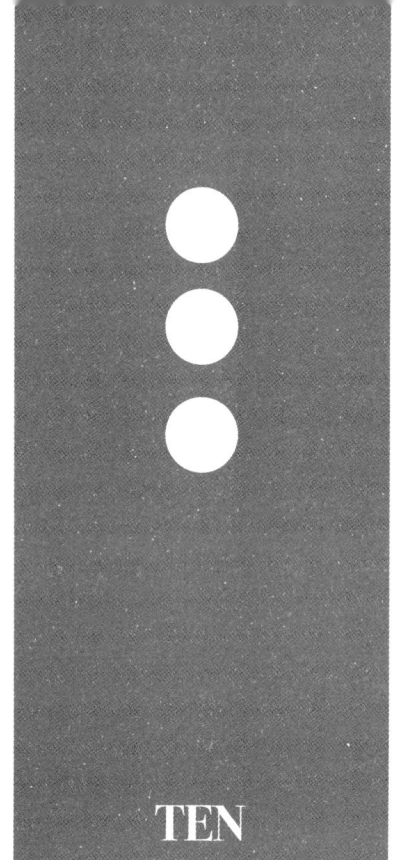

第 十 天

埃米特

一九五四年六月十二日——从萨莱纳[1]开车到摩根[2]要三个小时,埃米特多数时候没说一句话。一开始的六十英里[3]左右,威廉斯监狱长努力友好地找话聊。他讲起自己小时候在东部的一些故事,又问埃米特在农场是怎么度过童年的。但这是他们最后一次待在一起,埃米特觉得现在聊这些没多大意义。所以,当他们开过堪萨斯州界,进入内布拉斯加州后,监狱长打开广播,埃米特则盯着车窗外的大草原,顾自想着心事。

在小镇以南五英里处,埃米特指向风挡玻璃外面。

——下个路口右转。再开大约四英里有一栋白房子。

监狱长放慢车速右转。他们经过麦克库斯克家,又经过拥有两座红色大谷仓的安德森家。几分钟后,他们看到埃米特的家,矗立在离公路约三十码[4]的一片小橡树林旁。

在埃米特眼中,乡间这一带的所有房子都像是从天上掉下来的。

---

1 美国堪萨斯州小镇,小说中也用于指代埃米特等人服刑的劳改营。
2 摩根是虚构地名。在美国地图上,其位置大致在内布拉斯加州的奥罗拉。奥罗拉是美国东西方向的中点。摩根(Morgen)与奥罗拉(Aurora)两词均有"早晨"之意。
——作者注
3 1英里约合1.6千米。
4 1码约合0.9米。

只不过，沃森家的房子看起来摔得更重。烟囱两侧的屋顶轮廓线已经歪斜，窗框倾斜得恰到好处，让一半窗户不能完全打开，另一半则不能完全关上。再开一会儿，他们就能看清墙板上剥落的油漆。可在离车道不到一百英尺[1]的地方，监狱长在路边停下了车。

——埃米特，他说，双手搁在方向盘上，在我们开进去之前，我有些话想说。

威廉斯监狱长有话要说并不奇怪。埃米特初到萨莱纳时，当时的监狱长是一个名叫阿克利的山地人[2]，能用棍子更有效传达的忠告他才不乐意用嘴巴说。但威廉斯监狱长是一个现代人，拥有硕士学位，且心地善良，他的办公桌后面还挂着一幅裱好的富兰克林·D. 罗斯福[3]的照片。他从书籍和经验中积累了想法，且能说会道，可以把很多话变成忠告。

——对于来萨莱纳的一些年轻人，他开口说道，无论是一连串怎样的事件导致他们过来接受我们的教化，那都只是漫长艰难人生之旅的开端。这些小子从小没人教是非对错，现在也觉得没必要去学。不管我们努力向他们灌输怎样的价值观或理想抱负，一旦离开我们的视线，他们十有八九会把它们抛在一边。遗憾的是，对这些小子来说，他们被关进托皮卡[4]的惩教所只是时间问题，说不定会更糟。

监狱长转向埃米特。

---

1 1英尺约合0.3米。

2 美国印第安纳州人的别称，也指乡巴佬。

3 富兰克林·D. 罗斯福（1882—1945），美国历史上首位连任四届的总统（1933—1945）。

4 美国堪萨斯州州府，小说中也用于指代该地的惩教所。

——我想说的是,埃米特,你跟他们不一样。我们认识的时间不长,但就我俩相处的时间来说,我看得出那孩子的死让你良心非常不安。没人会觉得那晚发生的事是蓄意作恶,或是你本性暴露。那就是不走运。但身处文明社会,哪怕是那些在无意中给他人造成不幸的人,我们也要让他们接受一些惩罚。当然了,接受惩罚一部分是为了宽慰那些遭受不幸打击的人——比如那孩子的家人。但为了那个犯错的年轻人,那个不幸的执行者,我们也要让他付出代价。这样一来,有了还债的机会,他也能有些安慰,获得某种意义上的赎罪,从而开启新生的历程。你明白我的意思吗,埃米特?

——我明白,长官。

——我很高兴听你这么说。我知道你现在要照顾弟弟,短期内可能会困难重重;但你是个聪明的小伙子,还有大好的前程等着你呢。你已经还清了自己的债,我只希望你能将自己的自由物尽其用。

——我是这么打算的,监狱长。

在那一刻,埃米特是认真的。因为他赞同监狱长说的大部分话。他非常清楚,大好的前程正等着他,他也知道自己得照顾弟弟。他还知道,他曾是不幸的执行者,而非策划者。可他不赞同自己的债已经还清了。因为无论运气发挥了多大作用,你亲手终结了另一个人的生命,即使向上帝证明你配得上他的宽恕,你余生的债也不该因此有任何减少。

监狱长把车挂上挡,拐弯开到沃森家。前廊空地上停着两辆车——一辆小轿车和一辆皮卡。监狱长把车停在皮卡旁边。在他和埃米特下车时,一个手拿牛仔帽的高大男人从前门出来,走下门廊。

——你好啊,埃米特。

——你好,兰塞姆先生。

监狱长向牧场主伸出手。

——我是威廉斯监狱长。劳你费心等我们。

——没事,监狱长。

——我猜你认识埃米特很久了吧。

——他一出生就认识了。

监狱长将一只手搭在埃米特的肩上。

——那我就用不着向你解释他是一个多么优秀的小伙子了。我刚在车里对他说,他欠社会的债已经还清了,大好的前程正等着他呢。

——确实如此,兰塞姆先生赞同道。

三个男人一言不发地站着。

监狱长在中西部住了不到一年,但他也曾站在其他农舍的门廊下,他知道话说到这里,你可能会被邀请进屋,被招待一些清爽的饮料;你要是收到邀请,就该应下来,因为你要是拒绝,会被认为没礼貌,哪怕回去三小时的车程正等着你。然而,埃米特和兰塞姆先生没有任何要邀请监狱长进屋的意思。

——行吧,他过了一会儿说,我想我该回去了。

埃米特和兰塞姆先生向监狱长表示了最后的感谢,跟他握了握手,然后看着他钻进自己的车开走。监狱长开出四分之一英里后,埃米特朝小轿车点了点头。

——是奥伯梅耶先生的车?

——是。他在厨房等着呢。

——比利呢?

——我让萨莉晚点带他过来,这样你跟汤姆可以把正事办了。

埃米特点点头。

——你准备好进去了吗?兰塞姆先生问。

——越快越好,埃米特说。

他们发现汤姆·奥伯梅耶坐在小餐桌旁。他穿了一件短袖白衬衫,打着领带。要是他还穿了西装外套,那一定是留在车里了,因为外套没挂在椅背上。

当埃米特和兰塞姆先生进门时,他们似乎让这位银行职员措手不及,因为他突然撞开椅子,站起身,伸出手,所有动作一气呵成。

——呃,哈啰,埃米特。很高兴见到你。

埃米特跟银行职员握了握手,没有回话。

埃米特环顾四周,看到地板清扫过了,台面干干净净,水池是空的,橱柜都关着。厨房看起来比埃米特记忆中的任何时候都更干净。

——来,奥伯梅耶先生指着桌子说,不如我们都坐下吧。

埃米特在银行职员对面的椅子上坐下。兰塞姆先生依旧站着,肩膀靠在门框上。桌上有一个棕色文件夹,塞满了厚厚的纸张。它放在银行职员刚巧够不着的地方,像是别人搁在那里似的。奥伯梅耶先生清了清嗓子。

——首先,埃米特,关于你的父亲,我深表遗憾。他是个好人,这么年轻就被病魔带走实在可惜。

——谢谢。

——我猜在你参加葬礼时，沃尔特·埃伯施塔特找机会跟你聊了聊你父亲的遗产。

——是的，埃米特说。

银行职员点点头，露出同情而理解的表情。

——那我猜沃尔特解释过了，你父亲三年前在原有抵押贷款之上又申请了一笔新的贷款。当时，他说要用这笔钱升级设备。其实，我怀疑那笔贷款很大一部分用来还了些旧债，因为我们在农场找到唯一一件新购入的农用设备是谷仓里的约翰迪尔[1]。不过，我觉得这无关紧要。

埃米特和兰塞姆先生似乎也同意这无关紧要，因为两人都没有回应。银行职员又清了清嗓子。

——我想说的是，过去几年的收成不像你父亲期待的那么好；而今年呢，因为你父亲去世，收成就压根儿没有了。所以我们别无选择，只能收回贷款。我知道这么做叫人不痛快，埃米特，但我希望你明白，银行做出这个决定也不容易。

——考虑到你们在这方面经验丰富，兰塞姆先生说，我还以为你们现在做这种决定很容易。

银行职员看向牧场主。

——行了，埃德，你知道这么说不公平。没有哪家银行放贷款是为了止赎的。

---

[1] 美国约翰迪尔公司由约翰·迪尔创立，主要生产农业、林业、建筑等机械设备。

银行职员转头看埃米特。

——贷款的本质是要求按时偿还利息和本金。尽管如此,要是信誉良好的客户发生拖欠,我们也会尽可能做出让步。比如延长期限和延迟收款。你父亲就是一个绝佳的例子。最早当他开始拖欠贷款时,我们多给了他一些时间。接着他病了,我们又放宽了时间。不过,有时一个人倒霉起来,无论你给他多少时间,他都摆脱不了。

银行职员伸出胳膊,一只手搭在棕色文件夹上,终于宣告了那是他的东西。

——我们本可以一个月前就把这块地出售的,埃米特。我们完全有权利这么做。但我们没有。我们等到你在萨莱纳的刑期结束,回家后可以睡在自己的床上。我们希望你和你弟弟可以不慌不忙地再看看房子,整理一下私人物品。该死的,我们甚至自掏腰包,没让电力公司切断天然气和用电。

——非常感谢,埃米特说。

兰塞姆先生咕哝了一声。

——但既然你回家了,银行职员继续说,走完整个流程可能对大家都好。作为你父亲遗产的执行人,我们需要你签署一些文件。再过几周,我很抱歉这么说,我们希望你安排好,和你弟弟搬出去。

——如果你有什么要签的东西,我们就签吧。

奥伯梅耶先生从文件夹中取出几份文件。他把它们转过来,正对埃米特,然后一页一页翻开,解释各章各节的用意,讲解术语,指出应该在文件的哪个地方签名、填姓名首字母。

——你有笔吗？

奥伯梅耶先生把自己的钢笔递给埃米特。埃米特不假思索地在文件上签名、填姓名首字母，然后把文件滑回桌子对面。

——没了？

——还有一件事，银行职员将文件妥帖地塞回文件夹后说道，谷仓里的汽车。对房子进行例行清点时，我们没找到车辆注册表或车钥匙。

——你要它们干吗？

——你父亲申请的第二笔贷款不是用于特定农用机械的，禁止用这笔钱为农场购买任何新的资本设备，恐怕也包括私人汽车。

——不包括那辆车。

——听着，埃米特……

——不包括是因为那件设备不属于我父亲。它是我的。

奥伯梅耶先生看着埃米特，脸上怀疑与同情的神情掺杂——在埃米特看来，这两种情绪不该同时出现在一张脸上。埃米特从口袋里掏出钱包，取出注册表放在桌上。

银行职员拿起来查看。

——我看到这辆车是在你的名下，埃米特，但恐怕是你父亲以你的名义购买的……

——不是。

银行职员看向兰塞姆先生寻求支持，未能如愿后又转向埃米特。

——整整两个夏天，埃米特说，我替舒尔特先生干活儿，挣钱买了那辆车。我给房子搭架子，用木瓦盖屋顶，修理门廊。事实上，你厨房里的那些新橱柜还是我帮忙安装的。你如果不相信我,大可以去问舒尔特先生。但无论如何,你们别想动那辆车。"

奥伯梅耶先生皱起眉头。可当埃米特伸手要注册表时,银行职员一言不发地还了回去。他拿着文件夹离开,埃米特和兰塞姆先生没有送他到门口,他没觉得特别意外。

银行职员离开后,兰塞姆先生出去等萨莉和比利,留埃米特一人在屋里晃荡。

埃米特发现,客厅跟厨房一样,比平常更整洁——靠枕放在长沙发的角落,杂志在矮茶几上堆成整齐的一小摞,父亲的书桌桌板也放了下来。楼上比利的房间里,床铺好了,收集的瓶盖和鸟羽整齐地摆在架子上,一扇窗户被打开通风。走廊另一端一定也开了扇窗,因为风大得搅动了悬挂在比利床上的战斗机:一架喷火战斗机、一架战鹰战斗机和一架雷霆战斗机的复刻品。

看到它们,埃米特微微一笑。

那些飞机是他在和比利差不多大时制作的。一九四三年,母亲给了他工具包,当时,埃米特和他的伙伴们谈论的全是欧洲和太平洋战场上的战争,巴顿[1]率领第七集团军猛攻西西里海滩,而帕比·博因顿[2]率领的黑羊中队在所罗门海击退敌人。在餐桌上,埃米特以工程师一般高度精准的方式组装模型。他用四小罐珐琅漆和一把细毛刷在机身画上标记

---

1 乔治·巴顿(1885—1945),美国陆军将领。

2 格雷戈里·"帕比"·博因顿(1912—1988),美国海军陆战队上校。

和序列号。完成后,埃米特将它们斜向排列在五斗橱上,就跟它们停在航母甲板上时一样。

从四岁起,比利就很喜欢它们。有时放学回家,埃米特发现比利站在五斗橱旁边的椅子上,用战斗机飞行员的口吻自言自语。于是,在比利六岁时,埃米特和父亲将飞机作为生日惊喜,挂在了比利床上的天花板上。

埃米特沿着走廊继续走到父亲的房间,这里同样整洁:床铺好了,五斗橱上的照片洁净无尘,窗帘用蝴蝶结向后系起。埃米特走近其中一扇窗户,眺望着父亲的农田。这片田地经过二十年的耕种,仅一季无人照料,便看得到大自然孜孜不懈的侵袭——灌木蒿、狗舌草和铁草在牧草间扎根。如果再放任几年不管,根本瞧不出有人曾在这片土地上耕种过。

埃米特摇了摇头。

倒霉……

奥伯梅耶先生是这么说的。倒霉透顶,摆脱不了。在一定程度上,这位银行职员说得对。要论倒霉,埃米特父亲的倒霉经历总是数不胜数。但埃米特明白,事情的症结不在于此。因为要论没眼光而导致的倒霉事,查理·沃森所遇到的也是绰绰有余。

一九三三年,埃米特的父亲携新婚妻子从波士顿来到内布拉斯加,梦想着在这片土地上耕耘。在接下来的二十年里,他试过种小麦、玉米、大豆,甚至苜蓿,可每次更换作物都遭遇失败。如果他哪年选了需要大量灌溉的作物,就会连着两年干旱。如果他改种需要大量光照的作物,雷雨云就会在天顶的西边堆积。你也许会反驳,自然十分无情,漠然且变幻莫测。可每两三年更换一次作物的农场主呢？埃米特从小就知道，这代表一个人拎不清自己在做什么。

谷仓后面有一架德国进口的收割高粱的特殊设备。之前大家一度认为它是必需品，但很快，这个机器又变得多余，现在已经没用了——因为他父亲没什么好头脑，不种高粱后没有立刻转卖。父亲就这样把它留在谷仓后面的空地上，任雨雪肆虐。埃米特在比利这个年纪时，他的伙伴们会从邻近的农场过来玩耍——在战斗最激烈的时候，男孩们渴望攀爬任何一种机器，假装那是坦克——可他们甚至不会踩一脚那台收割机，只本能地觉得它是某种不祥之兆。在它锈迹斑斑的残骸内埋藏着失败，无论是出于礼貌还是自我保护，都应该避而远之。

于是，在埃米特十五岁那年，在学年快结束的一个晚上，他骑自行车去镇上，敲响了舒尔特先生的门，想找份活儿干。埃米特的请求让舒尔特先生大惑不解，他让埃米特坐在餐桌旁，给他拿了块馅饼。然后他问埃米特，为什么一个在农场长大的男孩竟想一整个夏天对着钉子敲敲打打。

倒不是因为埃米特知道舒尔特先生是个好人，也不是因为他住在镇上某座最漂亮的房子里。埃米特找舒尔特先生是因为他觉得不管发生什么，木匠总有活儿干。不管你把房子建得多好，它们总会坏的。铰链松动，地板磨损，屋顶接缝断裂。你只要在沃森家转上一圈，就能亲眼见证时间是如何以各种方式侵蚀一个家的。

在夏天那几个月里，有些夜晚伴着隆隆的雷声或呼啸的干热风[1]，埃米特听到父亲在隔壁房间翻来覆去睡不着觉——这不是没有原因

---

[1] 出现在温暖季节的干燥、炎热的风。是农业气象灾害之一。——编者注

的。因为一个背着债的农场主就像一个张开双臂、闭着眼睛走在桥栏杆上的人。在这种生活方式中,富足与毁灭之间就隔着几英寸[1]降雨或几晚霜冻。

然而,木匠不会因为担心天气而彻夜难眠。他欢迎大自然的极端天气。他欢迎暴雪、暴雨和龙卷风。他欢迎霉菌的出现和昆虫的肆虐。这些自然力量缓慢而不可避免地破坏着房屋的完整性,削弱地基,腐蚀横梁,让石膏干裂。

舒尔特先生提问时,埃米特没有把这些和盘托出。他放下叉子,简单地回答道:

——我是这么想的,舒尔特先生,有牛的是约伯,有锤子的是挪亚[2]。

舒尔特先生哈哈一笑,当场雇用了埃米特。

对县里大多数农场主来说,如果他们的长子哪天晚上回家,说自己在木匠那里找了份活儿,他们一定会狠狠教训他一顿,让他永生难忘。然后,他们还会开车到木匠家,撂下几句忠告——下次他再想干涉别人怎么教育孩子,要记住这几句忠告。

可那晚埃米特回家告诉父亲,他在舒尔特先生那里找了份活儿,父亲没有生气,反而认真聆听。沉思了一会儿,他说,舒尔特先生是个好人,木工是有用的技能。夏天开始的第一天,他给埃米特做了一顿丰盛的早餐,给他打包了午餐,然后带着祝福送他去学另一门手艺。

---

[1] 1英寸约合2.54厘米。
[2] 出自《圣经》中的故事,约伯受上帝考验虔诚时历经磨难,牛代表他向上帝献祭的牲畜;挪亚在大洪水中被上帝赦免,锤子代表挪亚造方舟的工具。

这或许也是没眼光的表现。

— · —

埃米特下楼，发现兰塞姆先生坐在门廊的台阶上，前臂搁在膝盖上，一只手仍拿着帽子。埃米特在他身旁坐下，两人一同望着那片没有耕种的农田。半英里外，能依稀看到篱笆围着的这位长者的牧场。据埃米特上一次计算，兰塞姆先生有九百多头牛，雇了八名员工。

——我想谢谢你收留比利，埃米特说。

——收留比利是我们起码能做的。再说，你可以想象萨莉有多高兴。她受够了为我操持家务，但照顾你弟弟是另一回事。比利来了之后，我们的伙食都更好了。

埃米特笑开了。

——还是感谢。这对比利是很大的改善，知道他在你们家，我也安心。

兰塞姆先生点点头，接受了这个年轻人的感激。

——威廉斯监狱长看起来是个好人，他过了一会儿说。

——他确实是个好人。

——看起来不像堪萨斯人……

——是的。他在费城长大。

兰塞姆先生转着手里的帽子。埃米特看得出来，他的邻居有心事。兰塞姆先生在考虑如何开口，或是该不该开口。也可能他只是想找个合适的时机开口。可有时候，时机自有天定，比如一英里外的路上扬起了一团尘土——他的女儿来了。

——埃米特，他开口说，威廉斯监狱长说得对，就社会层面来说，你已经还清了自己的债。但这里是个小镇，比费城小很多，在摩根，不是所有人都能像监狱长那样看待这件事。

——你是说斯奈德一家。

——我说的就是他们，埃米特，但也不仅仅是他们。他们在这里有亲戚。他们有邻居和家里的老朋友。他们有生意伙伴和教友。我们都知道，无论吉米·斯奈德惹上什么麻烦，通常都是他自找的。他活到十七岁，这辈子惹了多少臭屎堆，但他的兄弟们不在乎。特别是当他们在战争中失去小乔之后。你只被判在萨莱纳待十八个月，他们对此非常不爽，要是得知你因为父亲去世而提前几个月被释放，他们会愤慨的。也许他们会想尽办法让你深刻而频繁地体会到愤怒的冲击。所以，你往后还有大好的前程，或者更确切地说，正因为你往后还有大好的前程，你也许要考虑换个地方开始，而不是在这里。

——你不必担心，埃米特说。四十八小时后，我想比利和我已经离开内布拉斯加了。

兰塞姆先生点点头。

——既然你父亲没留下什么，我想给你俩一点东西，帮你们重新开始。

——我不能要你的钱，兰塞姆先生。你为我们做得已经够多了。

——那就把它当成一笔贷款。等你安顿好了再还上。

——就眼下来看，埃米特说，沃森一家已经受够了贷款。

兰塞姆先生笑着点点头。然后，他站起来，把帽子戴在头上。他们起名为"贝蒂"的那辆旧皮卡轰响着驶进车道,萨莉握着方向盘,比利坐在副驾。还没等贝蒂因排气管回火停稳,比利就打开车门跳到了地上。他背着一个帆布双肩包,从肩膀一直挂到裤子后裆下方。他径直跑过兰塞姆先生,伸出双臂搂住埃米特的腰。

埃米特蹲下来拥抱弟弟。

这时,萨莉走过来,她穿了一条鲜艳的漂亮裙子,双手托着一个烤盘,脸上挂着微笑。

兰塞姆先生若有所思地打量着她的裙子和笑容。

——哎哟,她说,这谁呀。你可别把他勒死了,比利·沃森。

埃米特站直身子,一只手抚着弟弟的脑袋。

——你好,萨莉。

萨莉直接切入正题,她一紧张就这样。

——房子打扫好了,所有的床都铺了,浴室里有新肥皂,冰箱里有黄油、牛奶和鸡蛋。

——谢谢你,埃米特说。

——我提议你们俩跟我们一起吃晚饭,但比利坚持你的第一顿饭要在自己家吃。考虑到你刚回来,我给你们俩煮了一锅炖菜。

——你没必要这么麻烦的,萨莉。

——没什么麻烦的,拿好了。你们只要放进烤箱,一百八十度烤四十五分钟就行了。

埃米特接过炖菜,萨莉摇了摇头。

——我应该写下来的。

——我想埃米特记得住做法,兰塞姆先生说。就算他记不住,比利肯定行。

——把炖菜放进烤箱,一百八十度烤四十五分钟,比利说。

兰塞姆先生转向他的女儿。

——我相信小伙子们着急叙旧呢,我们家也有事要忙。

——我就进去一下,确保一切——

——萨莉,兰塞姆先生以一种不容异议的语气说。

萨莉笑着指了指比利。

——你要乖乖的,小家伙。

埃米特和比利看着兰塞姆父女爬上各自的卡车,开回路上。然后,比利转向埃米特,再次抱住他。

——我真高兴你回家了,埃米特。

——我很高兴回家,比利。

——你这次不用再回萨莱纳了,是吗?

——是的。我再也不回萨莱纳了。走吧。

比利放开埃米特,兄弟俩进屋。在厨房里,埃米特打开冰箱,把炖菜放到低层架子上。顶层架子上确实摆着牛奶、鸡蛋和黄油。还有一罐自制苹果泥和一罐糖渍桃子。

——你想吃点什么吗?

——不用,谢谢,埃米特。我们来之前,萨莉给我做了一个花生酱三明治。

——来点牛奶怎么样?

——好呀。

埃米特把两杯牛奶端到桌上,比利取下双肩包,把它放在一把空椅子上。他解开最上面的翻盖,小心翼翼取出并打开了一个用锡纸包着的小包裹。那是一摞饼干,共八块。他在桌上放了两块,一块给埃米特,一块给自己。然后,他合上锡纸,将剩下的饼干放回双肩包,重新扣上翻盖,回到自己的座位。

——这背包真不赖,埃米特说。

——这是正宗的美国陆军双肩包,比利说。但他们管这叫军用剩余双肩包,因为它其实没上战场。我是在冈德森先生的店里买的。我还买了一个剩余手电筒、一个剩余指南针和这块剩余手表。

比利伸出胳膊,露出松松垮垮挂在手腕上的表。

——它还有秒针呢。

埃米特称赞了手表,然后咬了一口饼干。

——真不错。巧克力的?

——对呀。萨莉做的。

——你帮忙了吗?

——我洗了碗。

——我相信你。

——其实萨莉给我们烤了一炉,可兰塞姆先生说她太夸张了,她就对他说,她只给我们四块,但她偷偷给了我们八块。

——我们真幸运。

——比只有四块幸运。但没有幸运到拥有一炉。

埃米特笑了笑,抿了一口牛奶,越过杯沿打量弟弟。他长高了一英寸左右,头发剪短了,在兰塞姆家头发都这么打理,但除此之外,他的身体和精神状态似乎还是老样子。对埃米特来说,去萨莱纳最痛苦的事莫过于离开比利,所以他很高兴弟弟没太大变化。他很高兴能跟弟弟一起坐在旧餐桌旁。他看得出比利坐在那里也很开心。

——学年结束了,还好吗?埃米特放下玻璃杯问道。

比利点点头。

——我的地理考了105分。

——105分啊!

——一般没105分这回事,比利解释说。一般无论是什么,你顶多拿100分。

——那你是怎么从库珀太太那里多拿5分的?

——有一道加分题。

——什么题?

比利回忆道。

——世界上最高的建筑是什么?

——你知道答案?

——对。

……

——你不打算告诉我吗?

比利摇摇头。

——那就作弊了。你得自己学。

——说得没错。

沉默片刻后，埃米特意识到自己正目不转睛地盯着牛奶。现在，有心事的人是他。考虑如何开口、该不该开口或何时开口的人是他。

——比利，他说，我不知道兰塞姆先生跟你说了些什么，但我们不能继续住这里了。

——我知道，比利说。因为我们的房子被止赎了。

——是的。你明白那是什么意思吗？

——意思是我们的房子现在归储贷银行[1]了。

——没错。虽然他们会拿走房子，但我们可以留在摩根。我们可以跟兰塞姆一家住上一阵子，我可以继续为舒尔特先生工作，到了秋天你可以回学校，最后我们可以单独找个住得起的地方。可我一直在考虑，这也许是个好机会，我们俩可以尝试一些新的东西……

埃米特思考了许久如何开口，因为他担心离开摩根的想法会让比利惴惴不安，尤其是他们的父亲刚去世不久。不过，比利没有丝毫不安。

——我也是这么想的，埃米特。

——是吗？

比利点点头，露出一丝急切。

——爸爸去世了，房子也止赎了，我们没必要留在摩根。我们可以收拾东西，开车去加利福尼亚。

---

[1] 美国提供住房贷款及储蓄服务的机构，如贷款者无力继续偿还房屋贷款，房屋便面临"止赎"，即"终止赎回"，银行将强行收回房子并拍卖，用以偿还剩余贷款。又名"房屋互助协会"。——编者注

——看来我们的想法是一致的,埃米特笑着说。唯一的不同是,我觉得我们应该搬到得克萨斯。

——噢,我们不能搬到得克萨斯,比利摇着头说。

——为什么?

——因为我们必须搬到加利福尼亚。

埃米特刚想开口,但比利已经从椅子上起身去拿他的双肩包。这一次,他打开了前面的口袋,取出一个马尼拉纸小信封后回到座位。他一边小心翼翼地解开封住信封口的红绳,一边开始解释。

——爸爸葬礼结束后,你回到萨莱纳,兰塞姆先生让萨莉和我回家找找重要文件。在爸爸五斗橱最底下的抽屉里,我们发现了一个金属盒子。它没上锁,但它是那种你想锁就能锁上的盒子。如兰塞姆先生所说,里面是重要文件——比如我们的出生证明,妈妈和爸爸的结婚证,等等。而在盒子底部,在最底部,我发现了这些。

比利倾斜信封,九张明信片滑到了桌上。

从卡片的样子来看,埃米特看得出它们不是很旧,也不算很新。有些是照片,有些是插图,但都是彩色的。最上面一张是内布拉斯加州奥加拉拉威尔士汽车旅馆的照片——这是一家现代化的旅馆,有白色的小木屋,路边栽着植物,一根旗杆上飘扬着美国国旗。

——这些是明信片,比利说。是给你和我的。是妈妈寄的。

埃米特大吃一惊。自母亲将他们二人哄上床,亲吻他们并道晚安,然后离开这个家,已经过去将近八年——自那以后,他们没有她的任何音信。没有电话。没有信件。没有恰好赶上圣诞节的精致包裹。甚至没有偶然之间传来传去的一丁点八卦。至少在此刻之前，埃米特是这么认为的。

埃米特拿起威尔士汽车旅馆的明信片，把它翻过来。正如比利所说，那是母亲用优雅的笔迹写给他们俩的。因为是明信片，文字只限几行。这些话总体表达了她有多么想念他们，尽管她只离开了一天。埃米特从这堆明信片中拿起另一张。左上角有个牛仔骑在马背上。他旋转的套索伸到前景，上面写着：来自怀俄明州平原上的大都市罗林斯的问候。埃米特把明信片翻过来。连挤在右下角的那句在内，母亲写了六句话，说她虽然还没在罗林斯见到带套索的牛仔，但看到了很多牛。最后，她再次表达了对他们俩深深的爱和思念。

埃米特看了看桌上其他的明信片，留意着各个城镇、汽车旅馆、餐厅、景点和地标的名字，他发现只有一张卡片没有湛蓝的天空。

埃米特意识到弟弟正盯着他，便不露声色。但他感受到怨恨袭来的刺痛——对父亲的怨恨。一定是他截收了明信片，将它们藏了起来。不管他对自己的妻子有多么气愤，都没有权利背着儿子藏起那些明信片，尤其不该对埃米特隐瞒，那时他已经长大，可以读懂字了。但埃米特只感受到片刻的刺痛，因为他明白父亲这么做十分明智。毕竟，偶尔收到一个故意抛弃自己孩子的女人写在一张三乘五英寸卡片背面的几句话，又有什么用呢？

埃米特把从罗林斯寄来的明信片放回桌上。

——你还记得妈妈是在七月五日离开我们的吗？比利问道。

——我记得。

——在接下来的九天，她每天都给我们写了明信片。

林肯公路

埃米特又拿起从奥加拉拉寄来的明信片，看向母亲手写的"亲爱的埃米特和比利"的上方，并没有日期。

——妈妈没写日期，比利说。但你能从邮戳判断。

比利从埃米特手中拿走奥加拉拉的明信片，把所有明信片反过来，摊在桌上，指着一个又一个的邮戳。

——七月五日。七月六日。没有七月七日，但有两个七月八日。那是因为一九四六年七月七日是星期日，邮局星期日不开门，所以她只能星期一寄出两张明信片。再瞧瞧这个。

比利又去掏双肩包前面的口袋，取出一本小册子似的东西。他把东西在桌上摊开，埃米特发现那是一张菲利普斯66加油站[1]的美国公路地图。比利用黑墨水描画的一条道路横穿地图中央。在国境西半边，沿途九个城镇的名字被圈了出来。

——这是林肯公路，比利指着长长的黑线解释道。它于一九一二年被发明，以亚伯拉罕·林肯的名字命名，是美国第一条横跨东西的道路。

比利从大西洋海岸开始，用指尖沿着公路移动。

——它的起点是纽约时代广场，终点是三千三百九十英里外的旧金山林肯公园。而且，它正好经过森特勒尔城，离我们家只有二十五英里。

比利停下来，手指从森特勒尔城移到一颗黑色小星星上，那是他在地图上标示的他们家。

——七月五日，妈妈离开我们后走的就是这条路……

比利拿起明信片，把它们翻正，开始按西行顺序一张一张摆在地图

---

[1] 美国一家综合性能源公司，总部位于得克萨斯州休斯敦市。

下半部分，每张明信片放在对应的城镇下面。

奥加拉拉。

夏延[1]。

罗林斯。

罗克斯普林斯[2]。

盐湖城[3]。

伊利[4]。

里诺[5]。

萨克拉门托[6]。

最后一张明信片上是一座宏伟的古典建筑，矗立在旧金山一个公园的喷泉上方。

比利把明信片按顺序摆在桌上，然后满意地吁了口气。这一切却让埃米特感到不安，仿佛他们俩在窥视别人的私人信件——一些他们不该看的东西。

——比利，他说，我不确定我们要不要去加利福尼亚……

——我们必须去加利福尼亚，埃米特。你不明白吗？这就是她给我们寄明信片的原因。这样我们就能去找她了。

1　美国怀俄明州州府和州最大城市。
2　位于美国怀俄明州斯威特沃特县。
3　美国犹他州州府和州最大城市。
4　位于美国内华达州怀特派恩县。
5　位于美国内华达州北部。
6　美国加利福尼亚州州府。

林肯公路

——可她已经八年没寄明信片了。

——因为她在七月十三日停下了。我们只要走林肯公路到旧金山，就能在那里找到她。

埃米特的第一反应是跟弟弟讲道理，讲些打消他念头的话。说他们的母亲不一定留在旧金山；说她很可能继续前进，而且极有可能已经这么做了；说她前九个晚上或许思念着自己的儿子，但所有证据表明，自那以后她再没想过他们。最后，他只好指出，即使她在旧金山，他们也几乎不可能找到她。

比利点点头，露出已经思考过这个难题的表情。

——还记得你对我说过，妈妈非常喜欢烟花，七月四日那天，她会带我们一路跑到苏厄德[1]去欣赏盛大的烟花秀吗？

埃米特不记得对弟弟提过这事，而且考虑到方方面面，他想不起曾有此打算。但他无法否认的是，这是事实。

比利伸手去拿最后一张明信片，印有古典建筑和喷泉的那张。他把它翻过来，手指滑过母亲写下的文字。

——这是位于旧金山林肯公园的荣勋宫，每年七月四日，这里会举办全加利福尼亚最盛大的烟花秀之一！

比利抬头看哥哥。

——她会去那里，埃米特。七月四日，荣勋宫的烟花秀。

——比利……埃米特说。

比利听出了哥哥声音中的怀疑，开始使劲摇头。然后，他低头看桌

---

[1] 美国内布拉斯加州苏厄德县县治。

上的地图，用手指描画着母亲走过的路线。

——奥加拉拉到夏延，夏延到罗林斯，罗林斯到罗克斯普林斯，罗克斯普林斯到盐湖城，盐湖城到伊利，伊利到里诺，里诺到萨克拉门托，萨克拉门托到旧金山。我们就走这条路。

埃米特靠在椅子上，陷入思考。

他不是随随便便选择得克萨斯的。关于他和弟弟该何去何从这个问题，他已经认真且全面考虑过了。在萨莱纳的小图书馆里，他花了很多时间翻阅年鉴和百科全书合集，直到完全厘清他们该何去何从这个问题。可比利以同样认真且全面的方式展开了自己的思考，他对这个问题有自己的答案，且同样清晰。

——好吧，比利，听我说。你不如先把它们放回信封，让我花点时间想想你说的话。

比利开始点头。

——好主意，埃米特。好主意。

比利将明信片按由东往西的顺序收起来，塞进信封，绕紧红绳，妥善封好后放回双肩包。

——你花点时间想想吧，埃米特。你会明白的。

— · —

上楼之后，比利在自己的房间待着，埃米特好好冲了个热水澡。冲完之后，他捡起地上的衣服——他进出萨莱纳时穿的衣服——从衬衫口袋摸出一包烟，然后把这团衣服扔进垃圾桶。顿了一会儿，他把香烟也扔了，把它们小心地塞到了衣服底下。

他回到自己的房间，穿上崭新的牛仔裤和牛仔衬衫，配上自己最喜欢的皮带和靴子。然后，他把手伸进五斗橱最上面的抽屉，取出一双团成球的袜子。他展开袜子，抖了抖其中一只，他的汽车钥匙掉了出来。接着，他穿过走廊，把头探进弟弟的房间。

比利坐在地板上，身旁是他的双肩包。他的腿上放着一只蓝色旧烟草罐，上面印着乔治·华盛顿[1]的肖像，他所有的一美元银币被一列一列地码放在地毯上。

——看来我不在的时候，你又收集了一些，埃米特说。

——三个，比利一边回答，一边小心翼翼地将其中一枚银币摆正。

——还差多少？

比利用食指戳了戳队列里的空缺。

——1881，1894，1895，1899，1903。[2]

——你很快就要集齐了。

比利点头表示同意。

——但 1894 和 1895 的特别难找。找到 1893 的是我走运。

比利抬头看哥哥。

——你在想加利福尼亚的事吗，埃米特？

——我在想呢，但我还需要点时间。

1　乔治·华盛顿（1732—1799），美国开国元勋之一、首任总统，著名政治家、军事家、革命家。
2　银币上的铸造年份。——编者注

——好吧。

比利把注意力转回银币，埃米特当天第二次环顾弟弟的房间，再次打量整整齐齐摆在架子上的收藏品和挂在床上的飞机。

——比利……

比利又抬起头。

——不管我们最后去的是得克萨斯还是加利福尼亚，我想我们最好轻装上阵。因为我们将有一个新的开始。

——我也是这么想的，埃米特。

——是吗？

——艾伯纳西教授说，勇敢的旅行者往往只带装得进一个背包的东西上路。所以我在冈德森先生的店里买了个双肩包。这样你一回家，我就准备好出发了。我需要的一切都在里面了。

——一切？

——一切。

埃米特笑开了。

——我要去谷仓看车。你想去吗？

——现在？比利惊讶地问。等等！等一下！等我一起！

之前按年份仔细摆放的银币，现在却被比利拢成一堆，以最快的速度被倒回了烟草罐。比利合上盖子，把烟草罐放回双肩包后又重新背上。接着，他走在前面下楼，走出家门。

在他们穿过院子时，比利回头说，奥伯梅耶先生给谷仓门上了把挂锁，但萨莉用她放在卡车后面的撬棍撬开了。

果不其然，他们在谷仓门口发现了依然连着挂锁的支架，松松垮垮地挂在螺丝上。谷仓里的气息温暖而熟悉，散发着牛的味道，尽管从埃米特小时候开始，农场上就没有牛了。

埃米特停下脚步，让眼睛适应了一下。他面前是那台崭新的约翰迪尔，后面是一台破旧的联合收割机。埃米特走到谷仓后方，停在一个盖着帆布的庞大流线型物体前面。

——奥伯梅耶先生把罩子掀掉了，比利说，但萨莉和我又盖了回去。

埃米特抓着帆布一角，用双手拉开，直到帆布堆在脚边。就在他十五个月前熄火的地方，停着一辆淡蓝色的四门硬顶车——他那辆一九四八年产的史蒂倍克车。

埃米特用手掌抚过引擎盖的表面，打开驾驶室的门钻了进去。他把双手搭在方向盘上，就这样坐了一会儿。买下她时，她的里程表显示已经跑了八万英里，引擎盖上有凹坑，座套上有烟洞，但开得还算平稳。他插入钥匙旋转，按下启动器，准备迎接发动机抚慰人心的隆隆声——结果却一片安静。

一直站在远处的比利试探性地靠近。

——是坏了吗？

——没有，比利。肯定是电池没电了。汽车闲置太久就会这样。但很容易解决。

比利看上去松了口气，在一个干草垛上坐下，取下双肩包。

——你要再来一块饼干吗，埃米特？

——不了。你自己吃吧。

在比利打开双肩包时,埃米特从车里出来,走到车尾,打开后备厢。直立的车盖挡住了弟弟的视线,埃米特感到庆幸。他拉开盖住备胎凹槽的毛毡,一只手沿着轮胎外侧弧面轻轻摸索。他在顶部找到写有他名字的信封,就在父亲说的那个位置。里面有一张父亲写的便条。

来自另一个消失之人的手写信,埃米特心想。

亲爱的儿子:

当你读到这封信时,我想农场已经落到银行手里了。你可能会因此对我感到生气或失望,我不怪你。

如果你知道我父亲死后给我留下多少东西,我爷爷给我父亲留下多少,我曾爷爷又给我爷爷留下多少,你会大吃一惊的。不仅有股票和债券,还有些宅子和绘画,家具和餐具,俱乐部和协会的会员身份。这三个人都忠于清教徒的传统,给子女留下的东西比留给他们的更多,以此获得上帝的眷顾。

在这个信封里,你会发现我留给你的一切——两份遗产,一大一小,都是某种形式的亵渎。

写这封信时,我略感羞愧,我这辈子打破了我祖先建立起来的节俭的优良传统。但与此同时,让我感到骄傲的是,我知道你用这份小小纪念取得的成就肯定会远甚于我用一大笔财富所实现的。

致以爱和钦佩,

你的父亲,查尔斯·威廉·沃森

用回形针夹在信上的是其中一份遗产——从一本旧书上撕下的一页纸。

埃米特的父亲不是那种会朝孩子发火的人，哪怕他们活该。事实上，在埃米特的记忆中，父亲唯一一次对他表达震怒是因为他在课本上乱涂乱画而被学校送回家。那天晚上，父亲煞费苦心地告诉他，弄脏书页是西哥特人[1]的行径。这么做玷污了人类至为神圣且高贵的成就——人类有能力将最优秀的思想和情感记录下来，使其代代相传。

对父亲来说，从任何书里撕下一页都是一种亵渎。更令人震惊的是，那一页是从拉尔夫·沃尔多·爱默生[2]的《爱默生随笔》中撕下的——那是父亲最为珍视的一本书。临近结尾，父亲用红墨水细致地画出两句话。

> 每个人在求知过程中都有这样一个时刻，他坚信嫉妒即无知；模仿即自取灭亡；无论境遇好坏，他必须安于天命；虽然广阔的宇宙充满美好，但若不在赐予他耕种的那块土地上辛勤劳作，他不可能收获一粒富于营养的谷物。寄居在他身上的力量本质上是崭新的，只有他明白自己能成就什么，也只有付诸尝试，他才会明白。[3]

1　原指公元五世纪入侵意大利、法国和西班牙的哥特族人，此处喻指野蛮人。

2　拉尔夫·沃尔多·爱默生（1803—1882），美国思想家、散文家、诗人，超验主义的代表人物。

3　出自《爱默生随笔》中的《自立》，是美国文学最著名的随笔之一，也是超验主义的代表篇目。——作者注埃米特立刻意识到，爱默生的这段话同时说明了两件事。第一，这是一个借口。它解释了为什么父亲不顾一切放弃了宅子和绘画、俱乐部和协会的会员身份，来到内布拉斯加种地。埃米特的父亲将爱默生的这页话当作证据——仿佛它是神的旨意——证明他别无选择。

它一方面是借口，但另一方面也是一种规劝——对埃米特的一种规劝：抛下父亲为之奉献半生的三百英亩[1]土地，他不应有任何悔恨、歉疚或犹豫，只要他这么做是为了不带嫉妒或模仿去追寻属于自己的人生，并在此过程中学会自力更生。

信封中爱默生那页纸后面塞着父亲留下的第二份遗产，一沓崭新的二十美元钞票。埃米特用拇指拨动挺括干净的边缘，估摸着约有一百五十张，总计约三千美元。

埃米特可以理解父亲觉得撕下的书页是一种亵渎，却不认为这些钱也是。想来父亲认为这笔钱是一种亵渎是因为他背着债主把钱赠予了他们。这样一来，父亲违反了个人的法律义务，也违背了自己的是非观。可一连二十年偿还抵押贷款的利息后，埃米特的父亲已经支出了两倍于农场的费用。他还为此付出了艰辛的劳动和挫败，付出了他的婚姻，最后乃至他的生命。所以，不，在埃米特眼中，留出三千美元并非一种亵渎。在他看来，每一分钱都是父亲理所应得的。

埃米特从钞票中抽出一张放进口袋，将信封放回轮胎上方，又将毛毡盖回原处。

——埃米特……比利说。

---

[1] 1英亩约合6亩或0.4公顷。

埃米特关上后备厢，看向比利，但比利没在看他。比利正盯着谷仓门口的两个人影。他们身后衬着傍晚的昏沉光线，埃米特看不出他们是谁。直到左边那个清瘦之人张开双臂说道：

——嗒哒[1]！

---

[1] "Ta-da"，美国口语中常用来表达事情做成后炫耀的叹词。——作者注

达奇斯

当埃米特意识到站在门口的人是谁时,你真该瞧瞧他脸上的表情。从他的表情来看,你会以为我们是凭空冒出来的。

四十年代初,有一个名叫卡赞蒂基斯的逃脱艺术家。马戏团里一些爱开玩笑的人喜欢叫他来自哈肯萨克[1]的半吊子霍迪尼[2],但这么说不完全公平。虽然他的前半段表演有点不稳,但结尾堪称完美。你眼睁睁地看着他被铁链捆起来,锁进箱子,沉入巨型玻璃水池底部。一个金发美人推着一座大钟走出来,主持人提醒观众,普通人屏住呼吸只能坚持两分钟,大多数人缺氧四分钟后会感到眩晕,六分钟后会失去意识。平克顿侦探事务所[3]的两名侦探来到现场,确认箱子上的挂锁锁牢了。现场还来了一位希腊正教会的牧师,他身穿黑色长袍,蓄着花白的长胡子,以防需要主持最后的仪式。箱子沉到水里,金发美人开始计时。两分钟后,观众中有人开始吹口哨、起哄。五分钟后,他们会发出各式各样的惊呼。而八分钟后,平克顿侦探交换着担忧的眼神。十分钟后,牧师在胸前画十字,低声默念祷词。十二分钟后,金发美人泪流满面,两名舞

---

1 位于美国新泽西州伯根县。
2 哈里·霍迪尼(1874—1926),美国著名魔术师、逃脱艺术家。
3 美国一家私立的安保与侦探机构,由艾伦·平克顿(1819—1884)创立。

林肯公路

台工作人员从幕后冲出来，帮平克顿侦探将箱子从水池里吊起来。箱子砰的一声重重砸在了舞台上，水漫过脚灯，流进乐池。平克顿的一个侦探笨手笨脚地掏出钥匙，另一个则把他推到一边，拔出手枪击落挂锁。他用力地打开盖子，掀翻箱子，结果却发现……里面空空如也。就在这时，那位东正教牧师扯掉自己的胡子露出真容，他正是卡赞蒂基斯本人，他的头发依然湿漉漉的，每位观众都露出一副见证神迹的惊诧模样。当埃米特·沃森意识到站在门口的人是谁时，他就是那副表情。这世上有那么多人，他简直不敢相信竟是我们。

——达奇斯？

——正是本人。还有伍利。

他看起来依旧目瞪口呆。

——可怎么……

我哈哈大笑。

——那是个好问题，对吧？

我把一只手贴在嘴边，压低声音。

——我们搭了监狱长的便车。在他签字让你离开时，我们溜进了他的汽车后备厢。

——你在开玩笑吧。

——我懂。这称不上什么头等舱之旅。里面得有三十八度吧，而且伍利每隔十分钟就抱怨要上厕所。等我们开进内布拉斯加之后呢？我以为自己会被路上的草皮颠成脑震荡呢。真该有人写封信给州长！

——嘿，埃米特，伍利说，仿佛他刚到。

你一定会喜欢伍利的这一点。当谈话像火车般开离车站时,他总会迟到五分钟,带着错误的行李出现在错误的站台。有人可能觉得这个特点有些恼人,但无论何时,比起一个早五分钟的人,我更愿意接受一个晚五分钟的人。

我一直用余光打量着那个坐在干草垛上的小孩,他开始慢慢朝我们这边移动。我指向他,他像草地上的松鼠一样僵住。

——比利,对吧?你哥哥说你相当机灵。是真的吗?

那小孩笑了笑,一点一点走近,直到站在埃米特的身旁。他抬头望向哥哥。

——他们是你的朋友吗,埃米特?

——我们当然是他的朋友!

——他们是萨莱纳来的,埃米特解释道。

我正准备细说,这时我注意到那辆车。我太沉醉于重逢的喜悦,没看到它藏在笨重的设备后面。

——是那辆史蒂倍克吗,埃米特?他们管这叫什么?婴儿蓝?

客观地说,它看起来有点像你牙医的妻子会开去玩宾戈游戏的汽车,但我还是朝它吹了一声口哨。然后,我转向比利。

——萨莱纳的一些小伙子会把他们老家女朋友的照片钉在上铺底板上,这样熄灯前就能瞧上一眼。有些人钉的是伊丽莎白·泰勒[1]或玛丽莲·梦露[2]。可你哥哥呢,他钉的是从一本旧杂志里撕下来的广告,上

1　伊丽莎白·泰勒(1932—2011),美国女演员。
2　玛丽莲·梦露(1926—1962),美国女演员。

面是他汽车的全彩照片。我跟你说实话，比利。我们因此经常数落你哥哥。为一辆车痴狂成这样。可我现在近距离一瞧……

我摇着头表示欣赏。

——哎，我转向埃米特说。我们能开着她去兜风吗？

埃米特没有回答，因为他在看伍利，而伍利正盯着一张没有蜘蛛的蜘蛛网。

——你还好吗，伍利？他问道。

伍利转过身，想了一会儿。

——我很好，埃米特。

——你们上次吃东西是什么时候？

——噢，我不知道。我猜是钻进监狱长的汽车之前。对不对，达奇斯？

埃米特转向他的弟弟。

——比利，你还记得萨莉说的晚饭吗？

——她说一百八十度烤四十五分钟。

——不如你带伍利回家，把菜放进烤箱，摆好桌子吧。我要给达奇斯看点东西，我们马上就来。

——好的，埃米特。

我们看着比利和伍利往家走，我好奇埃米特要给我看什么。可当他转向我时，他看起来不对劲。事实上，他似乎不太开心。我猜有些人面对惊喜是那样的。我嘛，我特爱惊喜。我喜欢生命从帽子里拎出一只兔子般的出其不意，就像五月中旬的蓝盘特餐[1]是塞满馅料的火鸡。可有

---

[1] 小餐馆和咖啡馆里的廉价餐。

些人偏偏不喜欢出乎意料的事情——哪怕是好消息。

——达奇斯，你们来这里干吗？

现在轮到我惊讶了。

——我们来这里干吗？哎呀，我们是来看你的，埃米特。还有农场。你懂的。你从一个哥们儿那听了很多他在老家生活的故事，最后就想亲眼瞧一瞧。

为了表明我的观点，我指了指拖拉机和干草垛，还有门外宽广的美国大草原，它正尽其所能让我们相信世界实际上是平的。

埃米特顺着我的目光望去，又回过头来。

——听着，他说。我们去吃点东西，我会带你和伍利迅速参观一下，我们睡一晚好觉，然后明早我开车送你们回萨莱纳。

我摇了摇手。

——你不用开车送我们回萨莱纳，埃米特。你自己刚回家。再说，我想我们不会回去了。至少不是现在。

埃米特闭了一会儿眼睛。

——你们的刑期还剩几个月？五六个月？你们俩都快出来了。

——确实，我表示同意。一点没错。可威廉斯监狱长接替阿克利后，他炒了那个新奥尔良的护士。就是那个以前常帮伍利搞到药的人。现在，他只剩最后几瓶了，你也知道他不吃药会变得多抑郁……

——那不是他的药。

我摇摇头表示同意。

——甲之蜜糖，乙之砒霜，对吧？

——达奇斯，这话用不着我说，你应该明白。你们俩逃跑的时间越长，离萨莱纳越远，后果就越糟。而且，你们到今年冬天就满十八岁了。所以，他们要是跨州抓捕你们，可能不会送你们回萨莱纳。他们可能会送你们去托皮卡。

让我们面对现实吧：大多数人需要一架梯子和一个望远镜才能理解二加二。因此自我辩解通常非常麻烦，且不值得。但埃米特·沃森不是那样的人。他是那种从一开始就能看清全局的人——无论是宏大的计划，还是所有的小细节。我举起双手表示投降。

——我百分之百同意你的话，埃米特。说真的，我试过用类似的话跟伍利讲同样的道理。但他不听。他一心要逃狱。他有一个完整的计划。他打算某个周六晚上离开，逃到城里，然后偷辆车。他甚至在厨房当班的时候偷了把刀。不是削皮刀哟，埃米特。我说的可是切肉刀。倒不是说伍利会伤害任何人。这一点你我都明白。可警察不明白。他们看到的是一个暴躁的陌生人，他眼神飘忽，手里握着切肉刀，他们会像放倒狗一样放倒他。所以我对他说，如果他把刀放回原处，我就帮他安全地离开萨莱纳。他把刀放回去，我们溜进后备厢，一眨眼的工夫，我们就到这里了。

这一切一字不假。

除了关于刀的部分。

这就是所谓的修饰——为了强调而采用的一些小小的、无害的夸张手法。有点像卡赞蒂基斯表演中的那座大钟，或是平克顿侦探开枪打落挂锁。那些小事表面上看起来没必要，却以某种方式成就了整场表演。

——听着,埃米特,你是了解我的。我本可以服完自己的刑,再服完伍利的。五个月或五年,有什么区别。可考虑到伍利的精神状态,我觉得他撑不过五天。

埃米特朝伍利离开的方向看了看。

我们都知道伍利的毛病是拥有太多。他在上东区某栋配有门卫的大楼里长大,有一栋乡间别墅,汽车配着司机,厨房配有大厨。他的外公跟泰迪[1]和富兰克林·罗斯福是朋友,他的父亲是二战英雄。可太过好命也会让人难以承受。伍利是一个温柔敏感的人,面对这样的富足,他感到一种隐隐约约的恐惧,仿佛一大堆屋子、车子和罗斯福们会坍倒在他身上。一想到这个,他就食欲不振,精神紧张。他很难集中注意力,这影响了他的阅读、写作和算数。他被一所寄宿学校退学,又被送到另一所。后来可能还换了一所。到最后,这样的人需要一些东西来对抗世界。谁能怪他呢?我肯定第一个告诉你,有钱人配不上你两分钟的同情。但像伍利这样善良的人呢?那完全是另一回事了。

我从埃米特的表情中看得出,他正在进行类似的盘算,想着伍利生性敏感,拿不准我们该送他回萨莱纳,还是帮他安全逃走。这是一个左右为难的窘境,很难理清楚。可话说回来,我猜这就是为什么人们称之为窘境。

——真是漫长的一天啊,我说着将一只手搭在埃米特的肩上。不如我们一起回家吃点东西吧?等填饱肚子,我们都能以更好的状态权衡

---

[1] 西奥多·罗斯福(1858—1919),美国第二十六任总统,美国历史上最年轻的在任总统,昵称"泰迪"(Teddy)。

利弊。

— · —

乡村美食……

你在东部经常听人提起。这是人们崇拜的东西之一，即使他们从未有过任何亲身经验。就像正义和耶稣一样。但不同于人们站在远处欣赏的大多数东西，乡村美食配得上这份欣赏。它比德尔莫尼科餐厅[1]的所有食物都美味得多，也没有任何花里胡哨的东西。或许是因为他们用的是曾曾祖母在马车队旅行[2]中所完善的食谱。抑或是因为他们跟猪肉啊、土豆啊这些食材打了很久的交道。不管是什么原因，我吃了三盘才停下。

——太好吃了。

我转向小孩，他的脑袋刚刚高过桌面。

——那个漂亮的褐发女孩叫什么，比利？就是那个穿花裙子和工作靴的女孩？我们得感谢她做了这道美味佳肴。

——萨莉·兰塞姆，他说。这是鸡肉炖菜，是用她自己养的一只鸡做的。

——她自己养的一只鸡！哟，埃米特，俗话怎么说来着？如何最快抓住一个小伙子的心的那句？

——她是邻居，埃米特说。

——或许吧，我承认。但我这辈子的邻居不计其数，从来没人给我

---

1 开业于一八二七年的纽约高档餐厅，马克·吐温、王尔德、狄更斯等均曾是其座上宾。
2 指美国西部拓荒移民时期，马车队常用来运送移民或军需品等。

送炖菜。你呢,伍利?

伍利正用叉子搅动汤汁。

——什么?

——有没有邻居给你送炖菜?我提高一点声音问道。

他思索片刻。

——我从没吃过炖菜。

我笑了笑,朝比利扬扬眉毛。他笑了笑,也朝我扬扬眉毛。

不管怎么样,伍利忽然抬头,像是一下子想起了什么。

——哎,达奇斯。你找着机会问埃米特逃亡的事了吗?

——逃亡?比利问道,脑袋在桌上探得更高了一些。

——那是我们来这里的另一个原因,比利。我们即将开始一场小小的逃亡,我们希望你哥哥能一起来。

——逃亡……埃米特说。

——因为没找到更好的词,我们一直这么说,我说道。但这是件好事,真的。是某种善举。事实上,这是在完成故人的愿望。

我开始解释,来回看着埃米特和比利,因为两人看似同样感兴趣。

——伍利的外公去世时,给伍利留了些钱,放在他们叫什么"信托基金"的东西里。是不是,伍利?

伍利点点头。

——信托基金是一种专为未成年人设立的特殊投资账户,由受托人做所有的决定,直到未成年人成年,到时未成年人可以按自己的心意处置这笔钱。可当伍利十八周岁时,因为一丁点了不起的判刑,受托人——

也就是伍利的姐夫——宣称伍利心智不健全。是这个词吗，伍利？

——心智不健全，伍利确认道，露出带着歉意的微笑。

——这样一来，他姐夫就扩大了自己对信托的控制，直到伍利能改善心智，要么就永远掌权，以先发生的为准。

我摇了摇头。

——他们管那叫信托基金[1]？

——这听起来是伍利的事，达奇斯。这跟你有什么关系？

——跟我们有关，埃米特。是这跟我们有什么关系。

我把椅子拉近桌子一些。

——伍利和他的家人在纽约北部有一座别墅——

——一座营地[2]，伍利说。

——一座营地，我纠正，一家人时不时聚会的地方。嗯，在大萧条时期[3]，银行开始倒闭，伍利的曾外公觉得再也无法完全信任美国的银行系统。于是，为了以防万一，他在营地墙上的保险箱里放了十五万美元现金。而这件事特别有趣的地方在于——你甚至可以说是命中注定——时至今日，伍利的信托基金差不多正好值十五万美元[4]。

我停顿下来，让这些话沉淀一下。然后，我直视埃米特。

---

1 此处双关，信托基金（trust fund）中的 trust 也有"信任"之意。

2 在我的小说《上流法则》中，廷克和凯蒂也去过沃尔科特家在阿迪朗达克山的营地。伍利是华莱士·沃尔科特的外甥。——作者注

3 指美国一九二九年至一九三三年的经济危机。

4 由于通货膨胀，一九五四年的一美元相当于今天的十美元，因而这笔信托如今的市值约一百五十万美元。——作者注

——因为伍利是一个心胸宽广、需求简单的人,他提出,如果你和我陪他去阿迪朗达克山[1],帮他拿到合法属于他的东西,他会把钱分成三等份。

——十五万美元除以三等于五万美元,比利说。

——没错,我说。

——人人为我,我为人人[2],伍利说。

我靠在椅子上,埃米特盯着我瞧了一会儿。然后,他转向伍利。

——这是你的主意?

——这是我的主意,伍利承认。

——你不回萨莱纳了?

伍利将双手放在大腿上,摇了摇头。

——不了,埃米特。我不回萨莱纳了。

埃米特仔细打量伍利,似乎想再提一个问题。可伍利天生不喜欢回答问题,在回避问题方面很老到,他开始收拾盘子。

埃米特犹豫不决,用一只手捂着嘴。我把身子探过桌子。

——有个问题是,营地总在六月的最后一个周末开放,留给我们的时间不多了。我得在纽约稍稍停留,看看我老爹,之后我们就可以直奔阿迪朗达克山。我们应该能在周五前把你送回摩根——路上也许会有点累,但好处是有五万美元。考虑一下吧,埃米特……我说真的,你能用

---

[1] 位于美国纽约州东北部。
[2] 法国作家大仲马(1802—1870)的代表作《三个火枪手》中的名句,"All for one, one for all."。

五万美元做什么？你想用五万美元做什么？

没什么比人类意志更为神秘——至少精神病医生让你相信是这样。据他们说，一个人的动机是一座没有钥匙的城堡。它们构成一座层层叠叠的迷宫，个人行为从中浮现，往往不具备容易辨识的节奏或原因。可这事其实并没那么复杂。如果你想了解一个人的动机，你只需问他：你想用五万美元做什么？

当你问大多数人这个问题时，他们需要几分钟进行思考，梳理各种可能性，权衡他们的选择。你可以从中了解有关他们的一切。可当你向一个有本事的、你看重的人提这个问题时，他会立刻做出回答，而且细致入微。因为他已经思考过他想用五万美元做什么。在挖沟渠的时候、在做琐碎文书工作的时候、在餐馆当厨子的时候，他就思考过了。在听妻子说话的时候、在哄孩子睡觉的时候、在半夜盯着天花板的时候，他就思考过了。从某种意义上讲，他一辈子都在思考这个问题。

我把这个问题抛给埃米特，他没有回答，但不是因为他不知道答案。我从他脸上的表情看得出，他完全清楚自己想用五万美元做什么，一分一分花在刀刃上。

我们一言不发地坐着，比利来回看我和他的哥哥；而坐在对面的埃米特直勾勾地盯着我，仿佛房间里忽然只剩下我们俩。

——这也许是伍利的主意，也许不是，达奇斯。不管怎样，我一点都不想参与。不想去纽约，不想去阿迪朗达克山，不想要那五万美元。明天，我得去镇上处理一些事。但周一起早第一件事，比利和我会开车送你和伍利去奥马哈[1]的灰狗[2]汽车站。你们可以在那里搭巴士去曼哈顿或阿迪朗达克山，或者爱去哪儿就去哪儿。之后，比利和我会开着史蒂倍克回来，继续忙我们的事。

埃米特一脸严肃地说完这番话。说真的，我从没见过这么严肃的人。他没有提高嗓音，眼神一刻也没从我身上移开——甚至没瞄一眼正瞪大眼睛好奇地听着每个字的比利。

就在那时，我忽然醒悟。我真是大错特错。我竟当着小孩的面把所有的细节和盘托出了。

我之前说过，埃米特·沃森比大多数人更能看清全局。他明白一个人可以有耐心，但也是有限度的；他明白一个人为了得到上帝的恩赐，有时必须破坏这个世界的运转。可比利呢？八岁的他可能还没出过内布拉斯加。所以你不能指望他理解错综复杂的现代生活，理解公平与否的一切微妙之处。事实上，你不希望他理解这些。作为这个小孩的哥哥，作为他的监护人和唯一的保护者，埃米特的任务就是尽自己所能让比利长久远离这种世事变幻。

我靠在椅子上，点头表示同意。

——别再说了，埃米特。我懂你，清清楚楚。

— · —

晚饭过后，埃米特说他要步行去兰塞姆家，看看他的邻居能不能过

---

[1] 美国内布拉斯加州最大的工商业城市。
[2] 美国知名跨城廉价长途巴士。

林肯公路

来搭电发动他的车。因为房子在一英里外,我提议陪他去,但他觉得伍利和我最好别被人瞧见。于是,我继续坐在餐桌边跟比利聊天,伍利则在洗盘子。

鉴于我提过伍利的情况,你可能会觉得他不适合洗盘子——觉得他的眼神会呆滞,他的思绪会飘忽不定,他做起事来通常会马马虎虎。然而,伍利洗那些盘子的模样仿佛自己命悬于此。他以四十五度角垂下脑袋,舌尖抵着牙齿,握着海绵在盘子表面不停打圈,一些陈年的污渍和根本不存在的污渍都被他擦洗干净。

这样的奇景值得一观。可我说过,我喜欢惊喜。

我把注意力转回比利身上,他正在展开从背包里取出的一小包锡纸。他小心翼翼地从锡纸里拿出四块饼干放到桌上,每把椅子前各放一块。

——哎哟哟,我说。这是什么?

——巧克力饼干,比利说。萨莉做的。

我们安静地嚼着饼干,这时我发现比利很腼腆地盯着桌面,像是有什么话想问。

——你在想什么,比利?

——人人为我,我为人人,他略带犹疑地说。那句话出自《三个火枪手》,对吗?

——没错,我的朋友[1]。

成功确认这句话的出处后,你也许以为这小孩会很开心,可他看起来很沮丧。明摆着的沮丧。但一提到《三个火枪手》,小男孩的脸上通

---

[1] 原文为法语"mon ami"。

常会绽开笑容。所以，比利的沮丧让我大为困惑。就在我准备再咬一口时，我想起桌上的饼干也是按人人为我，我为人人的方式分配的。

我放下自己的饼干。

——你看过《三个火枪手》的电影吗，比利？

——没有，他承认，露出一丝同样的沮丧。但我读过书。

——那你应该比大多数人更清楚，这个标题太有误导性了。

比利的眼神从桌面抬起。

——为什么呢，达奇斯？

——因为，事实上，《三个火枪手》是一个关于四个火枪手的故事。当然了，它以奥托斯、佩托斯和阿特米斯的伟大友谊开篇。

——阿托斯、波尔托斯和阿拉米斯？

——没错。但故事的核心内容是那个年轻的冒险家想方设法……

——达塔尼昂。

——……达塔尼昂想方设法加入劫富济贫的三人组。居然还保住了女王的荣誉。

——说得对，比利坐直身子说。事实上，这是四个火枪手的故事。

为了庆祝自己的出色表现，我把剩下的饼干一口塞进嘴里，掸掉手指上的饼干屑。但比利再次紧紧盯着我。

——我感觉你在想别的事，小威廉[1]。

他倚着桌子，尽量往前靠，压低声音说话。

——你想知道我会用五万美元做什么吗？

---

[1] 比利本名威廉·沃森，比利是威廉的昵称。

我也往前靠，压低声音。

——洗耳恭听。

——我会在加利福尼亚旧金山盖一栋房子。一栋像这个家一样的白房子，有一个小门廊、一个厨房和一个客厅。楼上有三间卧室。没有停拖拉机的谷仓，但有个车库，用来停埃米特的汽车。

——我喜欢这个主意，比利。可为什么是旧金山？

——因为我们的妈妈在那里。

我靠在椅子上。

——真的吗？

在萨莱纳，埃米特每次提到他的母亲——当然，次数寥寥——他一贯用过去时。可他的用法暗示的不是他的母亲去了加利福尼亚，而是她已经过世。

——把你和伍利送到车站后，我们就出发，比利补充道。

——这么说来，你们打算收拾屋子，搬去加利福尼亚。

——不。我们不打算收拾屋子，达奇斯。我们只带一个背包能装下的东西。

——为什么这么做？

——因为埃米特和艾伯纳西教授一致认为这是重新开始的最佳方式。我们会沿着林肯公路开到旧金山，到了那里，我们会找到妈妈，然后盖我们的房子。

我不忍心告诉小孩，如果他妈妈不愿意住在内布拉斯加的白色小房子里，那她也不会愿意住在加利福尼亚的白色小房子里。但抛开母亲的不确定性,我估摸着这小孩的梦想要实现,还缺四万美元左右。

——我喜欢你的计划,比利。它有一种计划该有的具体性。但你确定你的梦想足够远大吗?我是说,有了五万美元,你可以放胆去想。你可以有游泳池和管家。你可以有一个四车位的车库。

比利一脸认真地摇摇头。

——不用,他说。我不认为我们需要游泳池和管家,达奇斯。

我正想委婉地建议小孩别着急下结论,游泳池和管家可不是那么轻易就拥有的,而那些拥有者一般都舍不得放弃,这时伍利突然站到桌边,一手拿着一只盘子,一手握着一块海绵。

——没人需要游泳池和管家,比利。

你永远不知道什么会引起伍利的注意。也许是停在树枝上的一只鸟。或是雪地里的一个脚印。或是某人前一天下午说过的话。但无论引起伍利思考的是什么,等一等总归划得来。所以,当他在比利旁边坐下时,我赶紧去水池关水,然后回到自己的座位,认真听他说。

——没人需要四车位的车库,伍利继续说。但我觉得你的卧室要多一些。

——为什么呢,伍利?

——这样朋友和家人在假期时就能来玩了。

比利点点头,赞同伍利的好主意,于是伍利继续提建议,这个话题越说越起劲。

——你要有一个带悬挑式屋顶的门廊,这样你就能在下雨的午后在下面坐着,或是在温暖的夏夜在上面躺着。楼下要有一个书房和一个大客厅,大客厅里要有一个足够大的壁炉,下雪时大家都能围着坐。楼梯下面要有一个秘密藏身点,还要有一个专门的角落放圣诞树。

伍利说起来没完没了。他要来纸笔,把椅子转向比利,开始极其细致地画平面图。这可不是纸巾背面随手一画的草图。事实证明,伍利画平面图就像洗盘子一样。房间是按比例绘制的,墙壁彼此平行,各个角落都是完美的直角。光是这么一看,就令人兴奋不已。

抛开带屋顶的门廊优于四车位车库不谈,伍利绘制的完美正面图令人不由赞叹。他为比利设想的房子比小孩自己设想的大了两倍,而且它一定画到心坎上了。因为伍利画完后,比利请他添加指北箭头,并用一颗大红星标出圣诞树的位置。伍利完成后,小孩小心翼翼地叠好平面图,收进自己的背包。

伍利看起来也心满意足。不过,当比利把带子牢牢系好,坐回椅子上时,伍利朝他露出特有的哀伤笑容。

——我真希望我不知道我的妈妈在哪里,他说。

——为什么呢,伍利?

——这样我就能像你一样去找她了。

— · —

洗完盘子后,比利带伍利上楼,给他看洗澡的地方,我四处闲逛了一下。

埃米特的老爹破产不是什么秘密。但你只需看一眼这个地方,就知道不是因为酗酒。一家之主若是个酒鬼,你是看得出来的。你能从家具和前院的样子看出来。你能从孩子们脸上的神情看出来。可就算埃米特的老爹是个滴酒不沾的人，我想着在某个地方总会有点喝的东西——比如私藏起来用于特殊场合的一瓶苹果白兰地或薄荷杜松子酒。在乡间这一带，通常都这样。

我从橱柜开始找。在第一个柜子里，我找到了盘子和碗。在第二个柜子里，我找到了玻璃杯和马克杯。在第三个柜子里，我找到了各类常见食品，但没有酒瓶，就连十年陈蜜的罐子后面都没有。

餐具柜里也没有一丁点酒。但下层隔间里有一堆精美的瓷器，蒙上了一层薄薄的灰尘。你要知道，不仅有餐盘，还有汤碗、沙拉盘、甜点盘和东倒西歪堆得老高的咖啡杯。我数了数，一共二十套餐具——在一个没有餐厅可放餐桌的家里。

我似乎记得埃米特跟我提过，他的父母在波士顿长大。噢，如果他们在波士顿长大，那一定是在比肯山[1]顶上。这种东西是给上流社会新娘的，人们满心期待能一代一代地传下去。整套东西勉强放进餐具柜，所以一个双肩包肯定装不下。这多少让人诧异……

在客厅里，唯一能藏酒瓶的地方是角落那张又大又旧的桌子。我坐在椅子上，抬起桌面。写字台面上放着寻常物件——剪刀、拆信刀和纸笔——但抽屉里杂乱地堆着各种不该出现在那里的东西，比如一只旧闹钟，半副扑克牌，以及零星的五美分和十美分钢镚。

刮拢零钱之后（勤俭节约，吃穿不缺），我手指交叉着[2]打开底层抽屉，我知道那是经典的藏宝之地。但里面没地方放酒瓶，因为抽屉里塞满了

1　波士顿富人居住区。

2　把食指与中指交叉以祈求好运或成功。

信件。

仅瞥上一眼就知道这堆乱七八糟的东西是什么：未付账单。这些账单来自电力公司和电话公司，还有那些蠢到给沃森先生赊账的人。最下面是原始通知单，之上是催款单，最上面则是取消函和诉讼威胁。其中一些信封甚至没打开。

我忍不住笑了。

沃森先生将这些杂物堆在底层抽屉，离垃圾桶不到一英尺，这种方式有点意思。将账单塞进桌子，或是将它们彻底丢弃，他要花费的力气差不多。也许他只是不愿承认自己永远无法付清这些账单吧。

我老爹肯定不会费这心思。在他看来，未付账单应该尽快扔进垃圾堆。事实上，他极其反感印制账单的纸张，他会不遗余力确保它们打从一开始就不会寄给他。这就是为什么天下无双的哈里森·休伊特，一个在英语语言方面堪称较真的人，偶尔会写错自己的地址。

但与美国邮政局开战可不是一件小事。他们拥有一整队卡车和一支步兵大军，步兵大军唯一的人生目标就是确保将写有你名字的信封送到你手中。这就是为什么偶尔休伊特一家出现时从大堂进，离开时从防火梯出，一般是在凌晨五点。

啊，我的父亲会在三、四楼之间停下，指着东边说。玫瑰色手指般的黎明[1]！看到算你走运，我的孩子。有些国王从未亲眼见过！

我听到外面传来兰塞姆先生的皮卡拐上沃森家车道的声音。当卡车经过房子，驶向谷仓时，前灯从右往左迅速扫过房间。我关上书桌的底

---

[1] 出自荷马史诗《奥德赛》，用以形容曙光。

层抽屉,这样整摞信件就能完好无损地保存下来,直至最后的清算。

上楼后,我把头探进比利的房间,伍利已经伸展四肢躺在床上。他轻声哼着歌,盯着天花板上垂下的飞机。他也许是在想念坐在战斗机驾驶舱里飞翔于一万英尺高空的父亲。对伍利来说,他的父亲永远留在了航母飞行甲板与中国南海海底之间的某个地方。

比利待在他父亲的房间里,他盘腿坐在床罩上,背包放在身侧,腿上搁着一本大红书。

——哈啰,枪手。你在读什么?

——《艾博克斯·艾伯纳西教授之英雄、冒险家和其他勇敢旅行者汇编》。

我吹了声口哨。

——听起来真带劲。好看吗?

——噢,我已经读了二十四遍了。

——看来好看这个词可能不足以形容。

小孩翻着书,我走进房间,从一个角落踱到另一个角落。五斗橱顶上放着两张带相框的照片。第一张是站着的丈夫和坐着的妻子,穿着世纪之交的服装。毫无疑问是比肯山的沃森夫妇。另一张是几年前的埃米特和比利。他们坐在埃米特和他邻居今天早些时候坐过的门廊上。没有他们母亲的照片。

——哎,比利。我说着把兄弟俩的照片放回五斗橱。我能问你一个问题吗?

——好的，达奇斯。

——你妈妈到底什么时候去加利福尼亚的？

——一九四六年七月五日。

——日子相当确切。她就这么离开了？再也没音信了？

——不是的，比利说着又翻了一页。她有音信的。她给我们寄了九张明信片。我们这才知道她在旧金山。

自我进房间后，他第一次放下书，抬起头来。

——我能问你一个问题吗，达奇斯？

——这样公平，比利。

——他们为什么这么叫你？

——因为我出生在达奇斯县。

——达奇斯县在哪里？

——纽约以北五十英里左右。

比利坐直身子。

——你是说纽约市吗？

——正是。

——你去过纽约市吗？

——我去过几百个城市，比利，但我去纽约的次数比去其他任何地方都多。

——艾伯纳西教授就在那里。看。

他把书翻到开头的某一页，递了过来。

——小字让我头疼，比利。不如你来读吧。

他低下头，随着指尖移动开始阅读。

——亲爱的读者，今天我在帝国大厦五十五楼简陋的办公室里给你写信，它位于纽约市曼哈顿岛第三十四街与第五大道的交界处，就在我们伟大的祖国美利坚合众国的东北角。

比利抬起头，露出某种期待的神情。我回之以疑问的表情。

——你见过艾伯纳西教授吗？他问。

我笑了笑。

——我在我们伟大的祖国遇到过很多人，其中很多人来自曼哈顿岛，但就我所知，我从未有幸见过你的教授。

——噢，比利说。

他沉默了一会儿，然后皱起了小小的眉头。

——还有问题吗？我问。

——你怎么会去过几百个城市呢，达奇斯？

——我父亲是戏子。我们一般待在纽约，但一年大部分时间都在各个城镇之间旅行。我们这周在布法罗[1]，下周在匹兹堡[2]。接着去克利夫兰[3]或堪萨斯城。我甚至在内布拉斯加州待过一段时间，信不信由你。跟你差不多大的时候，我在一个叫刘易斯的小城郊区住过一段时间。

——我知道刘易斯，比利说。它在林肯公路沿线。在这里和奥马哈的中间。

---

1 美国纽约州伊利湖东岸的港口城市，又称水牛城。

2 美国东部宾夕法尼亚州城市。

3 美国俄亥俄州城市。

——别开玩笑了。

比利把书放到一边,伸手拿自己的背包。

——我有一张地图。你想看吗?

——你的话我信。

比利松开背包。然后,他的眉头又皱起来。

——如果你在各个城镇之间旅行,你怎么上学呢?

——并非一切有价值的知识都能在课本上学到,小伙子。简单来说,我的学校是街道,我的启蒙书是经验,而我的老师是无常的命运之手。

比利似乎思考了一会儿,显然拿不准该不该将这个原则当作信条。然后,他自顾自地点了两下头,又带着一丝尴尬抬起头。

——我能问点别的吗,达奇斯?

——问吧。

——什么是戏子?

我哈哈大笑。

——戏子就是舞台上的人,比利。一个演员。

我伸出一只手,望向远方吟诵:

> 她早晚会死,
>
> 总有一天会传来这个消息。
>
> 明天,明天复明天,
>
> 一天天悄然碎步前行,
>
> 直至最后一秒;

我们所有的昨天替愚人照亮了

　　通向死亡的肮脏之路……[1]

　　要我自己说的话，表演相当不错。当然，姿势是有点老套，但我在明天中倾注了无限的疲惫，捕捉到肮脏死亡中的巨大不祥。

　　比利露出目瞪口呆的表情。

　　——来自威廉·莎士比亚的苏格兰戏剧，我说，第五幕第五场。

　　——你的父亲是莎士比亚戏剧的演员？

　　——极具莎士比亚风格。

　　——他很有名吗？

　　——噢，从佩特卢马[2]到波基普西[3]，每个酒吧都知道他的名字。

　　比利看起来大为震撼。他的眉头再次皱了起来。

　　——我对威廉·莎士比亚略知一二，他说。艾伯纳西教授称他是从未远航过的最伟大的冒险家。可他从没提过苏格兰戏剧……

　　——这不奇怪。你瞧，苏格兰戏剧是戏剧界人士对《麦克白》的称呼。几百年前，人们认定这是一部受到诅咒的戏剧，直呼其名只会给那些胆敢演出的人带来不幸。

　　——怎样的不幸？

　　——惨不忍睹的那种。在一六〇〇年的第一次演出中，饰演麦克白

---

[1] 出自莎士比亚《麦克白》。——编者注
[2] 位于美国加利福尼亚州索诺马县。
[3] 位于美国纽约州达奇斯县。

林肯公路

夫人的年轻演员在即将登台前去世了。大约一百年前,世界上有两位最伟大的莎士比亚戏剧演员,一个叫福里斯特[1]的美国人,一个是叫麦克雷迪[2]的英国人。美国观众自然偏爱福里斯特先生的才华。因此,当麦克雷迪在曼哈顿岛阿斯特广场歌剧院出演麦克白一角时,爆发了一场骚乱,冲突涉及一万人,许多人因此丧生[3]。

不用说,比利听入迷了。

——可它为什么会被诅咒?

——为什么会被诅咒!你难道从没听过麦克白的故事吗?那个黑心肠的格拉姆斯爵士?什么?没有?好吧,小伙子,挪点地方,让我给你长长见识!

艾普纳西教授[4]的《汇编》被搁在一旁。比利钻进被窝,我关上灯——就像我父亲准备讲黑暗而可怕的故事时一样。

很自然,我从沼泽里的三个女巫开始讲起,她们叽叽歪歪,预言惹来麻烦。我告诉小孩,在充满野心的妻子的怂恿之下,麦克白如何在国王莅临时用匕首刺穿了他的心脏,这桩残忍的谋杀又如何引发了接二连三的谋杀。我告诉他,麦克白是如何深受幽灵幻象的折磨,他的妻子开始在考德大厅内梦游,擦拭着手上看不见的血迹。啊,我鼓足勇气讲到精彩之处,不赖啊!

---

1 埃德温·福里斯特(1806—1872),美国著名莎士比亚戏剧演员。
2 威廉·麦克雷迪(1793—1873),英国戏剧演员。
3 即一八四九年五月的阿斯特广场暴动。
4 达奇斯将"艾伯纳西(Abernathe)"误读成了"艾普纳西(Applenathe)"。

讲完伯纳姆森林的树木攀上了邓斯纳恩山,那个不是从妇人腹中生出来的男人麦克达夫在田野上手刃弑君者后,我给比利盖好被子,祝他做个美梦。我退到走廊上,微微挥手鞠了一躬[1],这时我发现小比利下床重新把灯打开了。

— · —

我坐在埃米特的床边,他的房间一下子触动我的是其中缺失的一切。石膏墙上有个钉子留下的缺口,但没挂照片,没有海报或旗帜。房间里没有收音机或唱片机。窗户上方有根窗帘杆,但没有窗帘。如果墙上挂个十字架,这很可能是个修道士的单人间。

我猜他可能在去萨莱纳前清空了房间。把自己孩子气的一面抛在脑后,把他所有的漫画书和棒球卡之类的东西扔进垃圾桶。也许吧。但我有一种感觉,这个房间属于一个老早就准备只揣一个背包离家的人。

兰塞姆先生的卡车经过房子,开上公路,这一次前灯从左往右再次扫过墙壁。纱门砰的一声关上,我听到埃米特关掉厨房的灯,又关掉客厅的灯。在他爬楼梯时,我在走廊上等他。

——车能跑了?我问道。

——谢天谢地。

他看起来真的松了一口气,但也有些疲惫。

——很抱歉要你让出房间。不如你睡自己的床,我睡楼下的沙发吧。它可能有点短,但肯定比萨莱纳的床垫舒服。

---

[1] 戏剧演员谢幕姿势。

说这话时，我没指望埃米特会接受我的提议。他不是这样的人。但我看得出来，这样的善意他心领了。他对我微微一笑，甚至将一只手搭在我的肩上。

——没事，达奇斯。你别麻烦了，我去找比利。我想我们都需要睡一晚好觉。

埃米特沿着走廊走了几步，然后停下来，转过身。

——你和伍利应该换下那些衣服。他可以在我父亲的衣橱里找一找。他们的身材差不多。我已经收拾好比利和我的东西了，所以我衣橱里的东西你随便拿。里面还有两只旧书包，你们俩可以用。

——谢了，埃米特。

他沿着走廊继续走，我回到他的房间。在紧闭的房门后面，我听到他洗漱后去找他的弟弟。

我躺在他的床上，盯着天花板。我的头顶上方没有飞机模型。我只看到石膏墙上有一条裂缝，绕着顶灯弯成了随意的弧线。不过，在漫长的一天结束后，也许石膏墙上的一条裂缝足以引发天马行空的遐想。因为环绕灯具的那个小瑕疵弯曲的样子忽然让我十分怀念普拉特河[1]在奥马哈拐弯时的样子。

啊，奥马哈，我永世难忘。

那是一九四四年八月，我八岁的生日刚过去半年。

那年夏天，我父亲参加了一个声称要为战争筹款的巡回时事讽刺剧团。虽然宣传的是表演出自马戏大师，但也可以说是出自无名之辈。

---

1 内布拉斯加州的主要河流，长约五百千米，由南北普拉特河汇合而成。

开场是一个瘾君子马戏演员,他在表演的后半段浑身打战。接着是一个八十岁的喜剧演员,永远记不住哪些笑话已经讲过。我父亲的节目是表演一段莎士比亚最伟大的独白串烧——或用他的话来说:用二十二分钟演绎一生的智慧。他蓄着布尔什维克人的胡子,腰带上挂着一把匕首,他的目光从脚灯缓缓抬起,在楼座右上角某个地方寻找崇高的思想境界,由此开始表演:轻声!那边窗子里亮起来的是什么光[1]……再次向突破口冲锋,亲爱的朋友们[2]……啊!不要跟我说什么需要不需要[3]……

从罗密欧、亨利五世到李尔王。从意乱情迷的青年、初出茅庐的英雄到步履蹒跚的老傻瓜,循序渐进,倾情演绎。

我记得,那次巡演开始于新泽西州迷人的特伦顿市[4]的马杰斯蒂克剧院。从那里出发,我们一路向西,从匹兹堡到皮奥里亚[5],辗转于灯火辉煌的内陆城镇。

最后一站是奥马哈的奥德翁剧院,进行为期一周的驻场演出。奥德翁剧院挤在火车站和红灯区之间的某个地方,是一座宏伟古旧的装饰风格建筑,它没把握住机会,没有明智地改造成电影院。旅行中的大多数时候,我们与其他表演者一起住在适合我们这类人的旅馆——那种亡命之徒和《圣经》推销员经常光顾的旅馆。但每当我们抵达巡回演出的最后一站——不再有转寄地址的那一站——父亲会带我入住镇上最豪华的

---

1 出自《罗密欧与朱丽叶》第二幕第二场。

2 出自《亨利五世》第三幕第一场。

3 出自《李尔王》第二幕第四场。

4 美国新泽西州州府。

5 位于美国伊利诺伊州皮奥里亚县。

酒店。他拄着温斯顿·丘吉尔[1]一样的拐杖，操着约翰·巴里莫尔[2]的嗓音，踱步到前台，让人领他去房间。当他发现酒店已经客满，而且没有他的预订记录，他会表达出符合其身份的愤慨。怎么回事！没有预订！为什么，我的私交、华尔道夫酒店总经理莱昂内尔·彭德格斯特向我保证，奥马哈最适合过夜的地方就是这里，正是他打电话到你们的办公室，替我订了房间！管理层终于承认总统套房还空着，老头子会做出让步，说尽管他是个需求简单的人，但总统套房也很不错，谢谢。

一旦安顿下来，这个需求简单的人会充分利用酒店的便利设施。我们的每件衣服都会被送去清洗。修甲师和按摩师会被叫到我们的房间。侍者会被派去买花。在大堂酒吧，他每晚六点请全场喝酒。

那是八月的一个星期日，也就是他结束最后一场演出的第二天清晨，父亲提议去郊游。他受雇去丹佛的帕拉迪姆剧院连演，便提议我们在蜿蜒的河岸上野餐庆祝一下。

我们提着行李从酒店的后楼梯下去，父亲想着我们或许应该带上一位温柔的女士，以增添欢乐的气氛。比如梅普尔斯小姐，就是被斗鸡眼魔术师梅菲斯托在每晚第二场表演中锯成两半的那个讨人喜欢的年轻女士。而拎着行李箱站在巷子里的人不就是我们刚在谈论的那个丰满的金发女郎吗？

——哟嚯！我父亲说。

---

[1] 温斯顿·丘吉尔（1874—1965），两度出任英国首相（1940—1945，1951—1955）。

[2] 约翰·巴里莫尔（1882—1942），美国著名戏剧和电影演员。

啊,那天可真愉快呀。

我坐在折叠加座上[1],梅普尔斯小姐坐在前排,我们开车来到普拉特河边的一个大型市政公园,那里草地葱郁,树木高大,阳光在水面上盈盈闪闪。前天晚上,父亲订了一份炸鸡和冷玉米当野餐。他甚至将我们早餐盘子下面的桌布直接偷了出来(敢不敢试试,梅菲斯托!)。

梅普尔斯小姐肯定不到二十五岁,她似乎很喜欢跟我老爹在一起。他讲的所有笑话都惹得她哈哈大笑,每当他给她的杯子添酒时,她都会热情地表示感谢。他从莎士比亚那里偷来的一些赞美之词甚至会让她的脸上浮起红晕。

她带了一台便携式唱片机,我负责挑唱片、拨唱针,他们俩则在草地上随意起舞。

有人曾说,让人胃口好的东西会让人头脑发昏。的确,没什么话比这更富有真理。因为等我们把酒瓶扔进河里,把留声机装进后备厢,把汽车挂上挡后,父亲说我们得在附近的一个小镇稍做停留,那时我完全没当回事。我们把车停在山顶一座古老的石头建筑前,他让我跟一位年轻的修女在一间房里等着,他则跟一位年长的修女在另一间房里说话,那时我依旧完全没当回事。事实上,直到我碰巧瞥了一眼窗外,发现梅普尔斯小姐的脑袋倚着父亲的肩头,他载着她在车道上飞驰而去,我才意识到自己被骗了。

---

[1] 旧式汽车车厢后的座位,用时打开后备厢盖作为靠背。

NINE

第 九 天

埃米特

醒来时,埃米特闻到了平底锅煎培根的香味。他不记得上次伴着培根的香味醒来是什么时候了。一年多来,他每天早上六点十五分在刺耳的号角声和四十个男孩的扰攘声中醒来。无论晴雨,他们都有四十分钟时间洗澡、穿衣、铺床、吃早餐、排队干活儿。在一张铺着干净棉床单的真床垫上醒来,空气中弥漫着培根的香味,这感觉如此陌生,如此意想不到,埃米特愣了一会儿,好奇哪里来的培根,又是谁在煎培根。

他翻了个身,看到比利已经不在,床头柜上的闹钟显示九点四十五分。他轻声咒骂着从床上爬起来,穿上衣服。他原想在教堂礼拜结束前进城再回来的。

在厨房里,他看到比利和达奇斯面对面坐着——萨莉站在炉子旁。男孩们面前放着盘装的培根和鸡蛋,桌子中间放着一篮饼干和一罐草莓蜜饯。

——哥们儿,你赶上大餐了,达奇斯看到埃米特时说道。

埃米特拉开椅子,看向萨莉,她正端起渗滤式咖啡壶。

——你没必要给我们做早餐的,萨莉。

作为回答,她在他的桌前放下一只马克杯。

——你的咖啡。你的鸡蛋马上就好。

然后，她转身回到炉子旁。

达奇斯又咬了一口饼干，正摇着头表示赞赏。

——我走遍了美国，萨莉，但我从没尝过这么美味的饼干。你的秘密配方是什么？

——我的配方没什么秘密，达奇斯。

——说是没有，那就应该有。比利告诉我，果冻也是你做的。

——那些是蜜饯，不是果冻[1]。是的，我每年七月都会做。

——这要花上她一整天的时间，比利说。你真该瞧瞧她的厨房。每个厨台上都摆着一篮篮浆果，还有一袋五磅[2]重的糖，四口不同的锅在炉子上炖着。

达奇斯吹了声口哨，又摇了摇头。

——方法或许老派，但在我看来，劳有所得。

萨莉从炉子旁转身，略带郑重地谢过达奇斯。然后，她看向埃米特。

——你准备好了吗？

不等他回答，她就把他的食物端了过来。

——你真不用这么麻烦，埃米特说。我们可以自己弄早餐，橱柜里还有很多果酱。

——我以后一定记得，萨莉说着放下他的盘子。

接着，她走到水池边，开始刷洗平底锅。

---

[1] 在各类罐头中，果冻没有籽；果酱因果肉被碾碎所以有籽；蜜饯中的果肉是完整的。——作者注

[2] 1 磅约合 0.45 千克。

埃米特注视着她的背影,这时比利对他讲话。

——你去过皇家吗,埃米特?

埃米特转向他的弟弟。

——什么意思,比利?皇家?

——萨莱纳的电影院。

埃米特朝达奇斯微微皱眉,达奇斯迅速澄清。

——你哥哥从没去过皇家,比利。只有我跟其他几个小子去过。

比利若有所思地点点头。

——你们去看电影需要特殊许可吗?

——不用许可,更需要的是……主动性。

——可你们怎么出去呢?

——啊!一个合乎情理的问题。萨莱纳不是严格意义上的监狱,比利,有看守塔和探照灯。它更像是军队的新兵训练营——在鸟不拉屎的地方建了一个场地,有一堆营房和一个食堂,一些穿制服的老家伙不是骂你走得太快,就是骂你走得太慢。但那些穿制服的家伙——你也可以说是我们的中士——不跟我们睡在一起。他们有自己的营房,配一张台球桌、一个收音机和一个塞满啤酒的冰箱。所以,周六熄灯后,当他们喝着酒打着台球,我们几个人会从浴室的窗户溜出去,溜到城里去。

——远吗?

——不算太远。如果你小跑穿过土豆田,大约二十分钟后会到河边。大多数时候,河水只有几英尺深,所以你可以穿着内衣蹚过去,正好赶上城里十点的放映。你可以带上一袋爆米花和一瓶汽水,在楼座看完电影,然后凌晨一点前回去睡觉,谁也不会知道。

——谁也不会知道,比利带着一丝惊叹重复道。可你们怎么买电影票呢?

——我们为什么不换个话题呢,埃米特提议。

——就是!达奇斯说。

一直在擦平底锅的萨莉砰的一声把锅放在炉子上。

——我去铺床,她说。

——你没必要铺床的,埃米特说。

——它们不会自己铺好。

萨莉离开厨房,他们听到她大步上楼的声音。

达奇斯看着比利,扬起眉毛。

——失陪,埃米特说着推开自己的椅子。

上楼时,埃米特听到达奇斯和弟弟开始聊基督山伯爵,以及他是如何奇迹般地从孤岛监狱逃脱的——这就是答应的换个话题。

埃米特来到父亲的房间时,萨莉已经在迅速而娴熟地铺床了。

——你没提你有客人,她头也不抬地说。

——我没料到我会有客人。

萨莉在枕头两端各打了一拳,把它们弄蓬松,然后把它们靠在床头板上。

——借过,她说着从站在门口的埃米特身旁挤过,去走廊对面他的房间。

埃米特跟在她的身后,发现她正盯着床——因为达奇斯已经铺好了。埃米特有些佩服达奇斯的表现,但萨莉没有。她拉开被子和床单,开始以同样娴熟的动作将它们塞回去。当她专注打枕头时,埃米特瞥了一眼床边的闹钟。快十点十五分了。无论如何,他真没时间这么耗着。

——如果你有心事,萨莉……

萨莉突然停下来,那天早上第一次直视他的眼睛。

——我会有什么心事?

——我完全不知道。

——说得真对。

她抚平裙子,朝门口走去,但他挡住了她的去路。

——要是我在厨房显得没心没肺的,我很抱歉。我只是想说——

——我知道你想说什么,因为你已经说了。我今天早上不用费这心思不去教堂来给你们做早餐,就像昨天晚上我不用费这心思给你们做晚饭一样。真是好极了。可我告诉你,跟别人说他们不用费心思做什么事并不等于表示感谢。完全不搭边。无论你的橱柜里有多少从商店买来的果酱。

——就因为这事?橱柜里的果酱?萨莉,我无意贬低你的蜜饯。它们当然比橱柜里的果酱更美味。可我知道你做蜜饯有多费事,我不想让你觉得你不得不为了我们浪费一罐。这又不是什么特别的场合。

——你可能有兴趣知道,埃米特·沃森,哪怕不是什么场合,我很乐意朋友和家人享用我的蜜饯。但也许,只是也许,我以为在你和比利一声不吭收拾行李搬去加利福尼亚前,你们会想尝上最后一罐。

埃米特闭上眼睛。

——仔细想想,她继续说,我猜我应该庆幸,你的朋友达奇斯有这头脑把你们的打算告诉我。要不然,我可能明天早上过来做完煎饼和香肠才发现没人吃。

——对不起,我还没找着机会跟你说这事,萨莉。但我没想刻意隐瞒。昨天下午,我跟你父亲谈了这事。事实上,这事是他提出来的——他说,比利和我最好搬家,到其他地方重新开始。

萨莉盯着埃米特。

——我父亲说的。说你应该搬家,重新开始。

——说了很多……

——嗯,听起来可真棒啊。

萨莉推开埃米特,又走进比利的房间,伍利正平躺着朝天花板吹气,想吹动飞机。

萨莉双手叉腰。

——你又是谁?

伍利惊讶地抬头。

——我是伍利。

——你是天主教教徒吗,伍利?

——不是,我是圣公会教徒。

——那你还躺在床上干吗?

——我不知道,伍利承认。

——已经上午十点多了,我还有很多事要做。所以我数到五,不管你在不在床上，我都要铺床了。

伍利穿着平角短裤从被窝里跳出来，惊讶地看着萨莉动手铺床。他挠着头顶，看到门口的埃米特。

——嘿，埃米特！

——嘿，伍利。

伍利朝埃米特眨了一会儿眼睛，然后面露喜色。

——是培根吗？

——哈！萨莉说。

埃米特走下楼梯，走出家门。

– · –

对埃米特来说，独自坐在史蒂倍克方向盘后面是一种解脱。

自从离开萨莱纳，他几乎没时间独处。先是搭监狱长的车，接着面对厨房里的奥伯梅耶先生和门廊上的兰塞姆先生，然后是达奇斯和伍利，现在又是萨莉。埃米特想要的，他需要的只是一个厘清思绪的机会，这样无论他和比利决定去哪里，不管是得克萨斯还是加利福尼亚，或是其他什么地方，他都能摆正心态、从头来过。可当埃米特拐上 14 号公路，他发现自己纠结的不是他和比利会去哪里，而是他和萨莉的对话。

我完全不知道。

当她问他，她会有什么心事时，他是这么回答的。严格来说，他确实不知道。

但他本可以好好猜一猜的。

他非常清楚萨莉期待的是什么。他甚至一度让她有理由这么期待。年轻人就爱这么干：煽动彼此期望的火苗——直到生活的困窘开始显现。但自从去了萨莱纳，埃米特没有给她太多期望。她给他寄来那些装有自制饼干和家乡消息的包裹，他没回复一句感谢的话。没有电话，没有信件。而且回家之前，他没将自己要回来的消息告知她，也没让她收拾屋子。他没让她打扫、铺床，在浴室里放肥皂，或在冰箱里放鸡蛋。他没要求她做任何事。

当他发现她为了他和比利自愿做这些事时，他感激吗？当然如此。可心存感激是一回事，亏欠人情又完全是另一回事了。

埃米特开着车，看到 7 号公路的十字路口越来越近。埃米特知道，如果他右转，在 22D 公路上绕回来，他不必经过集市就能到镇上。可那么做有什么意义呢？无论他经过与否，集市一直在那里。无论他去了得克萨斯、加利福尼亚或是其他任何地方，集市始终在那里。

不，绕远路不会改变任何事。也许只能让人幻想一下已经发生的事根本没发生。因此，埃米特不仅继续径直驶过十字路口，还在靠近集市时把车速放慢至二十迈[1]，然后把车停在了集市对面的路肩上，他别无选择，只能认认真真地瞧上一眼。

一年中有五十一周，集市就和现在的一模一样——四英亩空地上散落着用来固尘的干草。但在十月的第一周，这里定是满满当当的。到处都是音乐、人群和灯光。有旋转木马和碰碰车，还有形形色色的摊位，

---

[1] 1 迈即 1 英里/小时，约合 1.6 千米/小时。

人们可以玩套圈或射击。这里将支起一个巨大的条纹帐篷,评委们会郑重其事地开会和商讨,为最大的南瓜和最美味的柠檬蛋白派授予蓝丝带。还有带露天座位的畜栏,人们会在那里举办拖拉机拔河比赛和套小牛的活动,更多的评委将颁出更多的丝带。就在食品区后面,还设有一座闪耀的舞台,为小提琴比赛提供场地。

集市最后一天晚上,在棉花糖摊位边上,偏偏就在那里,吉米·斯奈德选择挑衅。

吉米喊出第一句话时,埃米特以为他肯定在跟别人说话——因为他几乎不认识吉米。埃米特比吉米小一岁,不和吉米一起上任何课,也不在他的任何团体里,所以没理由跟他交流。

可吉米·斯奈德用不着认识你。无论认识与否,他就喜欢诋毁别人。无论出于什么原因。可能是你穿的衣服,你吃的东西,或是你姊妹过马路的样子。就是这样,只要是惹他不快的东西,任何事都有可能。

从手段上讲,吉米是用询问表达侮辱的那种人。他显出好奇又温和的样子,提出的第一个问题不会针对特定的人。如果问题没有击中痛处,他会自己回答第一个问题,再问下一个,不断逼近。

真温馨呢,不是吗?看到埃米特牵着比利的手,他这样问道。我说,这真是你见过最温馨的事了,不是吗?

埃米特意识到吉米在对他说话,并没有理会。在县集市上牵弟弟的手被人瞧见,他有什么可在意的。晚上八点,在拥挤的人潮中,谁不会牵住一个六岁小男孩的手呢?

于是,吉米又试了一次。在某种程度上,他改变了策略,他大声地问埃米特的父亲没有参战是不是因为他是 3-C[1]，这是选征兵役分类，允许农民缓期服役。鉴于内布拉斯加有太多人被划为 3-C 类别，这种奚落让埃米特觉得莫名其妙。他深觉奇怪，忍不住停下脚步转过身来——这是他犯的第一个错误。

吉米既已引起埃米特的注意，便自己回答了这个问题。

不，他说，查理·沃森不可能是 3-C。因为他在伊甸园里都不会种草。他一定是 4-F。

说到这里，吉米伸出一根手指，绕着耳朵打圈，暗示查理·沃森没脑子。

诚然，这些都是幼稚的嘲讽，却开始让埃米特咬牙切齿。他感觉熟悉的燥热涌上皮肤表面。但他也感觉到比利正使劲拽着他的手——或许只是因为小提琴比赛即将开始，也或许哪怕只有六岁，比利明白跟吉米·斯奈德这种人打交道没有好结果。但没等比利把埃米特拉走，吉米又开口挖苦。

不，他说，不可能是 4-F。他太蠢了，不可能是疯子。我猜他没参战肯定因为他是 4-E。人们称之为良心——

没等吉米说出反对者这个词，埃米特就揍了上去。他甚至没松开弟弟的手，抡出干净利落的一拳，打断了吉米的鼻子。

当然，吉米不是因为鼻梁断裂而死。而是因为摔跤。吉米习惯了说话肆无忌惮，不受惩罚，他对这一拳毫无防备。这一拳让他踉跄后退，

---

[1] 美国军队征兵时，3-C（基本工作）、4-F（精神问题）、4-E（出于良心拒绝服役——和平主义）可免服兵役。——作者注

双臂乱甩。他的脚后跟被一根缆绳绊住,身体直直地向后摔去,脑袋撞在一块固定帐篷桩子的煤渣砖上。

根据验尸官的说法,吉米倒地时力道过大,煤渣砖的一角在他的后脑勺上凿出了一个一英寸深的三角形洞。这使他陷入昏迷,可以喘气,但也在慢慢消耗他的生命力。六十二天后,他的生命终于彻底耗尽,他的家人坐在他的床边,徒劳地守着夜。

正如监狱长所说:不走运。

是彼得森警长将吉米的死讯告知沃森一家的。他推迟了起诉,等着看吉米的情况。与此同时,埃米特一直保持沉默,他认为吉米正挣扎着活下去,重提旧事是不道德的。

可吉米的伙伴们并没有保持沉默。他们常常没完没了地提起那场打斗。他们在校舍里、在冷饮柜旁、在斯奈德家的客厅里谈论此事。他们说,他们四个人正要去棉花糖摊位,吉米不小心撞到埃米特;吉米还没来得及道歉,埃米特就朝他脸上揍了一拳。

埃米特的律师斯特里特先生鼓励他出庭做证,讲述他自己的故事。可无论赢的是哪种说法,吉米·斯奈德还是去世并落了葬。因此,埃米特告诉斯特里特先生,他不需要审讯。一九五三年三月一日,在县法院邵默法官的听证会上,埃米特公开认罪,被判在堪萨斯萨莱纳一个农场的特殊青少年改造项目中服刑十八个月。

埃米特想,再过十周,集市就不会空空荡荡了。帐篷支起,舞台重建,人群将再次聚集,期待着比赛、美食和音乐。埃米特将史蒂倍克挂上挡,等庆典活动开始,他和比利将远在千里之外,但这并没有给他带来任何安慰。

— · —

埃米特挨着法院旁边的草坪停好车。因为是星期日，只有几家商店开门。他匆匆去了趟冈德森商店和廉价商店，用父亲信封里的那张二十美元买了些西行所需的杂货。他把购物袋放进车里，然后沿着杰斐逊街步行至公共图书馆。

在中央大厅前面，一位中年图书管理员坐在一张V形桌旁。埃米特询问哪里可以找到年鉴和百科全书，她把他领到了参考资料区，指了指各类卷册。在她做这些事时，埃米特感觉她正透过眼镜仔细打量他，多看了他几眼，好像认出他似的。埃米特小时候来过图书馆，之后再没来过，但她可能因为各种原因认出他，尤其是他的照片不止一次出现在小镇报纸的头版。一开始是他的入学照，跟吉米的入学照并列。然后是埃米特·沃森被带进警局接受正式指控的照片，以及埃米特·沃森在听证会结束后不久走下法院台阶的照片。冈德森先生店里的那个女孩以类似的眼神打量过他。

——需要我帮忙找什么特别的东西吗？过了一会儿，图书管理员问道。

——不用，女士。我自己来。

在她走回自己的办公桌时，埃米特取出了他需要的卷册，把它们搬到其中一张桌上，然后坐下来。

一九五二年的大部分时间，埃米特的父亲一直在与这样那样的疾病斗争。而在一九五三年春天，一场怎么都好不了的流感促使温斯洛医生将他送到奥马哈做了些检查。几个月后，在寄往萨莱纳的信中，埃米特的父亲向儿子保证，他已经无碍，正在康复。不过，他答应再去一趟奥马哈，让专家们多做些检查，因为专家们习惯这么做。

读信时，埃米特没有被父亲朴实的保证或他对医疗专业人士喜好的调侃所愚弄。从埃米特记事起，父亲一直爱说安慰的话。他用安抚的口吻描述种植情况、收成如何，以及他们的母亲为何突然消失。再说，埃米特已经长大，知道正在康复与反复看专家多有矛盾。

八月的一个早晨，沃森先生从早餐桌旁起身，直接晕倒在比利眼前，此刻关于疾病预测的疑虑一扫而空，他第三次前往奥马哈，这次是躺在救护车后面。

那天晚上，埃米特在监狱长办公室接到温斯洛医生的电话，随后一个计划开始成形。或者更确切地说，这个计划已经在埃米特的脑海中酝酿了好几个月，而此刻凸显出来，以一系列时间各异和地点各异的可能性呈现出来，但总发生在内布拉斯加州以外的地方。父亲的病情在秋天恶化，计划变得更明晰了。今年四月，父亲去世，计划已经一清二楚了——仿佛埃米特的父亲放弃自己的生机是为了确保埃米特的计划保持生机。

计划很简单。

等埃米特一离开萨莱纳，他和比利准备收拾东西，前往某个大都市——某个没有筒仓、收割机或集市的地方——在那里，他们可以用父亲仅存的一点遗产买房子。

不一定非得是栋大房子。可以是带一两个浴室的三居室或四居室。可以是殖民风格的，也可以是维多利亚风格的，可以是木板的，也可以是瓦片的。只是有一点，它一定得是破破烂烂的。

因为他们买这栋房子既不是为了塞满家具、餐具和艺术品，也不是为了填满回忆。他们买房子是为了修缮好再转卖。为了维持生计，埃米特会在当地建筑商那里找份工作，而到了晚上，在比利做功课时，埃米特会一英寸一英寸地将房子修好。首先，他会完成屋顶和窗户的必要修整，确保房子不透风雨。然后，他会专注于墙壁、门和地板。接着是线脚、栏杆和柜子。一旦房子处于最佳状态，一旦窗户能开能关，楼梯不再嘎吱作响，暖气片不再咯咯响动，一旦所有角落都看起来完好精致，只有到那时，他们才会卖掉房子。

埃米特认为，如果他处理得当，如果他在合适的街区选对房子，加上妥当的修缮，那他在第一笔交易中就能把钱翻倍——这样他就能用收益再买两栋破屋，重新开始这个过程。只是这一次，等这两栋房子完工后，他会卖掉一栋，出租另一栋。如果埃米特一直这么干，他认为自己几年内就能赚够钱辞掉工作，再雇上一两个人。接着，他会翻新两栋房子，收四栋房子的租金。但无论何时，无论在什么情况下，他绝不会贷款一毛钱。

除了自己要努力工作，埃米特认为只有一件事对他的成功至关重要，那就是要在一个不断发展的大都市实施他的计划。考虑到这一点，他去过萨莱纳的小图书馆，把《大英百科全书》第十八卷摊在桌上，记录了以下内容：

得克萨斯州人口

1920 年	4,700,000
1930 年	5,800,000
1940 年	6,400,000
1950 年	7,800,000
1960 年（预计）	9,600,000

看到得克萨斯州的条目，埃米特甚至懒得去读开头几段——那些总结该州历史、商业、文化和气候的段落。他看到从一九二〇年至一九六〇年，得克萨斯人口将增加一倍多，他只需要知道这个就够了。

依据同样的逻辑，对于美国任何发展中的大州，他都应保持开放的态度。

埃米特坐在摩根图书馆内，从钱包里掏出那张纸片放在桌上。然后，他翻开百科全书第三卷，在纸上加了第二栏。

得克萨斯州人口		加利福尼亚州人口	
1920 年	4,700,000	1920 年	3,400,000
1930 年	5,800,000	1930 年	5,700,000
1940 年	6,400,000	1940 年	6,900,000
1950 年	7,800,000	1950 年	10,600,000
1960 年（预计）	9,600,000	1960 年（预计）	15,700,000

加利福尼亚的发展令埃米特备感惊讶，这次他读了开头的段落。他

林肯公路

了解到,加利福尼亚的经济正在多个领域内扩张。长久以来,它一直是农业巨头,战争使它转型为船舶和飞机的主要制造地;好莱坞已成为全世界的造梦之地;圣迭戈港、洛杉矶港和旧金山港共同构成美国贸易的最大门户。仅在二十世纪五十年代,加利福尼亚预计新增五百多万居民,增长率近百分之五十。

考虑到加利福尼亚的人口增长,他和弟弟寻找母亲的想法不仅荒唐,也不切实际。可如果埃米特的打算是翻新和售卖房屋,那么加利福尼亚是个好的选择。

埃米特将纸片塞回钱包,将百科全书放回书架。不过,将第三卷放回原位后,埃米特又取出了第十二卷。他没有坐下,翻到有内布拉斯加州条目的那一页,粗略地看了一下。埃米特带着一丝冷酷的满足了解到,从一九二〇年到一九五〇年,内布拉斯加州的人口一直徘徊在一百三十万左右,且五十年代预计不会有人口新增。

埃米特放回卷册,朝门口走去。

——你找到想要的东西了吗?

埃米特已经走过咨询台,他转身看向图书管理员。此刻,她的眼镜推到头顶,埃米特发现自己猜错了她的年纪。她可能不到三十五岁。

——找到了,他说。谢谢。

——你是比利的哥哥,是吗?

——是的,他略感意外地说。

她微笑着点点头。

——我是埃莉·马西森。我认出你是因为你跟他长得太像了。

——你跟我弟弟很熟吗？

——噢，他经常来这儿。至少你离开之后是这样的。你弟弟喜欢好故事。

——确实如此，埃米特笑着表示同意。

不过，走出门后，他忍不住自言自语：无论好坏。

— · —

埃米特从图书馆回来时，史蒂倍克旁站着三个人。他不认识右边那个戴牛仔帽的高个子，但左边那个是珍妮·安德森的哥哥埃迪，中间那个是雅各布·斯奈德。埃迪在人行道上踢来踢去，埃米特看得出他不想待在那里。高个子陌生人看到埃米特走近，便轻推杰克[1]。杰克抬头，埃米特看得出他也不想待在那里。

埃米特在几英尺外停下脚步，手里拿着钥匙，朝他认识的两个人点头致意。

——杰克。埃迪。

两人都没回应。

埃米特考虑向杰克道歉，但杰克出现在那里不是为了接受道歉。埃米特已经向杰克和斯奈德家的其他人道过歉了。在打架几小时后，然后在警局，最后在法院的台阶上，他都道过歉了。对斯奈德一家而言，他当时的道歉毫无用处，现在也一样。

——我不想惹麻烦，埃米特说。我只想开车回家。

——休想，杰克说。

1　杰克是雅各布的昵称。

林肯公路

他或许是对的。埃米特和杰克只聊了一小会儿，但已经有人围了上来。有几个农场工人，韦斯特利家的寡妇们，还有两个在法院草坪上打发时间的年轻人。如果五旬节派或公理会结束礼拜，人群只会越来越多。接下来不管发生什么，肯定会传回斯奈德老爷子那里，这意味着杰克只能采取一个办法结束这场相遇。

埃米特把钥匙放进口袋，双手垂在身侧。

最先开口的是那个陌生人。他靠着史蒂倍克的车门，将帽子往后一歪，露出微笑。

——看来杰克跟你还有些事没了结，沃森。

埃米特迎上陌生人的目光，然后转向杰克。

——如果我们有事没了结，杰克，那让我们了结它。

杰克看起来像在纠结如何开场，仿佛经过这几个月，他期待感受的——他理应感受到的——愤怒忽然消失不见了。他学着他的哥哥，以一个问题开启了话题。

——你以为自己很会打架，是吗，沃森？

埃米特没有回答。

——也许你确实很会打架，只要你能无缘无故地揍人。

——不是无缘无故，杰克。

杰克向前迈了半步，此刻感受到了一些近乎愤怒的东西。

——你是说吉米想先打你？

——没有。他没想打我。

杰克咬紧牙关点点头，又迈了半步。

——既然你这么喜欢先动手,不如第一拳你来打我吧。

——我不会打你的,杰克。

杰克盯着埃米特看了一会儿,然后移开视线。他没看他的两个朋友。他没看那些聚在他身后的镇民。他移开视线不是为了看具体的东西。等他回过头来后,用一记右交叉拳打向埃米特。

由于杰克动手时没看埃米特,他的拳头擦过埃米特的脸颊上方,没有正中下巴。但他的力道足够大,埃米特被往右打了个趔趄。

这下所有人都向前迈了一步。埃迪和那个陌生人,围观者,甚至那个推着婴儿车刚加入人群的女人。所有人,除了杰克。他站在原地,瞪着埃米特。

埃米特回到刚刚站的位置,双手放回身侧。

杰克的脸涨得通红,夹杂着疲惫和愤怒,或许还有一丝尴尬。

——挥拳,他说。

埃米特一动不动。

——他妈的挥拳!

埃米特举起拳头,高度足以摆出打架的姿势,却不够有效地自我防卫。

这一次,杰克击中了埃米特的嘴。埃米特踉跄着后退三步,舔到嘴唇上的血。他重新站稳,又向前迈了三步,回到杰克够得着的地方。埃米特听到那个陌生人怂恿杰克,便半举着拳头,杰克把他打倒在地。

突然之间,世界失去平衡,以三十度角倾倒。为了稳住膝盖,埃米特不得不用双手撑着人行道。他使劲把自己撑起来,感受到白日的热气从水泥地上升腾而起,涌进他的掌心。

埃米特四肢着地,等头脑清醒后,又开始站起来。

杰克向前一步。

——你再敢站起来,他情绪激动地说。你再敢站起来,埃米特·沃森。

站直身子后,埃米特开始举起拳头,但他毕竟还没准备好站立。大地摇摇晃晃向上倾斜,埃米特咕哝一声栽倒在人行道上。

——够了,有人喊道。够了,杰克。

是彼得森警长,他从围观人群中挤进来。

警长指示他的一名副手把杰克拉到一边,另一名副手驱散人群。然后,他蹲下来检查埃米特的情况。他甚至伸手转动埃米特的脑袋,仔细查看他的左脸。

——看起来没骨折。你没事吧,埃米特?

——我没事。

彼得森警长依然蹲着。

——你要起诉吗?

——不用。

警长向一名副手示意放杰克离开,然后转头看坐在人行道上的埃米特,他正擦拭着嘴唇上的血迹。

——你回来多久了?

——昨天回的。

——杰克找你倒挺快。

——是的,长官,挺快的。

——噢,我并不意外。

警长沉默了一会儿。

——你住在自己家里?

——是的,长官。

——行吧。在我们送你回家之前,先弄干净吧。

警长拉住埃米特的一只手,帮他站起来。与此同时,他顺便检查了埃米特的指关节。

警长和埃米特开着史蒂倍克穿过小镇,埃米特坐在副驾,警长握着方向盘,不慌不忙地往前开。埃米特用舌尖检查着自己的牙齿,这时警长停下口哨,他之前一直在吹汉克·威廉斯[1]的一首歌。

——这车不错。她能开多快?

——开上八十迈左右不晃。

——真不赖。

警长继续不慌不忙地开着车,一边吹口哨,一边慢速转大弯。当他驶过通往警局的岔道时,埃米特疑惑地看了他一眼。

——我想我还是带你去我们家吧,警长解释道。让玛丽给你看一下。

埃米特没有反对。他庆幸回家前可以把自己收拾干净,但他不想再去警局。

他们在彼得森家的车道上停下,埃米特正要打开副驾车门,这时他发现警长一动不动。他坐在那里,双手搁在方向盘上——就像监狱长昨天那样。

---

1 汉克·威廉斯(1923—1953),美国乡村音乐歌手。

林肯公路

在等警长说出心里话时，埃米特从风挡玻璃望出去，盯着院子里悬在橡树上的轮胎秋千。埃米特不认识警长的孩子们，但知道他们已经长大成人，他好奇那个秋千是孩子们青春的遗迹，还是警长为孙子孙女们挂起来的。谁知道呢，埃米特想着，也许彼得森一家搬来这个地方之前，它就挂在那里了。

——我是在你们的小打小闹快结束时才赶到的，警长说，但从你的手和杰克的脸判断，我只能推测你没怎么反抗。

埃米特没有回答。

——唔，或许你觉得自己罪有应得，警长继续沉吟。也或许，经历这一切之后，你下定决心再也不打架了。

警长看着埃米特，像是在等他说些什么，但埃米特保持沉默，盯着风挡玻璃外的秋千。

——你介意我在你车里抽烟吗？警长过了一会儿问道。玛丽不许我再在屋里抽烟了。

——不介意。

彼得森警长从口袋里掏出一包烟，从开口处倒出两根烟，递了一根给埃米特。埃米特接过后，警长用自己的打火机点燃两根烟。接着，出于对埃米特的汽车的尊重，警长摇下车窗。

——战争结束快十年了，他吸了一口烟又吐出来，然后说道。但回国的一些小伙子仍表现得像在打仗。比如丹尼·霍格兰。我每个月都会接到跟他相关的电话。他这周在路边旅馆惹是生非跟人打架，几周后又在超市过道上扇他那个年轻漂亮的妻子。

警长摇了摇头，像是疑惑这个年轻漂亮的女人当初怎么会看上丹尼·霍格兰。

——上周二呢？我凌晨两点被人从床上叫醒，因为丹尼站在艾弗森家门口，手里拿着一把手枪，大喊大叫着一些陈年旧怨。艾弗森一家不知道他在说什么。因为丹尼的积怨其实不是和艾弗森一家结下的，而是和巴克一家。他压根儿没找对房子。仔细想想，他都没找对街区。

埃米特忍不住笑起来。

——另一方面呢，警长用香烟指着某些神秘观众说道，另一些从战场回来的小伙子发誓再也不对人动手。我非常尊重他们的立场。他们确实有权这么做。问题是，一提到喝威士忌，那些小子让丹尼·霍格兰看起来像教堂的执事。我从没因为他们被叫起来。因为他们不会在凌晨两点出现在艾弗森家、巴克家或任何人家门口。那个时间，他们正坐在自家客厅里，在黑暗中一点一点喝光整瓶酒。我想说的是，埃米特，我不确定这两种方法是否都奏效。你不能一直打，但也不能抛弃自己的男子气概。当然，你可以让自己被揍上一两顿。那是你的权利。可到最后，你还得像从前一样捍卫自己。

这时，警长凝视着埃米特。

——你明白我的意思吗，埃米特？

——是的，长官，我明白。

——我从埃德·兰塞姆那里得知你们可能要离开这里了……

——我们明天出发。

——那好吧。等你收拾干净，我就开车去斯奈德家，确保他们在这

林肯公路

期间不找你麻烦。说到这个,还有别人找你麻烦吗?

埃米特摇下车窗,弹掉香烟。

——通常,他说,别人找我都是提建议。

达奇斯

每当来到一个新的城镇，我喜欢了解自己所待的地方。我想了解街道的布局和居民的分布。在一些城市，你可能要花上几天才能完成。在波士顿，你可能要花上几周。在纽约，则要好多年。内布拉斯加州摩根最棒的地方在于，它只要几分钟。

小镇以几何网格状铺展，法院在正中央。一个机修工用他的拖车载了我一程，据他所说，在十九世纪八十年代，镇上的老人们花了整整一周考虑如何给街道命名最好，然后决定——展望未来——东西向的街道以总统的名字命名，南北向的街道以树的名字命名。事实证明，他们完全可以用季节和纸牌花色来命名，因为七十五年后，小镇依然只有方方正正的四个街区。

——哈啰，我朝迎面走来的两位女士打招呼，没一个回应我的。

噢，别误会。这样的小镇有一种特殊的魅力。有一类人宁愿生活在这里，也不愿去其他任何地方——哪怕是在二十世纪。比如一个渴望了解世界的人。住在大城市里，在喧嚣纷扰中四处奔波，生活中发生的事开始显得随机。可在这样一个小镇上，要是一架钢琴从一扇窗户里掉出来砸中一个人的脑袋，你很有可能知道他为什么罪有应得。

不管怎么说，摩根是那种一发生不寻常的事，人群就可能聚集起来的小镇。果不其然，当我走到法院附近，那里围了半圈居民，恰好证明了这一点。我站在五十英尺外的地方，看得出他们是当地选民的典型代表。有戴帽子的乡巴佬，有挎手提包的寡妇，还有穿粗蓝布工装裤的小伙子。甚至还有一位推着婴儿车的母亲迅速走近人群，她身旁跟着一个刚会走路的孩子。

我把剩下的蛋筒丢进垃圾桶，走过去仔细瞧。站在中间的人是谁呢？正是埃米特·沃森——被某个怨气冲冲的健壮小屁孩嘲弄奚落。

聚起来的人群似乎很兴奋，至少是按中西部的方式兴奋着。他们没有大喊大叫，也没有咧嘴大笑，但他们很高兴碰巧遇上这件事。这将是他们接下来几周可以在发廊闲聊的事。

至于埃米特，他看起来酷毙了。他瞪着眼睛站在那里，双手垂在身侧，既不想待在那里，也不着急离开。一脸焦急的是那个挑事者。他走来走去，汗水湿透衬衫，尽管他带了两个兄弟来壮胆。

——杰克，我不想惹麻烦，埃米特说，我只想开车回家。

——休想，杰克回答，虽然看起来那正是他希望埃米特做的事。

然后，其中一个帮手——那个戴牛仔帽的高个子——插嘴了。

——看来杰克跟你还有些事没了结，沃森。

我以前从没见过这个牛仔，但从他歪戴的帽子和脸上的笑容来看，他是谁我一清二楚。他就是那种煽动一千次斗殴却从没挥过一拳的人。

那埃米特是怎么做的？牛仔让他不安了吗？埃米特有没有叫他闭嘴，少管闲事？埃米特甚至不屑回应。他只是转向杰克说：

——如果我们有事没了结，那让我们了结它。

哇噢！

如果我们有事没了结，那让我们了结它。

你可能耗上一辈子才说得出这样一句话，而时机出现时却又没胆量开口。这种沉稳冷静不是教养或经验的产物。你要么与生俱来，要么生来就没有。通常，你生来就没有。

但最精彩的部分来了。

原来，这个杰克是埃米特在一九五二年重伤的斯奈德那小子的弟弟。我之所以知道是因为他开始胡说八道，说吉米是怎么毫无防备挨揍的，好像埃米特·沃森会卑劣到打一个放松警惕的人。

挑衅没奏效，这位"公平决斗"先生望向远方，仿佛陷入沉思，然后毫无预兆地朝埃米特的脸打去。埃米特向右踉跄，受住这一击，然后直起身子，开始朝杰克走去。

好戏开始了，人群中的每个人都这么想。因为埃米特显然可以把这个家伙打得落花流水，哪怕他比人家轻了十磅、矮了两英寸。可让围观者失望的是，埃米特没有继续向前。他停在刚刚站的地方。

这彻底惹毛了杰克。他的脸涨得跟连衫裤一样红，他开始大吼大叫，要埃米特举起拳头。于是，埃米特装模作样举起拳头，杰克再次出手。这一次，他正中埃米特的嘴。埃米特又踉跄了一下，但没有倒下。他嘴唇流血，重新站稳后又走回原处挨揍。

与此同时，牛仔依然轻蔑地靠在埃米特的车门上，他喊道，让他尝尝你的厉害，杰克，好像杰克要给埃米特教训似的。可牛仔完全搞反了。给出教训的是埃米特。

林肯公路

《原野奇侠》里的艾伦·拉德[1]。

《乱世忠魂》里的弗兰克·西纳特拉[2]。

《飞车党》里的李·马文[3]。

你知道这三个人有什么共同点吗？他们都被人揍了。我说的不是鼻子被打断或是被打得喘不过气。我说的是结结实实挨揍。他们的耳朵嗡嗡作响，眼睛蓄满泪水，牙齿上沾满血。拉德是在格拉夫顿酒吧被赖克的手下揍的。西纳特拉是在军营被法索中士揍的。而马文呢，他是被马龙·白兰度[4]揍的，就在一个跟这里很像的美国小镇的街道上，周围也有一群老实的居民旁观。

愿意挨揍：你由此可知自己在跟一个有本事的人打交道。这样的人不会站在一边给别人火上浇油，也不会毫发无伤地回到家中。他无所畏惧地冲在正前方，准备坚守阵地，直到再也站不起来。

给出教训的是埃米特，没错。他教育的不只是杰克，还有整个该死的小镇。

倒不是说他们明白自己在看什么。你从他们脸上的表情看得出，他们完全不懂教化的意义。

杰克开始颤抖，可能觉得自己撑不了多久。所以这一次，他较真了。他终于把自己的愤怒与目标融为一体，一拳将埃米特打倒在地。

1　艾伦·拉德（1913—1964），美国演员、制片人。

2　弗兰克·西纳特拉（1915—1998），美国演员、歌手、主持人。

3　李·马文（1924—1987），美国演员。

4　马龙·白兰度（1924—2004），美国演员、导演。

所有人发出一声惊呼,杰克如释重负地松了口气,牛仔发出一声满意的窃笑,仿佛挥拳的人是他自己。接着,埃米特又开始爬起来。

天哪,我真希望有台照相机。我可以拍张照片寄给《生活》杂志。他们会印在封面。

我告诉你,真是漂亮。但杰克受不了。他看起来眼泪都快迸出来了,他走向前,开始朝埃米特大喊,让他别再站起来。让他别再站起来,上帝保佑他吧。

我不知道埃米特有没有听到他的话,因为他的感官可能已经麻木。不过,他听没听到杰克的话并没有太大区别。无论怎样,他还是会做同样的事。他有些摇摇晃晃地迈着步子走回原处,站直身子后举起拳头。接着,一定是气血涌上他的脑袋,因为他跟跄了一下,跌倒在地。

看到埃米特跪在地上真让人不爽,但我并不担心。他只是需要一点时间冷静一下,再站起来,重回战场。他一定会这么做的,正如旭日东升一般毋庸置疑。但他还没来得及这么做,警长毁了这场表演。

——够了,他说着挤进围观的人群。够了。

遵照警长的指示,一名副手开始驱散人群,他挥舞手臂,告诉大家是时候离开了。但牛仔用不着副手驱赶。因为他自己消失了。警察一出现,他就压低帽檐,开始绕着法院闲荡,像是要去五金店买罐油漆似的。

我悠闲地跟在他身后。

牛仔走到大楼的另一边,穿过东西向的一条街,往南北向的另一条街走去。他太着急想与自己一手促成的麻烦拉开些距离,便径直路过一位拄着拐杖的老太太,她正努力将一个杂货袋放进自己的福特T型车后备厢。

林肯公路

——我来帮你，女士，我说。

——谢谢你，年轻人。

等老奶奶坐上驾驶座，牛仔已经领先我半个街区了。当他在电影院旁边的巷子右转时，说真的，我不得不跑起来追赶他，尽管我原则上不会选择跑步。

在我告诉你接下来发生了什么之前，我想我应该给你提供一些背景，跟你讲讲我九岁左右的事，那时我住在刘易斯。

我老爹把我丢在圣尼古拉斯男孩之家，那时的掌事修女是个有点想法、看不出年纪的女人，名叫阿格尼丝修女。按理说，一个颇有主见的女人以福音传道为业，面对一群受监禁的观众，可能会利用一切机会来分享自己的观点。可阿格尼丝修女没这么做。她像一个老练的演员，懂得如何瞅准时机。她可以不露声色地登场，一直站在舞台后方，等每个人都讲完自己的台词，然后在聚光灯下站五分钟，抢尽风头。

她最喜欢传授智慧的时间是睡前。一进宿舍，她会静静看着其他修女习惯性地跑来跑去，忙着吩咐这个孩子叠衣服，那个孩子洗脸，再让所有人做祷告。等我们都爬进被窝，阿格尼丝修女会拉一把椅子坐下开课。你可以想象，阿格尼丝修女偏爱《圣经》的文法，但她说话的声调极富同情心，她的话语能让断断续续的闲聊安静下来，熄灯后仍能久久地萦绕在我们耳边。

有一节课是她非常喜欢的，她称之为恶行枷锁。孩子们，她会以慈母般的口吻说道，在你的一生中，你会伤害别人，别人也会伤害你。

这些相对的伤害将成为你的枷锁。你对别人的伤害将化作愧疚来缚你,别人对你的伤害则化作愤怒来缚你。我们的救世主耶稣基督的教诲将让你从两者中解脱出来。通过赎罪来摆脱你的愧疚,通过宽恕来摆脱你的愤怒。只有当你摆脱这两重枷锁,你才能开启心中有爱、步履踏实的生活。

当时,我不明白她在说什么。我不明白一个人的行动怎么会被一丁点伤害阻碍,因为根据我的经验,那些爱作恶的人总是第一个逃跑的人。我不明白为什么别人伤害了你,你却得替他们背负重担。我自然也不明白步履踏实意味着什么。可阿格尼丝修女也喜欢说:主认为不宜在出生时赋予我们的智慧,他通过经验加以馈赠。果然,随着年龄增长,经验让我开始有点理解阿格尼丝修女的布道了。

比如我刚到萨莱纳的时候。

那是八月,天气暖和,白天很长,得把第一茬土豆从田里挖出来。老古董阿克利让我们起早贪黑地干活儿,以至于一吃完晚饭,我们唯一的渴望就是睡个好觉。可一熄灯,我常常发现自己苦恼于当初是怎么来萨莱纳的,回忆着每一个痛苦的细节,直到公鸡打鸣。在其他夜晚,我会想象着被叫到监狱长的办公室,他会郑重地告诉我,我老爹死于一场车祸或是旅馆失火。虽然这些想象能暂时抚慰我,但它们会以一种可耻的悔恨整晚纠缠我。于是,它们出现了:愤怒和愧疚。两种相互矛盾的力量必然相互搅扰,我只好认命,我可能再也睡不安稳了。

不过,当威廉斯监狱长接替阿克利并开始改革后,他制订了下午的课程项目,旨在为我们步入正直的公民生活做准备。为此,他请了一位公民学老师来讲政府的三个分支[1]，还请了一位市政委员来讲共产主义的危害和每个人投票的重要性。很快，我们都希望能重新回到土豆田里去。

几个月前，他安排了一位注册会计师讲解个人财务的基础知识。讲完资产和负债之间的相互作用后，这位注册会计师走向黑板，迅速画了几笔，演示收支平衡。就在那一刻，坐在那间闷热的小教室后排，我终于明白了阿格尼丝修女说的话。

她曾说，在我们的一生中，我们可能伤害别人，别人也可能伤害我们，从而产生前面提到的枷锁。但同样的观点用另一种方式表达，即我们犯的错让我们欠了别人的债，就像他们犯的错让他们欠了我们的债一样。既然让我们在凌晨时分辗转难安的正是这些债——这些我们欠下的和被欠的，那么要想睡个囫囵觉，唯一的办法就是平衡收支。

埃米特听课没比我认真多少，但他对这门课没必要上心。早在来萨莱纳之前，他就学会了。他在他父亲失败的阴影下长大，亲身体验了这一点。因此，他会毫不犹豫地签了那些止赎文件。因此，他不愿接受兰塞姆先生的借款或橱柜底层的瓷器。因此，他完全乐意挨揍。

正如牛仔所说，杰克和埃米特有些事没了结。当埃米特在县集市上揍了斯奈德那小子，无论谁惹了谁，被挑衅的又是谁，就像他父亲抵押家里的农场一样，埃米特欠下一笔债。从那天起，这笔债就记在埃米特的头上——让他彻夜难眠——直到他当着乡亲的面，落入债主手中，他才还清了债。

虽说埃米特欠杰克·斯奈德一笔债，但对牛仔可是毫无亏欠。不欠

---

[1] 即美国政府立法、行政、司法三权分立。

一谢克尔[1]、一德拉克马[2]或是一美分。

——喂,得克萨斯佬,我一边追一边喊。等等!

牛仔转过身,上下打量我。

——我认识你吗?

——你不认识我,先生。

——那你想干吗?

我抬起一只手,喘完气再回答。

——刚刚在法院,你说你的朋友杰克跟我的朋友埃米特有些事没了结。无论真假与否,我想我也可以简单说是埃米特跟杰克还有些事没了结。但不管怎样,不管是杰克找埃米特了结,还是埃米特找杰克了结,我想咱俩都同意这与你无关。

——哥们儿,我不懂你在说什么。

我努力说得更清楚一些。

——我的意思是,即使杰克有充分的理由揍埃米特一顿,埃米特也有充分的理由挨揍,但你不该搞那些煽风点火、幸灾乐祸的事情。假以时日,我想你会后悔自己在今天的事情中扮演的角色,你会发现将来的自己希望能够弥补——为了让自己心安。可埃米特明天就要离开小镇,到那时就太迟了。

——你知道我是怎么想的吗?牛仔说。我想的是,去你妈的。

接着,他转身走开。就那样。甚至没说再见。

---

1 古代犹太人用的银币。
2 希腊货币单位。

我承认，我有点泄气。我是说，我正努力帮一个陌生人理解他亲手制造的负担，他却转身离开。这样的反应能让你对行善彻底失望。但阿格尼丝修女的另一堂课说，在执行主的任务时，应当有耐心。因为正如正直之人在伸张正义的道路上必会遭遇挫折，主也必会为他们提供得胜的手段。

瞧啊，我眼前突然出现电影院的垃圾箱，装满了前一晚的垃圾。在可口可乐瓶子和爆米花盒子中间，一根两英尺长的木棍戳了出来。

——喂！我在小巷里蹦跶着，又喊了一声。等一下！

牛仔转过身来，我从他脸上的表情看得出，他有些极为有趣的话想说，那些话可能会让酒吧里的所有男人绽开笑容。但我猜我们永远不会知道了，因为还没等他开口，我就砸中了他。

那一击沿着他的头部左侧重重划拉下来。他的帽子在空中翻滚了一圈，落在巷子的另一边。他像一个断了线的提线木偶，直接瘫在原地。

哎，我这辈子从没打过人。非常坦白地说，我的第一感觉是痛死老子了。我把木棍换到左手，盯着自己的右手掌，木棍上端边缘处有着两道鲜红色的痕迹。我把木棍扔在地上，揉搓两只手掌缓解疼痛。然后，我俯身靠近牛仔，想仔细瞧一瞧。他的双腿蜷在身下，左耳撕裂了一半，但他依然清醒。或者说，意识尚存。

——你能听到我说话吗，得克萨斯佬？我问道。

然后我说得更大声了一点，确保他能听到。

——你的债算是还清了。

他看向我，他的睫毛轻轻颤动了一下。之后，他微微一笑，我从他眼皮闭上的样子看得出，他将像婴儿一样沉沉睡去。

走出巷子，我不仅有一种巨大的道德满足感，也发觉自己的脚步更轻盈了些，步伐也更欢快了些。

噢，你知道吗，我笑着想。我步履踏实了！

这一定显露出来了。因为我走出巷子时，向路过的两个老头子打招呼，他们都回了声好。在进镇的路上，开过十辆车后，我才遇上机修工载我一程，而在回沃森家的路上，迎面开来的第一辆就停下让我搭车了。

伍利

故事的有趣之处，伍利思考着——埃米特进城了，达奇斯去散步了，比利正大声朗读他的大红书，故事的有趣之处在于，它在讲述时可以长短不一。

伍利第一次听《基督山伯爵》时，他一定比比利还小。他的家人在阿迪朗达克山的营地消夏，每晚睡觉前，萨拉姐姐会给他读上一章。但姐姐读的是大仲马长达一千页的原著。

听长达一千页版本的《基督山伯爵》有个问题，就是每当你感觉一个激动人心的部分要来了，却不得不陷入无尽的等待，直到它真的发生。事实上，有时你等得太久，完全忘了它正在到来，任自己迷迷糊糊地睡去。可在比利的那本大红书里，艾伯纳西教授用八页纸就讲完了整个故事。因此在他的版本中，当你感觉一个激动人心的部分要来了时，它一眨眼就发生了。

就像比利此刻正在读的部分——埃德蒙·唐泰斯没有犯罪却被判刑，被送到可怕的伊夫堡了此残生。即使他戴着镣铐穿过监狱骇人的大门，你也知道他一定会逃跑。但在大仲马先生的讲述中，在唐泰斯重获自由之前，你不得不听完许许多多章节中许许多多的话，以至于你开始觉得被关在伊夫堡的人是自己！艾伯纳西教授不是这样的。在他的讲述中，主人公来到监狱、他的八年孤独时光、他与法里亚神父的友谊、他的离奇逃狱都发生在同一页上。

伍利指着头顶飘过的孤云。

——我想象中的伊夫堡是那样的。

比利小心翼翼地把手指放在他读到的位置，抬头看伍利指的地方，欣然表示同意。

——有着笔直的岩壁。

——中间是瞭望塔。

伍利和比利望着云端伊夫堡笑了，但比利的神情越来越严肃。

——我能问你一个问题吗，伍利？

——当然，当然。

——在萨莱纳艰苦吗？

在伍利思考这个问题时，高空之上的伊夫堡化作一艘远洋客轮——原来是瞭望塔的地方升起一根巨大的烟囱。

——不苦，伍利说，不算太艰苦，比利。肯定不像埃德蒙·唐泰斯待的伊夫堡。只不过……只不过在萨莱纳的每一天都是一个样子。

——一个样子是什么样子的，伍利？

伍利又思考了一会儿。

——在萨莱纳时，我们每天都在同样的时间起床，穿上同样的衣服。我们每天都和同样的人在同一张桌上吃早餐。我们每天都在同一片地里干同样的活儿，然后在同样的时间在同一张床上入睡。

比利还小，也或许正因为他还小，他似乎明白，尽管起床、穿衣服或吃早餐本身没什么问题,但日复一日以完全相同的方式做这些事,尤其是在一千页版本的人生当中,这本质上是令人不安的。

比利点点头,找到阅读位置,又开始读书。

伍利不忍心告诉比利的是,这确实是萨莱纳的生活方式,但也是其他很多地方的生活方式。这无疑是寄宿学校的生活方式。不仅仅是在伍利的上一所学校——圣乔治学校。在伍利就读过的三所寄宿学校,他们每天都在同样的时间起床,穿上同样的衣服,和同样的人在同一张桌上吃早餐,然后去同样的教室上同样的课。

伍利经常对此感到疑惑。为什么寄宿学校的校长们要把每一天都变成一个样子?经过一番思量,他开始怀疑他们这么做是为了便于管理。把每一天都变成一个样子,厨师总能知道何时该做早餐,历史老师总能知道何时该教历史,走廊监督员总能知道何时该监督走廊。

就在那时,伍利灵光一现。

那是他复读高二的第一个学期(在圣马克学校的那个学期)。他上完物理课,正要去体育馆,碰巧看到教导主任从校舍前的一辆出租车下来。一看到出租车,伍利想着,如果他去拜访他的姐姐,那将是多么令人愉快的惊喜,她最近在哈得孙河畔黑斯廷斯[1]买了一栋白色的大房子。于是,伍利跳上出租车后座,说了个地址。

你是说去纽约?司机惊讶地问道[2]。

我是说去纽约!伍利确认,然后他们出发了。

---

1 位于美国纽约州韦斯特切斯特县,南接纽约市,西临哈得孙河。

2 圣马克学校与哈得孙河畔黑斯廷斯相距约一百八十英里。

几小时后,当他抵达时,伍利发现姐姐在厨房,一只土豆快削完了。

哈啰,姐姐!

如果伍利突然拜访其他家庭成员,他们可能会用一连串的和谁、为什么、干什么来迎接他(尤其是当他需要一百五十美元付给候在外面的出租车司机时)。然而,给司机付完钱,萨拉只是将水壶放在炉子上,往盘子里摆了些饼干,然后他们俩重温了美好的旧日时光——坐在她的桌旁,想到什么聊什么。

大约一个小时后,伍利的姐夫"丹尼斯"[1]走进厨房。姐姐比伍利大七岁,"丹尼斯"比萨拉大七岁,所以算起来,"丹尼斯"当时三十二岁。但"丹尼斯"看起来比他自己大七岁,这让他在气质上快四十岁了。毫无疑问,这就是为什么他已经是J.P.摩根公司的副总裁。

当"丹尼斯"发现伍利坐在餐桌旁,他有点不高兴,因为伍利本该在别的地方。而当他发现厨台上放着削了一半的土豆,他更不高兴了。

什么时候吃晚饭?他问萨拉。

恐怕我还没开始准备呢。

可现在已经七点半了。

噢,看在上帝的分上,丹尼斯。

"丹尼斯"难以置信地盯着萨拉看了一会儿,然后转向伍利,问他能不能跟萨拉单独聊聊。

根据伍利的经验,如果有人问能不能跟谁单独聊聊,你很难知道自

---

[1] 在我的设想中,第一次见面时,丹尼斯的自我介绍多少有些自命不凡,所以伍利此后就称他"丹尼斯"了。——作者注

己该做什么。一方面，他们通常不会告诉你要多久，所以你很难知道自己做另一件事应投入几分。你应该趁此机会去洗手间吗？还是开始玩绘有五十个大三角帆的帆船比赛拼图？以及，你应该离开多远？你当然要离得够远，远到听不见他们谈话。他们一开始让你离开就是为了这个。可那句话常常听着像是他们也许希望你过一会儿再回来，所以你要离得够近，近到听得见他们喊你。

伍利竭尽全力厘清混乱局面，然后走进客厅，在那里发现了一架没人弹的钢琴，一些没人读的书，还有一只没上发条的落地钟[1]——这么一想，这个称呼十分贴切，因为它曾经属于他们的外公！但事实证明，由于"丹尼斯"非常生气，客厅还不够远，因为伍利听得清每一个字。

想搬离市区的人是你，"丹尼斯"说道。但为了赶上六点四十二分的火车，以便及时赶到银行参加八点的投资委员会会议，天一亮就得起床的人是我。在接下来十小时的大部分时间里，天晓得你在家做什么，我却在累死累活地上班。然后，如果我跑到中央车站，幸运地赶上六点十四分的火车，我就可以在七点半回到家。经过这样的一天，要你备好晚餐摆在桌上真的很过分吗？

就在那一瞬间，伍利灵光一现。他站在外公的落地钟前，听着姐夫的话，他突然想到，或许，只是或许，圣乔治学校、圣马克学校和圣保罗学校把每天都安排成一个样子不是因为这便于管理，而是因为这是培养优秀年轻人的最佳方式，让他们赶上六点四十二分的火车，以便永远准时参加八点的会议。

---

[1] 此处双关，落地钟（grandfather clock）即"老爷钟"，grandfather意为"爷爷、外公"。

就在伍利结束回忆顿悟的那一刻，比利的故事读到成功逃狱的埃德蒙·唐泰斯站在基督山岛的隐秘洞穴中，面前是堆成山的钻石、珍珠、红宝石和黄金，令人叹为观止。

——你知道什么会令人惊叹吗，比利？你知道什么绝对会令人惊叹吗？

比利标记好他读到的位置，抬起头来。

——什么，伍利？什么绝对会令人惊叹？

——绝无仅有的一天。

萨莉

在上周的主日礼拜中,派克牧师读了福音书[1]中的一个寓言:耶稣和他的门徒们来到一个村庄,受一个女人邀请去她家里。这个叫马大的女人安顿好他们,然后回厨房为他们准备食物。在她做饭的时候,在她勉力招待大家,给所有人倒满空酒杯、再添食物的时候,她的妹妹马利亚就坐在耶稣的脚边。

最终,马大受够了,说出了自己的感受。主啊,她说,难道你看不出来,我那游手好闲的妹妹把所有活儿都丢给我了?你为什么不让她帮我一把呢?或者类似这样的话。而耶稣回答:马大,你操心的事情太多,只有一件事是必需的。马利亚做出了更明智的选择。

呵,我很抱歉。但如果你要证明《圣经》是男人写的,这就是证据。

我是一个虔诚的基督徒。我信仰上帝,全能的父,天地的创造者。我相信耶稣基督,神唯一的亲生子,由圣母玛利亚所生,遭到本丢·彼拉多[2]的折磨,被钉在十字架上,死后被埋葬,第三天又复活了。我相信他升入天堂后,会重临审判活着的人和死去的人。我相信挪亚造了一

---

[1] 《新约全书》首四卷《马太福音》《马可福音》《路加福音》《约翰福音》的统称,有时也可单指其中的任何一卷,此处指《路加福音》。

[2] 罗马帝国犹太行省第五任总督,最出名的事迹是判处耶稣钉十字架。

只方舟,在大雨泼天四十昼夜前,将各种生物两两赶上甲板。我甚至愿意相信摩西是在燃烧的灌木前受道的。但我不愿相信,我们的救世主耶稣基督——他能随手治愈麻风病人或让盲人复明——会背弃一个操持家务的女人。

所以,我不怪他。

我怪的是马太、马可、路加和约翰[1],以及此后担任牧师或传教士的所有男人。

从男人的角度来看,只有一件事是必需的,那就是你坐在他的脚边,听他说话,无论他要说多久,或是此前已经说过多少遍。在他看来,你有大把时间坐下来聆听,因为饭会自己做好。吗哪[2]会从天而降,打一个响指,水就能变成酒。任何一个不嫌麻烦烤过苹果派的女人可以告诉你,这就是男人看待世界的方式。

要烤苹果派,你得先和面。你得将黄油切块加入面粉,加入一颗打好的鸡蛋和几茶匙冰水后进行搅拌,让面团凝固一夜。第二天,你得给苹果削皮去核,把它们切成楔形,用肉桂糖拌匀。你得擀开酥皮,摆好馅饼。然后以近二百二十度烤十五分钟,近一百八十度再烤四十五分钟。最后,当晚餐结束,你用盘子小心翼翼地盛一块放在桌上,男人一边说话,一边用叉子叉起半块放进嘴里,嚼都不嚼就吞下去,以便说完刚刚的话而不被打断。

---

1 分别著写《马太福音》《马可福音》《路加福音》和《约翰福音》。
2 摩西率以色列人出埃及时,在旷野绝粮,得上帝从天上赐下的食物。

那草莓蜜饯呢？别跟我提草莓蜜饯！

小比利说得好，制作蜜饯是一项费时的工作。光是采摘浆果就要花上半天。然后，你得把果子洗净去梗。你得给盖子和罐子消毒。食材一混好，你得用小火煨着，像老鹰一样盯着，离炉子永远别超过几英尺远，确保不会煮过头。煮好之后，你将蜜饯倒进罐子密封起来，然后一托盘一托盘吃力地端进储藏室。在这之后，你才能开始打扫残局，这更是一项大工程。

是的，正如达奇斯所说，蜜饯罐头有点老派，听起来像是回到地窖和马车队的时代。我想，比起果酱的直白精确，蜜饯这个词本身就过时了。

埃米特也说了，最重要的是，这没必要。多亏了斯马克先生，杂货店里有十五种不同的果酱，每罐十九美分，一年到头均有售卖。事实上，果酱在哪里都买得到，甚至可以在五金店买到。

所以，是的，制作草莓蜜饯费时、老派且没必要。

那么，你可能会问，为什么我要不嫌麻烦去做呢？

我这么做正因为它费时。

谁说有意义的事不必耗费时间？清教徒航行了几个月才抵达普利茅斯岩[1]。乔治·华盛顿耗费数年才赢得独立战争。拓荒者用了几十年才征服西部。

上帝用时间来区分懒惰之人和勤奋之人。因为时间就像一座高山，

---

[1] 位于美国马萨诸塞州普利茅斯海湾边，据说是第一批欧洲移民踏上新英格兰地区的第一块石头。

看见它那陡峭的山坡，懒惰之人会躺在野百合丛中，希望有人拎着一壶柠檬汽水经过。有意义的工作需要你计划、努力和专注，并在最后愿意打扫残局。

我这么做正因为它老派。

新事物并不意味着更好，而是常常意味着更糟。

说请和谢谢非常老派。结婚生子是老派的。传统，即我们认识自己的手段，更是老派透顶。

我按母亲教我的方式制作蜜饯，愿她安息。她用她母亲教的方式制作蜜饯，外婆又用她母亲教的方式制作蜜饯。历代如此，可以一路回溯到夏娃那里。或者，至少回溯到马大那里。

我这么做正因为它没必要。

因为善良不就是去做于他人有益却不被需要的事吗？支付账单不是善良。天一亮就起床喂猪、挤牛奶或从鸡窝里收鸡蛋不是善良。此外，做晚饭不是善良，你父亲一句感谢的话都不说就上楼，留你打扫厨房也不是善良。

锁门、关灯或从浴室地上捡起衣服放进篮子，这不是善良。因为你唯一的姐姐明智地结了婚，搬去彭萨科拉[1]，所以你不得不照料整个家，这不是善良。

不是，我一边爬床、熄灯，一边自言自语，这些都不是善良。

---

[1] 美国佛罗里达州西北部城市、军港。

林肯公路

因为善良止于需要。

达奇斯

晚饭过后，我上楼，正准备扑向埃米特的床时，发现床单平平整整。我在原地愣了一下，俯身贴近床垫仔细瞧了瞧。

毫无疑问。她重新铺了床。

要我说，我觉得自己已经铺得很好了。但萨莉更厉害。表面没有一丝褶皱。床单叠在毯子上方的部分是一片四英寸高的白色长方形，从床的这一端延展到另一端，仿佛她用尺子量过一样。而在床垫底部，她将床套塞得紧紧的，你可以透过毯子看到床垫的尖角，就像你可以透过简·拉塞尔[1]的毛衣看到她的身体一样。

床铺得漂亮极了，我不想在睡前破坏它。于是，我坐在地板上，靠着墙壁，一边想着沃森兄弟俩，一边等其他人入睡。

今天稍早，当我回到家时，伍利和比利仍躺在草地上。

——散步怎么样？伍利问道。

——愉快惬意，我回答。你们俩在干吗？

——比利在给我读艾伯纳西教授书里的一些故事。

---

1 简·拉塞尔（1921—2011），美国女演员。

——抱歉我错过了。哪些故事?

埃米特的车开进车道时,比利正在列名单。

说到故事,我心想……

再过一会儿,埃米特将带着一些伤从车里出来。他的嘴唇肯定肿了,还有些挫伤,眼眶甚至可能青了。问题是他要怎么解释?他被人行道上的裂缝绊了一跤?他从楼梯上摔下来了?

根据我的经验,最佳解释是利用意外。比如:我正穿过法院的草坪,欣赏一只停在树枝上的三声夜鹰,这时一个足球砸中我的脸。有了这样的解释,你的听众会把注意力集中在树上的三声夜鹰身上,完全不会在意迎面而来的足球。

然而,埃米特走过来,比利瞪大眼睛问发生了什么,埃米特说他在镇上碰到杰克·斯奈德,杰克打了他。就这样。

我转向比利,以为他会一脸震惊或愤怒,可他点点头,看起来若有所思。

——你还手了吗?他过了一会儿问。

——没有,埃米特说。相反,我数到了十。

然后,比利对埃米特露出微笑,埃米特也跟着笑了。

说真的,霍拉肖,天地间有许多事是你们的哲学无法想象的[1]。

— · —

午夜刚过,我把头探进伍利的房间。我从他的呼吸声听得出,他正

---

1 出自《哈姆雷特》第一幕第五场。

沉浸在睡梦之中。我交叉手指祈祷他在睡前没吃太多药,因为我很快就得把他叫醒。

沃森兄弟也睡得很熟,埃米特平躺着,比利蜷在他的身旁。在月光下,我看到小孩的书搁在床脚。如果他碰巧伸腿,书可能会掉到地板上,我便把它移到五斗橱上,搁在本该放他母亲照片的地方。

我看到埃米特的裤子挂在椅背上——所有口袋都是空的。我蹑手蹑脚绕过床,蹲在床头柜边上。抽屉离埃米特的脸不到一英尺,所以我不得不一英寸一英寸轻轻地打开。可钥匙也不在那里。

——哼哼,我自言自语着。

上楼前,我已经在车里和厨房找过了。他到底把它们放哪里了?

就在我反复思考这个问题时,一辆车开进沃森家的车道,停了下来,车前灯的两道光束扫过房间。

我悄悄走过走廊,在楼梯口停下。我听见外面的车门打开。不一会儿,门廊上响起脚步声,又离开了,然后车门关上,车开走了。

我确定没人醒来,下楼去了厨房,打开纱门,走到门廊上。我看到远处的车灯照向公路。过了片刻,我才注意到脚边的鞋盒,上面潦草地写着大大的黑色字母。

我或许没什么文化,但看到自己的名字还是认识的,哪怕是在月光下。我蹲下来,轻轻掀开盖子,好奇里面到底是什么。

——哟,真是见鬼了。

EIGHT

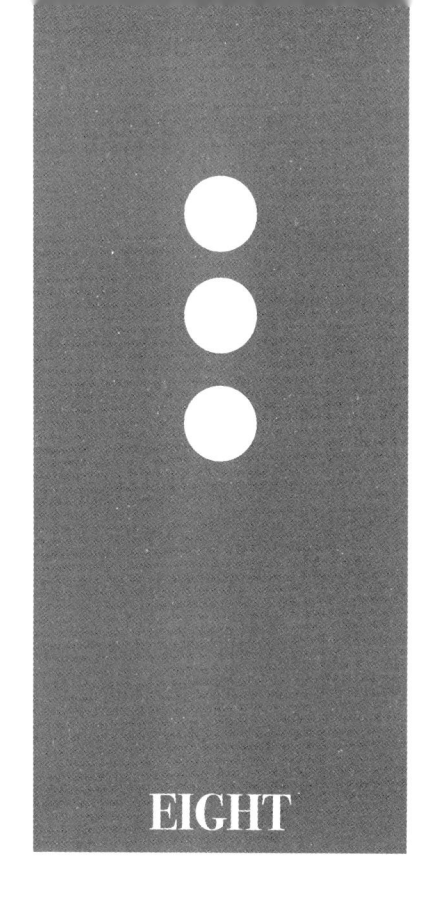

第 八 天

埃米特

早上五点半，当他们驶出车道时，埃米特精神抖擞。昨晚，他借助比利的地图制定了一条路线。从摩根到旧金山有一千五百多英里。如果他们以平均四十迈的速度行驶，每天开十小时——留出足够的时间吃饭和睡觉——他们四天就能走完全程。

当然，从摩根到旧金山这一路有很多值得一看的地方。他们母亲的明信片就是证明，有汽车旅馆和纪念碑，也有牛仔竞技场和公园。如果你愿意偏离路线，还有拉什莫尔山[1]、老实泉[2]和大峡谷[3]。但埃米特不想在西行路上浪费时间或金钱。他们越早到达加利福尼亚，他就能越早开始工作；到那儿之后，他们手里的钱越多，买到的房子就越好。如果他们在旅途中挥霍仅剩的这点钱，那他们只能在一个稍差一点的社区买一栋稍差一点的房子，到出售的时候，利润也会稍差一点。在埃米特看来，他们越快横穿美国越好。

上床睡觉时，埃米特最担心的是叫不醒其他人，担心他会浪费一天的头几个小时叫大家起床和出门。但他用不着担心。当他五点起床时，

1　南达科他州的美国总统纪念公园，又称"总统山"。
2　黄石国家公园内一口大型间歇式热喷泉。
3　位于美国亚利桑那州西北部，科罗拉多河从中穿过。

林肯公路

达奇斯已经在冲澡,他听到伍利在走廊上哼歌。比利甚至和衣而睡,这样醒来后就不用换衣服了。等埃米特坐上驾驶座,从遮阳板上取出钥匙,达奇斯已经坐在副驾,比利和伍利并排坐在后座,比利的腿上摊着地图。天蒙蒙亮,他们拐出车道,谁都没再回头望一眼。

埃米特心想,也许大家都有早起的理由。也许大家都准备好去往别的地方。

因为达奇斯坐在前排,比利问他想不想拿地图。达奇斯拒绝了,理由是在车里看东西会让他犯恶心。埃米特稍松了口气,他知道达奇斯一向不关注细节,而比利几乎天生就会导航。他不仅备好了指南针和铅笔,还带了一把尺子,以便按一英寸的比例尺计算路程。可当埃米特打右转灯准备进入34号公路时,他暗自希望达奇斯能接手这活儿。

——你现在还不用打转向灯,比利说。我们还得直行一会儿。

——我要拐到34号公路,埃米特解释道,因为那条路去奥马哈最快。

——可林肯公路通往奥马哈。

埃米特把车停在路肩,回头看自己的弟弟。

——是的,比利。但这有点偏离我们的路线。

——有点偏离去哪里的路线?达奇斯笑着问。

——有点偏离我们要去的地方,埃米特说。

达奇斯看向后座。

——离林肯公路还有多远,比利?

比利已经拿尺子在地图上量起来了,说是十七英里半。

一直静静看风景的伍利转向比利,一副好奇心被唤起的样子。

——林肯公路是什么,比利?它是一条特别的公路吗?

——它是第一条横跨美国的公路。

——第一条横跨美国的公路,伍利惊叹地重复道。

——行了,埃米特,达奇斯起哄,十七英里半算得了什么?

埃米特想回答,为了送你们去奥马哈,我们已经绕道一百三十英里,那是额外的十七英里半。但埃米特也知道,达奇斯说得对。新增的路程算不了什么,尤其是考虑到如果他坚持走34号公路,比利将多么失望。

——好吧,他说。我们走林肯公路吧。

他把车开回路上,几乎可以听到弟弟点头赞许这是个好主意。

在接下来的十七英里半,谁都没说一句话。可当埃米特右转开往森特勒尔城时,比利兴奋地从地图上抬起头。

——到了,他说。这就是林肯公路。

比利开始往前靠,想看看路上有什么,又侧过脸看他们经过了什么。虽然森特勒尔城只是虚有其表,但比利几个月来一直梦想着去加利福尼亚,他满足地看着零星几家餐馆和汽车旅馆,高兴地发现它们跟母亲明信片上的一模一样。偏离方向似乎并没有太大影响。

伍利跟比利一样兴奋,对路边服务站燃起了新的兴趣。

——所以这条路横贯东西海岸?

——它几乎横贯东西海岸,比利纠正道。它从纽约通往旧金山。

——听起来不就是东西海岸吗,达奇斯说。

——但林肯公路的起点和终点都不在水域。它的起点是时代广场,终点是荣勋宫。

——它是以亚伯拉罕·林肯的名字命名的吗？伍利问道。

——是的，比利说。沿途都有他的雕像。

——沿途都有？

——是童子军筹款委托建造的。

——我曾外公的书桌上有一座亚伯拉罕·林肯的半身像。他非常崇拜林肯总统。

——这条公路建了多久？达奇斯问。

——它是卡尔·G. 费希尔[1]先生在一九一二年发明的。

——发明？

——是的，比利说。发明。费希尔先生认为美国人民需要能够从国家的一端开车去另一端。一九一三年，他靠捐款建造了第一批路段。

——人们给他钱修路？达奇斯难以置信地问道。

比利认真地点点头。

——包括托马斯·爱迪生[2]和泰迪·罗斯福。

——泰迪·罗斯福！达奇斯惊叹。

——妙啊，伍利说。

他们向东行驶，比利尽职地说出他们经过的每个城镇的名字，埃米

---

[1] 卡尔·G. 费希尔（1874—1939），美国企业家，是汽车工业、公路建设和房地产开发领域的重要人物。

[2] 托马斯·爱迪生（1847—1931），美国著名发明家、物理学家、企业家。

特感到满意,至少他们的时间很充裕。

是的,去奥马哈让他们偏离了路线,但因为早早上路,埃米特估摸着他们可以把达奇斯和伍利送到汽车站,然后掉头,在天黑前轻松到达奥加拉拉。或许他们甚至能开到夏延。毕竟,在六月的这个时候,他们有十八小时的日照时间。说实话,埃米特想着,要是他们愿意每天开十二小时,平均五十迈,那他们三天内就能走完全程。

就在这时,比利指向远处的一座水塔,上面印着刘易斯这个名字。

——看哪,达奇斯。是刘易斯。那不是你住过的城市吗?

——你在内布拉斯加住过?埃米特看着达奇斯问道。

——小时候住过几年,达奇斯承认。

然后,他在座位上坐直了些,开始兴致勃勃地四下张望。

——嘿,他过了一会儿对埃米特说。我们能顺道过去吗?我很想看看那个地方。你懂的,怀旧一下。

——达奇斯……

——哎,行吗。拜托了?我知道,你说想在八点前到奥马哈,但看起来我们的时间很充裕呀。

——我们比原计划提前了十二分钟,比利看了看他的剩余手表说道。

——瞧。是吧?

——好吧,埃米特说。我们可以顺道过去。但只能瞧上一眼。

——这就够了。

他们抵达城市边缘后,达奇斯接手导航,朝沿途经过的地标点头致意。

林肯公路

——真棒。太好了。那里！消防站左转。

埃米特左转，进入一片居民区，精心整修的地段上矗立着精美的房子。几英里后，他们经过一座尖顶教堂和一个公园。

——下个路口右转，达奇斯说。

右转后，他们进入一条弯弯绕绕、树木掩映的宽阔道路。

——停在那里。

埃米特停下车。

他们在一座青草葱郁的小山脚下，山顶上有一座宏伟的建筑。三层楼高，两侧均有塔楼，看起来像一座庄园。

——这是你家的房子？比利问。

——不是，达奇斯大笑着说。这算是一所学校。

——寄宿学校？伍利问。

——差不多吧。

有那么一会儿，他们都赞叹着它的巍峨，然后达奇斯转向埃米特。

——我能进去吗？

——干吗？

——打声招呼。

——达奇斯，现在是早上六点半。

——如果没人起床，我就留张纸条。他们会感到惊喜的。

——给你的老师们留纸条？比利问。

——没错。给我的老师们留纸条。怎么样，埃米特。只要几分钟。顶多五分钟。

埃米特瞥了一眼仪表盘上的时钟。

——好吧,他说。就五分钟。

达奇斯抓起脚边的书包下车,向山上的建筑小跑而去。

后座上的比利开始向伍利解释为什么他和埃米特要在七月四日前赶到旧金山。

埃米特熄了火,透过风挡玻璃望向车外,真希望自己有根烟。

达奇斯说的五分钟过去了。

又过了五分钟。

埃米特摇摇头,自责不该让达奇斯进那栋建筑。无论在一天的什么时刻,没人会在任何地方只待五分钟。尤其是像达奇斯这么爱聊天的人。

埃米特下车,走到副驾那侧。他靠在门上,抬头看向学校,发现它是用红色石灰岩建造的,跟他们建造摩根法院用的材料一模一样。石材可能来自卡斯县[1]的某个采石场。十九世纪末,两百英里以内每个城镇的市政厅、图书馆和法院都是用这种石材建造的。有些建筑的外观过于相似,以至于当你从一个城镇前往另一个城镇,你会感觉自己根本没动。

即便如此,这栋建筑还是有些不对劲的地方。过了几分钟,埃米特才意识到,奇怪之处在于这里没有显眼的入口。无论它的设计初衷是作为庄园还是学校,这么宏伟的建筑应该有一个与之相配的入口。应该有一条绿树成荫的车道通往壮观的前门。

---

[1] 位于美国内布拉斯加州东部,北临普拉特河。

埃米特想到，他们一定停在了建筑的后面。可达奇斯为什么没指路开到前面呢？

还有，他为什么拿上书包？

——我马上回来，他对比利和伍利说。

——好的，他们回答，盯着比利的地图没有抬头。

埃米特爬上山，向建筑中央的一扇门走去。他一边走，一边越来越生气，几乎期待找到达奇斯后好好训斥他一番，明明白白地告诉他，他们没时间搞这种破事。他不请自来已经是一种负担，绕道奥马哈还要额外耗掉他们两个半小时。算上回程，就是五小时。可一看到离门把手最近的碎窗格，这些想法就从他的脑海中消失了。埃米特轻轻推门而入，玻璃碎片在他的靴底嘎吱作响。

埃米特发现自己进入了一个大厨房，有两口金属水池、一架十头炉灶和一个步入式冰箱。像大多数公共机构的厨房一样，昨晚这里被收拾得整整齐齐——厨台干净，橱柜关牢，所有锅子都挂在钩子上。

除了碎玻璃外，唯一凌乱的地方是厨房另一边的配餐区，那里的几个抽屉被拉开，勺子散落在地。

埃米特穿过一扇旋转门，进入一间镶板餐厅，里面有六张修道院常见的那种长桌。一扇巨大的彩绘玻璃窗在对面墙上投下黄色、红色和蓝色的图案，让宗教氛围愈加浓重。窗户上描绘的是耶稣起死回生的那一刻，他展示着手上的伤口——只是在这幅画中，震惊的门徒有孩子陪伴着。

埃米特走出餐厅大门，走进一个宽敞的大堂。他的左边是料想中的壮观前门，右边是以同款抛光橡木建造的楼梯。换作别的场合，埃米特会逗留片刻，研究一下门板上的雕花和楼梯的栏杆。正当他赞赏着精湛的工艺时，他听到楼上什么地方传来阵阵骚动。

埃米特一次爬两级台阶，又经过了一些散落的勺子。在二楼的楼梯口，走廊向不同的方向延伸，但孩童骚动的声响分明是从右边传来的。于是，他走了右边。

埃米特打开的第一扇门是一间宿舍。床排成齐整的两排，床铺却凌乱不堪，床上也没人。隔壁是另一间宿舍，里面又是两排床和凌乱的床铺。但在这个房间，六十个身穿蓝色睡衣的男孩分成吵吵嚷嚷的六组，每组中间都放着一罐草莓蜜饯。

在一些小组中，男孩们乖乖轮流舀着吃，而在另一些小组中，他们争先恐后地把勺子戳进果酱，再迅速送进嘴里，以便在罐子抢空前多吃一口。

埃米特第一次意识到，这不是一所寄宿学校。这是一家孤儿院。

埃米特看着混乱的场面，一个戴眼镜的十岁男孩注意到了他，拉了拉其中一个大男孩的袖子。大男孩抬头看埃米特，朝一个伙伴示意。两人一言不发，并肩向前，站在埃米特和其他人中间。

埃米特举起双手以示和平。

——我无意打扰你们。我只是在找我的朋友。那个带果酱来的人。

两个大男孩一声不吭地盯着埃米特，但戴眼镜的男孩指了指走廊的方向。

——他原路离开了。

埃米特离开房间，折回楼梯口。正要下楼时，他听到对面走廊传来一个女人幽微的呼喊，伴着拳头砸木头的声响。埃米特停下脚步，沿着走廊继续走，发现两扇门的把手下面各斜塞着一把椅子。叫喊和敲击是从第一扇门背后传来的。

——立刻把门打开！

埃米特移开椅子，打开门，一个身穿白色长睡袍的四十多岁女人差点摔向走廊。在她身后，埃米特看到另一个女人正坐在床上哭泣。

——你好大的胆子！砸门的人重新站稳后大声喝道。

埃米特没理她，走到第二扇门前，移开第二把椅子。在这个房间里，第三个女人正跪在她的床边祈祷，还有一个年长的女人气定神闲地坐在高背椅上抽烟。

——啊！她见到埃米特后说。谢谢你开门。请进，请进。

年长的女人将香烟在她腿上的烟灰缸里捻灭，埃米特犹疑地向前迈了一步。就在这时，第一个房间里的修女从他身后进来。

——你好大的胆子！她又喊道。

——贝雷妮丝修女，年长的女人说。你为什么朝这个年轻人吼叫？难道你看不出是他解救了我们吗？

这时，哭泣的修女走进房间，依旧噙着泪水，年长的女人转身对跪着的修女说话。

——慈悲先于祈祷，埃伦修女。

——好的，阿格尼丝修女。

埃伦修女从床边站起，将哭泣的修女抱在怀里说，好了好了好了，阿格尼丝修女则将注意力转回埃米特身上。

——你叫什么，年轻人？

——埃米特·沃森。

——好的，埃米特·沃森，也许你能告诉我们，今早圣尼古拉斯学校发生了什么。

埃米特很想转身走出房门，但他更想回答阿格尼丝修女的问题。

——我开车送一个朋友去奥马哈的汽车站，他让我停在这里。他说自己以前在这里生活过……

这时，四位修女都注视着埃米特。哭泣的修女不再哭泣，安慰的修女不再安慰。喊叫的修女不再喊叫，但她恐吓地朝埃米特逼近一步。

——谁以前在这里生活过？

——他叫达奇斯……

——哈！她转向阿格尼丝修女喊道。我就说我们还会再见到他！我就说他总有一天会回来，最后再搞一次恶作剧！

阿格尼丝修女没有理睬贝雷妮丝修女，而是略带好奇地看着埃米特。

——告诉我，埃米特，丹尼尔为什么把我们锁在房里？有什么目的？

埃米特犹豫不定。

——说呀？！贝雷妮丝修女命令道。

埃米特摇摇头，指了指宿舍的方向。

——据我所知，他让我停在这里，是为了给孩子们带几罐草莓酱。

阿格尼丝修女满意地舒了口气。

——喏，瞧见了吧，贝雷妮丝修女？我们的小丹尼尔回来搞的是

林肯公路

善事。

埃米特想，无论达奇斯搞的是什么，这桩小小的消遣已经耽搁他们三十分钟了。他觉得，要是他再犹豫不决，他们可能会困在这里好几个小时。

——那么，他边说边退向门口，如果没事的话……

——不，等等，阿格尼丝修女说着伸出手。

退到走廊后，埃米特迅速走向楼梯口。修女们的声音在他身后响起，他冲下楼梯，经过餐厅，冲出厨房的门，感觉如释重负。

走到半山腰时，他发现比利坐在草地上，双肩包放在身侧，大红书搁在腿上——而达奇斯、伍利和史蒂倍克却不见踪影。

——车呢？埃米特跑到弟弟跟前，气喘吁吁地说。

比利放下书，抬起头来。

——达奇斯和伍利借走了。但他们会还回来的。

——什么时候还回来？

——等他们去纽约之后。

埃米特又蒙又恼地瞪着弟弟片刻。

比利感觉有些不对劲，便向他保证。

——别担心，他说。达奇斯承诺，他们会在六月十八日前回来，我们有足够时间在七月四日前赶到旧金山。

没等埃米特回答，比利指了指他身后。

——看哪，他说。

埃米特转过身，看到阿格尼丝修女的身影正从山上下来，她黑色长袍的下摆在身后翻飞,让她看起来仿佛飘在空中。

— · —

——你是说史蒂倍克?

埃米特独自站在阿格尼丝修女的办公室,跟萨莉打电话。

——是的,他说。史蒂倍克。

——达奇斯开走了?

——对。

电话那头一片沉默。

——我不明白,她说。开去哪里了?

——纽约。

——是那个纽约吗?

——对,是那个纽约。

……

——然后你们在刘易斯。

——附近。

——我以为你们要去加利福尼亚。你们怎么到刘易斯附近了?为什么达奇斯要去纽约?

埃米特开始后悔打电话给萨莉了。但他有什么选择呢?

——听着,萨莉,现在这些都不重要。重要的是,我得拿回自己的车。我给刘易斯的车站打了电话,确认今天稍晚有辆东行的火车靠站。如果赶得上,我就能比达奇斯先到纽约,拿回车,周五前回到内布拉斯加。我打电话的原因是，在此期间，我需要找人照顾比利。

——那你怎么不直说。

给萨莉指完路后，埃米特挂上阿格尼丝修女的电话，望向窗外，想起自己被判刑的那天。

在与父亲一起去法院前，埃米特将弟弟拉到一边，解释他已经弃审。他解释道，他原本无意重伤吉米，却让愤怒冲昏了头，他已经准备好要为自己的行为负责。

在埃米特解释时，比利既没有摇头表示反对，也没有争辩说埃米特做错了。他似乎明白埃米特的做法是正确的。但是，如果埃米特打算不经听证会就认罪，那比利希望他承诺一件事。

——什么事，比利？

——答应我，每当你气得想打人时，先数到十。

埃米特不仅许下承诺，他们还握手为定。

然而，埃米特怀疑，如果达奇斯此刻出现，要让他压下怒火，十这个数字可能不够数。

— · —

埃米特走进餐厅，那里回荡着六十个男孩同时讲话的喧闹声。任何一个挤满男孩的餐厅都可能吵吵嚷嚷，但埃米特猜这里比平常更为喧嚣，因为他们都在回顾早上发生的事：一个神秘伙伴突然出现，把修女们锁在她们的房间，然后送来好几罐果酱。萨莱纳的生活让埃米特知道，男孩子回顾这些事不只是为了玩乐。他们回顾这些事是为了构建传说——

确认这个故事的所有关键细节，让它在未来几十年间一直在孤儿院的走廊上流传。

埃米特发现比利和阿格尼丝修女并排坐在其中一张修道院长桌的中央。一盘吃了一半的法式吐司被推到一边，腾出地方摆比利的大红书。

——我本以为，阿格尼丝修女边说边将一根手指放在书页上，你的艾伯纳西教授会把伊阿宋换成耶稣[1]。因为他无疑是最无畏的旅行者之一。你同意吗，威廉？啊！你的哥哥来了！

埃米特坐在阿格尼丝修女对面的椅子上，因为比利对面的椅子上放着他的双肩包。

——来点法式吐司吗，埃米特？要么来点咖啡和鸡蛋？

——不用了，谢谢，修女。我不饿。

她指了指双肩包。

——我想你还没来得及告诉我，你们碰巧来我们这里之前，原本打算去哪里？

碰巧来我们这里，埃米特皱起眉头想着。

——我们正带着达奇斯——也就是丹尼尔——和另一位朋友去奥马哈的汽车站。

——噢，是的，阿格尼丝修女说。我想你确实提过。

——但去车站只是绕了个路，比利说。我们其实打算去加利福尼亚。

——加利福尼亚啊！阿格尼丝修女盯着比利惊叹道。真刺激。那你们为什么去加利福尼亚？

---

[1] 伊阿宋（Jason）和耶稣（Jesus）均以字母"J"开头。

于是，比利向阿格尼丝修女解释，他们的母亲在他们小时候离开了家，他们的父亲因癌症去世，以及五斗橱盒子里的明信片——他们的母亲沿着林肯公路前往旧金山，在沿途九个不同的地方寄出了那些明信片。

——我们要去那里找她，比利最后说道。

——嗯，阿格尼丝修女笑着说，这听起来确实像一场冒险。

——我不觉得是冒险，埃米特说。现实情况是，银行收回了农场。我们得重新开始，去一个我能找到工作的地方重新开始似乎是明智的做法。

——是的，当然，阿格尼丝修女语气更郑重地说。

她打量了埃米特一会儿，然后看向比利。

——你吃完早餐了吗，比利？你不如清理一下自己的东西吧。厨房就在那边。

阿格尼丝修女和埃米特看着比利将他的银制餐具和玻璃杯放在餐盘上，小心翼翼地端走。然后，她把注意力转回埃米特身上。

——有什么问题吗？

这个提问让埃米特有些意外。

——什么意思？

——刚才，当我附和你弟弟热切期盼的西行之旅时，你好像有点不开心。

——我想，我宁愿你别鼓励他。

——为什么呢？

——我们已经八年没有母亲的消息了，也不知道她在哪里。你可能察觉到了，我弟弟有着非常丰富的想象力。所以，我会尽我所能帮他远离失望，以免越积越多。

阿格尼丝修女端详着埃米特，他不由得在椅子上动来动去。

埃米特一向不喜欢神职人员。传教士似乎有一半时间想向你推销你不需要的东西，另一半时间则在推销你已经拥有的东西。可阿格尼丝修女比大多数神职人员更让他紧张与不安。

——你有没有注意到我身后的窗户？她最后问道。

——有的。

她点点头，然后轻轻合上比利的书。

——一九四二年，我刚到圣尼古拉斯学校，我发现那扇窗户给我一种非常神秘的感受。有什么东西以一种我说不太清楚的方式吸引着我。有些下午，当四周安静下来时，我会端一杯咖啡坐下——差不多是你现在的位置——盯着窗户瞧，就想弄明白。然后有一天，我意识到一直影响我的是什么了。是门徒们和孩子们脸上不同的表情。

阿格尼丝修女在椅子上稍稍转身，抬头看窗户。埃米特几乎是不情不愿地顺着她的目光望去。

——如果看门徒们的脸，你看得出他们对刚刚见到的场景依然相当怀疑。毫无疑问，他们心想，这一定是某种骗局或幻象，因为我们亲眼看见他被钉死在十字架上，又亲手将他的尸体抬进坟墓。可如果看孩子们的脸，他们脸上没有一丝一毫的怀疑。他们怀着敬畏和惊奇注视着这个奇迹，却毫无怀疑。

埃米特知道阿格尼丝修女是一片好意。她是一个六十多岁的女人，为教会和孤儿奉献了自己的一生,所以埃米特明白,当她开始讲故事时,他应该全神贯注。可在她说话时,埃米特不由得注意到,她故事中的那扇窗户在墙上投下的黄色、红色和蓝色图案已经移到桌面上了,这标志着太阳的运行,以及又浪费了一小时。

— · —

——……然后,他拎着埃米特的书包爬上山,打破了厨房门的玻璃。

萨莉驾着贝蒂在车流中穿梭,比利像孤儿院里的男孩一样,兴奋地讲述早上发生的事。

——他打碎了玻璃?

——因为门锁了!然后他走进厨房,抓了一大把勺子,拿到楼上的宿舍。

——他拿一大把勺子干吗?

——他拿勺子是因为他给他们带了你的草莓蜜饯!

萨莉一脸震惊地看着比利。

——他把我的一罐草莓蜜饯给了他们?

——不,比利说。他给了他们六罐。你是这么说的吧,埃米特?

比利和萨莉一起转头看埃米特,他正望着副驾窗外。

——是的,他头也不回地答道。

——我搞不懂,萨莉几乎是自言自语。

她向方向盘倾身,加速超过一辆小轿车。

——我只给了他六罐。也许够他从现在吃到圣诞节。他到底为什么要把全部东西送给一帮陌生人?

——因为他们是孤儿,比利解释说。

萨莉细想了一下。

——嗯,确实,比利。你说得没错。因为他们是孤儿。

萨莉点头认可比利的思路和达奇斯的善举,埃米特不禁留意到,更让她愤愤不平的是她的果酱的命运,而不是他的车的命运。

——在那里,埃米特指着车站说。

为了拐弯,萨莉插到一辆雪佛兰前面。等她停下车,他们三人从车里下来。但就在埃米特瞥向车站入口时,比利走到皮卡后斗,抓起双肩包,甩到背上。

看到这一幕,萨莉的脸上闪过一丝惊讶,然后她眯起眼睛,责备地看向埃米特。

——你还没告诉他?她低声问道。行,别指望我去说!

埃米特把弟弟拉到一边。

——比利,他说,你现在不用背上你的双肩包。

——没事,比利一边说一边收紧肩带。等我们上了火车,我就可以取下来。

埃米特蹲下来。

——你不上火车,比利。

——你什么意思,埃米特?我为什么不上火车?

——我去拿车,你跟萨莉一起走,这样更合理。一拿到车,我就回摩根接你。应该只要几天。

埃米特解释这些时，比利却摇摇头。

——不，他说。不行，我不能跟萨莉一起回去，埃米特。我们已经离开摩根了，我们要去旧金山。

——是的，比利。我们要去旧金山。可现在车去了纽约……

埃米特说这句话时，比利瞪大眼睛，神色一亮。

——纽约是林肯公路的起点，他说。我们坐火车去找史蒂倍克，之后可以开到时代广场，从那里开始我们的旅程。

埃米特望向萨莉，寻求支持。

她上前一步，一只手搭在比利的肩上。

——比利，她用直截了当的语气说，你说得一点都没错。

埃米特闭上眼睛。

这时，他把萨莉拉到一边。

——萨莉……他说，但她打断他。

——埃米特，你知道我最想做的就是让比利在我身边多待三天。上帝做证，我很乐意再留他三年。可是，他等你从萨莱纳回来已经等了十五个月。与此同时，他失去了父亲，也失去了家。在这个节骨眼上，比利应该待在你身边，他明白这一点。而且我猜，到了这个地步，他以为你也该明白。

埃米特眼下明白的是，他需要尽快赶到纽约，找到达奇斯，带上比利并不会让事情更容易。

但有一点很重要，比利说得对：他们已经离开了摩根。他们安葬了父亲，收拾好行李，将那段人生抛在了身后。无论接下来发生什么，他们再也不会回去,明白这一点于他们而言多少算是一种安慰。

埃米特转向弟弟。

——好吧,比利。我们一起去纽约。

比利点点头,赞同这是明智的做法。

萨莉等比利重新系紧背包上的带子,然后给了他一个拥抱,提醒他要懂事,也要照顾好哥哥。她没有拥抱埃米特就爬上她的卡车。但发动车子后,她招手让他来车窗前。

——还有一件事,她说。

——什么事?

——你想追着你的车去纽约是你自己的事。但我不想接下来几个星期都担心得夜半惊醒。所以过几天,你要给我打电话报平安。

埃米特开始说萨莉的要求不切实际——一旦到了纽约,他们的重点是找车,他不知道他们会住在哪里,也不知道能不能用上电话……

——你今早七点似乎毫不费力就找到办法给我打电话,我就这样放下手头的活儿,一路开到刘易斯。毫不怀疑,在纽约那么大的城市,你一定能另找一部电话,再抽时间打个电话。

——好吧,埃米特说,我会打的。

——行,萨莉说。什么时候?

——什么什么时候?

——你什么时候打电话?

——萨莉,我甚至没——

——那就星期五吧。你可以星期五下午两点半打电话给我。

林肯公路

没等埃米特回答，萨莉就把卡车挂上挡，开向车站出口，她停在那里，等待车流间歇。

那天早上稍早，在他们准备离开孤儿院时，阿格尼丝修女送给比利一条带挂坠的项链，说那是圣克里斯托弗奖章，圣克里斯托弗是旅行者的守护神。她转向埃米特，他担心她也要送他一个奖章。然而，她说她有些事想问他，但在此之前，她有另一个故事要讲：达奇斯是如何流落到孤儿院受她照顾的。

她说，一九四四年夏天的一个下午，一个五十岁上下的男人出现在孤儿院门口，身边跟着一个骨瘦如柴的八岁小男孩。当这个男人与阿格尼丝修女在她的办公室独处时，他解释说，他的弟弟和弟妹死于一场车祸，他是小男孩唯一在世的亲戚。当然，他很想照顾好侄子，尤其是在这样一个敏感的年纪；可作为一名武装部队的军官，他这周末即将乘船前往法国，他不知道自己何时能从战场上回来，也不知道到底能不能回来……

——唉，这个男人说的话，我一个字都不相信。更别提他头发蓬乱，根本不像武装部队的军官，他的敞篷车副驾还坐着一个年轻漂亮的姑娘。显而易见，他就是小男孩的父亲。但我的使命不是关心无耻之人的表里不一。我的使命是关心遭遗弃的男孩的福祉。毫无疑问，埃米特，小丹尼尔被遗弃了。是的，他的父亲两年后再次出现，在他觉得合适的时候接回了丹尼尔，可丹尼尔并不知道还有这样的指望。我们照顾的大多数男孩是真正的孤儿。有些男孩的双亲死于流感或火灾，有些男孩的母亲死于难产,有些男孩的父亲在诺曼底阵亡。对这些孩子而言,不得不在失去父母关爱的环境下长大是一场可怕的考验。可想象一下,成为孤儿不是因为灾难,而是因为亲生父亲的好恶——他认定你已经是个累赘了。

阿格尼丝修女让这话沉淀了片刻。

——我相信你一定是在生丹尼尔的气,气他自作主张开走你的车。但我们都知道,他身上有善良的一面,那善良与生俱来,只是从未有机会蓬勃生长。眼下是他人生的关键时刻,他最需要的是一个坚定地站在他身边的朋友,一个能引导他远离愚昧、帮助他实现基督徒使命的朋友。

——修女,你说的是你有些事想问我。你可没说是有些事要我做。

修女端详埃米特片刻,然后笑了。

——你说得一点没错,埃米特。我不是想问什么。我是想拜托你。

——我已经有要照顾的人了。一个与我骨肉相连的人,一个本身称得上孤儿的人。

她看着比利,温柔地笑起来,却依然坚定地转向埃米特。

——你认为自己是基督徒吗,埃米特?

——我不是那种会去教堂的人。

——但你觉得自己是基督徒吗?

——我从小接受这种教育。

——那我想你应该知道好撒马利亚人的寓言[1]。

---

[1] 出自《圣经·路加福音》:一个犹太人被强盗打劫,受重伤躺在路边。犹太祭司和利未人路过却不闻不问,唯有一个撒马利亚人经过时,不顾教派隔阂施以援手。好撒马利亚人(The Good Samaritan)即指好心人、见义勇为之人。

林肯公路

——是的，修女，我知道这个寓言。我也知道善良的基督徒会帮助有需要的人。

——不错，埃米特。善良的基督徒会同情那些身陷困境的人。这是这则寓言的要点。但耶稣想表达的同样重要的一点是，我们往往无法选择应向谁施予善意。

天刚亮时，埃米特驶出自家车道，拐上马路，那时他知道自己和比利无牵无挂——他们会开始新的生活，没有任何欠债，没有任何束缚。而此刻，在偏离方向、离家仅六十英里的地方，不过两小时，他就做出了两个承诺。

车流终于少了，萨莉左转离开车站，埃米特以为她会转头挥手。但她向方向盘倾身，猛踩油门，贝蒂回火爆响，她们一路向西，没朝他的方向看一眼。

她们绝尘而去，消失在视线中，埃米特这才发现自己一分钱都没有。

达奇斯

多美好的一天,多美好的一天,多美好的一天啊!埃米特的车或许不是路上最快的,但太阳高升,天空湛蓝,我们路过的所有人都面带笑容。

离开刘易斯后的一百五十英里,我们看到的谷仓比人还多。我们经过的大多数城镇似乎受当地法令限制,每样东西只有一个:一家电影院,一家餐馆,一块公墓,一家储贷银行,十有八九也只有一种景观。

但对大多数人来说,住在哪里不重要。每天早上起床时,他们不会想着改变世界。他们想的是喝杯咖啡,吃片吐司,消磨八小时,然后坐在电视机前喝上一瓶啤酒,以此结束一整天。无论是住在佐治亚州的亚特兰大,还是阿拉斯加的诺姆,人们差不多都这么干。对大多数人来说,如果住在哪里不重要,那么去哪里自然也不重要。

这就是林肯公路的魅力所在。

当你在地图上看这条公路时,它看着就像比利口中那个叫费希尔的家伙拿了把尺子,无视山脉河流,画了条横贯全国的直线。他一定设想过,这么一来,这条公路将为东西两岸之间的货物运输和思想流动提供一个便捷的渠道,最终实现它注定的使命。但我们路过的所有人似乎都满足于自己的漫无目的。爱尔兰人说，愿道路为你升起[1]，林肯公路上勇敢的旅行者便是如此。道路升起迎接每一个人，无论他们是东奔西走，还是在兜圈子。

——埃米特把他的车借给我们真是太好了，伍利说。

——可不是嘛。

他笑了一会儿，然后像比利那样皱起眉头。

——你觉得他们回家有困难吗？

——不会，我说。我跟你打赌，萨莉会急匆匆地开着她的皮卡过去，他们仨已经回到她的厨房吃饼干和果冻了。

——你是说饼干和蜜饯。

——没错。

让埃米特不得不往返刘易斯，我确实有些过意不去。早知道他把车钥匙放在遮阳板上面，我就能让他少跑一趟了。

讽刺的是，当我们从埃米特家出发时，我没打算借车。那时，我已经等着坐灰狗了。为什么不呢？在巴士上，你可以靠着椅子放松。你可以打个盹儿，或是跟过道对面的推销员聊聊天。可就在我们准备拐弯去奥马哈时，比利大声说着林肯公路的事，一眨眼我们就开到刘易斯郊区了。后来，等我从圣尼克[2]出来时，那辆史蒂倍克就停在路边，钥匙插在锁槽里，驾驶座上没人。这一切仿佛是埃米特和比利策划好的。要么是老天爷。不管

---

[1] 原文为"Let the road rise up to meet you"，也是一种祝福语，即"一路平安"或"愿你一路顺风"。

[2] 圣尼古拉斯学校的简称。

怎样，命运似乎响亮而清晰地显形了——哪怕埃米特不得不跑个来回。

——好消息是，我对伍利说，如果保持现在的速度，我们应该周三早上到纽约。我们可以去看一下我老爹，迅速去一趟营地，在埃米特念叨我们之前带上他那份钱回去。考虑到你和比利构想的房子的规模，我想埃米特会很高兴多带些钞票去旧金山的。

提到比利的房子，伍利笑开了。

——说到速度，我说，我们还要多久到芝加哥？

伍利脸上的笑容消失了。

比利不在，我把导航的任务交给了伍利。因为比利不让我们借他的地图，我们只好自己找了一张（当然是从菲利普斯66加油站拿的）。伍利像比利那样，用一条黑线仔细标记我们的路线，沿着林肯公路一直到纽约。可等我们一上路，他表现得像是恨不得赶紧把地图塞进储物箱。

——你要我计算距离？他明显惴惴不安地问道。

——听我说，伍利：忘了芝加哥吧，在广播里给咱俩找点东西听吧。

就这样，他的笑容又回来了。

按理说，频道一般调在埃米特最喜欢的电台，但我们在内布拉斯加某个地方就跟那个信号断开了。所以，当伍利打开广播时，喇叭里传出的全是静电声。

有那么几秒钟，伍利全神贯注地听着，仿佛想辨别这到底是哪种静电声。但当他开始转动旋钮时，我看得出他要展示另一项隐藏才能了——就跟洗盘子、画平面图一样。因为伍利不只在旋转按钮，以期调到最好的节目，他旋转按钮的样子像一个撬保险箱的贼。他眯起眼睛，舌头抵着牙齿，慢慢移动频谱盘上那根橙色的小指针，直到能听见最微弱的信号。接着，他进一步放慢速度，让信号逐渐增强，逐渐清晰，在最佳接收频率上忽然打住。

伍利调到的第一个信号是个乡村音乐电台。它正在播放一首关于牧场牛仔的曲子，他不知是失去了女人还是失去了马。还没等我弄清楚是哪个，伍利已经把按钮旋转到别的电台了。接下来是遥远的艾奥瓦城传来的农作物实况报道，浸礼会传教士充满激情的布道，以及一小段磨光棱角的贝多芬。当他连 sh-boom sh-boom[1] 都跳过去，我开始怀疑广播里到底有没有值得听的东西。可当他调到 1540 调频时，一个早餐麦片的广告刚刚开始。伍利松开旋钮，盯着广播，拿出对待医生或算命先生的认真态度对待这支广告。就这样，广告开播。

哎，这孩子多喜欢广告呀。接下来的一百英里，我们听了得有五十支广告。什么都有。凯迪拉克轿跑，新款贝儿乐文胸之类的。是什么无所谓。因为伍利什么都不想买。让他着迷的是戏剧效果。

广告开始时，伍利会认真听男演员或女演员讲述他们的特殊困境。比如他们的薄荷香烟味道太淡，或是他们孩子的裤子沾上了草渍。你从伍利的表情中看得出，他不仅对他们的苦恼感同身受，也隐约怀疑一切追求幸福之举注定落空。可一旦这些陷入困境的人决定尝试这个或那个新品牌，伍利就会面露喜色；当他们发现某个产品不仅去除了土豆泥中

---

[1] 来自平头四重唱（The Crew Cuts）的歌曲《生活可以是一场梦》（"Life Could Be a Dream"）。二十世纪五十年代，美国开始流行杜-沃普（Doo-wop）音乐类型，其特征是在和声中唱出毫无意义的歌调。

的结块,也去除了他们生活中的不痛快,伍利就会绽开笑容,看起来既兴奋又安心。

行至艾奥瓦州埃姆斯市以西几英里处,伍利碰巧听到的广告向我们介绍了一位愁眉不展的母亲,她刚刚得知,她的三个儿子各带了一位客人回来吃晚饭。听到这桩麻烦事,伍利倒吸一口气,清晰可辨。忽然,我们听到了魔法棒挥动的声音,博亚迪主厨[1]出现了,他戴着夸张的大帽子,操着更夸张的口音。魔法棒又一挥,他的六罐肉酱意面在厨台上一字排开,局面有救喽。

——听起来真美味,伍利叹着气说。广播里的男孩们正大口享用晚餐。

——美味!我震惊地喊道。那是罐头食品,伍利。

——我知道。难道不神奇吗?

——管它神奇不神奇的,意大利餐可不是那么吃的。

伍利满脸好奇地转向我。

——意大利餐该怎么吃呢,达奇斯?

噢,该从何说起呢。

——你听说过莱奥内洛餐厅吗?我问。在东哈勒姆[2]?

——没有。

——那你最好拉把椅子过来听好了。

---

1 源自意大利,在美国销售的罐装食物品牌。
2 哈勒姆是位于曼哈顿北部的黑人聚居区,其中东哈勒姆又称西班牙哈勒姆,是纽约最大的拉丁族裔社区之一,居民主要为波多黎各裔,也包括其他拉丁族裔和黑人。

伍利假装照做,以示诚意。

——莱奥内洛餐厅,我开口说道,是一家意式小餐厅,有十个卡座、十张餐桌和一个吧台。卡座用的是红色皮椅,餐桌铺着红白桌布,点唱机里播着西纳特拉,正如你所期待的那样。唯一的问题是,如果你在星期四晚上从街上走进餐厅,想要订一张桌子,他们不会让你坐下来吃晚饭——哪怕餐厅空无一人。

作为一个一向钟爱谜题的人,伍利脸色一亮。

——他们为什么不让你坐下来吃晚饭,达奇斯?

——他们之所以不让你坐下,伍利,是因为所有桌子都被人占了。

——可你刚才说整个餐厅空无一人。

——没错。

——那被谁占了?

——啊,我的朋友,问题就在这里[1]。你瞧,莱奥内洛的经营方式是,餐厅的每张桌子都是永久保留的。如果你是莱奥内洛的顾客,你想在星期六晚上八点要一张点唱机旁边的四人桌。那么,每个星期六晚上,不管你来不来,你都要为那张桌子付钱,这样别人就坐不了了。

我看了看伍利。

——说到这,你听懂了?

——懂了,他说。

---

[1] 达奇斯在此处引用了《哈姆雷特》第三幕第一场"生存还是毁灭"经典独白中的话语。——作者注

我看得出来他懂了。

——假设你不是莱奥内洛的顾客,但你很幸运有个朋友是,而这个朋友在他出城时允许你坐他的桌子。到了星期六晚上,你穿上最漂亮的衣服,和你最要好的三个朋友一起去哈勒姆。

——比如你、比利和埃米特。

——没错。比如我、比利和埃米特。等我们入座,点好喝的,用不着要菜单。

——为什么不要?

——因为莱奥内洛没有菜单。

我果然骗到了伍利。我是说,他倒吸一大口气,比听博亚迪主厨广告时更为惊讶。

——没有菜单怎么点菜呢,达奇斯?

——在莱奥内洛,我解释道,你一旦入座并点好喝的,服务员就会拖一把椅子到你的餐桌旁,把它转上一圈,跨坐下来,双臂搁在椅背上,明明白白地告诉你当晚有什么菜。他会说:欢迎来到莱奥内洛,我们今晚的开胃菜有酿洋蓟、番茄蒜味贻贝、香烤蛤蜊、酥炸鱿鱼。前菜有蛤蜊扁意面、奶油培根意面、肉酱通心粉。主菜有罐焖鸡、薄煎小牛肉、米兰炸小牛肉排、香烩牛膝。

我飞快地瞄了一眼副驾。

——我从你的表情看得出,这么多选择让你有点眼花缭乱了,伍利,不过别担心。因为在莱奥内洛,你唯一必点的是服务员没提的那道菜:餐厅招牌菜,挚爱意式宽面。用番茄、培根、焦糖洋葱和干辣椒调味的酱汁新鲜烹制的意面。

——既然是餐厅招牌菜,服务员为什么不提呢?

——他不提正因为那是餐厅招牌菜。这就是挚爱意式宽面的妙处。你要么懂行会点,要么不配享用。

我从伍利脸上的笑容看得出,莱奥内洛的这一晚让他很尽兴。

——你父亲在莱奥内洛留桌了吗?他问道。

我哈哈一笑。

——没有,伍利。我老爹在哪里都没有留桌。不过,他曾在餐厅当了六个月威风凛凛的领班,我只要不碍事,就能在厨房闲逛。

我正准备跟伍利说说卢主厨,这时一个卡车司机挥舞着拳头从我们身边飞驰而过。

一般情况下,我会嗤之以鼻[1],我正准备这么做时,却发现自己太沉浸于讲故事,让车速降到了三十迈。难怪那个卡车司机怒气冲冲。

我踩下油门,车速盘上的橙色小指针却从二十五落到二十。我把油门踩到底,车速降到十五迈。等我把车开到路肩后,车熄火了。

我把钥匙拧到关又拧到开,数到三后启动,一点用都没有。

该死的史蒂倍克,我喃喃自语。可能又是电池的问题。我正这么思考时,却发现广播还在播放,所以不是电池的缘故。也许是因为火花塞……

——我们没油了吗?伍利问道。

---

1 原文为"bite of the thumb",原意为"咬大拇指",以示侮辱或蔑视,典出《罗密欧与朱丽叶》第一幕第一场。

我看了伍利一秒,又看了看燃油表。它也有一根橙色细指针,指针果然落到底了。

——看起来是的,伍利。看起来是的。

幸运的是,我们仍在埃姆斯市地界内,而在马路的不远处,我看到美孚加油站的红色飞马[1]。我把双手伸进口袋,掏出从沃森先生书桌里拿的零钱。去掉我在摩根买汉堡和蛋筒花的钱,一共还剩七美分。

——伍利,你身上有没有钱?

——钱?他回答。

我真不明白,为什么生来有钱的人说这个词的时候总像在说外语呢?

我下车,来回打量着马路。街对面是一家小餐馆,吃午饭的人开始涌入。旁边是一家自助洗衣店,店前停着两辆车。远处是一家酒类专卖店,看样子还没营业。

在纽约,没有哪个称职的酒类专卖店老板会把现金留在店里过夜。但我们不在纽约。我们在腹地,这里的大多数人对一美元上的我们信仰上帝[2]坚信不疑。不过,万一收银机里没钱,我想我可以顺一箱威士忌,送几瓶给加油站服务员,换点油来加。

唯一的问题是怎么进去。

——把钥匙递给我,好吗?

伍利俯身,拔下点火开关上的钥匙,从窗口递给我。

---

1 美孚加油站旧商标上的图案。
2 原文为"In God We Trust",美国国家格言,常被印在美元硬币及纸币上。——编者注

——谢了,我说着转身走向后备厢。

——达奇斯?

——怎么了,伍利?

——你觉得可不可以……你觉得我可以……

一般来说,我不喜欢干预别人的习惯。如果他想早起去做弥撒,那就让他早起去做弥撒。如果他想穿着昨晚的衣服睡到中午,那就让他穿着昨晚的衣服睡到中午。但考虑到伍利的药只剩最后几瓶,我又需要有人帮忙导航,我让他上午别吃药。

我又看了一眼酒类专卖店。我不知道进进出出要花多长时间。所以在这期间,让伍利沉浸在自己的思绪中或许没什么不好。

——行吧,我说。但你还是控制一下,吃个一两滴吧。

当我往车尾走时,他已经朝储物箱伸手了。

我打开后备厢,忍不住笑了起来。因为之前比利说他和埃米特只带一个背包装得下的东西去加利福尼亚,当时我以为他在打比方。结果压根儿不是打比方。就一个背包,一点不假。我把背包拿到一边,折起盖住备用轮胎的毛毡。我在轮胎旁边找到了千斤顶和把手。把手差不多有一根拐杖糖那么宽,可它要是坚固得撬得起一辆史蒂倍克,那我想也撬得开乡村商店的门。

我用左手拾起把手,用右手重新盖上毛毡。就在这时,它映入我的眼帘:黑色轮胎后面露出了一个小小的纸角,纯白一如天使的翅膀。

埃米特

埃米特花了半小时才找到货运站的大门。虽然客运火车紧邻货运火车,但它们背对着背。因此,尽管它们各自的终点站仅相隔几百码,但要从一个站的入口到另一个站的入口,你得绕行一英里。起初,埃米特走的是一条商店林立的干净大道,后来穿过铁轨,他便进入了一片遍布铸造厂、废品场和车库的区域。

埃米特沿着货运站外的铁丝网走,他开始意识到眼前的任务多么艰巨。因为客运站的大小刚够容纳在一天内抵达或离开这座中等城市的几百名旅客,但货运站却纵横交错。它呈扇形展开,占地超过五英亩,包括一处接收场,一处转运场,一些火车头、办公区和维修区,但最重要的是货运车厢。有几百节呢。锈色的货运车厢首尾相连,一排又一排地直线排开,几乎一眼望不到头。无论朝东还是朝西,向北还是向南,满载东西还是空无一物,它们就跟常识告诉他的一模一样:千篇一律,随意替换。

货运站的入口在一条宽阔的街上,街道两旁是仓库。埃米特走近时,只见大门口有个坐轮椅的中年男人。即便相隔一段距离,埃米特也能看到他的双腿从膝盖上方截断了——毫无疑问是战争导致的伤残。如果这个老兵意在向善良的陌生人讨些钱,那他最好去客运站前面。

为了了解情况，埃米特站在大门对街一栋带百叶窗的建筑门口。在围栏后面不远处，他看到了一栋修缮得相对不错的两层楼砖房。那是指挥中心的所在地——那里有货单和时刻表。埃米特天真地以为自己可以神不知鬼不觉地溜进那栋房子，从贴在墙上的时刻表中选取他需要的信息。可大门边上有一栋小楼，看着很像警卫室。

果然，正当埃米特仔细琢磨时，一辆卡车开到了入口，一个穿制服的男人拿着写字板从楼里出来，给卡车清货放行。埃米特心想，看来无法偷溜进去找信息了。他得等消息自己送上门。

比利把军用剩余手表借给了埃米特，埃米特瞥了一眼表盘。十一点一刻。埃米特想，到了饭点就有机会了，便靠在门口的阴影中耐心等待，他的思绪又回到弟弟身上。

埃米特和比利进入客运站后，比利目不转睛地盯着高高的天花板、售票窗口、咖啡店、擦鞋摊和报摊。

——我从没来过火车站，比利说。

——它跟你想象的不一样吗？

——一模一样。

——来，埃米特笑着说。我们坐在这儿吧。

埃米特领弟弟穿过主候车厅，来到一个安静的角落，那里有一张空长凳。

比利取下双肩包，坐下来，往边上一滑，给埃米特腾地方，但埃米特没有坐下。

——我要去了解一下开往纽约的火车，比利。但可能要花点时间。在我回来之前，我要你答应我待在原地。

——好的，埃米特。

——要记住，这里不是摩根。会有很多人来来往往，他们都是陌生人。你最好一个人待着。

——我明白。

——很好。

——可是，如果你想了解开往纽约的火车，为什么不去问询处问问呢？它就在时钟下面。

比利指了指，埃米特回头看了看问询处，然后跟弟弟一起坐在长凳上。

——比利，我们不坐客运火车。

——为什么不坐，埃米特？

——因为我们所有的钱都在史蒂倍克车里。

比利想了想，然后伸手拿他的双肩包。

——我们可以用我的银币。

埃米特笑着拉住弟弟的手。

——我们不能那么做。你花了好多年收集那些。你只剩几个就集齐了，对吗？

——那我们该怎么办，埃米特？

——我们要找一辆货运火车搭便车。

埃米特认为，对大多数人来说，规则是一种必要的恶。要想有幸生活在一个有序的世界中，规则是必须忍受的负累。这也是为什么如果让大多数人自行选择，他们乐于放宽规则的边界。比如在空荡荡的路上超速，或从无人看管的果园里顺一个苹果。可说到规则，比利不只循规蹈矩，更是坚守不移。他会自己铺床和刷牙，用不着别人催。他坚持要在第一声铃响前十五分钟到校，课上发言前也总是先举手。因此，埃米特考虑许久该怎么开口，最后决定用搭便车这个词，希望可以减轻弟弟一定会产生的疑虑。埃米特从比利的表情看得出，他选的词不错。

——就像偷渡者，比利说，眼睛瞪大了一些。

——是的。就像偷渡者。

埃米特拍了拍弟弟的膝盖，从长凳上起身，转身要走。

——就像达奇斯和伍利搭监狱长的车。

埃米特停住脚步，转过身来。

——你怎么知道的，比利？

——达奇斯告诉我的。昨天早餐之后。我们聊到《基督山伯爵》，以及受冤入狱的埃德蒙·唐泰斯是如何从伊夫堡逃脱的，他把自己缝进了原本要装法里亚神父尸体的麻袋，让不知情的守卫把他抬出了监狱大门。达奇斯说他和伍利做了几乎一模一样的事。受冤入狱的他们藏进监狱长的汽车后备厢，不知情的监狱长开车把他们带出大门。只不过，达奇斯和伍利没被扔进海里。

讲这些时，比利的语气就跟向萨莉描述孤儿院的事一样激动——打碎玻璃，抓了一大把勺子。

埃米特又坐下来。

——比利,你好像很喜欢达奇斯。

比利困惑地转头。

——你不喜欢达奇斯吗,埃米特?

——我喜欢。但我喜欢一个人并不意味着我喜欢他们做的所有事。

——比如他把萨莉的蜜饯送人?

埃米特笑了。

——不是。这个我没意见。我是指别的事……

比利一直盯着他,埃米特想找个合适的例子。

——你还记得达奇斯说去看电影的故事吗?

——你是说他从浴室窗户偷溜出去,小跑穿过土豆田的事。

——是的。呃,那个故事除了达奇斯讲的之外,还发生了一些其他的事。偷溜到镇上这件事,他不仅是参与者,还是煽动者。出主意的人是他,他每次想看电影,就会召集其他几个人。大多数时候,事情就跟他说的一样。如果他们周六晚上九点左右偷溜出去,他们能在凌晨一点回来,谁也不会知道。但有一天晚上,达奇斯特别想看约翰·韦恩[1]演的新西部片。因为下了整整一周的雨,而且看样子还会继续下,所以他唯一说动一起去的人是我的上铺汤豪斯。他们在玉米田还没走一半,就下起了瓢泼大雨。他们都被淋湿了,靴子也沾满了泥,但他们还是继续往前走了。可当他们终于到达河边,河却因为下雨而涨水严重,达奇斯就坐下来不干了。他说他太冷,浑身湿淋淋的,累得走不动了。汤豪斯觉得自己已经走了那么远,不想回头。于是,他抛下达奇斯,游了过去。

---

[1] 约翰·韦恩(1907—1979),美国男演员,经常饰演西部片和战争片中的硬汉。

林肯公路

比利一边听埃米特说话，一边点头，专注得眉头紧锁。

——这一切本来没事，埃米特继续说，但汤豪斯离开之后，达奇斯觉得自己又湿又冷，累得没法儿一路走回营地。于是，他走到最近的马路，拦下一辆路过的皮卡，问能不能搭车去前面的一家小餐馆。唯一的问题是，皮卡司机是个下了班的警察。他没有把达奇斯送去小餐馆，而是送去见了监狱长。凌晨一点，当汤豪斯回来时，警卫们已经候着了。

——汤豪斯受到惩罚了吗？

——是的，比利。而且相当严重。

埃米特没有告诉弟弟的是，针对故意违纪，阿克利监狱长有两条简单的规则。第一条规则是，你可以选择按周延长刑期或挨鞭子作为惩罚。如果你在食堂跟人打架，要么在你的刑期上加三周，要么在你的背上抽三鞭。他的第二条规则是，由于黑人男孩的学习能力只有白人男孩的一半，他们的教训得加倍。因此，达奇斯的刑期被延长了四周，汤豪斯却挨了八鞭——就在食堂前面，所有人列队观看。

——重点是，比利，达奇斯精力旺盛，热情满满，人也善良。可有时候，他的精力和热情会妨碍他的善良，而当这种情况发生时，承担后果的往往是别人。

埃米特希望这段回忆能让比利清醒一点，从比利的表情来看，目的似乎达到了。

——这是一个令人难过的故事，他说。

——是的，埃米特说。

——我挺同情达奇斯的。

埃米特诧异地看着弟弟。

——为什么是达奇斯，比利？是他让汤豪斯惹上麻烦的。

——是因为达奇斯不愿在涨水时过河才发生那种事的。

——确实。可这怎么会让你同情他呢？

——因为他肯定不会游泳，埃米特。他太害羞，不愿承认。

— · —

正如埃米特所料，刚过中午，货运站的一些员工开始走出大门去吃午饭。埃米特在观察时发现，他对老兵位置的判断真是大错特错。几乎每个出门的人都会给他一些东西——五美分，十美分，或是一句善意的问候。

埃米特明白，从行政大楼里出来的人最有可能掌握他所需要的信息。他们负责安排和调度，知道哪些货运车厢会在哪个时间连在哪列火车上开往哪里。但埃米特没有接近他们，而是在等其他人：制动员、装卸工和机修工——这些人靠自己的双手劳动，按小时计酬。埃米特本能地知道，这些人更有可能在他身上看到他们自己的影子，就算不会实实在在同情他，至少通情达理，不在意铁路部门有没有多收一个人的车票钱。不过，要说直觉告诉埃米特应该接近这些人，那么理智告诉他应该等一个落单的人，因为即使一个工人愿意为一个陌生人违反规定，但若有其他人在场，他也不太可能这么做。

埃米特等了将近半小时才等到第一个机会——一个穿牛仔裤和黑色T恤的落单工人，看起来不超过二十五岁。当那个年轻人停下来点烟时，埃米特穿过街道。

——打扰了,埃米特说。

年轻人挥手灭掉火柴,上下扫了埃米特一眼,但没有回应。埃米特顺势讲他编造的故事,说自己有个叔叔来自堪萨斯城,是一名工程师,今天下午会搭一列开往纽约的货运火车停靠刘易斯,但他不记得是哪班火车,也不记得火车什么时候到达。

第一眼见这个年轻人时,埃米特以为年龄相近对自己有利。可他一开口说话,就意识到自己又错了。那个年轻人露出年轻人才有的鄙夷,对埃米特一脸不屑。

——骗谁呢,他歪嘴一笑说道。来自堪萨斯城的叔叔。亏你想得出来。

年轻人吸了一口烟,将没抽完的香烟弹到街上。

——你为什么不省省事回家去呢,小屁孩。你妈咪在找你呢。

年轻人慢慢踱远,埃米特撞上那个乞丐的目光,他目睹了整场谈话。埃米特将视线转向警卫室,想看看警卫是不是也在瞧,但他正靠在椅子上看报纸。

这时,一个穿连体工作服的年长男人走出了大门,停下来与乞丐友好地闲聊几句。那人头戴一顶被推得很靠后的帽子,让人忍不住好奇他何必要戴。他正要走开时,埃米特走过去。

既然与第一个人年龄相近被证明是一种不利的因素,埃米特决定充分利用与第二个人的年龄差。

——打扰了,先生,埃米特恭敬地说。

那人转身看埃米特,露出和蔼的微笑。

——你好啊,孩子。有什么事吗?

埃米特又讲了一遍叔叔的故事，穿连体工作服的男人饶有兴趣地听着，身体甚至微微前倾，仿佛不想漏掉一个字。可埃米特说完后，他摇了摇头。

——我很想帮你，孩子，但我只负责修车，不问它们往哪儿开。

机修工沿着街道继续前行，埃米特开始接受事实，他得想个全新的行动计划。

——你好啊，有人喊道。

埃米特转身，发现是那个乞丐。

——不好意思，埃米特边说边把裤子口袋翻出来。我没什么能给你的。

——你误会了，朋友。是我有东西要给你。

埃米特犹豫不决，乞丐自己推着轮椅靠近。

——你想搭一辆货运火车去纽约。是这样吧？

埃米特略显惊讶。

——我没腿，不是没耳朵！听着：如果你想搭火车，那你问错人喽。就算你的脚趾着火，杰克逊也懒得帮你踩灭。阿尼也说了，他只负责修车。说真的，这可不是一件小事，它与火车运行密切相关，与火车开往哪里无关。所以问杰克逊或阿尼没用。绝对没用，小子。如果你想知道怎么搭火车去纽约，你应该找我。

埃米特一定暴露了自己的怀疑，因为乞丐咧嘴一笑，用拇指戳戳自己的胸口。

——我在铁路上工作了二十五年。前十五年是制动员，后十年就在刘易斯的转运场。你以为我是怎么失去双腿的?

他又笑着指指自己的腿。然后,他上下打量埃米特,但态度比那个年轻工人更为宽厚。

——你——十八岁?

——是的,埃米特说。

——信不信由你,我在比你小几岁的年纪就开始在铁路上干活儿了。以前啊,如果你满十六岁,他们就会雇用你;如果你个子够高,十五岁也行。

乞丐摇了摇头,露出了怀旧的微笑。然后,他往后一靠,像一个老人坐在最喜欢的客厅椅子上一样,让自己舒舒服服的。

——我一开始在联合太平洋铁路公司工作,在西南走廊干了七年,之后又在宾夕法尼亚铁路公司干了八年——那是全国最大的铁路公司。那时候,我在路上的时间比站着不动的时间都多。到什么程度呢,回家之后,当我早上起床时,感觉整栋房子在我脚下晃个不停。我得抓着家具才能去洗手间。

乞丐又笑着摇了摇头。

——是呢。宾夕法尼亚铁路公司。伯灵顿铁路公司。联合太平洋铁路公司。大北部铁路公司。我了解所有路线。

然后,他沉默了。

——你刚刚说到去纽约的火车,埃米特轻声提醒。

——对,他回答。大苹果[1]!但你确定要去纽约吗?货运站的特点是,

---

1 大苹果(The Big Apple)是纽约的别称。

你可以去任何想去的地方,也可以去很多你没想过的地方。佛罗里达、得克萨斯、加利福尼亚。圣菲[1]怎么样?你去过那里吗?它现在可是个有模有样的地方了。每年这个时候,白天暖和,夜晚凉爽,那里还有你这辈子遇到过的最友善的姑娘[2]。

乞丐开始哈哈大笑,埃米特担心谈话再次跑偏。

——有机会我也想去一趟圣菲,埃米特说,但眼下我必须去纽约。

乞丐停止大笑,摆出更严肃的表情。

——唉,简而言之,人生就这样,不是吗?想去一个地方,却不得不去另一个地方。

乞丐左右看了看,又将轮椅推近些。

——我听到你刚才问杰克逊有没有下午去纽约的火车。有帝国专列号,一点五十五分出发,她是辆好车。时速九十英里,只停靠六站,不到二十小时就能到纽约。可如果你想进城,那就别坐帝国专列号。因为到芝加哥后,她会载着一车无记名债券前往华尔街。车上的武装警卫从没少于四个,他们要是想把你从火车上赶下去,可不会等火车进站。

乞丐仰头望天。

——还有西岸生鲜号,六点经停刘易斯,车也不算差。但每年这个时候,车上装满了东西,你还得大白天溜上去。所以生鲜号也不行。你需要的是东方夕阳号,午夜过后不久经停刘易斯。我可以明明白白地告诉你怎么溜上去,但在这之前,你必须先回答我一个问题。

---

1 美国新墨西哥州州府。

2 原文为西班牙语"señoritas"。

——问吧,埃米特说。

乞丐咧嘴一笑。

——一吨面粉和一吨饼干有什么差别?

— · —

埃米特回到客运站,发现比利仍在原地,他松了口气。比利坐在长凳上,双肩包放在身侧,大红书搁在腿上。

埃米特走到他的身边,比利有些兴奋地抬起头。

——你弄清楚我们要找哪列火车搭便车了吗,埃米特?

——是的,比利。但它要半夜十二点多才发车。

比利点头表示赞同,仿佛半夜十二点多正是应该发车的时候。

——给你,埃米特说着摘下弟弟的手表。

——不,比利说。你暂时戴着吧。你要看时间。

埃米特重新戴上手表,发现已经快两点了。

——我饿了,他说。要么我四处转转,看看能不能给咱们讨点吃的。

——你用不着讨吃的,埃米特。我们有午餐。

比利把手伸进双肩包,拿出他的水壶、两张纸巾和两个三明治。三明治用蜡纸紧紧包着,露出明显的折痕和尖角。埃米特笑了,他发现萨莉包三明治就跟她铺床一样干净利落。

——一个是烤牛肉的,一个是火腿的,比利说。我不记得你是更喜欢烤牛肉的,还是更喜欢火腿的,所以我们决定一样来一个。它们都有奶酪,但只有烤牛肉的加了蛋黄酱。

——我拿烤牛肉的吧,埃米特说。

兄弟俩打开三明治,狼吞虎咽起来。

——愿上帝保佑你,萨莉。

比利抬头,赞同埃米特的感叹,但显然对说这话的时机感到奇怪。埃米特扬了扬三明治作为解释。

——噢,比利说。这些不是萨莉给的。

——不是吗?

——是辛普森太太给的。

埃米特愣了一下,三明治举在半空,比利则又咬了一口。

——辛普森太太是谁,比利?

——坐在我旁边的好心人。

——坐在你这边?

埃米特指了指自己坐的地方。

——不是,比利说着指了指他右边的空位。坐在我这边。

——这些三明治是她做的?

——是她在咖啡店买了拿回来的,因为我告诉她,我必须待在原地。

埃米特放下三明治。

——你不该接受陌生人给的三明治,比利。

——可我没在我们是陌生人的时候接受三明治,埃米特。我是在我们成为朋友之后接受的。

埃米特闭了一会儿眼睛。

——比利,他尽可能柔声说,光是跟人在火车站聊会儿天是不能成为朋友的。就算你们在同一张长凳上坐了一小时,你对他们几乎一点都不了解。

——我很了解辛普森太太,比利纠正道。我知道她在艾奥瓦州奥塔姆瓦城外的一个农场长大,跟我们的农场很像,但他们只种玉米,农场也没被止赎。她有两个女儿,一个住在圣路易斯[1],一个住在芝加哥。住在芝加哥的那个叫玛丽,她快生第一个宝宝了。辛普森太太来火车站就是为了这事。她要坐帝国专列号去芝加哥,帮玛丽照顾宝宝。辛普森先生去不了,因为他是狮子会[2]的会长,星期四晚上要主持一场晚宴。

埃米特举起双手。

——好吧,比利。我知道你很了解辛普森太太。所以确切地说,你们俩可能不算陌生人。你们已经是熟人了。可就算这样,你们依然不是朋友。只用一两个小时成不了朋友。要更久一点。懂吗?

——懂了。

埃米特拿起三明治,又咬了一口。

——多久?比利问。

埃米特吞下食物。

——多久?

——跟陌生人还要聊多久才能成为朋友?

有那么一会儿,埃米特想详细解释人际关系随时间变化的复杂性,

---

1 美国密苏里州第二大城市。
2 由梅尔文·琼斯(1879—1961)创立的非营利服务性组织。

最后却只说了一句:

——十天。

比利想了一会儿,然后摇摇头。

——要等十天才能成为朋友,似乎太久了,埃米特。

——六天?埃米特提议。

比利咬了一口三明治,一边咀嚼一边思考,然后满意地点点头。

——三天,他说。

——好吧,埃米特说。我们说好了,跟人交朋友至少需要三天。在此之前,我们要把他们当成陌生人。

——或是熟人,比利说。

——或是熟人。

兄弟二人继续吃三明治。

比利把大红书放在辛普森太太刚刚坐的地方,埃米特朝书扬了扬头。

——你一直在读什么书?

——《艾博克斯·艾伯纳西教授之英雄、冒险家和其他勇敢旅行者汇编》。

——听起来真厉害。我能看看吗?

比利有点担心地来回看着书和哥哥的手。

埃米特把三明治放在长凳上,用纸巾仔细擦净双手。然后,比利把书递给他。

埃米特了解他的弟弟,所以没有随便翻开一页。他从扉页——最开头的地方——开始翻起。他这么做是明智的。因为这本书的封面是红底衬着烫金的标题,而扉页上画了一幅详细的世界地图,一连串虚线纵横交错。每条不同的线都用一个字母标识,大概表示不同冒险家走过的路线。

比利放下三明治,用纸巾擦净双手,朝埃米特挪近一些,这样两人就能一起看书了——就像在比利小时候,埃米特给他读绘本那样。埃米特跟那时一样,看看比利有没有准备好继续往下读。比利点点头,埃米特翻到标题页,意外地发现一段题词。

送给勇敢的比利·沃森:
万千旅程与冒险,愿一路平安。
埃莉·马西森

这个名字似曾相识,但埃米特不记得埃莉·马西森是谁了。比利定是察觉到哥哥的好奇,因为他用一根手指轻轻指着她的签名。
——图书管理员。
可不是嘛,埃米特心想。是那个戴眼镜的人,提起比利时一脸欢喜。
埃米特翻了一页,翻到目录。

Achilles(阿喀琉斯)

Boone(布恩)[1]

Caesar(恺撒)

---

[1] 丹尼尔·布恩(1734—1820),美国知名拓荒者和探险家。

Dantès（唐泰斯）

Edison（爱迪生）

Fogg（福格）[1]

Galileo（伽利略）

Hercules（赫拉克勒斯）

Ishmael（以实玛利）

Jason（伊阿宋）

King Arthur（亚瑟王）

Lincoln（林肯）

Magellan（麦哲伦）

Napoleon（拿破仑）

Orpheus（俄耳甫斯）

Polo（波罗）[2]

Quixote（堂吉诃德）

Robin Hood（罗宾汉）

Sinbad（辛巴达）

Theseus（忒修斯）

Ulysses（尤利西斯）

da Vinci（达·芬奇）

---

1 菲莱亚斯·福格是法国作家儒勒·凡尔纳（1828—1905）创作的小说《八十天环游地球》中的主人公。

2 马可·波罗（约1254—1324），意大利旅行家。

Washington（华盛顿）

Xenos（瑟诺斯）

You（你）

Zorro（佐罗）

——他们是按字母顺序排列的，比利说。

过了一会儿，埃米特翻回扉页，将英雄们的名字与各条虚线上的字母进行比对。没错，他心想，麦哲伦从西班牙航行到东印度群岛，拿破仑行军至俄罗斯，丹尼尔·布恩在肯塔基州的荒野探险。

埃米特瞄了一眼序言，然后开始翻阅书里的二十六个章节，每章都是八页长。每章都简要介绍了主人公的童年，但重点是其探险经历、成就和影响。埃米特理解弟弟为什么一遍又一遍地阅读这本书，因为每章都有大量引人入胜的地图和插图：比如达·芬奇的飞行器草图，忒修斯与弥诺陶洛斯战斗[1]的迷宫地形图。

快翻到结尾时，埃米特在两页空白处停下。

——看来他们漏印了一章。

——你漏看了一页。

比利伸手往前翻一页。又是两页空白，但左页上方是这章的标题：You（你）。

---

[1] 弥诺陶洛斯是古希腊神话中的牛头人身怪物，受困于代达罗斯建造的迷宫。传说中，雅典人每年要向被囚禁在迷宫中的怪物弥诺陶洛斯进贡七对童男童女，忒修斯自愿作为贡品前往，在战斗中杀死了弥诺陶洛斯。——编者注

比利带着一丝敬意抚摸空白页。

——艾伯纳西教授邀请你在这里写下自己的冒险故事。

——我猜你还没经历过冒险,埃米特笑着说。

——我觉得我们已经开始了,比利说。

——在我们等火车时,你也许可以写个开头。

比利摇摇头,把书直接翻回第一章,读起开头的句子:

——以快脚阿喀琉斯开启我们的冒险之旅是恰到好处的,他古老的功绩在荷马史诗《伊利亚特》中永垂不朽。

比利放下书,抬头解释。

——特洛伊战争起于帕里斯的裁决。因为没被邀请参加奥林匹斯山的一场宴会,不和女神厄里斯被惹怒了,她往桌上扔了一只金苹果,上面写着献给最美的女神。雅典娜、赫拉、阿芙洛狄忒都声称苹果属于自己,宙斯将她们送去人间,选中特洛伊王子帕里斯来解决争端。

比利指着一幅插图,上面画着三个衣着裸露的女人围着一个坐在树下的年轻男人。

——为了拉拢帕里斯,雅典娜答应给他智慧,赫拉答应给他权力,阿芙洛狄忒则答应给他世上最漂亮的女人,就是斯巴达国王墨涅拉俄斯的妻子海伦。帕里斯选择了阿芙洛狄忒,她便帮他拐走海伦,引起墨涅拉俄斯的震怒和宣战。可是,荷马的故事不是从头开始讲的。

比利将手指移到第三段,指着由三个词组成的拉丁短语。

——荷马是 *in medias res* 开始讲故事的,意思是从中间。他从战争的第九年开始讲起,主人公阿喀琉斯在营帐中满腔怒火。从此,很多最伟大的冒险故事都采用了这样的讲述方式。

比利抬头望着哥哥。

——我很确定我们正在冒险,埃米特。可除非知道故事的中间在哪儿,不然我写不了开头。

达奇斯

在芝加哥以西约五十英里的一家豪生酒店[1]里，伍利和我躺在床上。刚越过密西西比河进入伊利诺伊州时，我们经过第一家豪生酒店，伍利对它的橙色屋顶和蓝色尖塔赞叹不已。当我们经过第二家时，他多看了一眼——像是担心自己产生幻觉，或是我不知怎的迷路了。

——不用担心，我说。一家霍华德·约翰逊而已。

——霍华德什么鬼？

——那是一家连锁的餐厅和汽车旅馆，伍利。哪里都有，而且都长这样。

——全都这样？

——全都这样。

到十六岁时，伍利已经去过欧洲至少五次。他去过伦敦、巴黎和维也纳，曾在博物馆的大厅里闲荡，听过歌剧，也曾登顶埃菲尔铁塔。可在他的祖国，大部分时间他都穿梭于公园大道的公寓、阿迪朗达克山的别墅和新英格兰的三所预科学校之间。关于美国，伍利不知道的东西可以填满大峡谷。

---

[1] 一九二五年，霍华德·约翰逊（1897—1972）创立豪生餐厅，五十年代扩展酒店业务，至七十年代成为知名连锁餐厅和汽车旅馆品牌。

我们开车经过餐厅门口,伍利回头看了一眼。

——冰激凌有二十八种口味,他有些惊讶地念道。

于是,当天色渐晚,我们又累又饿,伍利再次看到一座亮蓝色尖塔从天际升起时,我们只好入住。

伍利住过很多酒店,但从没住过像豪生这样的。我们走进房间,他就像来自另一个星球的私家侦探一样仔细检查。他打开衣橱,惊讶地发现熨衣板和熨斗。他打开床头柜抽屉,惊讶地发现一本《圣经》。他走进浴室,又立刻出来,手里举着两块小肥皂。

——它们是独立包装的!

我们刚安顿好,伍利就打开电视机。信号亮起,独行侠[1]亮相,戴的帽子比博亚迪主厨的帽子更大更白。他正跟一个年轻的枪手谈话,给他讲什么是真理、正义和美国做派。你看得出年轻枪手渐渐失去耐心,可就在他准备伸手掏自己的六发手枪时,伍利转台了。

现在亮相的是乔·弗雷迪警长[2],他穿着西装,戴着软呢帽,对一个正在摆弄摩托车的不良少年说了一模一样的话。不良少年也渐渐失去耐心。可就在他看起来要把棘轮砸向弗雷迪警长的脑袋时,伍利转台了。

又来了,我心想。

---

[1] 一九四九年至一九五七年在美国广播公司电视台播出的西部电视剧《独行侠》(*The Lone Ranger*)中的主角,戴着一个巨大的白色西部牛仔帽。

[2] 美国电影《警网擒凶》(*Dragnet*)的主角。

果不其然，伍利一直转台，直到转到一支广告。他把音量调到最低，然后舒舒服服地靠在枕头上。

真不愧是伍利啊。在车里，他着迷于没有画面的广告声音。现在呢，他想看没有声音的广告画面。广告插播结束后，伍利熄掉他那侧的灯，身子往下一滑，双手抱头平躺，瞧着天花板。

晚饭后，伍利又吃了几滴药，我估摸着它们眼下正在发挥魔力。所以，当他对我讲话时，我有点意外。

——喂，达奇斯，他说，依然盯着天花板。

——怎么了，伍利？

——星期六晚上八点，当你、我、埃米特和比利坐在点唱机旁边的餐桌时，那里还有谁？

我也躺下，盯着天花板。

——在莱奥内洛餐厅吗？让我们来瞧瞧。在星期六晚上，你会碰到市政府的一些大人物。一个拳击手和一些黑帮分子。可能还有乔·迪马乔[1]和玛丽莲·梦露，如果他们刚好在城里的话。

——他们当晚都出现在莱奥内洛？

——没错，伍利。开一家没人进得去的餐厅，结果每个人都想去。

伍利思考了一会儿。

——他们坐在哪里呢？

我指着天花板的一个地方。

---

[1] 乔·迪马乔（1914—1999），美国传奇棒球运动员，与著名女演员玛丽莲·梦露有过一段短暂的婚姻。

——黑帮分子坐在市长旁边的卡座。拳击手带着女歌手在吧台吃生蚝。迪马乔两口子坐在我们隔壁。但最重要的是,伍利,在厨房门边的卡座里,一个穿细条纹西装的秃顶矮个子男人正独自坐着。

——我看到他了,伍利说。他是谁?

——莱奥内洛·布兰多利尼。

……

——你是说老板?

——正是他。

——他一个人坐着?

——没错。至少刚入夜时是这样。通常,他六点左右到餐厅,那时其他人还没来。他会吃点东西,喝杯基安蒂红酒。他会浏览账簿,可能还会接个电话,就是那种接了长线、可以直接拉到你桌边的电话。到了八点左右,餐厅开始热闹起来,他会一口闷掉一杯双份意式浓缩咖啡,在餐桌之间来回走动。他会一边拍着顾客的肩膀一边说,大家今晚都好吗?很高兴又见到你们。你们饿了吗?希望如此啊。因为有很多好吃的。他会对女士们说些恭维话,然后朝酒保打手势。哎,罗科,再给我的朋友们来一杯。接着,他会走到下一桌,继续拍人肩膀,继续恭维女士,继续来一杯。也许这次会上一盘鱿鱼圈或一些提拉米苏。不管是什么,全都免费。等莱奥内洛打完招呼,在场的每个人——我是说从市长到玛丽莲·梦露在内的所有人——都会觉得今晚很特别。

伍利一言不发,细细品味着这一刻。然后,我对他说了一些从没跟别人提过的事。

——这就是我想做的事,伍利。如果我有五万美元,我就想这么干。

我听到他翻了个身,侧躺着看我。

——你想在莱奥内洛留张桌子?

我哈哈一笑。

——不,伍利。我想开一家属于我的莱奥内洛。一家意式小餐厅,里面有红色皮革卡座,点唱机里播着西纳特拉。餐厅没有菜单,每张桌子都被人订了。我会在厨房旁边的卡座里吃顿简单的晚餐,再接几个电话。到八点左右,我会喝上一杯双份意式浓缩咖啡,然后一桌一桌地跟顾客打招呼,告诉酒保给所有人再来一杯——免费送的。

我看得出来,伍利喜欢我的想法,几乎不亚于喜欢比利的想法,因为他翻身平躺之后对着天花板笑起来,想象着整个场景的样子,几乎跟我想的一样清晰,或许更甚。

明天,我心想,我要让他给我画一张平面图。

——开在哪里呢?他过了一会儿问道。

——我还不知道,伍利。一旦确定,我第一个告诉你。

听了这话,他又笑了。

几分钟后,他进入梦乡。我这么说是因为他的一只手臂从床沿滑落,悬在半空,手指擦着地毯。

我从床上爬起来,把他的手臂放回他的身侧,从床尾拉起毯子给他盖上。然后,我倒了一杯水,放在床头柜上。伍利的药总是让他早起时感到口渴,但他似乎从来不记得入睡前要在够得着的地方放杯水。

我关掉电视,脱掉衣服,钻进自己的被窝,不禁思考起来:开在哪里呢?

打从一开始,我就一直幻想着,等我拥有属于我的餐厅,它会开在纽约——可能是在格林尼治村的麦克杜格尔街或是沙利文街,在那些爵士俱乐部和咖啡馆附近的某个小地方。但或许我搞错了。或许我应该在一个还没有莱奥内洛的州开店。比如……加利福尼亚。

妥了,我心想,就加利福尼亚。

等拿到伍利的信托基金,开车回到内布拉斯加,我们甚至不用下车。就像今天早上那样,伍利和比利坐在后座,我和埃米特坐在前座,只是到时比利的指南针箭头将朝西指。

问题是,我对旧金山不太有把握。

别误会。旧金山是个充满魅力的城市——码头上笼罩着雾气,酒鬼们在田德隆区游荡,巨大的纸龙在唐人街的街道上飘来飘去。这就是为什么电影中总有人在那里被谋杀。不过,旧金山虽然充满魅力,却不像一个配得上莱奥内洛的地方。它就没那种潇洒的派头。

那洛杉矶呢?

洛杉矶派头十足,多得可以装到瓶里远销海外。自电影明星诞生以来,那里就是电影明星的聚居地。近来,拳击手和黑帮分子开始在那里开店。就连西纳特拉也搬了过去。如果连老蓝眼睛[1]都能舍了大苹果去浮华城[2],那我们也行。

我心想,洛杉矶的冬天温暖如夏日,每个女服务员都是成长中的新

---

1 即西纳特拉,他有首歌就叫《老蓝眼睛》("Ol'Blue Eyes")。

2 浮华城(Tinseltown)即好莱坞。

星,街道命名也早就用光了总统和树木的名字。

这才是我心目中的重新开始!

但埃米特关于背包的说法是正确的。重新开始不只是在一个新的城市拥有一个新的地址。重点不在于拥有一份新的工作,一个新的电话号码,甚或一个新的名字。重新开始需要放下包袱。这意味着你要还清所有欠别人的债,也收回所有别人欠你的债。

埃米特放弃了农场,在广场上挨了一顿揍,他的账已经平了。如果我们要一起去西岸,那么也许是时候去平我自己的账了。

我很快就算清楚了。在萨莱纳的铺位上,我已经花了太多个夜晚思考自己没结清的债,所以要紧的债直接浮出水面,总共有三笔:一笔是我必须偿还的,两笔是我必须收回的。

埃米特

埃米特和比利迅速穿过路堤底部的灌木丛往西走。在铁轨上行走原本更容易,但埃米特觉得,即便有月光的铺洒,这么做也是鲁莽的。他停下脚步,回头看正努力跟上的比利。

——你确定不要我帮你背包吗?

——我可以的,埃米特。

埃米特继续前行,他瞥了一眼比利的手表,发现已经十一点四十五分了。他们十一点一刻离开的车站。这段路比埃米特预想的更难走,但他们此刻好像快到松树林了。当他终于看到前面浮现常青树尖尖的剪影时,他松了口气。到了小树林,他们往树影中挪了几步,静静等待着,一边听着猫头鹰在头顶上方啼叫,一边闻着脚下松针散发的清香。

埃米特又瞥了一眼比利的手表,现在是十一点五十五分。

——在这里等着,他说。

埃米特爬上路堤,俯瞰铁轨。他看到远处的火车头前部亮起了细细的灯光。埃米特回到树影中,站在弟弟身旁,他很庆幸他们没有在铁轨上行走。因为尽管埃米特目测火车头似乎在一英里之外,但他刚走到弟弟身边,一长串货运车厢就飞驰而过。

不知是因为激动还是焦虑,比利牵住埃米特的手。

在火车开始减速前,埃米特估摸有五十节车厢一闪而过。等火车终于停稳,倒数第十节车厢恰好停在埃米特和比利面前,就跟乞丐说的一模一样。

到目前为止,所有事都跟乞丐说的一字不差。

一吨面粉和一吨饼干有什么差别?这是乞丐在货运站问埃米特的问题。然后,他眨眨眼,回答了自己的谜题:体积差大约为一百立方英尺。

乞丐耐心地解释道,如果一家公司的货物在同一条线上来回运输,拥有固定的装载量通常更实惠,这样就不会受到价格波动的影响。纳贝斯克[1]在曼哈顿的工厂每周接收中西部来的面粉,每周再把成品送回该地区,所以他们拥有自己的车厢是明智的。唯一的问题是,很少有东西的密度比一袋面粉更大、比一盒饼干更小。因此,尽管这家公司的车厢西行时都是满的,但返回纽约时,总有五六节车厢是空的,而且没人费心看管。

乞丐指出,对免费搭车的人来说,空车挂在火车尾部这码事非常走运,因为午夜刚过那会儿,当东方夕阳号的火车头抵达刘易斯时,它的守车[2]离站台还有一英里远呢。

火车一停,埃米特立刻翻过路堤,推了推最近几节车厢的门,发现

---

1 美国饼干和零食制造商,主要品牌有奥利奥、乐之等。

2 一般挂在货运车厢尾部,配备专人值守,用来观察火车的运行状况,并协助刹车。

第三节车厢没上锁。埃米特招呼比利过去,扶了弟弟一把,然后爬进车厢,哐啷一声关上门——车厢陷入一片黑暗。

乞丐说,他们可以把车顶的舱口打开,便于采光和通风——只要他们在快到芝加哥时一定关上就行,因为到了那里,舱口敞开很可能会引人注意。不过,埃米特忘记在关上货运车厢门之前先打开舱口,甚至忘记留意它的位置。他伸出双手,摸索门闩,想再把门打开,但火车猛地向前一动,他撞到了对面的墙上。

在黑暗中,他听到弟弟在动。

——别动,比利,他告诫道,我去找舱口。

忽然,一束光朝他的方向射来。

——你想用我的手电筒吗?

埃米特笑了。

——是的,比利,我要。更好的办法是,不如由你给角落的梯子打光吧。

埃米特爬上梯子,打开舱口,月光和宜人的空气涌入。货运车厢被晒了一整天,里面的温度得有二十七度了。

——我们来这里放松一下吧,埃米特说,领着比利去车厢另一头,这样万一有人从舱口往里看,他们不会那么轻易被发现。

比利从双肩包里拿出两件衬衫,递给埃米特一件,说可以把它们叠起来当枕头用,就跟士兵一样。比利重新系紧带子,然后躺下来,脑袋枕着叠好的衬衫,很快睡熟了。

埃米特几乎跟弟弟一样筋疲力尽,但他知道自己不可能这么快睡着。

这一整天的事把他搞得太紧绷了。他真正想要的是来根烟，但只能将就着喝口水。

埃米特轻轻拿起比利的双肩包，到舱口下面凉快一点的地方，背靠着墙坐下。他解开双肩包的带子，取出比利的水壶，拧开盖子喝了一口。埃米特渴极了，可以一下子喝光，但在抵达纽约前，他们可能没机会弄到更多的水，所以他又喝了一口，然后把水壶放回双肩包，像弟弟那样牢牢系紧带子。正准备放下双肩包时，埃米特注意到了外层的口袋。他瞥了一眼比利，解开翻盖，取出马尼拉纸信封。

埃米特握着信封坐了一会儿，像在掂量它的分量。他又瞥了一眼弟弟，然后解开红绳，将母亲的明信片倒在自己的腿上。

小时候，埃米特一定不会说母亲不快乐。对别人不会，对自己也不会。但到了某个时刻，在某个没有言明的层面上，他渐渐明白她并不快乐。他不是通过眼泪或露骨的抱怨明白的，而是从下午稍早时没干完的家务中看明白的。他下楼走进厨房，发现砧板上躺着一打胡萝卜，菜刀搁在旁边，六根切成薄片，六根还是完整的。或是他从谷仓回来，发现洗好的衣服一半在晾衣绳上翻飞，另一半湿漉漉地堆在篮子里。四下寻找母亲时，他常常发现她坐在屋前的台阶上，手肘搁在膝盖上。当埃米特轻声地、几乎是怯生生地喊：妈妈？她会抬起头，看上去很惊喜似的。她在台阶上给他腾出地方，一只胳膊环住他的肩膀，或是揉弄他的头发，然后转头继续盯着之前一直在看的东西——在前廊台阶和地平线之间某个地方的某样东西。

由于小孩子不谙世事，他们以为自家的习惯就是这个世界的习惯。

如果孩子在一个晚餐时争来吵去的家庭中长大，他就以为所有家庭在餐桌上都会争来吵去；如果孩子在一个晚餐时一言不发的家庭中长大，他就以为所有家庭吃饭时都会安安静静。然而，尽管这个道理具有普遍性，但小埃米特知道，下午稍早时干了一半的家务说明哪里出了问题——就像若干年后，他渐渐明白，每一季都更换农作物说明一个农民拎不清自己该干什么。

埃米特把明信片举到月光下，按西行的顺序一张一张重看——奥加拉拉、夏延、罗林斯、罗克斯普林斯、盐湖城、伊利、里诺、萨克拉门托、旧金山——他审视着照片的每个角落，逐字阅读写下的话，仿佛他是一名情报官员，正在搜寻外勤特工的加密讯息。不过，要说他今晚端详这些卡片比在餐桌上更认真，那他看得最仔细的是最后一张。

上面写道：*这是位于旧金山林肯公园的荣勋宫，每年七月四日，这里会举办全加利福尼亚最盛大的烟花秀之一！*

埃米特不记得他曾告诉比利，母亲喜爱烟花，但这是毋庸置疑的。母亲在波士顿长大，夏天会去科德角[1]的一个小镇度假。她虽然没怎么提过在那里度过的时光，却也曾怀旧而兴奋地聊起志愿消防队每年七月四日会赞助港湾上空的烟花秀这件事。小时候，她和家人会站在自家码头的尽头欣赏。长大后获准划船外出，她便会划到自家停泊区里摇摇晃晃的帆船中间，这样就能独自躺在船底观赏烟花。

埃米特八岁时，母亲从五金店的卡特赖特先生那里得知，距摩根一个多小时车程的苏厄德镇在七月四日这天有不少庆祝活动，下午有游行，

---

1 美国马萨诸塞州东南部半岛，位于科德角湾和大西洋之间，又称鳕鱼角。

入夜后有烟花。母亲对游行不感兴趣。因此，早早吃完晚饭后，埃米特和爸爸妈妈便开着卡车出发了。

当卡特赖特先生说有不少庆祝活动时，母亲原以为是像其他小镇的庆祝活动那样，由小学生们制作横幅，由教区妇女们在折叠桌上卖茶点。可抵达之后，她震惊地发现，苏厄德的独立日庆典令她经历过的所有独立日庆典黯然失色。这是小镇准备了整整一年的庆典，还有人从得梅因[1]远道而来。等沃森一家抵达时，唯一能停车的地方离镇中心一英里远，等他们终于走进烟花秀场地梅溪公园时，那里的每寸草坪都被人占了，一户户人家铺着毯子，正在野餐。

第二年，母亲不打算犯同样的错误。七月四日当天吃早餐时，她便宣布他们午饭过后就动身去苏厄德。不过，当她准备好野餐的食物，拉开餐具抽屉取刀叉时，她停了下来，眼睛定定地看着。随后，她转身离开厨房上楼，埃米特紧紧地跟在她的身后。她从自己的卧室里搬出一把椅子，爬了上去，伸手去拉从天花板上垂下的一小截绳子。她拉动绳子，一道小门落下，露出通往阁楼的滑梯。

埃米特目瞪口呆，以为母亲会告诫他在原地等着，但她忙着自己的事，没说一句警告的话就爬上了梯子。他跟着她爬上狭窄的梯子，她忙着搬箱子，也懒得再让他下去。

母亲四处找东西，埃米特打量着阁楼里奇奇怪怪的物品：一台跟他差不多高的无线电收音机，一把破摇椅，一台黑色打字机，还有两只贴满彩色贴纸的大旅行箱。

---

1 美国艾奥瓦州州府。

——找到了，母亲说。

她朝埃米特微微一笑，举起一个小手提箱似的东西。但它不是皮制的，而是藤编的。

回到厨房后，母亲把手提箱放在桌上。

埃米特看到她因为阁楼的高温正在出汗，她用手背擦拭眉头，皮肤上留下了一道灰尘印子。她解开箱子的搭扣，又对埃米特笑了笑，然后掀开盖子。

埃米特很清楚，放在阁楼上的手提箱很可能是空的，所以看到这只箱子不仅装得满满当当，还整整齐齐时，他大吃一惊。里面整齐地码放着野餐可能需要的所有东西。在一条绑带下面，六只红盘子叠成一摞；而在另一条绑带下面，六只红杯子码成一排。细长的凹槽里摆着刀叉和勺子，另有一个短槽放红酒开瓶器。甚至还有两个特制的凹槽放盐瓶和胡椒瓶。在盖子的凹处，两条皮带固定着一块红白格桌布。

埃米特这辈子从没见过如此巧妙组合在一起的东西——什么都不缺，什么都不多余，一切井井有条。他后来再没见过类似的东西，直到十五岁时，他看到舒尔特先生工具间里的工作台，上面整整齐齐地码着用来摆放各种工具的孔槽、钉子和挂钩。

——天哪，埃米特惊叹，母亲哈哈一笑。

——是你的好姨妈埃德娜送的。

然后，她摇了摇头。

——我想我结婚之后就没打开过。但我们今晚要用上它！

那年,他们下午两点抵达苏厄德,在草坪正中央找了个地方铺开他们的格子桌布。父亲原本有些不情愿这么早来,可一到那里,他却没有丝毫不耐烦。事实上,令人惊喜的是,他从自己的包里掏出了一瓶酒。一边喝着酒,父亲一边讲故事,提到他那一毛不拔的萨迪姑姑,粗心大意的戴夫叔叔,还有东部其他古里古怪的亲戚,逗得母亲哈哈大笑,她很少这么笑。

时间慢慢过去,草坪上的毯子和篮子越来越多,笑声越来越多,气氛也越来越好。夜幕终于降临,沃森一家躺在格子桌布上,埃米特夹在中间,第一束烟花呼啸升空后绽开,母亲说:我无论如何都不想错过这一刻。那天晚上开车回家时,埃米特觉得他们三人往后都会参加苏厄德的独立日庆典。

但来年二月——也就是比利出生几周后——母亲突然变得不像她自己了。有时候,她过于疲惫,甚至连以前能勉强做的一半家务都做不了。另一些时候,她根本下不了床。

在比利三周大的时候,埃贝斯太太——她的孩子们也有了自己的小孩——开始每天来帮忙做家务和照看比利,母亲则努力恢复精力。到了四月,埃贝斯太太只在早上来。到了六月,她就不来了。七月一日吃晚餐时,父亲兴致颇高地问他们什么时候动身去苏厄德,母亲说她不确定自己想不想去。

埃米特望了一眼桌子对面,他从未见过父亲如此伤心。但父亲一向坚持不懈,他的自信心以一种极度不愿从经验中吸取教训的方式膨胀着。七月四日的早晨,父亲准备好野餐需要的食物。他拉下小门,爬上狭窄的梯子,从阁楼上取下篮子。他把比利放进摇篮,把卡车开到前门。下午一点,他进屋喊道:所有人出发喽!我们可不想错过最喜欢的位置!母亲答应了一起去。

或者说,她只是默默地顺从了。

她爬上卡车,一句话也没说。

他们全都一言不发。

他们抵达苏厄德,走到公园中央,父亲展开格子桌布,开始从凹槽里取刀叉,这时母亲说道:

——来,我来帮忙。

那一瞬间,似乎所有人都卸下了重担。

她取出红色塑料杯,摆好丈夫做的三明治。她给比利喂了丈夫有心准备的苹果泥,来回摇晃比利的摇篮,直到他睡着。他们喝着父亲带的酒,她让他讲他那些古里古怪的叔叔和姑姑的故事。夜幕降临后不久,第一朵烟花在公园上空爆开,绽放色彩缤纷的火花,她伸手握住丈夫的手,朝他温柔地笑了笑,眼泪顺着她的脸颊簌簌而下。埃米特和父亲看到她的泪水,对她回以微笑,因为他们知道那是感激的泪水——感激她的丈夫没有因她一开始的兴致索然让步,而是坚持不懈,这样他们一家四口才能在这个温暖的夏夜一同欣赏这场灿烂的烟花秀。

回到家后,父亲将摇篮和野餐篮拿进屋。母亲拉着埃米特的手领他上楼,她掖紧他的被子,亲吻他的额头,然后穿过走廊,同样掖紧比利的被子,也亲吻了他的额头。

那天晚上,埃米特像平常一样沉沉睡去。当他第二天早上醒来时,母亲已经离开。

埃米特最后看了一眼荣勋宫，然后把明信片装回信封。他绕紧红色细绳，将它们封好后塞进比利的双肩包，再次系牢带子。

埃米特一边在弟弟的身边躺下，一边回忆。对查理·沃森而言，母亲离开后的第一年很艰难。天气的考验有增无减。经济的困难悄然出现。镇上的人肆无忌惮地议论着沃森太太的突然离去。然而，让父亲——让父亲和埃米特两人——备感沉重的是，他们意识到，当烟花开始盛放时，母亲紧握父亲的手并非是在感激他的坚持、忠贞和支持，而是感激他将她从萎靡不振中温柔地唤醒，亲眼见证这场不可思议的烟花秀。他提醒了她，只要她愿意抛弃日常生活，她将拥有无与伦比的快乐。

SEVEN

第 七 天

达奇斯

——这是一张地图！伍利惊讶地喊道。

——确实。

我们坐在豪生酒店餐厅的卡座里等着早餐送来。我们面前各有一张纸质餐垫，这也是伊利诺伊州的简版地图，上面画着主要的道路和城镇，还有一些比例失调的当地地标插图。此外，上面还标注着十六家豪生酒店，每家都有橙色屋顶和蓝色小尖塔。

——我们在这里，伍利指着其中一家说。

——我信你。

——这是林肯公路。看这里！

我还没来得及看这里是哪里，我们的女服务员——看起来不超过十七岁——就将餐盘放在了餐垫上。

伍利皱起眉头。他看着她离开，然后把餐盘往右一推，一边假模假样地吃饭，一边继续研究地图。

考虑到伍利点早餐时颇费心思，看他现在这么不在意早餐倒是讽刺。当女服务员把菜单递给他时，他看起来有些被菜单的尺寸吓到了。他吸了一口气，开始大声朗读每道菜的描述。然后，为了确保没有任何遗漏，他翻到开头又读了一遍。等女服务员回来为我们点单时，他自信满满地说自己要吃华夫饼——还是炒蛋吧——她正要转身离开时,他又换成了薄煎饼。可精心撒了一圈糖浆的薄煎饼送来后,他却置之不理,光吃培根。而我嘛,我连菜单都懒得看,迅速点了咸牛肉土豆泥和太阳蛋。

吃完之后,我往后一靠,环顾四周,想着如果伍利想知道我的餐厅长什么模样,他没必要继续研究豪生酒店的餐厅。因为我的餐厅在各方面都会与这里截然相反。

从环境的角度来看,豪生酒店的好人们决定将自家著名屋顶的配色融入餐厅,把卡座弄成亮橙色,让女服务员们身穿亮蓝色制服——尽管自古以来,橙蓝混搭并不能刺激食欲。这个地方的标志性建筑元素是一长排观景窗,让每个人都能看清停车场。这里的食物是小餐馆的华丽升级版,而顾客的典型特征是,只要瞧上一眼,你对他们的了解会多于你想知道的。

比如隔壁卡座那个红脸的家伙,他正捏着全麦吐司一角抹干净蛋黄。我一眼就看得出,他是一个旅行推销员——我这辈子见过的旅行推销员数不胜数。在由寂寂无闻的中年男人汇成的家谱上,旅行推销员是过气演员的表亲。他们开着同样的车,去同样的城镇,入住同样的酒店。事实上,你区分他们的唯一办法是,推销员的鞋子更实用耐穿。

好像需要什么证据似的,我看着他按百分比折算小费给女服务员,又在收据上做了注释,对折之后收进钱包,回头交给会计部门的人处理。

推销员起身准备离开,我看到墙上的钟已经七点半了。

——伍利,我说,早起的全部意义就在于早点出发。所以,在我去洗手间时,你不如吃点薄煎饼吧。然后,我们结账上路。

——没问题，伍利说着又把自己的餐盘往右推开几英寸。

去洗手间之前，我向收银员换了些零钱，溜进一个电话亭。我知道阿克利退休后去了印第安纳州，只是不晓得地址。所以，我让接线员查了萨莱纳的电话号码，并帮我接通。因为时间尚早，电话响了八次才终于有人接起。我猜是露辛达，那个戴粉色眼镜的褐发女人，她是给监狱长看门的。我借鉴父亲的做法，为她来了一出李尔王的老戏码。每当父亲需要电话那头的人帮点小忙时，他都会用这招。当然了，说话时得带着英国口音，还要掺着一丝迷茫。

我向她解释，我是阿克利的叔叔，住在英国，想在独立日给他寄张卡片，让他放心，我没生气，但我好像找不到地址簿了，她能不能帮帮一个健忘的老头子？不一会儿，她带着答案回来了：南本德[1]杜鹃花路132号。

我吹着口哨从电话亭去洗手间，结果发现站在小便池前的正是隔壁卡座那个红脸的家伙。尿完之后，我和他一起在水池前洗手，我对着镜子朝他浅浅一笑。

——先生，你看起来像个推销员。

他有点吃惊，镜子里的他转头看我。

——我是干销售的。

我点点头。

——你一看就是见过世面的好人。

——噢，谢谢。

---

1 美国印第安纳州第四大城市，圣约瑟夫县县治，位于圣约瑟夫河最南端拐弯处，城市名由此而来。

——挨家挨户推销?

——不是,他说,有点被冒犯到了。我对接客户。

——原来如此。如果你不介意我问的话,是干哪一行的?

——厨房用具。

——像冰箱和洗碗机?

他微微皱眉,像是被我戳到痛处。

——我们专营小型电动设备。像搅拌机和手动搅拌器。

——小而重要,我指出。

——啊,是的,确实。

——那跟我说说,你们是怎么做的?我的意思是,你们遇到客户是怎么推销的?比如搅拌机?

——我们的搅拌机有口皆碑,销量不愁。

从他说这句话的方式,我看得出他此前已经说过一万遍了。

——你太谦虚了,我敢肯定。但说真的,提到自家搅拌机和竞争对手家的,你怎么……区别呢?

听到区别一词,他变得相当严肃、神秘兮兮的。哪怕他是在豪生酒店的洗手间跟一个十八岁的孩子说话。他现在已经准备好广告语了,由不得自己停下。

——我先前说我们的搅拌机有口皆碑、销量不愁,他开始了,只是半开玩笑。因为你要知道,所有主要品牌的搅拌机不久前才配备三种设置:低、中、高。我们是第一家根据搅拌类型来区分搅拌机按钮的公司:混合、搅打、打发。

——真巧妙。你们一定独占市场。

——有一段时间是这样的,他承认。但我们的竞争对手很快便纷纷效仿。

——那你们必须快人一步。

——没错。所以今年,我可以自豪地说,我们已经成为美国第一家推出第四种搅拌模式的搅拌机制造商。

——第四种?在混合、搅打、打发之后?

悬念简直要了我的命。

——压泥。

——厉害啊,我说。

在某种程度上,我是真心的。

我又上下扫了他一眼,这一次心怀钦佩。然后,我问他有没有参战。

——我没有这个荣幸,他说。这话听着也像说过一万遍了。

我同情地摇摇头。

——那些小伙子回来时多热闹呀。烟花咯,游行咯。市长在他们的翻领上别奖章。所有的漂亮姑娘排着队亲吻这些穿制服的蠢货。但你知道我是怎么想的吗?我认为美国人民应该对旅行推销员多些尊敬。

他不确定我是不是在揶揄他。于是,我在声音中融入一些感情。

——我父亲也是一名旅行推销员。噢,他走过多少路,按响过多少门铃啊。有多少个夜晚,他远离舒适的家。我跟你说,旅行推销员不仅是勤恳工作的人,也是资本主义的步兵!

我想他听到这句话时真的脸红了。但因为他的肤色,很难看出来。

——很荣幸认识你，先生，我说着伸出了手，尽管还没擦干。

我从洗手间出来，看到我们的女服务员，便招呼她过来。

——你还需要什么吗？她问道。

——结账就行，我回答。我们还有地方要去，还有人要见。

听到有地方要去这句话，她露出一丝向往。我坚信，如果我告诉她，我们要去纽约，并让她搭车，她一定顾不上换制服就跳进后座——没别的原因，就想看看一路开到"餐垫尽头"会发生什么。

——我马上拿来，她说。

走回卡座时，我后悔打趣我们的邻座对收据上心了。因为我忽然想到，为了埃米特，我们也应该这么做。既然我们在用他信封里的钱支付开销，他完全有权利在我们还钱时要求一份完整的账单——这样他就能在我们平分信托基金之前拿到还款。

昨天晚上，在我办理酒店入住时，我让伍利付了晚餐账单。我要问问他最后花了多少，可我走到卡座时，伍利不见了。

他会去哪里呢，我感到疑惑，翻了个白眼。他不可能在洗手间，因为我刚从那里出来。我知道他这人喜欢闪闪发光、色彩斑斓的东西，便看了看冰激凌柜台，但那里只有两个小孩，鼻子紧贴玻璃，希望此刻不是大早上。不安的感觉越来越强烈，我转身看向平板玻璃窗。

我朝停车场望去，目光越过一片由玻璃和铬合金汇成的粼粼海洋，看向我原本停史蒂倍克的地方，可车子却不见踪影。为了避开两个挡住视线的蜂窝式发型，我往右迈了一步，望向停车场的入口，刚好看到埃米特的车右转拐上林肯公路。

——真他妈操蛋到家了。

就在那时,我们的女服务员恰好拿来账单,她的脸色一下煞白。

——请原谅我的脏话,我说。

我瞄了一眼账单,从信封里抽了张二十美元给她。

在她急忙去找零钱时,我瘫坐在自己的座位上,盯着对面伍利本该坐着的地方。他的盘子被放回了一开始在的地方,上面的培根没了,一小块薄煎饼也没了。

伍利能从一沓薄煎饼中精确地取出如此纤小的一块,我真是佩服。这时,我发现他的白色瓷盘下面是餐桌的富美家[1]贴面。也就是说,餐垫不见了。

我推开我的餐盘,拿起餐垫。我先前提过,这是一张伊利诺伊州的地图,上面画着主要的道路和城镇。但右下角嵌着一幅本地市中心的小地图,地图中央是一个绿色小广场,绿色小广场中央则矗立着一座雕像,竟然是亚伯拉罕·林肯。

---

[1] 一九一三年发明于美国的表面装饰饰材,后成为知名品牌。

伍利

哼——嘚嗒——嘚嗒,伍利一边哼着歌,一边又看了看腿上的地图。性能更强大,谁都比不上,生活更完美[1]……噢,哼——嘚嗒——嘚嗒。

——滚开!有人超过史蒂倍克时大吼,连按三下喇叭。

——抱歉,抱歉,抱歉了!伍利相应回了三声,友好地挥了挥手。

伍利转回自己的车道,他承认把地图放在腿上开车可能并不可取,因为你总在看上看下。于是,他左手握着方向盘,右手举着地图。这样一来,他就能用一只眼睛看地图,用另一只眼睛看路了。

昨天,达奇斯在菲利普斯66加油站拿了一份《菲利普斯66美国公路图》给伍利,说因为他要开车,所以得由伍利导航。伍利怀着一丝不安接受了这项任务。当加油站的地图递到你手里时,它的大小几乎是完美的——就像剧院的节目单一样。可要看加油站的地图,你得把它展开、展开再展开,直到地图上的太平洋紧贴着车里的变速杆,大西洋拍打着副驾的车门。

加油站的地图一旦完全展开,光是看一眼就可能让你头晕目眩,因为它一定从上到下、从左到右纵横交错着公路、马路和无数小路,每条

---

[1] 来自美国著名歌手黛娜·肖尔(1916—1994)为雪佛兰汽车演唱的广告曲《乘着雪佛兰看遍美国》("See the USA in Your Chevrolet")。

路都标着一个很小很小的名字或数字。这让伍利想到在圣保罗学校上生物课用的课本。还是在圣马克学校？无所谓了，课本开头的左页有一张人体骨架图。仔细看过这副骨架各个位置上所有不同的骨头之后，你翻到下一页，满心期待骨架会消失，它却仍在那里——因为下一页用的是透明纸！用了透明纸，你就可以在骨架上方学习神经系统。再翻一页，你又可以学习骨架、神经系统和布满红蓝小血管的循环系统。

伍利明白，这种多层插图意在让东西一清二楚，可他却觉得十分不安。比如说，这张图画的是男人还是女人？是老人还是年轻人？是黑人还是白人？在这些复杂网络中游走的所有血细胞和神经冲动是怎么知道它们该去哪里的？到达目的地之后，它们又如何回到开始的地方？菲利普斯66的地图与之类似：一幅由成百上千条动脉、静脉和毛细血管构成的插图，不断向外分叉延伸，直到每条路上的行人全都迷失了方向。

豪生酒店的餐垫地图却几乎不存在这种问题！它根本不用展开。上面也没覆盖混乱的公路和马路。它的道路数量恰到好处。那些有名字的路，路名标得清清楚楚，那些名字标不清楚的路，根本就没路名。

豪生酒店地图另一个尤其值得称赞的特点是插图。大多数地图绘制员特别擅长缩小东西。州、城镇、河流、道路，每一样都被缩小了尺寸。可在豪生酒店的餐垫上，缩小城镇、河流和道路之后，地图绘制员选择性地往回加了些大于原本尺寸的插图。例如，左下角有一个大稻草人，向你展示玉米田的位置。或是右上角有一只大老虎，向你展示林肯公园动物园的位置。

海盗们以前就是这样画藏宝图的。他们缩小海洋和岛屿，直到它们变得非常迷你和简单，随后又在岸边加一艘大船，在海滩处加一棵高大的棕榈树，在山上加一块状似骷髅头的大岩石，它离宝藏标记地点 X 恰好有十五步。

餐垫右下角的方框内另有一张市中心的地图。根据这张地图，如果在第二街右转，再开上一英寸半，就能到自由公园，公园中央矗立着一座巨大的亚伯拉罕·林肯雕像。

突然，伍利左眼的余光瞄到了第二街的路标。他一刻也没耽搁，在另一声刺耳的喇叭声中向右急转。

——抱歉啊，他喊道。

他向风挡玻璃倾身，瞥见一抹绿意。

——到了，他说。到了。

不一会儿，他抵达公园。

他把车停在路边，打开车门，车门差点被一辆路过的小轿车撞掉。

——好险！

伍利关上车门，翻过座椅，从副驾那侧下车，待车流间歇冲过马路。

公园里阳光灿烂。树木枝繁叶茂，灌木丛缀满花朵，小径两旁的雏菊正在萌芽。

——到喽，他边说边快步向前。

然而，布满雏菊的小径忽然与另一条小径交叉，伍利面临三种不同的选择：向左走，向右走，或径直向前。伍利朝每个方向看了看，想着要是自己带上餐垫地图就好了。他的左边是普通树木、灌木和深绿色的长凳。他的右边是更多的普通树木、灌木和长凳，还有一个穿着宽松外套、头戴软帽的男人,他看起来有点眼熟。而在正前方,伍利如果眯起眼睛瞧的话,可以依稀看到一座喷泉。

——啊哈!他大喊一声。

因为根据伍利的经验,雕像常常出现在喷泉附近。比如华盛顿广场公园喷泉附近的加里波第[1]雕像,或是中央公园大喷泉顶部的天使雕像。

伍利信心满满地跑向喷泉口,在清新的水雾中停下脚步,辨别方向。他飞快地扫了一眼,发现以喷泉为中心延伸出了八条不同的小径(如果算上他刚刚快步走来的那条)。他忍住气馁,开始绕着喷泉的外围顺时针慢慢走,像出海的船长那样一手遮挡眼睛,遥望每一条小径。而立在第六条小径尽头的正是正直的亚伯[2]本人。

出于对雕像的尊重,伍利没有沿着小径疾步快走,而是迈着林肯式的大步子,走到离雕像几英尺远的地方停下。

伍利心想,真是太像了。雕像不仅捕捉到林肯总统的神态,似乎也传达出他的道德勇气。这座林肯像雕得基本上与人们印象中的一模一样——留着谢南多胡子[3],穿着黑色长外套——但这位雕塑家做了一个不同寻常的选择:总统的右手轻捏帽檐,仿佛他在街上遇见熟人,刚刚摘下帽子。

伍利坐在雕像前的长凳上,想起昨天比利在埃米特的汽车后座讲林肯公路的历史。比利提到,林肯公路一开始建造时(大概是一九几几年),支持者在沿途的谷仓和栅栏上喷涂红白蓝条纹。伍利完全可以想象这一

---

1 朱塞佩·加里波第(1807—1882),意大利国家独立和统一运动的杰出领袖、军事家。
2 亚伯拉罕·林肯的昵称。
3 也称为阿米什胡须、林肯胡须等。是一种下巴上的胡须留得又密又长,与鬓角相接,而嘴唇上方的胡须则被剃掉的胡须造型。——编者注

幕，因为这让他想起每年七月四日这一天，他的家人会在大客厅的橡木和门廊的栏杆上悬挂红白蓝彩旗。

噢，他的曾外公多么喜欢独立日啊。

在感恩节、圣诞节和复活节，伍利的曾外公不在乎自己的孩子选择跟他还是跟别人一起庆祝。可到了独立日，他不允许任何人无故缺席。他说得清清楚楚，无论要赶多远的路，儿辈、孙辈、曾孙辈的所有人都得出现在阿迪朗达克山。

他们也确实全员欢聚！

七月一日，家人们开始陆续自驾回来，或到达火车站，或降落在二十英里外的小飞机场。七月二日下午，整栋房子所有可以睡觉的地方都被人占了——外公外婆们、舅舅姨父们和舅妈姨妈们睡卧室，年纪小的堂表亲睡在凉台，所有十二岁以上的堂表亲就幸运了，他们可以在松林间搭帐篷。

七月四日当天，他们在草坪上野餐，之后有皮划艇、游泳、步枪和射箭比赛，还有一场盛大的夺旗竞赛。六点整，门廊摆上鸡尾酒。七点半，铃声响起，大家进屋享用晚餐，有炸鸡和玉米棒，还有多萝西拿手的蓝莓玛芬蛋糕。到了十点，鲍勃叔叔和兰迪叔叔会划木筏至湖心，点燃他们从宾夕法尼亚买的烟花。

伍利笑着想，比利一定很喜欢。他会喜欢栅栏上的彩旗，树林间的帐篷，还有一筐筐的蓝莓玛芬蛋糕。而最重要的是，他会喜欢烟花，它们总是呼啸着升空爆开，然后绽放得越来越大，像是要铺满整片天空似的。

伍利回想着这些美好的回忆，但他的表情却渐渐忧郁起来，因为他差点忘记母亲的说法了，我们所有人相聚于此的原因：朗诵。每年七月四日，等所有食物上桌后，年满十六岁的最小的孩子会站在桌首朗诵《独立宣言》，以此替代饭前祷告。

在有关人类事务的发展过程中，以及我们认为这些真理是不言而喻的，等等。

伍利的曾外公喜欢说，虽然华盛顿先生、杰斐逊先生和亚当斯先生[1]拥有远见建立合众国，但英勇无畏地完善它的是林肯先生。所以，等朗诵完《独立宣言》的孩子回到座位，年满十岁的最小的孩子会接替他们的位置，站在桌首朗诵《葛底斯堡演讲》全文。

朗诵结束后，朗诵者会鞠躬，整个房间爆发出几乎跟烟花秀结束时一样热烈的欢呼。然后，在一片欢声笑语中，装有食物的盘子和篮子在桌上传来传去。这是伍利一向期待的时刻。

这是伍利一向期待的时刻，直到一九四四年三月十六日，也就是他满十岁的那天。

就在母亲和姐姐们为他唱完《生日快乐》歌后，大姐凯特琳觉得有必要指出，今年七月四日将轮到伍利站在桌首了。伍利被这个消息吓坏了，差点没吃完自己的那块巧克力蛋糕。因为要说十岁的伍利懂点什么，那便是他一点都不擅长记诵[2]。

姐姐萨拉察觉到了伍利的担忧——她七年前曾表演过一场完美的朗

---

[1] 约翰·亚当斯（1735—1826），美国第一任副总统、第二任总统，美国开国元勋之一，《独立宣言》签署者之一。

[2] 原文为"rememorizing"，是"remember"与"memorize"的结合体，是伍利自己造的词。——作者注

诵——主动提出当他的教练。

——你完全有能力记住《葛底斯堡演讲》,她笑着对伍利说。毕竟,它只有十句话。

起初,这个保证让伍利受到鼓舞。可当姐姐给他看实际的演讲稿时,伍利发现,虽然它乍一看似乎只有十句话,但最后一句其实是由三个不同的句子并成的一句话。

——讲真(伍利以前常这么说),这是十二句话,不是十句。

——那又怎样,萨拉回答。

但保险起见,她建议他们提前开始准备。在四月的第一周,伍利要学会逐字背诵第一句。到四月的第二周,他要学会第一句和第二句。到第三周,他要学会前三句,以此类推。十二周后,快到六月底时,伍利就能丝毫不差地背诵整篇演讲。

他们也的确是这么准备的。一周又一周过去,伍利学会了一句又一句话,直到他能背诵整篇演讲。事实上,到了七月一日,他不仅在萨拉面前从头到尾背过,他一个人的时候也从头到尾背过:在镜子前、在厨房水池旁帮多萝西洗盘子时,还有一次是划皮划艇到湖心时。所以,当决定命运的那天到来时,伍利已经准备妥当了。

爱德华哥哥朗诵完《独立宣言》后收到了热情的掌声,随后伍利站到了那个光荣的位置上。

可正当他准备开口时,他发现姐姐的计划出现了第一个问题:人。伍利在姐姐面前背过很多次,也常常独自背诵,但他从没在别人面前背过。他们甚至不算别人。他们是他的三十位至亲,围着桌子面对面坐成两排，专心聆听，而坐在桌子另一头的也不是别人，正是他的曾外公。

伍利瞄了萨拉一眼，她点头以示鼓励，这增强了他的信心。可正当他准备开口时，他发现姐姐的计划出现了第二个问题：服装。伍利之前背诵时穿过灯芯绒裤子、睡衣和泳衣，但他从没穿着痒兮兮的蓝色西装背过，红白纹的领带紧紧勒住了他的喉咙。

伍利勾起手指拉扯衣领，比他小的孩子们开始咯咯直笑。

——嘘，外婆说。

伍利又看了看萨拉，她再次友好地点点头。

——加油，她说。

就像她教的那样，伍利挺直身子，深吸两口气，然后开口：

——八十七年，他说。八十七年前。

小孩子们窃笑得更厉害了，外婆又嘘了一声。

他记得萨拉说过，如果感到紧张，就抬头看家里的动物脑袋。伍利将目光投向墙上的驼鹿头，却发现驼鹿的眼神冷漠无情，便试着低头看自己的鞋子。

——八十七年前……他又说道。

——我们的先辈们建立，萨拉轻声提示。

——我们的先辈们建立，伍利说着抬头看姐姐。我们的先辈们在这张脸上[1]建立……

——在这个大陆上……

——在这个大陆上建立了一个崭新的国家。一个崭新的国家……

---

1 此处伍利记错了单词，把"continent（州、大陆）"和"countenance（脸、表情）"弄混了。

——……在自由中孕育，一个友好的声音传来。

但那不是萨拉的声音，而是詹姆斯哥哥的声音，他几周前刚从普林斯顿大学毕业。这一次，当伍利重新朗诵时，萨拉和詹姆斯也加入了进来。

——在自由中孕育，他们三人一起说，并献身于人人生而平等的理念。

接着，以前到了年纪背过林肯先生演讲的其他亲戚也开口了。随后，以前从未被要求背诵的家庭成员也加入进来，他们听过太多次，早已熟记于心。很快，餐桌上的每一个人——包括曾外公——都在朗诵。当所有人齐声说出那句庄重而鼓舞人心的话，要让这个民有、民治、民享的政府永世长存，家里响起前所未有的阵阵欢呼。

显然，这种朗诵方式正是亚伯拉罕·林肯所期望的。不是由一个小男孩穿着痒兮兮的外套孤零零地站在桌首朗诵，而是由一家四世同堂齐声朗诵。

啊，要是那时父亲也在就好了，伍利想到这里，用手掌拭去脸颊上的一滴泪。要是此刻父亲也在就好了。

— · —

伍利赶走忧郁，向林肯总统致以敬意，然后回到来时的路。这次走到喷泉边时，他小心翼翼地绕着喷泉逆时针行走，一直走到第六条小径。

小径前后看起来不一样了，所以伍利走着走着，开始怀疑自己是不是走错了。也许他在绕喷泉逆时针行走时数错了路。他正考虑折回，却看到了那个戴软帽的男人。

伍利朝他微笑示意，他也朝伍利微笑示意。可当伍利朝他轻轻挥手，他没有回应，而是把手伸进宽松外套的大口袋里。然后，他把右拳搭在左肩，把左拳搭在右肩，双臂围成一个圈圈。伍利好奇地看着那个男人开始用双手顺着手臂一路下滑，每移动一英寸便在手臂上留下白色的小东西。

——是爆米花，伍利惊叹道。

从肩膀到手腕都沾满爆米花后，那个男人开始以极其缓慢的速度张开双臂，直到它们在他的身体两侧伸展开来，就像……就像……

就像稻草人！伍利明白了。那个戴软帽的男人之所以看起来这么眼熟，是因为他看着就跟餐垫地图左下角的稻草人一模一样。

只不过，他不是稻草人。他与稻草人截然相反[1]。因为当他的双臂完全展开后，所有飞来飞去的小麻雀开始在空中扑腾，在他的双臂附近盘旋。

麻雀啄食着爆米花，一直躲在长凳下的两只松鼠窜到那位先生的脚下。伍利瞪大眼睛，有那么一瞬间，他以为松鼠们会像爬树那样爬到他的身上。但松鼠们很懂行，等着麻雀们不时将那位先生双臂上的爆米花敲落在地。

我一定要记得把这一切告诉达奇斯，伍利快步前行时想着。

因为自由公园的这个鸟人看起来就像达奇斯爱跟他们提起的某个老马戏演员。

然而，当伍利走到街上，鸟人伸展双臂站立的愉快画面被一个不那么愉快的画面取代了：埃米特的车子后面站着一个手拿罚单簿的警察。

---

1 稻草人立于田间一般用来防止鸟雀啄食庄稼。

埃米特

埃米特醒来时，隐约感觉火车已经停了。他瞥了一眼比利的手表，发现刚过八点。他们一定已经抵达锡达拉皮兹[1]。

为了不吵醒弟弟，埃米特轻轻起身，爬上梯子，把头伸出厢顶的舱口。他回头一看，看到火车此刻停在一条侧线上，新接了至少二十节车厢。

埃米特站在梯子上，脸庞沐浴在清晨凉爽的空气中，不再因念着过去而心烦意乱。现在让他心烦意乱的是饥饿。离开摩根后，他只吃了弟弟在车站给他的三明治。孤儿院提供早餐时，比利至少聪明地吃了。据埃米特估计，他们还要三十小时才到纽约，而比利的双肩包里只剩下一壶水和萨莉做的最后一块饼干。

但乞丐之前告诉埃米特，他们会在一条私营侧线上停几个小时，让通用磨坊[2]在火车后面接上一些车厢——这些车厢里堆满了一盒盒麦片。

埃米特爬下梯子，轻轻叫醒弟弟。

——火车会在这里停一小会儿，比利。我去看看能不能给咱们找点吃的。

——好的，埃米特。

---

1 美国艾奥瓦州第二大城市。
2 创立于一八六六年的著名食品公司，当时以生产早餐麦片为主。

比利继续睡下，埃米特爬上梯子，从舱口爬出去。他看到铁轨前后都没人，便开始朝火车尾部走去。通用磨坊的车厢因为装满货物，埃米特明白它们很可能上了锁。他只能寄希望于某个舱口不小心漏锁了。他估摸着离出发还剩不到一小时，便以最快的速度行动，在一节节车厢顶部跑跳。

到纳贝斯克的最后一节空车厢时，他却停了下来。虽然他能看到通用磨坊的车厢平坦的矩形车顶延伸到远处，但他正前方的那两节车厢是弧形车顶的客运车厢。

犹豫片刻后，埃米特爬下去，站在狭窄的平台上，透过门上的小窗向内窥视。里面大部分被窗子内侧的窗帘遮住了，但仅就埃米特瞧见的那些还是有希望的。这里似乎是陈设齐全的私人车厢的客厅，里面经历了通宵狂欢。除了两把背对着他的高背椅，他还看到一张矮茶几，上面堆着空酒杯和一个倒扣在冰桶里的香槟酒瓶，还有一个小小的自助餐桌，上面剩了些残羹冷炙。乘客大概都在隔壁车厢的卧铺隔间睡觉呢。

埃米特打开门，悄悄地走进去。适应环境后，他看到之前的狂欢让房间一片凌乱。地上散落着一个破枕头里掉出的羽毛，还有面包卷和葡萄，仿佛它们被用作战斗中的弹药。落地钟的玻璃门是开着的，钟面上的指针不见了。一个二十五六岁的男人在自助餐桌旁的长沙发上酣睡，他穿着一件脏兮兮的燕尾服，脸颊上抹着阿帕奇人[1]的鲜红条纹。

埃米特考虑退出车厢，继续翻车顶，但他没有比这更好的机会了。埃米特留意着那个熟睡的人，从高背椅中间穿过，小心翼翼地往前走。自助餐桌上有一碗水果、几条面包、大块的奶酪和一只吃了一半的火腿。

---

[1] 北美印第安人的一个部落，勇猛好斗，每次作战前会在身上涂满彩绘，绰号"花纹武士"。

还有一罐打翻的番茄酱，作战彩绘的颜料显然来源于此。埃米特在他的脚边发现了那只破枕头的枕套。他迅速往里面装够两天的食物，绕着顶部旋转收紧。接着，他最后看了一眼那个熟睡的人，转身朝门口走去。

——哎，乘务员……

其中一把高背椅上瘫坐着另一个穿燕尾服的男人。

埃米特的注意力一直在那个熟睡的人身上，经过这个人时根本没留意——考虑到他的体形，真是越发令人匪夷所思。他一定将近六英尺高，两百磅重。他没有抹作战彩绘，但胸前口袋里整齐地插着一片火腿，仿佛那是一块手帕。

这个狂欢者半睁着眼睛，举起一只手，慢慢展开一根手指，指着地上的什么东西。

——麻烦你……

埃米特朝手指的方向看去，看到那里倒着半瓶杜松子酒。埃米特放下枕套，拿起杜松子酒递给狂欢者，他吁了口气接过去。

——我盯着这瓶酒快一小时了，想方设法让它到我手里。但我不得不放弃一个又一个点子，因为它们要么欠考虑，要么不明智，要么违背万有引力。最后，作为一个渴望成事的人，一个除了亲自动手，已经穷尽所有办法的人，我使出了最后一招——也就是祈祷。我向费迪南德和巴多罗买祈祷，他们是普尔曼车厢[1]和翻倒酒瓶的守护神。于是，一位仁慈的天使忽然从天而降。

---

1 美国工程师、实业家乔治·普尔曼（1831—1897）设计的豪华车厢，配有舒适的卧铺或座椅，常用作特等客车。

他带着感激的微笑望着埃米特,却突然面露惊讶。

——你不是乘务员!

——我是一名制动员,埃米特说。

——照样谢谢你。

狂欢者转向左侧,拿起小圆桌上的马提尼酒杯,开始小心翼翼地往里面倒杜松子酒。在他倒酒时,埃米特发现杯底的橄榄上扎着落地钟的分针。

斟满酒杯后,狂欢者看向埃米特。

——有兴趣来……?

——不了,谢谢。

——我猜是在上班吧。

他朝埃米特轻扬酒杯,一饮而尽,然后遗憾地品咂。

——你拒绝真聪明。这杜松子酒温暾得古怪。简直是糟蹋了。不过……

他又把酒杯斟满,再次举到唇边,但这次突然停住,面露担忧。

——你知不知道我们到哪里了?

——锡达拉皮兹城外。

——艾奥瓦州?

——是的。

——几点了?

——大约八点半。

——早上?

——是的,埃米特说。早上。

狂欢者开始倾斜酒杯,但再次停住。

——不会是星期四早上吧?

——不是,埃米特努力克制自己的不耐烦。今天是星期二。

狂欢者松了口气,然后靠向睡在长沙发上的人。

——你听到了吗,派克先生?

派克没有回答,狂欢者放下酒杯,从外套口袋掏出一个面包卷,砸中派克的脑袋。

——我说:你听到了吗?

——听到什么,帕克先生?

——还没到星期四呢。

派克翻了个身,面向墙壁。

——星期三的孩子多悲伤,星期四的孩子去远方[1]。

帕克若有所思地盯着自己的同伴,然后靠向埃米特。

——私下告诉你,派克先生也温暾得古怪。

——我听见了,派克对着墙说。

帕克没理他,继续向埃米特倾诉。

——通常,我不是那种会为今天星期几这类事烦恼的人。但派克先生和我身负神圣的任务。因为在隔壁车厢酣睡的正是亚历山大·坎宁安三世,这节奢华车厢主人疼爱的孙子。我们发誓要在星期四晚上六点之前把坎宁安先生送到芝加哥的球拍俱乐部门口(注意,中间是 q 的那个

---

[1] 出自经典童谣《星期一的孩子》("Monday's Child")。——作者注

词[1]),这样我们就能把他安全送到……

——送到抓他的人手里,派克说。

——送到他的准新娘手里,帕克纠正。不能对这项任务掉以轻心,制动员先生。因为坎宁安先生的爷爷是美国最大的冷藏货运车厢的运营商,而新娘的爷爷是最大的香肠生产商。所以,我想你能明白我们把坎宁安先生准时送到芝加哥有多重要了吧。

——美国早餐的未来全系于此啊,派克说。

——一点都没错,帕克表示同意。一点都没错。

埃米特从小就被教育不能轻视任何人。他的父亲会说,轻蔑待人是你自以为十分了解别人的命运,十分了解别人的意图,十分了解别人在公开场合和私下的行为,以至于敢拿他的品性与你自己的品性一较高下,而不怕出错。可看着那个叫帕克的人又喝光了一杯温暾的杜松子酒,用牙齿咬下分针上的橄榄,埃米特忍不住做出评价:这人真蠢。

在萨莱纳,当他们在田里干活儿或在营房消磨时间时,达奇斯喜欢讲一个演员的故事,那人自称是心灵感应大师海因里希·施魏策尔教授。

幕布升起,教授现身,他坐在舞台中央一张铺着白色桌布的小桌旁,桌上摆着一套餐具和一支没点燃的蜡烛。一个服务员从后台上来,为教授端上一份牛排,倒上一杯红酒,再点燃蜡烛。服务员离开后,教授从容地吃吃牛排,喝喝红酒,然后把叉子笔直地插进肉里——全程没说一句话。他用餐巾擦擦嘴,大拇指和食指分开举在半空。当他慢慢合上两根手指,烛火毕剥作响,然后熄灭,留下一缕细烟。接着,教授盯着自

---

1 即"racquet",中间有字母 q,该词同"racket",指球拍。

己的酒，直到它沸腾溢出边缘。当他把目光转向餐盘，叉子的上半部分会弯曲，直到弯成九十度角。这时，此前被叮嘱要保持绝对安静的观众骚动起来，发出惊叹或怀疑的声音。教授抬起一只手，让全场安静下来。他闭上眼睛，将两只手掌对准桌子。他全神贯注发力，桌子开始剧烈颤抖，你能听到桌腿撞击舞台地面的声响。然后，教授重新睁眼，双手突然向右一挥，桌布便飞到空中，而餐盘、酒杯和蜡烛则一动不动留在桌上。

当然，整场表演是一个骗局。借用隐形线缆、电和气流呈现的一场精心打造的幻觉。那施魏策尔教授呢？据达奇斯的说法，他是一个来自波基普西的波兰人，对心灵感应一窍不通，连弄把锤子砸自己的脚都做不到。

不，埃米特略带苦涩地想到，这个世界上的施魏策尔们无法用一个眼神或挥一挥手来移动物品。这种权利是帕克们专享的。

十有八九，从未有人对帕克说过，他拥有心灵感应的能力，但用不着人们来说。从童年时代开始，他就靠经验学会了这一点，那时他会索要商店橱窗里的一个玩具，或是公园小贩卖的冰激凌。经验教会他，如果他迫切渴望一样东西，它最终会被送到他的手里，哪怕违背万有引力。一个人拥有如此超凡的能力，却只是为了不必从椅子上起身就拿到房间另一头剩下的杜松子酒，除了轻蔑，还能怎么看他呢。

正当埃米特这么思考时，传来一阵细微的嗡嗡声，没有指针的落地钟开始报时。埃米特瞥了一眼比利的手表，心里闪过一丝焦急，已经九点了。他完全低估了时间流逝得有多快。火车随时可能开动。

埃米特伸手提起脚边的枕套，帕克看了过来。

——你不是要走吧？

——我得回火车头了。

——可我们刚认识。没什么可着急的。来,请坐。

帕克伸手将空扶手椅拉近自己的扶手椅,正好挡住埃米特去门口的路。

埃米特听到远处传来刹车松开后蒸汽的响声,火车开始移动。他一把推开空椅子,朝门口迈了一步。

——等等!帕克吼道。

他双手撑着椅子的扶手站起来。他站起来后,埃米特发现他比看上去更加魁梧。他的脑袋几乎撞上车顶,在原地摇晃了一下,他伸出双手跟跄前倾,像是要揪住埃米特的衬衫。

埃米特感到肾上腺素激增,泛起一阵恶心,往事重演,厄运即将到来。帕克身后几英尺处是矮茶几,上面堆着空酒杯和倒扣的香槟酒瓶。因为帕克站不稳,埃米特不用细想就知道,要是他朝帕克的胸口用力一推,就能像推倒一棵树那样推倒他。这又是一个不走运的时机,一瞬间的行动将颠覆埃米特对未来的一切安排。

然而,帕克忽然异常敏捷地将一张叠好的五美元钞票塞进埃米特的衬衫口袋。接着,他后退一步,跌坐在椅子上。

——感激不尽,帕克喊道,埃米特在喊声中走出车厢门。

埃米特一手抓着枕套爬梯子,迅速走过货运车厢顶部,从缝隙上方跳到下一节车厢——就跟今早一样。

只是此刻火车在移动,左右轻轻摇晃,速度也越来越快。埃米特估计车速只有二十迈,但在车厢之间跳跃时,他感受到了迎面袭来的气流阻力。如果火车速度达到三十迈，他得以更快的速度跳过缝隙。如果达到四十迈，他完全没把握自己能否跳过缝隙。

埃米特开始奔跑。

他记不清今早跳了多少节车厢才到普尔曼车厢。他越来越焦急，抬头看能否找到舱门打开的那节车厢。可他却看到，在前方半英里处，火车正在轨道上拐弯。

虽然轨道上的弯道是固定的，移动的是火车，但从埃米特的视角看去，移动的似乎是那个弯道，它正沿着一节节货运车厢飞速逼近，不可阻挡地朝他袭来，就像甩动鞭子的一头，另一头也会挥过来。

埃米特开始以最快的速度冲刺，希望在弯道袭来之前跳到下一节货运车厢。但弯道来得比他预想的更快，就在他跃起之时从他的脚下经过。由于货运车厢东摇西晃，埃米特落地不稳，猛地向前俯冲，眨眼之间横摔在车顶上，一只脚悬在车顶边缘。

埃米特决意不松开枕套，急忙伸出空着的手抓东西，什么都行。他瞎摸一通，抓住了一个金属凹口，将自己拉回车顶中央。

他趴着，慢慢爬回刚刚跃过的缝隙。他用双脚摸索梯子，继续后退，爬下梯子，瘫坐在狭窄的平台上，因用力过猛而大口喘气，并自责不已。

他到底在想什么？竟然从一节车厢全速冲刺跳到另一节车厢。他很可能直接被甩下火车。那比利该怎么办？

火车正以五十迈的速度行驶。在接下来的一小时内，它肯定会减速，那时他就能安全地回到他们的车厢了。埃米特低头看弟弟的手表，想计算时间，却发现表盘玻璃碎了，秒针也停了。

约翰牧师

看到车厢里睡着一个人时,约翰牧师差点离开。如果一个人要赶很远的路,结伴而行挺重要的。乘坐货运车厢旅行的时间又长,又欠缺起码的舒适,而无论是怎样的流浪者,每个人都拥有可以带来启迪或欢乐的故事。然而,自亚当最后一次出现在伊甸园以来,罪恶一直扎根于人们的心中,就连那些原本温顺且善良的人也会突然变得贪婪而残忍。因此,当一个疲惫的旅行者拎着半品脱[1]威士忌,揣着自己辛辛苦苦挣来的十八美元,谨慎劝他放弃与人做伴的好处,一个人安安稳稳消磨时间。

约翰牧师正这么想着,这时他看到那个陌生人坐了起来,打开手电筒,将细窄的光束照在一本大书上——照出那人不过是个小男孩。

一个离家出走的人,约翰牧师笑着想。

他一定跟父母吵了一架,背上帆布包溜出来,要像汤姆·索亚[2]那样出发探险——他是个爱读书的小家伙。他一到纽约就会被发现,有关部门会送他回家,迎接他的是父亲的严厉责备和母亲的温暖怀抱。

可离纽约还有一天的路程,虽然小男孩们可能会莽撞,不谙世事,还天真,但他们并不是毫无务实的智慧。盛怒之下的成年男人可能只穿一

---

[1] 英美计量容量的单位。1品脱约0.5升。
[2] 美国作家马克·吐温(1835—1910)的小说《汤姆·索亚历险记》中的主人公。

件衬衫就冲出家门，但一个离家出走的小男孩总有先见之明，会带上一个三明治。甚或一些母亲前一晚做的炸鸡。再说还有手电筒呢。光是去年一年，约翰牧师有多少次觉得手边有个手电筒是上天的恩赐？多到他数不清。

——喂，你好呀！

约翰牧师没等对方回答就爬下梯子，拂去膝盖上的灰尘，他注意到小男孩虽然略感惊讶地抬头，但还是很有礼貌地没把手电筒对准新来之人的脸庞。

——身为主的步兵，约翰牧师开口说，时光漫漫，慰藉稀少。因此，我希望能有个小伙伴。你介意我分享你的火吗？

——我的火？小男孩问道。

约翰牧师指了指手电筒。

——请原谅。我用的是诗意的说法。这是神职人员的职业恶习。我是约翰牧师，愿为你效劳。

约翰伸出一只手，小男孩起身，像个小绅士一样握了握。

——我叫比利·沃森。

——很高兴认识你，威廉。

怀疑同罪恶一样古老，但小男孩没有流露出丝毫怀疑。可他确实表现出了一定的好奇。

——你真的是牧师吗？

约翰牧师笑了。

——我没有尖塔，也没有钟声，我的孩子。然而，就像与我同名的施洗者约翰一样，我的教堂是开阔的道，我的教众是普通的人。是的，我是如假包换的牧师。

——你是我这两天碰到的第二个神职人员,小男孩说。

——说说看呢。

——昨天,我在刘易斯的圣尼古拉斯学校见到了阿格尼丝修女。你认识她吗?

——我这辈子遇上[1]过很多修女,牧师暗暗眨着眼睛说。但我想我没这荣幸认识一个叫阿格尼丝的。

约翰牧师低头朝小男孩笑了笑,大大咧咧地坐下来。小男孩也坐下后,约翰对手电筒赞不绝口,好奇自己能否仔细瞧瞧。小男孩毫不犹豫地将手电筒递过去。

——这是一个军用剩余手电筒,他解释道。是第二次世界大战剩下的。

约翰牧师假装对手电筒的光线感到惊讶,用它扫了扫货运车厢的其他地方,惊喜地发现男孩的帆布包比乍一眼看上去更大。

——上帝的第一个造物,约翰牧师赞赏地说道,将手电筒还给它的主人。

男孩再次好奇地望向他。约翰牧师引用经文加以解释。

——上帝说,要有光,于是便有了光。

——可一开始,上帝创造的是天和地,男孩说。光难道不是他的第三个造物吗?

约翰牧师清了清嗓子。

---

[1] 原文为"known",该词也有发生性关系的意思。——作者注

——你说得很对，威廉。至少，严格来说是这样的。无论如何，我想我们可以假设，上帝见证自己的第三个造物服务于参战之人，而后又给一个小男孩带来启发，获得第二次生命，他会非常满意的。

听了这番惹人高兴的话，小男孩默不作声，约翰牧师则眼巴巴地瞄着他的包。

昨天，约翰牧师在锡达拉皮兹郊区的一个巡回基督教复兴会外面布道。尽管牧师不是集会的正式成员，但他讲述地狱磨难的招牌方式让与会者尤为入迷，以至于他从黎明一直讲到黄昏，甚至没时间吃顿简餐。晚上，会众开始卷帐篷，约翰牧师打算去附近的一家小酒馆放松，那里有一位年轻貌美的卫理公会唱诗班成员答应跟他共进晚餐，也许还会喝杯酒。可非常凑巧的是，那姑娘的唱诗班指挥是她的父亲，然后事情一件接一件的，约翰牧师不得不提前仓促离开。所以，当他和小男孩坐在一起时，他恨不得直接跳到分享食物的那一刻。

不过，在一节空货运车厢里和在主教的餐桌上一样需要礼仪。而行路的礼仪要求一个旅行者在渴望分享别人的食物之前必须先认识对方。为此，约翰牧师采取了主动。

——告诉我，小伙子：你在读什么？

——《艾博克斯·艾伯纳西教授之英雄、冒险家和其他勇敢旅行者汇编》。

——真是应时应景啊！我能看看吗？

小男孩又一次毫不犹豫地交出自己的东西。约翰牧师一边翻书一边想，真是不折不扣的基督徒。约翰翻到目录，发现那确实多少称得上是一本英雄故事的汇编。

——毫无疑问，你踏上了自己的冒险之旅，约翰鼓励道。

小男孩使劲点头作为回应。

——别告诉我。让我猜猜。

约翰牧师低头瞥了一眼，手指滑过目录。

——嗯，让我瞧瞧。是了，是了。

他笑着轻敲书，然后抬头看小男孩。

——我猜你要像菲莱亚斯·福格一样，用八十天环游地球吧！

——不是，小男孩说。我不是去环游地球。

约翰牧师又低头看目录。

——你打算像辛巴达一样航行七海？

小男孩又摇摇头。

紧接着是巨大的沉默，约翰牧师记起了人们是多么容易厌倦孩子们的游戏。

——你赢了，威廉。我放弃。不如你告诉我，你要去哪里冒险吧。

——去加利福尼亚。

约翰牧师扬起眉毛。他该不该告诉这个小家伙，在所有可能前进的路线中，他选了一条最不可能去加利福尼亚的？这个消息对小男孩而言无疑颇有价值，但也可能令他不安。那样一来又有什么好处呢？

——你是说加利福尼亚？好地方啊。我猜你去那里是想找金子。

牧师露出鼓励的微笑。

——不是，小男孩像鹦鹉学舌般回答，我去那里不是想找金子。

约翰牧师等着男孩详细说明,但详细说明似乎不是他的天性。约翰牧师想,无论如何,聊了这么多似乎足够了。

——无论我们要去哪里旅行,无论出于什么原因,我认为能跟一个熟知《圣经》又热爱冒险的小伙子做伴是一件幸运的事。哎,要让我们的旅行更完美,只缺一样东西……

牧师停顿下来,小男孩一脸期待地看着他。

——……在我们聊天打发时间时,来点吃的东西。

约翰牧师露出渴求的微笑,轮到他一脸期待了。

可男孩连眼睛都没眨。

咦,约翰牧师心想,莫非是小威廉在耍滑头?

不,他不是那种人。他天真坦率,要是有三明治,他会拿出来分享的。不幸的是,无论他明智地打包了什么三明治,很可能已经吃掉了。要说离家出走的小男孩拥有难得的先见之明,会打包一些食物,那他们欠缺的便是定量分配的自律。

约翰牧师皱起眉头。

仁慈的上帝对傲慢之人的施舍是以失望的形式实现的。这是约翰在众多帐篷里对众多人的训诫,且卓有成效。然而,每当这一训诫出现在他自己的交往中,它总像一个糟心的惊喜。

——你也许该关上手电筒,约翰牧师有点失望地说。以免浪费电池。

小男孩认为这是一个睿智的建议,便拿起手电筒,咔嗒一声关掉。可当他伸手拿帆布包,准备把它收起来时,包里传出了一个悦耳的声响。

听到这个声音,约翰牧师稍微坐直身子,眉头舒展开来。

他听出那个声音了吗？哎，它如此熟悉，如此出乎意料，如此惹人欢喜，刺激着他体内的每一根纤维——就像田鼠穿梭在秋日落叶间的沙沙声刺激着猫一样。因为帆布包里传出的无疑是钱币丁零当啷的声音。

男孩将手电筒收进包里时，约翰牧师看到了一个烟草罐的顶部，也听到了钱币在里面悦耳地晃荡着。请注意，这些可不是铜币和镍币[1]，它们的声音听着就穷。这些几乎肯定是半美元或一美元的银币。

在这种情况下，约翰牧师很想咧嘴一笑，想哈哈大笑，甚至高歌一曲。不过，他毕竟是一个见过世面的人。因此，他对男孩露出老熟人般嘲弄的微笑。

——那是什么，小威廉？我看到的是烟草吗？别告诉我你有烟瘾啊？

——没有，牧师。我不吸烟。

——谢天谢地。可是，请告诉我，你为什么带这样一个罐子呢？

——用来放我的收藏品。

——哎哟，收藏品啊！哎，我可喜欢收藏品了。我能看一下吗？

小男孩从包里拿出罐子，他虽然很乐意分享手电筒和书，却明显不乐意展示自己的收藏品。

牧师再次怀疑，小威廉是否像他表面看起来那么天真。然而，约翰牧师顺着男孩的目光看向货运车厢坑洼洼、布满灰尘的地面，他意识到小男孩之所以犹豫，是因为他觉得地面太脏。

约翰承认，对精美瓷器或珍稀手稿的收藏家而言，挑剔摆放珍贵藏

---

[1] 分别是一美分和五美分的硬币。

品的地方是非常自然的。可若是金属货币，想必什么地方都差不多。毕竟，一枚正常的硬币终其一生可能会从富豪的保险箱落入乞丐的手掌，再回到保险箱，如此反反复复。它会出现在牌桌和供盘上，会被爱国者藏进靴子带上战场，也会掉进年轻女子闺房的丝绒软垫中。噢，一枚正常的硬币会环游地球，也会航行七海。

完全没必要这么挑三拣四。这些硬币铺在货运车厢的地面，就跟在造币厂被铸造出来那天一样，随时可以实现自身的使命。小男孩需要的只是一点点鼓励。

——来，约翰牧师说，我来帮你。

可当约翰牧师伸出手，小男孩——他的双手依然抓着罐子，眼睛盯着地面——却向后一拉。

由于条件反射，小男孩突然后拉的动作让牧师往前一扑。

现在，他们两人都抓着罐子。

小男孩将罐子拉向自己的胸口，表现出了一种几乎令人钦佩的决心，但孩子的力气哪比得上大人的力气，罐子不一会儿就被牧师拽走了。约翰用右手将罐子拿到身侧，用左手抵住小男孩的胸口，不让他动弹。

——小心点，威廉，他警告道。

可结果证明，他没必要这么做。因为小男孩不再试图夺回罐子或里面的东西。他仿佛被主的灵附身，不停摇头，说着语无伦次的话，似乎对周遭环境失去了意识。他将帆布包紧紧贴着大腿，明显焦躁不安，却也显得克制。

——现在，约翰牧师心满意足地说，让我们看看里面是什么。

他掀开盖子,倒出里面的东西。罐子晃动时发出的是丁零当啷的悦耳声响,而里面的东西落在坚硬木地板上的动静让人想起的却是老虎机中彩吐钱的声响。约翰牧师用指尖轻轻将硬币在地上铺开。至少有四十枚,全是一美元银币。

——赞美主啊,约翰牧师说。

因为将这笔厚礼送到他手上一定是神的旨意。

他飞快地扫了一眼威廉,高兴地发现小男孩依然处于自我克制的状态。这让约翰可以一心一意端详这笔横财。他捡起一枚银币,斜着举向从舱口照射进来的冉冉晨光。

——1886,牧师轻声说。

他从硬币堆中迅速捡起另一枚,然后一枚接着一枚。1898,1905,1909,1912,1882!

约翰牧师看着小男孩,露出全新的赞赏之情,因为小男孩将罐子里的东西称作收藏品不是信口开河。这不仅仅是一个乡村小男孩的积蓄。这是一份耐心收集的铸造于不同年份的美国银币样本——其中一些的价值可能不止一美元。也许远远超过一美元。

谁知道这一小堆东西值多少钱呢?

约翰牧师不知道,这是肯定的。可一到纽约,他就能轻轻松松找到答案。第四十七街[1]的犹太人肯定知道它们的价值,可能也愿意买下它们。不过,很难相信他们会给他一个公道的价钱。也许那里会有关

---

[1] 这是美国著名的钻石珠宝一条街,有许多犹太人经营的店面,他们通常是正统派犹太教徒。——作者注

于硬币价值的资料。对,没错。收藏家喜欢收藏的物品价值几何,总会有相关资料的。幸运的是,纽约公共图书馆的主馆就在犹太人的生意场所附近。

一直反反复复默念一个词的小男孩开始提高嗓音。

——放轻松,约翰牧师责备道。

约翰牧师看着这个小男孩——腿上搁着帆布包,在原地摇来晃去,远离家乡,饥肠辘辘,还走错了方向——他的心里涌起一股基督徒的同情。在片刻的兴奋中,他曾想象是上帝将小男孩派到他的身边。可万一是反过来呢?万一是上帝将他派到男孩的身边呢?不是亚伯拉罕的上帝,他对罪人宁可杀死也不拯救,而是基督的上帝。甚至是基督本人,他向我们保证,无论我们多么频繁地误入歧途,只要重新踏上美德之路,我们都能觅得宽恕,甚至是救赎。

也许他注定是来帮助小男孩卖掉收藏品的。把他安全地带去纽约,替他跟犹太人讨价还价,确保他不会被占便宜。然后,约翰会带他去宾夕法尼亚州车站,把他送上去加利福尼亚州的火车。作为交换,约翰只会要一些象征性的报酬。也许百分之十[1]吧。而站在车站高耸的天花板下,在周围路人的簇拥之下,小男孩会坚持平分这笔意外之财!

约翰牧师想到这里笑开了。

可要是小男孩变卦了呢?

---

1 原文为"tithe",指什一税,是欧洲基督教会向信徒征收的宗教捐税,一般是个人收入的十分之一。

要是在第四十七街的某家店里,他突然反对出售自己的收藏品呢。要是他把罐子紧紧捂在胸口,就像现在紧紧捂着帆布包一样,向任何愿意聆听之人宣称这些硬币是他的呢。噢,犹太人该多喜欢这场热闹啊!他们会瞅准机会报警,指着约翰牧师,让人把他拖走。

不。如果上帝插手了,那也是把小男孩派到他的身边,而不是反过来。

他看着威廉,几乎同情地摇摇头。

在这么做的时候,约翰牧师不禁注意到小男孩将帆布包捂得有多紧。他把包抵住胸口,用双臂搂住,蜷起膝盖,垂下下巴,像是不想让人看见似的。

——告诉我,威廉。你的包里还有什么?

小男孩没有起身,开始在货运车厢坑坑洼洼、布满灰尘的地上向后滑动,双手仍紧紧攥着包。

果然,牧师说。瞧瞧他挪动身体也要把包捂在胸口的样子。包里还有别的东西,上帝助我,我一定要知道是什么。

约翰牧师站起来,他听到火车开动时金属轮子嘎吱作响的声音。

好极了,他心想。他要把包从小男孩手里抢过来,再把小男孩从货运车厢丢出去。然后,他就可以一个人安安心心揣着一百多美元去纽约了。

约翰牧师伸出双手,向前迈了一小步,这时小男孩已经退至墙壁。牧师又迈了一步,小男孩开始向右滑动,却发现自己被夹在角落,无路可逃。

约翰牧师放软语气,从责备变成解释。

——我看得出,你不希望我翻你的包,威廉。但这是上帝的旨意,我必须这么做。

一直摇头的小男孩此刻闭上眼睛,就像一个人明知不可避免的事即将发生,却不想亲眼见证它的到来。

约翰缓缓俯身,抓住帆布包,开始往上拽。可小男孩抓得牢牢的。牢到什么程度呢,当约翰往上提时,他发现自己连人带包一起提了起来。

这滑稽的一幕让约翰牧师笑出了声。这是巴斯特·基顿[1]的电影里才会发生的事。

然而,约翰牧师越是用力拽包,小男孩就抓得越紧;而他抓得越紧,就越说明里面藏着价值不菲的东西。

——听话,约翰说,语气透露出一丝不耐烦。

但小男孩紧闭双眼摇着头,一直重复着他的咒语,声音越来越响亮,越来越清晰。

——埃米特,埃米特,埃米特。

——这里没有埃米特,约翰安抚道,可小男孩丝毫没有松手的意思。

无奈之下,约翰牧师扇了他一巴掌。

是的,他扇了小男孩一巴掌。但他扇人的方式就像女老师扇学生一样,是为了纠正他的行为,让他集中注意力。

一些泪水开始顺着小男孩的脸颊滑落,但他依旧不愿睁眼,也不肯

---

[1] 巴斯特·基顿(1895—1966),美国默片时代的导演和演员,以"冷面笑匠"著称,获奥斯卡终身成就奖。

松手。

约翰牧师叹了口气，右手紧紧抓住帆布包，左手向后扬起。这一次，他会像他父亲以前扇他那样，用手背狠狠抽小男孩的脸。正如他父亲喜欢说，有时候，要在孩子心里留下印象，就得在孩子身上留下印记。但约翰牧师还没来得及动手，他的身后传来一声巨响。

约翰没有放开男孩，回头一看。

一个六英尺高的黑人从舱口跳下，站在货运车厢的另一头。

——尤利西斯！牧师喊道。

有那么一刻，尤利西斯既没移动，也没说话。他一下子从明亮的白天进入黑暗中，眼前的景象可能模糊不清。但他的眼睛很快就适应了。

——放开那个孩子，他不慌不忙地说。

但约翰牧师的双手并没有抓着男孩。他的手抓着包呢。他没有松手，开始以最快的速度解释情况。

——这个小贼趁我熟睡溜进车厢。幸好，在他翻包的时候，我正好醒过来。争来争去之间，我的钱落了一地。

——放开那个孩子，牧师。我不会再说一遍。

约翰牧师看着尤利西斯，然后慢慢松开手。

——你说得没错。没必要再责怪他了。这会儿，他肯定已经得到教训了。我这就把钱收一收，放回包里。

幸好，小男孩没有反对。

但让约翰牧师有些意外的是，这并非出于恐惧。恰恰相反，小男孩不再闭眼摇头，而是一脸惊讶地盯着尤利西斯。

呵，他从没见过黑人，约翰牧师心想。

这样正好。因为在男孩回过神之前，约翰牧师可以把藏品都收好。为此，他跪下来，开始把硬币扫到一起。

——放着别动，尤利西斯说。

约翰牧师的双手仍悬在那笔横财上方几英寸处，他回头看尤利西斯，说话时带着一丝愤慨。

——我只是要拿回本该——

——一个也别动，尤利西斯说。

牧师变换语气，开始讲道理。

——我不是一个贪婪的人，尤利西斯。虽然这些钱是我辛辛苦苦挣来的，但请容许我提议，让我们听从所罗门的建议[1]，把钱平分了吧？

提出这个建议后，约翰牧师有些沮丧地意识到，他把故事的寓意搞反了。所以更得坚持下去。

——你要是愿意，我们可以分成三份。你、我和那个孩子平分。

在约翰牧师提建议时，尤利西斯转向货运车厢的门，打开门闩，门砰的一声滑开。

——你就在这里下车，尤利西斯说。

约翰牧师刚抓住小男孩的包时，火车刚刚开动，可在此期间，它的速度显著加快。火车外面的树枝飞快闪过，一片模糊。

——这里？他震惊地回答。现在？

---

[1] 两个女人来到所罗门王面前，都声称一个婴儿是自己的孩子。争执不休之间，所罗门王说，那就把孩子切成两半，平分给她们。显然，接受这个方案的女人不是孩子的亲生母亲。

——我独来独往，牧师。你知道的。

——是的，我记得你喜欢这样。但乘坐货运车厢旅行时间又长，又欠缺起码的舒适，有个基督徒做伴肯定——

——八年多来，我一向独来独往，没有基督徒做伴。如果出于某种原因，我忽然觉得有这需要，也一定不会找你。

约翰牧师看向小男孩，希望他能发发善心，挺身为自己辩护一下，但小男孩仍旧一脸惊讶地盯着黑人。

——好吧，好吧，牧师默默顺从。每个人都有权选择跟谁交朋友，我也不想硬留在你身边。那我就爬上梯子，从舱口溜出去，然后去另一节车厢。

——不，尤利西斯说，你就从这边走。

约翰牧师犹豫片刻。可当尤利西斯朝他走来时，他只能走向门口。

外面的地形看着骇人。轨道沿线是一排覆盖着砾石和灌木的路堤，路堤后面是一片茂密而古老的森林。天知道他们离最近的城镇或马路有多远。

约翰牧师感觉尤利西斯就在他的身后，转头露出哀求的神情，但黑人没看他。黑人也望着一闪而过的树木，铁石心肠地望着它们。

——尤利西斯，牧师再次恳求。

——我动不动手都一样，牧师。

——好吧，好吧，约翰牧师回答，同时铆足了劲用一种义愤填膺的语气说话。我会跳的。但在我跳之前，你至少给我点时间做祷告吧。

尤利西斯几乎难以察觉地耸了耸肩。

林肯公路

——《诗篇》第二十三篇很适合，约翰牧师讽刺地说。对，我觉得《诗篇》第二十三篇非常棒。

牧师双手合十，闭上眼睛，开始说：

——耶和华是我的牧者，我必不至缺乏。他使我躺卧在青草地上，领我在可安歇的水边；他使我的灵魂苏醒，为自己的名引导我走义路。

牧师开始缓慢轻声背诵赞美诗，语气充满谦卑。但背到第四节诗行时，他的声音开始变得激昂，带着那种只有上帝的战士才明了的内心力量。

——啊，他举起一只手吟诵着，仿佛在教众的头顶挥舞着《圣经》。我虽行过死荫的幽谷，也不怕遭害，因为你与我同在！你的杖，你的竿，都安慰我！

《诗篇》的这一篇只剩两节诗行，但没有比这两节更贴切的了。约翰牧师情绪饱满，提高音调匹配慷慨激昂的演讲。在我敌人面前，你为我摆设筵席，这句话一定会让尤利西斯钻心刺骨。我一生一世必有恩惠慈爱伴随着我，我且要住在耶和华的殿中，直到永远！等约翰牧师说完这最后一句，尤利西斯几乎要浑身颤抖了。

然而，约翰牧师根本没机会发表这番特别的演讲，因为就在他准备背诵最后两节诗行时，尤利西斯将他一把推了出去。

尤利西斯

尤利西斯从门口转过身来,发现白人男孩正仰头望他,背包紧紧攥在怀里。

尤利西斯朝银币挥了挥手。

——收好你的东西,小鬼。

但男孩没有听话照做。他只是目不转睛地盯着尤利西斯,不露一丝胆怯。

他一定只有八九岁,尤利西斯心想。我儿子如今比他大不了多少。

——你听到我对牧师说的话了,他更温和地继续说。我独来独往。过去是这样,以后也这样。不过,大约半小时后,会经过一个陡坡,火车会减速。等我们到了,我会把你放到草地上,你不会受伤。你明白了吗?

可男孩一直注视着他,好像一句话都没听到,尤利西斯开始怀疑他是不是傻子。这时,男孩却开口了。

——你打过仗吗?

尤利西斯被这个问题吓了一跳。

——是的,他过了一会儿说。我打过仗。

男孩向前一步。

——你渡过海吗?

——我们全都被派到海外,尤利西斯略带戒备地回答。

男孩想了想,又向前一步。

——你离开了妻子和儿子?

尤利西斯从未在任何人面前退缩,却在这个孩子面前后退一步。他后退得如此突然,在旁人看来,仿佛是这孩子用裸露的电线触到了他的皮肤。

——我们认识吗?他吃惊地问道。

——不,我们不认识。但我想我知道你的名字是怎么来的。

——大家都知道我的名字是怎么来的:来自联邦军司令尤利西斯·S.格兰特[1],林肯先生手中那把百折不挠的利剑。

——不,男孩摇摇头说。不对,不是那个尤利西斯。

——我还不清楚吗。

男孩继续摇头,但不是反对的意思,而是耐心而亲切地摇着头。

——不对,他重复道。你的名字一定来自伟大的尤利西斯[2]。

尤利西斯看着这个男孩,心中的狐疑越积越深,仿佛忽然发现自己正面对着一个不懂人情世故的人。

男孩仰头盯着货运车厢顶部看了一会儿。当他再次望向尤利西斯时,他的眼睛瞪得大大的,像是忽然有了一个主意。

——我能证明给你看,他说。

---

1 尤利西斯·S.格兰特(1822—1885),美国军事家,第十八任美国总统,任内重建美国南方,维护黑人权利。

2 即荷马史诗《奥德赛》中的主人公。

他坐在地上，打开背包的翻盖，拿出一本大红书。他翻到接近末尾的一页，开始朗读：

> 啊，缪斯，为我歌唱那位伟大而足智多谋的流浪者
> 奥德修斯，又名尤利西斯
> 他身材高大，头脑灵活
> 在战场上英勇无比
> 却注定要长途跋涉
> 前往一个又一个的陌生之地……

此刻轮到尤利西斯向前一步。

——这里全写了，男孩说，盯着书没有抬头。古时候，伟大的尤利西斯极不情愿地离开了自己的妻子和儿子，渡过大海去参加特洛伊战争。希腊人获胜后，尤利西斯与战友一起踏上回家的路，不料他的船一次又一次偏离了航线。

男孩抬起头。

——这一定就是你名字的由来，尤利西斯。

尤利西斯听别人叫过他的名字上万遍，但此时此刻从这个男孩的口中说出——在这节行至他要去的地方以西、他去过的地方以东的货运车厢里——这仿佛是他第一次听到。

男孩倾斜书，让尤利西斯看得更清楚。然后，他往右挪了一点，就像一个人在长凳上给另一个人腾地方那样。尤利西斯不由得在男孩身边

坐下,听他读书,仿佛这个男孩是久经战争、饱经沧桑的旅行者,而他,尤利西斯,才是孩子。

在接下来的时间里,这个名叫比利·沃森的男孩朗读着伟大的尤利西斯的故事,他是如何调整航线,掌舵归家,因刺瞎独眼巨人库克罗普斯而触怒其父亲海神波塞冬,由此遭受诅咒,在无情的大海上漂泊。他读到风神埃俄罗斯赠予尤利西斯一袋风,助他加速前进,他的船员却怀疑他私藏金子,便解开袋子放出风,让尤利西斯的船偏离航线一千里格[1]——就在他心心念念的故乡的海岸映入眼帘那一刻。

尤利西斯听着听着,自有记忆以来,他第一次落泪。他为与他同名之人及其船员哭泣。他为珀涅罗珀和忒勒玛科斯哭泣。他为战死沙场的战友哭泣,也为自己抛下的妻儿哭泣。而最重要的是,他为自己哭泣。

— · —

一九三九年夏天,尤利西斯与梅茜相遇,那时他们在这世上孑然无依。在大萧条最严重的时候,他们都失去了父母,也都离开了出生之地——她离开亚拉巴马州,他离开田纳西州——来到圣路易斯。刚到那里时,他们各自辗转于一个又一个出租公寓,换了一份又一份工作,没有朋友,也没有亲人。直到他们碰巧在星光舞厅深处的吧台并肩而立——比起跳舞,两人都更喜欢倾听——那时他们已经相信,上天对他们这类人的安排就是孤独一生。

---

[1] 1里格约合3海里,相当于5.556千米。

他们喜不自胜地发现情况并非如此。那天晚上，他们尽兴聊天，笑容满面——仿佛他们俩不仅了解彼此的怪毛病，也看到彼此如何用自己的梦想、虚荣和鲁莽执拗地塑造了这些怪毛病。他鼓足勇气邀请她跳舞，她与他滑入舞池，难舍难分。三个月后，他被一家电话公司雇为线务员，每周挣二十美元，他们便结了婚，搬进第十四街的一套两居室公寓。在那里，从黎明到黄昏，还有之后的那几个小时，他们继续如胶似漆地共舞。

随后，海外战争开始了。

尤利西斯一直想象着，如果时机成熟，他会像父亲在一九一七年[1]那样响应国家的号召。一九四一年十二月，日本轰炸珍珠港，所有小伙子开始拥到征兵办公室。可这时，已经孤独等候多年的梅茜迎向他的目光，她眯着眼睛，轻轻摇头，就像在说：尤利西斯·狄克逊，你敢。

美国政府仿佛也被梅茜坚定不移的目光说服了似的，一九四二年初宣布所有具备两年工作经验的线务员非常重要，不可服役。因此，哪怕战事愈演愈烈，他和梅茜仍在同一张床上醒来，在同一张桌子吃早餐，拎着同样的午餐桶去上班。可日子一天天过去，尤利西斯远离战争的意愿受到了严峻的考验。

考验来自罗斯福总统在无线电广播中发表的讲话，他向全国人民保证，我们将齐心协力，战胜邪恶力量。考验来自报纸上的头条新闻。考验来自街区的小伙子们，他们为了参战谎报自己的年龄。最大的考验来自那些六十多岁的老男人，在尤利西斯上班的路上，他们会斜眼瞧他，不明白当整个世界都在打仗，一个身强体壮的男人早上八点坐在电车里

---

[1] 美国于一九一七年四月六日正式加入第一次世界大战。

究竟算怎么回事。可每当他偶遇一个穿着新制服的新兵时，梅茜眯起的双眼会提醒他，她已经等候良久。所以，尤利西斯咽下了自尊，而一个月又一个月过去，他眼神低垂着搭坐电车，在公寓四壁之间消磨闲暇的时光。

一九四三年七月，梅茜发现自己怀孕了。时间一周周过去，无论哪个前线传来怎样的消息，她都开始由内而外焕发出无法掩盖的光芒。她开始去电车站接尤利西斯，她穿着夏日长裙，头戴黄色宽帽，她会挽着他的胳膊，一起慢慢踱回他们的公寓，无论遇上朋友还是陌生人，她都会点头致意。到了十一月底，就在她刚显怀时，她不顾他的心意，说服他身着盛装，带她去哈利路亚礼堂参加感恩节舞会。

一进门，尤利西斯就明白自己犯了一个严重的错误。因为无论走到哪里，他都会遇上别人的目光，来自失去儿子的母亲，来自失去丈夫的妻子，来自失去父亲的孩子，每个人的目光在梅茜的幸福中显得愈加苦涩。更糟的是遇上其他同龄男人的目光。因为他们看到他尴尬地站在舞池边，便走过来跟他握手，他们的笑容因自身的怯懦显得温和，他们的心灵因找到另一个身强体壮的兄弟分担耻辱而如释重负。

那天晚上，尤利西斯和梅茜回到他们的公寓，还没等他们脱下外套，尤利西斯就宣布他决定入伍。他已经做好梅茜可能会生气或流泪的心理准备，便用一种板上钉钉的方式表达自己的意图，这个决定不容争辩。可当他讲完之后，她既没有浑身颤抖，也没有掉一滴泪。当她回应时，更没有提高嗓音。

——如果你非要去打仗，她说，那就去吧。单手对付希特勒和东条[1]，我才不在乎呢。但是，别指望我们会在这里等你回来。

第二天，他走进征兵办公室，担心四十二岁的自己会被拒之门外，结果十天后，他就到了芬斯顿军营[2]，又过了十个月，他被派往意大利战场第五军第九十二步兵师服役。在那些残酷的日子里，虽然他从未收到妻子的一封信，但他从未想过——或者更确切地说，从未允许自己想过——她和孩子不会等他归家。

一九四五年十二月二十日，他的火车到达圣路易斯，妻子和孩子没来车站。他回到第十四街，妻子和孩子也不在公寓。他找到房东、邻居和她的同事，得到的回应总是一模一样：生下一个可爱儿子的两周后，梅茜·狄克逊收拾行李离开了这座城市，没告诉任何人她要去哪里。

回圣路易斯不到二十四小时，尤利西斯就扛上自己的包，走回联合车站。在那里，他搭上下一班火车，毫不关心它开往哪里。火车开到哪里，他就坐到哪里——远赴佐治亚州的亚特兰大——然后不出车站又搭上下一班开往另一个方向的火车，一路行至圣菲。那是八年多以前的事了。从那以后，他就一直乘火车旅行——有钱的时候坐客运车厢，没钱的时候坐货运车厢——全国各地来回跑，从不让自己在任何地方住两晚，就跳上下一班火车，随它前往下一个目的地。

— · —

男孩继续读着，伟大的尤利西斯从一块陆地航行到另一块陆地，

---

1 指二战日本甲级战犯东条英机（1884—1948），时任日本首相。
2 位于美国堪萨斯州赖利堡。

接受一次又一次的考验。尤利西斯静静听着，泪水恣意涌出眼眶。他听着那个与他同名之人经历喀耳刻的变形咒语，塞壬的无情诱惑，以及斯库拉与卡律布狄斯的左右夹击。男孩读到尤利西斯的饥饿船员无视预言者提瑞西阿斯的警告，屠杀太阳神赫利俄斯的圣牛，促使宙斯再次用雷电和巨浪围攻这位英雄，这时尤利西斯将一只手横在男孩的书页上。

——够了，他说。

男孩讶异地抬起头。

——你不想听完结局吗？

尤利西斯沉默了片刻。

——没有结局，比利。对那些触怒神的人来说，苦难无穷无尽。

比利摇摇头，再次显露亲切。

——不是这样的，他说。虽然伟大的尤利西斯激怒了波塞冬和赫利俄斯，但他并没有永远流浪下去。你是什么时候从战场起航返回美国的？

尤利西斯不确定这有什么关系，他回答道：

——一九四五年十一月十四日。

男孩轻轻推开尤利西斯的手，翻动书页，指着一段话。

——艾伯纳西教授告诉我们，经过漫长的十年，伟大的尤利西斯回到伊萨卡，与他的妻子和儿子团聚了。

男孩抬起头。

——这说明你的流浪生涯快结束了，再过不到两年的时间，你将与你的家人团聚。

尤利西斯摇摇头。

——比利，我连他们在哪里都不知道。

——没关系的，男孩回答。如果你知道他们在哪里，那你就不用寻找了。

然后，男孩低头看书，满意地点点头，认为事实便是如此。

这可能吗？尤利西斯感到怀疑。

的确，在战场上，他以各种可能的方式严重触犯了主耶稣基督的教义，以至于再度心安理得地迈过教堂的门槛都很难以想象。可是，所有与他并肩作战的战友——以及那些与他对战的敌人——都触犯了同样的教义，违背了同样的契约，无视了同样的戒律。因此，尤利西斯已与战场上的罪孽达成某种和解，认为它们是一代人的罪孽。让尤利西斯无法心安的、压迫着他的良心的，是他对妻子的背叛。他们的婚姻也是一种契约，是他一意孤行地背叛了它。

当他一身军装站在他们旧公寓昏暗的走廊上，他感觉自己不像一个英雄，倒更像一个傻瓜，他明白，自己的所作所为产生的后果活该无可挽回。正因为这样，他才回到联合车站，过上流浪的生活——一种注定无依无靠、漫无目的的生活。

可也许这个男孩说得对……

也许把自己的羞耻感置于他们神圣的婚姻之上，也许如此轻易地让自己堕入孤独的生活，他又一次背叛了他的妻子。背叛了他的妻子和儿子。

在尤利西斯思考时，男孩合上书，开始捡地上的硬币，他用袖口拂去灰尘，将它们放回罐子里。

——来，尤利西斯说，我来帮你。

尤利西斯也开始捡硬币，用袖子将它们擦净后扔进罐子里。

男孩正要收起最后一枚硬币，这时他忽然越过尤利西斯的肩头望去，像是听到了什么动静。男孩迅速收好罐子和大红书，系紧背包带子，将包甩在背上。

——怎么了？尤利西斯问道，有点被男孩突如其来的动作惊着了。

——火车正在减速，他起身解释。我们一定到达坡地了。

尤利西斯过了一会儿才明白男孩在说什么。

——不，比利，他说，跟着男孩走到门口。你不用离开。你应该跟我一起。

——你确定吗，尤利西斯？

——我确定。

比利点头表示接受，可当他凝视门外闪过的灌木丛时，尤利西斯看出他有别的顾虑。

——怎么了，小鬼？

——你觉得约翰牧师跳下火车时受伤了吗？

——没超过他应得的程度。

比利仰头看尤利西斯。

——可他是牧师。

——在那个人的心里，尤利西斯说着把门拉上，背信弃义多于传经讲道。

两人走到车厢另一端，打算重新坐下，但正准备这么做时，尤利西斯听到身后传来刮擦声，像是有人小心翼翼地爬下梯子。

没等声音继续，尤利西斯抡起双臂转身，不小心将比利撞倒在地。

听到刮擦声时，尤利西斯的脑海中闪过一个念头，约翰牧师不知怎的又回到火车，回来找他报仇。但那不是约翰牧师。那是一个白人小子，身上有挫伤，神情坚定。他右手提着袋子，看样子是个小偷。他放下袋子，向前一步，双臂伸展，摆出干架的姿势。

——我不想和你打，那小子说。

——没人敢和我打，尤利西斯说。

两人都向前迈了一步。

尤利西斯真希望自己没关上货运车厢的门。要是门开着，他就能干干净净了结这事。他只需抓住那小子的胳膊，把他扔下火车。因为门关着，他要么得把那小子打晕，要么得箍住他，让比利开门。不过，他不想让比利出现在那小子够得着的地方。所以，他要瞅准时机。他会站在比利和那小子中间，一点一点靠近，然后击中他有瘀伤的那侧脸颊，那里一定会很疼。

尤利西斯听到比利在他身后努力站起来的动静。

——别过来，比利。尤利西斯和那小子同时说话。

然后，他们困惑地面面相觑，但都不愿放下双臂。

尤利西斯听到比利往旁边走了一步，像是要绕过他看看情况。

——嘿，埃米特。

那小子依然举着双臂，一只眼睛盯着尤利西斯，向左走了一步。

——你没事吧，比利？

——我没事。

——你认识他吗?尤利西斯问道。

——他是我的哥哥,比利说。埃米特,这是尤利西斯。他跟伟大的尤利西斯一样上过战场,现在必须流浪十年才能与他的妻子和儿子团聚。但你不用担心。我们还不是朋友。我们刚刚认识。

达奇斯

——看啊,这么多房子,伍利惊叹道。你见过这么多房子吗?

——确实有很多房子,我赞同道。

今天稍早,我的出租车开到街角,我刚好看到伍利从一个公园走出来。在街对面,我看到他把史蒂倍克停在一个消防栓前面,副驾车门开着,还没熄火。我也看到警察站在车后,手里拿着罚单簿,正飞快记下车牌号。

——靠边停,我对出租车司机说。

我不知道伍利向警察解释时说了什么,但等我给出租车司机付完钱,警察收起罚单簿,掏出了手铐。

我走近他们,脸上挂着最接近小镇居民的微笑。

——出什么事了吗,长官?

(他们喜欢你叫他们长官。)

——你们俩是一起的吗?

——可以这么说吧。我给他的父母打工。

警察和我都看了一眼伍利,他已经绕到消防栓前仔细观察起来。

警察向我罗列伍利的违规行为,包括他似乎没带驾照这件事,我摇了摇头。

——你这是白费口舌,长官。我一直劝他们,要是想把他弄回家,最好雇个人盯着他。可我又懂什么呢?我只是个看门的。

警察又看了一眼伍利。

——你是说他有点失常?

——这么说吧,他接收事情的频率跟咱俩不一样。他经常瞎走,所以他母亲今早醒来发现自己的车不见了——又不见了——就让我来找他。

——你怎么知道他在哪里?

——他特别喜欢亚伯拉罕·林肯。

长官带着一丝怀疑瞧着我。我便向他证明。

——马丁先生,我喊道。你为什么来公园?

伍利想了一会儿,露出微笑。

——来看林肯总统的雕像。

现在,长官带着一丝犹豫瞧着我。同时,他记下了一系列的违规行为,也宣誓要维护伊利诺伊州的法律和秩序。但他该怎么办呢?逮捕一个为了向正直的亚伯致敬而偷偷溜出家门的失常小孩?

警察来回看着我和伍利。然后,他挺了挺肩膀,拽了拽腰带,就像警察惯常做的那样。

——行吧,他说。不如你把他安全送回家吧。

——正有此意,长官。

——但一个频繁失常的年轻人不该开车。也许他的家人是时候把车钥匙放到更高的架子上了。

——我会告诉他们的。

警察驾车离开后,我们坐回史蒂倍克车里,我稍微训了伍利一通,给他讲什么是人人为我,我为人人。

——万一你被抓了怎么办,伍利?或是你的名字出现在警察的那个记事簿上?一眨眼的工夫,他们就会把咱俩送上回萨莱纳的巴士。那我们就永远到不了营地,比利也永远没法儿在加利福尼亚盖房子了。

——对不起,伍利说道,一脸真诚悔悟的神情——瞳孔瞪得像飞碟一样大。

——你今天早上吃了几滴药?

……

——四滴?

——你还剩几瓶药?

……

——一瓶?

——一瓶!天哪,伍利。那玩意儿不是可口可乐啊。天知道我们什么时候能给你弄到更多。最后一瓶药最好暂时由我保管。

伍利温驯地打开储物箱,交出蓝色的小瓶子。作为交换,我把从出租车司机那里买来的印第安纳州地图递给他。他看到后皱起眉头。

——我明白。这不是菲利普斯66的地图,但我尽力了。在我开车的时候,我要你搞明白怎么去南本德杜鹃花路132号。

——谁在南本德杜鹃花路132号?

林肯公路

——一个老朋友。

— · —

一点半左右,我们到达南本德。此刻,我们身处一片崭新的住宅小区中央,一模一样的地上矗立着一模一样的房屋,可能也住着一模一样的人。这几乎让我怀念起内布拉斯加州的道路。

——这里像比利书里的迷宫,伍利带着一丝惊叹说。代达罗斯精心设计的那座迷宫,进去的人没有能活着出来的……

——所以,我严厉地指出,你更应该留心看路标。

——好的,好的。知道了,知道了。

伍利飞快地瞄了一眼地图,靠向风挡玻璃,以便更加仔细地看路。

——卷丹巷左转,他说。孤挺花大道右转……等等,等等……在那里!

我拐进杜鹃花路。草坪全都绿油油的,修剪得整整齐齐,但目前看来,杜鹃花这个名字完全是臆想。谁知道呢。也许一直都这样。

我放慢车速,让伍利看清门牌号。

——124……126……128……130……132!

我开过了那幢房子,伍利回头看了看。

——就是那幢,他说。

我在下个十字路口转弯,把车停在路边。在街道对面,一个穿着汗衫的退休胖老人正用水管给自家草坪浇水。他看起来倒也可以给自己浇一浇。

——你的朋友不是住在132号吗?

——是的。但我想给他一个惊喜。

我吸取教训,下车时带走钥匙,没把它们留在遮阳板上。

——我应该只要几分钟,我说。你待着别动。

——我会的,我会的。但达奇斯……

——怎么了,伍利。

——我知道我们要尽快把史蒂倍克还给埃米特,但去阿迪朗达克山之前,你觉得我们能不能先去哈得孙河畔黑斯廷斯拜访我的姐姐萨拉?

许多人习惯了要这要那。他们会毫不犹豫地问你借个火或问个时间。他们会向你搭个车或借个钱。请求帮个忙或施舍点什么。有些人甚至会乞求你的原谅。但伍利·马丁很少主动要什么。所以,他要是真的开口,你明白那一定是很重要的事。

——伍利,我说,如果你能把我们活着带出这座迷宫,你想拜访谁都行。

十分钟后,我站在厨房,手里握着一根擀面杖,好奇它管不管用。考虑到它的形状和重量,肯定比木棍好用。但我觉得这个工具更适于营造喜剧效果——比如一个主妇举着它围着餐桌追赶她的倒霉蛋丈夫。

我把擀面杖放回抽屉,打开另一个抽屉。这个抽屉里装满了一堆小工具,比如蔬菜削皮刀和量勺。下个抽屉里是更大更轻的工具,比如刮刀和打蛋器。我在一把长柄勺下面找到了一把肉锤[1]。我从抽屉里取出

---

[1] 状似榔头,用于敲击肉块,使肉质松嫩。

肉锤，小心地没有把其他东西弄得叮当响，发现它拥有漂亮的木柄和粗糙的捶打表面，但它有点华而不实，更适合压平肉排，而不是捣碎牛肋肉。

水池旁的台面上放着所有常见的、摩登的、便利的设施——开罐器、烤面包机、三键式搅拌机，如果你意在开罐子、烤面包或搅拌什么玩意儿，这里的每样东西都设计得很完美。在台面上方的橱柜里，我发现罐头食品多得够摆一个防空洞了。前面和中间至少有十罐金宝汤。另外还有炖牛肉罐头、辣肉罐头和香肠豆子罐头。看来阿克利一家唯一真正需要的工具是开罐器。

我不禁注意到，阿克利家橱柜里的食物与萨莱纳的饭菜存在相似之处。我们常常把这类饭菜大行其道归因于其千篇一律的实用性，但它也许体现了监狱长本人的口味。有那么一瞬间，我很想用香肠豆子罐头来实现富有诗意的正义。可如果用罐头砸人，我想手指受的伤可能跟那人脑壳受的伤一样严重。

我关上橱柜，像萨莉那样双手叉腰。我想她知道该去哪里找东西。我试着透过她的眼睛来观察，将厨房的每个角落细细看了一遍。我确实找着了，炉灶上正放着一只如蝙蝠侠披风那般漆黑的平底锅。我拿起它，在手里掂了掂，赞叹着它的设计感和耐用性。把手是渐细的锥形，边缘呈弧形，握起来紧贴手掌，你也许使上两百磅的力道都不打滑。而且锅底的有效受力点又宽又平，你闭着眼睛都能给人当头一击。

是的，这只铸铁平底锅几乎在各个方面堪称完美，尽管它一点都不摩登，也不方便。事实上，这只平底锅说不定有一百年的历史了。阿克利的曾祖母在马车队上用的可能就是这只锅，它一直传了下来，为阿克利家族四代男丁炸过猪排。为了向西部拓荒者们致敬，我拿起平底锅走进客厅。

这是一个温馨的小房间，原本是壁炉的地方放着一台电视机。窗帘、一把椅子和长沙发都缀着相同的花卉印花。阿克利太太十有八九穿的是用同款面料裁制的连衣裙，如果她一动不动地坐在长沙发上，她的丈夫根本发现不了她。

阿克利仍在我发现他的地方——躺在巴卡躺椅[1]上，四肢舒展，睡得正香。

你从他脸上的笑容看得出来，他很喜欢那张躺椅。在萨莱纳任职期间，每当阿克利执行鞭刑时，他一定梦想着有一天能拥有这样一张躺椅，下午两点躺在上面睡觉。事实上，在期待了那么多年后，他可能依然在做睡在巴卡躺椅上的梦，哪怕他此时就是这么干的。

——安睡中或会做梦[2]，我一边轻声引述，一边将平底锅举过他的头顶。

然而，茶几上的东西吸引了我的目光。那是一张新拍的照片，阿克利站在两个小男孩中间，他们都有阿克利家族的鹰钩鼻和眉毛。男孩们穿着少年棒球联盟的制服，阿克利戴着同款棒球帽，说明他是去给孙子们的比赛加油的。当然了，他的脸上挂着大大的微笑，男孩们也在笑，仿佛他们很高兴知道爷爷在看台上看比赛。这个老头子勾起了我的一丝

---

1 美国巴卡躺椅公司推出的可调节躺椅。
2 出自《哈姆雷特》第三幕第一场"生存还是毁灭"经典独白。——作者注

柔情，让我的双手都出汗了。可如果《圣经》告诉我们，子不应继承父之罪孽，那么理所当然的是，父不应担当子之纯真。

所以，我打了他。

在我击中之后，他的身体猛然一震，仿佛一束电流窜遍全身。然后，他在椅子上稍稍下滑，卡其裤裤裆的颜色变深，因为他的膀胱松弛了下来。

我赞赏地朝平底锅点了点头，心想这东西被精心设计用于一种用途，却也能完美地另作他用。比起肉锤、烤面包机和香肠豆子罐头，使用平底锅的另一个好处是，它在击中时会发出一记悦耳的咚声。就像教堂的钟声召唤虔诚之人前去祈祷。说真的，这声音实在令人愉快，我很想再打他一下。

但我已经花时间仔细算好了，我很有把握，只要在脑袋上狠狠打一下，阿克利欠我的债就还清了。打第二下只会让我欠他。于是，我把平底锅放回炉灶上，从厨房门溜了出去，暗自思忖：一笔债清了，还剩两笔。

埃米特

年轻的阿拉伯人意识到自己不仅浪费了父亲留给他的财产,也浪费了更宝贵的时间,他卖掉自己仅剩的几件东西,加入一艘商船,驶向茫茫的未知世界……

又来了,埃米特想。

那天下午,埃米特把他从普尔曼车厢弄来的面包、火腿和奶酪摆了出来,比利问尤利西斯想不想再听一个航海者的故事。尤利西斯说好,比利便拿出他的大红书,坐在黑人身边,开始读伊阿宋与阿尔戈英雄的故事。

在那个故事中,年轻的伊阿宋是忒萨利亚的合法国王,篡位的叔叔告诉他,如果他能航行至科尔喀斯王国并带回金羊毛,王位就归他所有。

在五十位冒险家的陪同下——包括还没名气的忒修斯和赫拉克勒斯——伊阿宋顺风而行,向科尔喀斯进发。在接下来数不清的日子里,他和他的队伍经历了一次又一次考验,陆续迎战青铜巨人、哈比鸟怪和斯巴托伊人(从种下的龙齿中长出的全副武装的地生战士)。在女巫美狄亚的帮助下,伊阿宋和他的阿尔戈英雄们最终战胜敌人,取得金羊毛,安全返回忒萨利亚。

比利讲得非常投入,尤利西斯也听得非常入迷,以至于当埃米特把做好的三明治递给他们时，他们似乎都没意识到自己在吃什么。

埃米特坐在货运车厢另一头吃着他的三明治，禁不住琢磨起比利的书。

埃米特无论如何都不明白，这个所谓的教授为什么会把伽利略·加利莱伊、莱奥纳尔多·达·芬奇和托马斯·阿尔瓦·爱迪生这三位科学时代最伟大的人与赫拉克勒斯、忒修斯和伊阿宋之类的人物混为一谈。伽利略、达·芬奇和爱迪生不是传说中的英雄。他们是有血有肉的人，本领超群，可以不怀迷信或偏见地观察自然现象。他们是勤奋刻苦之人，耐心而精确地研究世界的内部运作，在这个过程中，将他们在孤独中习得的知识转化成为人类服务的实用发明。

把这些人的生平与在传说中的海域跟幻想中的怪物战斗的神话英雄混在一起有什么好处呢？在埃米特看来，艾伯纳西把他们混为一谈是在鼓励孩子相信伟大的科学发现者并非完全真实，而传说中的英雄也并非全是想象。他们充分运用自己的智慧和勇气，没错，还有巫术和魔法，以及偶尔来自神祇的干预，并肩穿越已知的和未知的领域。

人活一世，难道区分真实与幻想、所见与所求还不够困难吗？难道他们的父亲不正是因为这种区分困难重重，才会在勤恳工作二十年后，落得破产和一无所有的下场吗？

此刻白日将尽，比利和尤利西斯又换到辛巴达，这位英雄远航七次，经历了七次不同的冒险。

——我睡了，埃米特宣布。

——好的，他们异口同声地回答。

于是，为了不打扰哥哥，比利压低声音，尤利西斯也低下脑袋，两人看起来不像陌生人，倒像是同谋者。

埃米特躺下，尽量不去听轻声朗读的阿拉伯水手的冒险故事。他完全明白，尤利西斯碰巧进入他们的货运车厢真是走了大运，但这事也叫人丢脸。

做完介绍后，比利激动地讲述约翰牧师从出现到离开火车的全部经过。埃米特向尤利西斯表达感谢，这个陌生人表示没什么可谢的。可一逮着机会——在比利从双肩包里取书的时候——尤利西斯就把埃米特拉到一边，好好教育了他一番。他怎么傻到把弟弟一个人留下来？就因为货运车厢有四面墙和一个顶并不代表它安全，一点都不安全。而且别搞错了：牧师不只想用手背扇比利，他是打定主意要把比利丢下火车。

尤利西斯转身回到比利身旁坐下，准备听伊阿宋的故事，而这番尖锐的训斥让埃米特感到脸孔滚烫。他也泛起一阵愤慨，愤慨这个刚认识的男人竟像家长责备孩子一样擅自责备他。可埃米特也明白，他因自己被当成孩子对待而生气，这本身就很孩子气。就像他明白，因比利和尤利西斯没有好好品味三明治而怨恨，或因他们突然的亲密而嫉妒，这也是孩子气的表现。

埃米特努力安抚着自己汹涌起伏的情绪，不再想今天的事，转而关注未来的挑战。

当他们一起坐在摩根的餐桌旁时，达奇斯说，在去阿迪朗达克山之前，他和伍利要先去曼哈顿看望他的父亲。

从达奇斯讲的故事可以判断，休伊特先生鲜少有固定的住址。不过，汤豪斯在萨莱纳的最后一天，达奇斯曾鼓励汤豪斯进城找他——可以联系签下他父亲的某家演出经纪公司。就算一个过气演员正躲避债主、被警察通缉或改名换姓生活，达奇斯眨着眼睛说，他总会把自己的下落告知经纪公司。而在纽约市，所有过气演员的大经纪公司都在时代广场底下的同一栋大楼里设有办公室。

唯一的问题是，埃米特想不起大楼的名字了。

他很确定名字以 S 开头。他躺在那里，按字母顺序系统地念道大楼名字前三个字母所有可能的组合，试图唤醒记忆。从 Sa 开始，他自言自语着：Sab、Sac、Sad、Saf、Sag，等等。接着是以 Sc、Se、Sh 开头的组合。

或许是因为比利的窸窣低语，或许是因为埃米特嘟囔着三个字母的词。也或许是因为阳光曝晒一整天后，货运车厢里散发着温暖的木头味。不管是什么原因，埃米特不再回想时代广场底下大楼的名字，而是忽然变成了九岁的自己，待在自家房子的阁楼里，关上小门，用父母的旧行李箱搭建堡垒——那些行李箱曾去到巴黎、威尼斯和罗马，此后再没去过任何地方。这又勾起了有关母亲的回忆，她不知道他去了哪里，便从一个房间找到另一个房间，一遍又一遍呼唤着他的名字。

SIX

第 六 天

达奇斯

我敲响42号房间的门,然后听到一声呻吟,弹簧床吃力地发出响动,仿佛我的敲门声将他从沉睡中唤醒。因为快中午了,时间刚刚好。片刻之后,我听到宿醉未醒的他将双脚踩在地板上。我听到他在房里四处张望,试着弄明白自己身在何处,带着一丝迷糊望着天花板上开裂的石膏和剥落的墙纸,似乎不太理解自己在这样一个房间里干什么,哪怕过了这么多年,还是难以置信。

唉,来了,我几乎能听到他说话。

我非常客气地又敲了敲门。

又一声呻吟——这声呻吟显得沉重——然后他起身,弹簧床弹开,他开始慢慢走向门口。

——来了,一个低沉的声音喊道。

在等待时,我不禁真心好奇他变成了什么模样。才两年不到,但以他的这把年纪和生活方式,两年可能让他衰老很多。

可当房门嘎吱一声打开,出现的却不是我老爹。

——有事?

42号房间的房客大概七十多岁,风度翩翩,有着与身份匹配的优雅口音。他从前可能是一个庄园主,或是在某个庄园主手下干活儿。

——有什么能为你效劳吗,年轻人?他问道,我朝他身后扫了一眼。

——我在找以前住这里的人。其实是我的父亲。

——噢,原来如此……

他的浓眉微微下垂,像是因自己让一个陌生人失望而真心感到抱歉。随后,他的眉毛又扬了起来。

——也许他在楼下留了转寄地址?

——更可能是未付账单,但我走之前会去问问。谢谢。

他同情地点点头。可我转身要走时,他叫住我。

——年轻人。你父亲刚好是演员吗?

——无人不知,他自诩是演员。

——那等一等。我想他可能落下东西了。

趁老先生蹒跚地走向五斗橱时,我环视房间,好奇他的癖好是什么。在阳光旅馆,每个房间都藏有一种癖好,而每种癖好都有一个物品为证。比如滚到床底的一个空酒瓶,床头柜上的一副薄纸牌,或是衣钩上的一件亮粉色和服。有证据证明存在某种渴望,它令人如此心醉神怡,如此欲罢不能,以至于掩盖了所有其他渴望,甚至超过对家庭、亲人或人格尊严的渴望。

由于老人走得很慢,我有足够的时间观察,这个房间只有十乘十英尺,可要说有什么证据能证明他的癖好,我怎么都看不出来。

——找到了,他说。

他蹒跚地走回来,把从五斗橱底层抽屉翻出来的东西递给我。

那是一只黑色的皮盒,大约十二英寸见方,三英寸高,有一个小小的铜扣——比锁住双层珍珠项链的盒子大一点。我猜，这种相似性并非巧合。因为父亲名气最大的时候，他是一个莎士比亚小剧团的男主演，为场下坐得半满的观众演出，那时他有六个这样的盒子，它们都是他的宝贝。

虽然这只盒子上的镀金压花已经被磨损得掉色，但你仍能辨认出奥赛罗的首字母 O[1]。我掀开搭扣，打开盖子。紧贴天鹅绒衬里的凹槽中放着四件东西：一副山羊胡子，一只金耳环，一小罐黑脸油[2]，以及一把匕首。

跟盒子一样，匕首也是定制的。金刀柄制作精良，完美贴合我老爹的手，上面镶嵌着一排三颗大宝石：一颗红宝石，一颗蓝宝石，一颗绿宝石。不锈钢刀刃由匹兹堡的一位工匠大师锻造、回火和抛光，能让父亲在第三幕用来切下一块苹果，再把匕首笔直地扎进桌面，在他猜疑苔丝德蒙娜不忠时，匕首就一直不祥地留在桌上。

虽然刀刃是真的不锈钢，但刀柄却是镀金的黄铜，宝石也是人造的。如果用拇指摁下蓝宝石，会露出一个暗扣，这样一来，当我老爹在第五幕结尾刺中自己的腹部时，刀刃会缩进刀柄。当楼座里的女士们发出阵阵惊呼时，他会尽情地享受表演时刻，在脚灯前来回摇晃，直至最终咽气。也就是说，这把匕首跟他这个人一样，都是噱头。

---

1 奥赛罗即 Othello，莎士比亚所作同名悲剧的主角。勇敢诚实的统帅、摩尔人奥赛罗，中了旗官伊阿古的奸计，误认妻子苔丝德蒙娜不贞，将她杀死；在证实了妻子的清白后，悔而自尽。——编者注

2 当时的白人演员会用黑色油彩涂脸以扮作黑人，常见于十九世纪美国流行的黑脸滑稽剧中，含种族歧视意味。

这套盒子完整的一共有六只,每只都有镀金压花标签:奥赛罗,哈姆雷特,亨利,李尔王,麦克白,以及——我不骗你——罗密欧。每只盒子都有天鹅绒衬里凹槽,存放对应戏剧的道具。麦克白的盒子里有一瓶用来涂抹双手的假血,李尔王的盒子里有一副长长的灰色胡须,罗密欧的盒子里有一小瓶毒药和一小罐腮红,那腮红掩盖不了岁月在我老爹脸上留下的摧残,就像王冠掩盖不了理查三世[1]的畸形一样。

这些年来,父亲的这套盒子慢慢减少。一只被偷了,一只不晓得放哪里了,一只被卖了。哈姆雷特在辛辛那提的一场梭哈赌局中输掉了,恰好输给一对K[2]。六只盒子最后只剩下奥赛罗并非巧合,因为我老爹最珍视这只。不仅仅是因为他在扮演这位摩尔人时收获了一些最好的评价,也因为曾有好几次,黑脸油罐让他得以及时安全脱身。他穿着侍应生的制服,顶着阿尔·乔尔森[3]那样的脸,提着自己的行李走出电梯,穿过大厅,径直走过那些追债的人、愤怒的丈夫或碰巧候在盆栽棕榈树中间的某个人。我老爹落下了奥赛罗的盒子,一定是走得相当匆忙……

——是的,我说着合上盖子,这是我父亲的。如果你不介意我问问的话,你在这个房间住多久了?

——噢,没多久。

——如果你能记得更清楚些,那就帮大忙了。

---

1 理查三世(1452—1485),英格兰约克王朝的最后一位国王。在莎士比亚创作的同名剧作中,理查三世被描绘成跛足驼背,面容扭曲,内心邪恶。

2 扑克牌中的K即国王(King),戏剧中的哈姆雷特手刃杀父仇人、篡位国王克劳狄斯,此处含反讽。

3 阿尔·乔尔森(1886—1950),美国歌唱家、表演家,以扮演黑人著称。

——让我想想。星期三，星期二，星期一……我想是从星期一开始的。对。星期一。

换句话说，我老爹在我们离开萨莱纳的第二天就搬走了——毫无疑问，他接到了忧心忡忡的监狱长打来的令人不安的电话。

——希望你能找到他。

——我一定可以。总之，抱歉给你添麻烦了。

——一点也不麻烦，老先生指着自己的床回答。我只是在看书。

看到床单褶皱里戳出书的一角，我心想，啊，我早该知道的。这个可怜的老家伙，他的苦难来自最危险的癖好。

走回楼梯时，我发现走廊的地上有一小道光，说明 49 号房间的门没关牢。

我犹豫片刻，然后穿过楼梯井，沿着走廊继续走，到达那个房间后，停下来听动静。我没听到里面有声音，便用指节轻轻顶开门。透过门缝，我看到床上没人，床也没铺。我猜房客在走廊另一头的浴室里，便把门推开。

一九四八年，我和老爹第一次来到阳光旅馆，那时 49 号房间是旅馆最好的房间。它有两扇面对大楼背面的窗户，很安静，天花板中央还安着一只带电扇的维多利亚风格的吊灯——整个旅馆只此一处有这样的设施。而现在，天花板上仅垂下一个连着电线的光秃秃的灯泡。

角落里的小木桌还在。在房客眼中，这是另一个让房间增值的设施，尽管其实三十多年来没人在阳光旅馆写过一封信。那把写字椅也还在，看着就跟走廊那头的先生一样苍老而挺拔。

这可能是我见过的最令人伤感的房间。

— · —

在楼下大厅，我确认伍利仍坐在窗边的一把椅子上等着。然后，我走到前台，一个留着稀疏胡子的胖男人正在听收音机里的球赛。

——有空房吗？

——过夜还是钟点房？他问道，心领神会地瞄了伍利一眼。

我一向感到惊讶，一个在这种地方上班的人居然自以为什么都懂。他很幸运，我没有平底锅。

——两间房，我说。过夜。

——预付四美元。如果你们要毛巾的话，再加二十五美分。

——我们要毛巾的。

我从口袋里掏出埃米特的信封，拇指慢慢拨动那沓二十美元的钞票。这抹去了他脸上的嘲笑，比平底锅还快。我摸出在豪生酒店收到的找零，抽出一张五美元放在柜台上。

——我们三楼有两个很棒的房间，他说，声音听着突然像个服务员了。我叫伯尼。你们在这里有任何需要——酒、女人、早餐——尽管找我。

——我想我们用不着这些，但你也许能另外帮我个忙。

我又从信封里掏出两美元。

——没问题，他说着舔了舔嘴唇。

——我在找人，他最近才搬走。

——谁啊？

——42号房的人。

——你是说哈里·休伊特？

——就是他。

——他前几天退房了。

——我也是这么听说的。他说要去哪里了吗？

伯尼拼命想了一会儿，真的非常拼命，却没什么用。我开始把钞票放回去。

——等一下，他说，等一下。我不知道哈里去了哪里。但以前住这里的一个人跟他关系很好。要说谁知道哈里现在在哪里，非他莫属。

——他叫什么？

——菲茨威廉斯。

——菲兹·菲茨威廉斯？

——就是他。

——伯尼，如果你告诉我在哪里能找到菲兹·菲茨威廉斯，我就给你五块钱。如果你今晚把收音机借给我，我就给你十块钱。

—·—

二十世纪三十年代，我父亲和帕特里克·菲兹·菲茨威廉斯刚成为朋友，菲兹是马戏团二流舞台上的三流演员。他是一名诗歌朗诵者，通常在幕间被推上舞台，朗诵几段洋溢着爱国或色情意味（有时两者兼而有之）的精选诗节，将观众留在座位上。

但菲兹是个真正的文人,他最喜欢沃尔特·惠特曼[1]的诗。一九四一年,他发现这位诗人逝世五十周年的纪念日即将到来,便决定蓄起胡子,还买了一顶软帽,希望说服戏院经理,让他演绎诗人的诗句,以此庆祝纪念日。

胡须有各式各样的。有埃罗尔·弗林[2]和傅满洲[3]那样的,有西格蒙德·弗洛伊德[4]那样的,也有善良的阿米什人[5]那种留到脖子以下的。幸运的是,菲兹的胡子跟惠特曼的一样又白又密,所以头戴软帽、配上奶蓝色的眼睛,他活脱脱就是惠特曼本人。菲兹在布鲁克林高地的一家廉价剧院首次登台扮演惠特曼——吟诵着移民不断登陆,农夫勤劳耕种,矿工辛苦采矿,机修工在数不清的工厂里辛勤劳动——工人阶级观众让他有生以来第一次收到热烈喝彩。

短短几周内,从华盛顿特区到缅因州的波特兰,所有安排惠特曼逝世周年纪念的机构都想邀请菲兹。他坐着头等车厢穿梭在东北走廊铁路线[6]上,在格兰其[7]会堂、自由大厅、图书馆和历史协会进行朗诵表演,

---

1 沃尔特·惠特曼(1819—1892),美国诗人,被誉为"美国诗歌之父",代表作《草叶集》。

2 埃罗尔·弗林(1909—1959),澳大利亚演员、编剧、导演、歌手。

3 英国小说家萨克斯·罗默(1883—1959)作品中的虚构人物,有着标志性的胡须。

4 西格蒙德·弗洛伊德(1856—1939),奥地利精神病医师、心理学家、精神分析学派创始人,著有《梦的解析》等。

5 主要分布在加拿大的安大略省和美国的俄亥俄州、宾夕法尼亚州、印第安纳州,阿米什人拒绝使用现代科技,已婚男士留有大胡须。

6 位于美国东北部波士顿—华盛顿城市带的电气化铁路,呈东北–西南走向,始于波士顿,向南连接普罗维登斯、纽黑文、纽约、费城、威尔明顿、巴尔的摩,终于华盛顿。

7 格兰其(Grange)是一八六七年美国成立的第一个全国性农民组织,正式名称为"农业保护者协会"。

六个月挣的钱比惠特曼一生挣的都多。

一九四二年十一月,他回到曼哈顿,在纽约历史学会举行返场演出,一个叫弗洛伦斯·斯金纳的人恰好在席间。斯金纳太太是一位知名的社交名媛,以举办全城最引人瞩目的派对为荣。那年,她计划在十二月的第一个星期四举办一场盛大的活动,拉开圣诞季的序幕。看到菲兹后,她仿佛被一道闪电击中:他拥有白白的大胡子和淡蓝的眼睛,是圣诞老人的不二人选。

几周后,菲兹果然出现在她的派对上,端着满满一碗软糖,轻快地哼唱《圣诞前夜》,人群洋溢着节日的喜悦。每次菲兹一站起身,他的爱尔兰血统总会让他想喝上一杯,这事在戏剧界称得上一种毛病。可他的爱尔兰血统也让他一喝酒就脸红,这在斯金纳太太的晚会上却是一个优点——这为他扮演的圣诞老人绘上了绝妙的妆容。

斯金纳太太的晚会结束第二天,菲兹的演出经纪人内德·莫斯利桌上的电话从早响到晚。范这个、范那个、范谁谁谁[1]全要办节日派对,都指明必须用菲兹。莫斯利或许是个三流的经纪人,但他清楚谁是下金蛋的鹅。离圣诞节只剩三周,他以递增的标准结算菲兹的费用。十二月十日的一次出场费是三百美元,之后每天递增五十美元。所以,如果你想让他在平安夜爬进你家的烟囱,就得花上一千美元。你要是再加五十美元,孩子们就能扯扯他的胡子,平息他们磨人的怀疑。

不用说,在这个圈子庆祝耶稣的诞辰,钱不是问题。菲兹常常一晚上有三场预订。沃尔特·惠特曼早已淘汰出局,菲兹一路欢歌,赚得盆满钵满。

---

[1] 范(Van)一度是荷兰贵族姓氏的组成部分,这里代表上流阶层人士。

作为上城区的圣诞老人,菲兹的地位一年比一年高,到战争结束时——尽管他只在十二月工作——他住的是第五大道的公寓,穿的是三件套西装,拄的是一根顶部有银质驯鹿头的拐杖。此外,还有一大帮年轻的社交名媛一看到这位圣诞老人就心跳加速。因此,在公园大道的一个派对结束表演后,当一位实业家的漂亮女儿问菲兹几天后能否去拜访他时,他并没有特别意外。

她穿着一件既优雅又撩人的连衣裙出现在菲兹的公寓。结果,她心上想的却不是浪漫的爱情。她婉拒喝酒,解释来意,她说自己是格林尼治村进步协会的成员,他们计划在五月一日举办一场大型活动。她看到菲兹的演出,然后想到,可以由他朗诵几段卡尔·马克思[1]的作品为集会开场,留着大白胡子的他是完美人选。

毫无疑问,菲兹被这个年轻的女人迷住了,被她的奉承打动,也被一笔可观的报酬影响。但他也是一个不折不扣的艺术家,他勇敢接受了生动演绎这位老哲学家的挑战。

转眼到了五月一日,菲兹站在后台,那感觉与其他夜晚站在舞台上别无二致。直到他从幕布后面偷看了一下。场上不仅座无虚席,而且挤满了勤恳工作的男男女女。他们当中有水管工、焊工、码头工人、女裁缝和女佣,多年前在布鲁克林高地那个昏暗肮脏的礼堂里,正是他们让菲兹收获第一次喝彩。菲兹怀着深深的感激,一股平民主义情感油然而生,他穿过幕布缝隙,站在讲台上,呈现了此生最精彩的表演。

---

[1] 卡尔·马克思(1818—1883),无产阶级革命导师,马克思主义创始人,国际共产主义运动的开创者。

他的独白直接摘自《共产党宣言》，他的演讲直击观众的心灵。要不是礼堂的所有门突然被撞开，一小队吹着口哨、挥着警棍的警察以违反消防法规为借口拥进来，他那直抵人心演讲的激昂结尾定会让观众们雀跃不已，掌声雷动。

第二天早上，《每日新闻》的头条标题是：

公园大道圣诞老人兼演
共产主义破坏分子

菲兹·菲茨威廉斯的上流人生就此结束。

菲兹在自己的胡须根儿上栽了跟头，从幸运的台阶上一落千丈。爱尔兰威士忌曾在圣诞期间让他的脸颊泛起欢乐的红晕，如今却掏空了他的积蓄，切断他与洁净衣物、上流社会之间的联系，掌控了他的全部幸福。到一九四九年，菲兹沦落到手拿帽子在地铁站背诵下流打油诗的下场，住在阳光旅馆 43 号房间——就在我和老爹的房间对面。

我很期待见到他。

埃米特

傍晚,火车开始减速,尤利西斯把头探出舱口看了一眼,然后爬下梯子。

——我们在这里下车,他说。

埃米特帮比利背上双肩包,朝他和弟弟上车的那扇门迈了一步,但尤利西斯指了指车厢另一边的门。

——走这边。

埃米特原以为他们会在一个庞大的货运站下车——就像刘易斯的货运站那样,只是规模更大——位于市郊的某个地方,城市天际线遥遥伸向地平线。他以为他们得小心翼翼地溜出车厢,躲开铁路职工和保安。可当尤利西斯滑开门,眼前没有货运站,也没有其他火车或其他人。相反,门口出现的正是纽约市。他们似乎在一段狭窄的轨道上,悬在距街道三层楼高的地方。商厦在他们周围拔地而起,远处还有更高的建筑。

——我们在哪里?尤利西斯跳到地上时,埃米特问。

——这里是西区高架[1]。一条货运线。

尤利西斯举起一只手扶比利下车,埃米特则自己下车。

---

[1] 原是一条铁路货运专用线,二十世纪八十年代结束运营后改造成如今的高架公园,建成了独具特色的空中花园走廊。

——那你提到的营地呢？

——不远。

尤利西斯开始在火车和高架边缘护栏之间的狭小空间内行走。

——小心枕木，他头也不回地提醒道。

尽管大量诗歌和歌曲赞美纽约市的天际线，但埃米特走路时几乎没留意。年少时，他从未梦想着要来曼哈顿。他看相关的书或电影时没有丝毫羡慕。他来纽约有且只有一个原因——取回他的车。既然他们来了，埃米特可以先专心地找达奇斯的父亲，再通过他找到达奇斯。

早上醒来时，埃米特嘴里蹦出的第一个词是 Statler，仿佛他的大脑在熟睡中继续排列着字母组合。达奇斯说的经纪公司就在那里：斯塔特勒大厦。埃米特想着，一进城，他和比利就直奔时代广场，弄到休伊特先生的地址。

埃米特把自己的打算说给尤利西斯听，尤利西斯皱起眉头。他指出，他们下午五点才到纽约，所以等埃米特赶到时代广场，经纪公司已经关门了。对埃米特来说，更合理的做法是等到第二天早上。尤利西斯说，他会带埃米特和比利去一个营地，他们可以在那里安心睡一晚；第二天埃米特进城时，他会照看比利。

尤利西斯告诉你应该做什么的方式就像这事已经板上钉钉，这个特点很容易惹毛埃米特，可他无法反驳这个思路。如果他们五点到纽约，再去找办公室就太晚了。而第二天早上去时代广场，埃米特一个人行动更有效率。

在高架上，尤利西斯迈着坚定的大步子，仿佛他才是那个在城里有急事的人。

埃米特一边努力追赶，一边留心查看他们走过的路。那天下午稍早，火车卸下三分之二的货运车厢，但在他们的车厢和火车头之间仍有七十节车厢。埃米特眺望前方，目及之处尽是货运车厢和护栏之间的狭小空间，遥遥伸向远方。

——我们怎么从这里下去？他问尤利西斯。

——我们不下去。

——你是说营地在铁轨上？

——是这意思。

——可在哪里呢？

尤利西斯停下脚步，转身面对埃米特。

——我不是说会带你们过去吗？

——是的。

——那你为什么不听我的呢？

尤利西斯盯着埃米特看了一会儿，确保他的话已经说清楚，然后越过埃米特的肩膀望去。

——你弟弟呢？

埃米特转身，震惊地发现比利不见了。他沉浸在自己的思绪中，又要努力跟上尤利西斯，因为过于分心而没留意弟弟的踪迹。

看到埃米特脸上的表情，尤利西斯的表情也大为惊愕。他低声骂了句什么，从埃米特身旁擦过，开始沿着他们来时的路往回走，埃米特又努力追赶，脸颊涨得通红。

他们在刚刚下车的地方找到了比利——就在他们乘坐的那节货运车厢旁边。虽说纽约的景色没让埃米特着迷，但比利就不一样了。他们下车之后，比利朝栏杆前进两步，爬上一个旧木箱，如痴如醉地眺望着恢宏壮阔的城市风光。

——比利……埃米特说。

比利抬头看哥哥，显然跟埃米特一样没意识到他们曾走散。

——这是不是跟你想象的一模一样，埃米特？

——比利，我们还得赶路。

比利抬头看尤利西斯。

——哪个是帝国大厦，尤利西斯？

——帝国大厦？

尤利西斯说这话时显得不耐烦，这与其说是因为着急，不如说是出于习惯。但听到自己的声音后，他放软了语气，往北指了指。

——那个有尖顶的。但你哥哥说得对。我们还得赶路。你得跟紧了。无论什么时候，如果你伸手够不着我们当中的一个，你跟得就不够紧。明白吗？

——我明白。

——行了。我们走吧。

他们三人在高低不平的地上继续前行，埃米特第三次注意到火车向前开了几秒钟后便停下了。他正好奇火车为什么会这样，这时比利拉住他的手，微笑着抬头。

——这就是答案，他说。

——什么的答案,比利?

——帝国大厦。它是世界上最高的建筑[1]。

他们走过三十五节货运车厢后,埃米特看到高架在前方约五十码处折向左侧。由于视觉错位,就在弯道后面,一幢八层楼高的建筑似乎直接耸立在铁轨上。可他们走近后,埃米特发现竟不是视觉错位。这幢建筑的的确确建在铁轨上——因为铁轨从建筑中央径直穿过。洞口上方的墙上有一块黄色的大标牌,上面写着:

私人领地

禁止进入

在离建筑不到十五英尺的地方,尤利西斯示意他们停下。

他们在所站之处听得到前方火车另一侧的动静:货运车厢门的滑动声,手推车的吱吱呀呀,以及男人们的大声喊叫。

——我们要去那里,尤利西斯压低声音说。

——穿过大楼?埃米特小声问。

——这是抵达目的地的唯一方法。

尤利西斯解释说,目前仓库间停着五节货运车厢。等工作人员卸完货,火车会向前行驶,让他们给下五节车厢卸货。他们就在那个时候穿

---

[1] 帝国大厦从一九三一年至一九七二年是世界上最高的建筑。截至本书出版,这一记录的保持者是哈利法塔,又称迪拜塔。

过去。只要他们躲在货运车厢后面，跟火车保持相同的速度移动，就不会有人发现他们。

埃米特觉得这是个坏主意。他想对尤利西斯表达自己的担忧，探讨一下有没有其他路线，可远处的铁轨上传来了一阵蒸汽喷发的声音，火车开始移动。

——我们走，尤利西斯说。

他领着他们进入大楼，与火车保持相同的速度，在货运车厢和墙壁之间的狭小空间行走。走到一半，火车突然停下，他们也跟着停下。这时仓库内干活儿的动静更响了，埃米特从货运车厢之间闪动的影子看到工人们正麻利地移动着。比利抬头，似乎想问一个问题，但埃米特将一根手指贴在他的嘴唇上。终于，又传来一阵蒸汽喷发的声音，火车再次开动。他们三人小心翼翼地与车厢保持相同的速度移动，神不知鬼不觉地走到大楼另一侧。

出来之后，尤利西斯加快脚步，让他们与仓库拉开一些距离。跟之前一样，他们在货运车厢和护栏之间的狭小空间行走。当他们终于经过火车头后，他们的右侧出现了一片开阔的景象。

尤利西斯料到比利会感到惊讶，这次停住了脚步。

——哈得孙河，他指着河说。

尤利西斯给比利一点时间欣赏远洋客轮、拖船和驳船，看了一眼埃米特后继续前进。埃米特明白他的意思，牵起弟弟的手。

——看哪，好多船啊，比利说。

——走吧，埃米特说。你可以边走边看。

埃米特听到跟在身后的比利小声数着船只。

走了一小会儿，前面的路被一道高高的铁丝网拦住，连着一根根护栏，横穿高架。尤利西斯走到铁轨中央，抓住一截断开的铁丝网向后拉，让埃米特和比利钻过去。另一边的铁轨继续遥遥向南延伸，但上面长满杂草。

——这段铁轨怎么回事？埃米特问。

——他们不用了。

——为什么？

——东西用完了就没用了，尤利西斯不耐烦地说。

几分钟后，埃米特终于看到了他们要去的地方。与废弃铁轨相邻的侧线上有一个临时营地，错落着帐篷和棚屋。走近后，他看到两个火堆升起烟雾，还有男人走来走去的细长身影。

尤利西斯领着他们走到两个火堆中较近的那个，两个白人流浪汉坐在一截铁轨枕木上，正用马口铁盘吃东西，一个胡子刮得干干净净的黑人搅拌着铸铁锅里的东西。黑人看到尤利西斯后绽开笑容。

——哟，瞧瞧谁来了。

——嘿，斯图，尤利西斯说。

然而，埃米特和比利从后面冒出来后，厨师一脸的欢迎变成了惊讶。

——他们是跟我一起来的，尤利西斯解释。

——跟你一起搭车？斯图问道。

——我刚才不是说了吗？

——我猜是的……

——你那小屋有地方吗?

——我想有吧。

——我去看看。正好,你给我们弄点吃的吧。

——孩子们也要?

——孩子们也要。

埃米特感觉斯图又想表示惊讶,想想还是算了。尤利西斯打开从口袋里掏出的小袋子,流浪汉们不再吃东西,饶有兴趣地瞧着。埃米特愣了一下才意识到尤利西斯打算替他和弟弟付饭钱。

——等一下,埃米特说。让我们请你吧,尤利西斯。

埃米特取出帕克塞进他衬衫口袋的五美元钞票,向前走了几步,把它递给斯图。递出去时,埃米特发现那张钞票不是五美元的,而是五十美元的。

斯图和尤利西斯都怔怔地盯了一会儿那张钞票,然后斯图看向尤利西斯,尤利西斯又看向埃米特。

——把钱收好,尤利西斯厉声说。

埃米特感觉自己的脸又涨得通红,把钱放回口袋。等他收好之后,尤利西斯才转向斯图,付了三顿饭的钱。接着,他用一向毅然决然的语气对比利和埃米特说话。

——我去给咱们占点地方。你们俩坐下吃点东西。我一会儿就回来。

埃米特看着尤利西斯走远,既不想坐下,也不想吃东西。但比利的腿上已经放了一盘辣肉酱配玉米面包,斯图正在盛另一盘。

——跟萨莉做的一样好吃,比利说。

埃米特告诉自己，这是礼貌的做法，便接过盘子。

他吃了第一口，才意识到自己有多饿。吃完从普尔曼车厢弄来的最后一点食物到现在已经过去好几个小时了。而且比利说得没错。辣肉酱跟萨莉做的一样好吃。也许更美味。从烟熏味中能尝出来，斯图放了大量培根，牛肉也似乎品质极佳。斯图提出再盛一盘，埃米特没有反对。

埃米特一边等着自己的盘子被递回来，一边谨慎地打量坐在火堆对面的两个流浪汉。因为他们衣衫褴褛，也没刮胡子，很难判断他们多大年纪，但埃米特猜测他们比看上去要年轻。

左边那个瘦高个没看埃米特和他的弟弟，几乎是刻意为之。而右边的人朝他们微笑，忽然挥了挥手。

比利也挥挥手。

——欢迎啊，疲惫的旅行者，他隔着火堆喊。你们从哪里来？

——内布拉斯加，比利喊回去。

——内布拉斯基[1]！流浪汉回答。我去过内布拉斯基很多次。什么风把你们吹到大苹果来了？

——我们来拿埃米特的汽车，比利说。这样我们就能开车去加利福尼亚了。

一提到汽车，那个一直对他们视而不见的高个子流浪汉忽然饶有兴趣地抬起头。

埃米特用一只手按住弟弟的膝盖。

---

1 "内布拉斯基（Nebraskee）"是"内布拉斯加（Nebraska）"老式的、乡村的说法。——作者注

——我们只是路过,他说。

——那你们来对地方了,微笑的人说。全世界没有哪个地方比纽约更适合路过。

——那你怎么好像过不去了呢,高个子说。

微笑的人蹙眉,转头看身边的人,但还没等他回应,高个子看向比利。

——你说你们是来拿车的?

埃米特正要插话,尤利西斯忽然站在火堆边上,低头看高个子的盘子。

——看样子你吃完晚饭了,他说。

两个流浪汉都抬头看向尤利西斯。

——吃没吃完我说了算,高个子说。

接着,他把盘子扔在地上。

——现在我吃完了。

高个子起身,微笑的人朝比利眨眨眼,也站起来。

尤利西斯看着他们俩走远,然后坐在他们坐过的枕木上,隔着火堆注视埃米特,目光尖锐。

——我知道,埃米特说。我知道。

伍利

要是让伍利拿主意,他们不会在曼哈顿过夜。他们甚至不会开车穿过曼哈顿。他们会直接去他姐姐在哈得孙河畔黑斯廷斯的家,再从那里去阿迪朗达克山。

曼哈顿的问题,在伍利看来,曼哈顿的问题在于它过于一成不变。花岗岩高楼左右林立,数英里长的人行道绵延不绝。唉,每一天,数百万人脚步沉重地在人行道上踩来踩去,穿过铺着大理石地板的大厅,却连一点凹痕都没留下。更糟的是,曼哈顿绝对是一个期待泛滥的地方。面对过剩的期待,人们不得不建起八十层的高楼,这样就有足够空间将它们一层一层叠起来。

但达奇斯想拜访他的父亲,所以他们从林肯公路开到林肯隧道,而林肯隧道在哈得孙河下面,于是他们就来了。

如果他们要去曼哈顿,伍利支起枕头时想着,至少这么走才对。因为当他们从林肯隧道出来,达奇斯没有左转开往上城区。相反,他向右转弯,一路开到伍利从没去过的鲍厄里街,到一家伍利从没听过的小旅馆看望父亲。伍利坐在大厅,望着外面街道上发生的一切,就在那时,他碰巧看到一个人捧着一沓报纸经过——那人穿着一件宽松的外套,戴着一顶软帽。

——鸟人！伍利对着窗户喊道。真是太巧了！

他从椅子上跳起来，拍打玻璃。那人转过身来，伍利才发现他其实不是鸟人。但因为伍利拍打了窗户，那人捧着报纸走进大厅，直奔伍利的椅子。

达奇斯喜欢说自己对书过敏，要是那样的话，那伍利也有类似的苦恼。他对每日新闻过敏。在纽约，时时刻刻都有事情正在发生。人们不仅希望你对这些事有所了解，也希望你随时对这些事表达看法。事实上，有太多事情正在飞速发生，人们无法在单份报纸上全部刊完。纽约自然有卖得最好的《纽约时报》，但除此之外，还有《纽约邮报》《纽约每日新闻报》《纽约先驱论坛报》《纽约美国人日报》《世界电讯报》和《镜报》。而这些只是伍利一下子能想起来的。

每家企业都有一大堆人负责报道新闻，询问消息来源，追查线索，写稿子写到晚饭过后。每家企业都在半夜印刷，让送货车朝四面八方急急送出，当你天亮时分醒来去赶六点四十二分的火车之前，当天的报纸已经躺在你家门口。

伍利一想到这点，就脊背发凉。所以，当那个穿着宽松外套的人捧着那沓报纸走近时，伍利准备把他打发走。

结果，那个穿宽松外套的人卖的不是今天的报纸，而是昨天的，前天的，还有大前天的！

——昨天的《纽约时报》三美分，他解释说，前天的两美分，大前天的一美分，三份都要五美分。

好吧，这完全是另一回事了，伍利心想。一天、两天和三天前的新闻完全不像当天的新闻那么紧要。事实上，你几乎不能称之为新闻。而且，你不用在凯伦贝克先生的数学课上得 A 也知道，花五美分买三份报纸是划算的。可是，哎呀，伍利一分钱也没有。

还是他有？

穿上沃森先生的裤子后，伍利第一次把双手伸进口袋。你敢信吗，你真的敢信吗，右边口袋里竟扒出一些皱巴巴的钞票。

——来三份，伍利兴奋地说。

那人把报纸递给伍利，伍利递给他一美元，并慷慨地说不用找零钱了。那人乐不可支，但伍利相当确信，在这笔买卖中占便宜的人是自己。

夜幕降临，达奇斯在曼哈顿到处找他的父亲。伍利取出他放在埃米特书包里的另一瓶药，又吃了两滴，然后支起枕头，躺在床上，听着收音机。不用说，他在专心看这三天的报纸。

三天时间，世事变幻。新闻不仅显得没那么紧要，如果你仔细选读标题，报道往往还带有一丝奇幻色彩。比如周日头版的这一条[1]：

> 原子潜艇
>
> 样机模拟
>
> 潜入欧洲[2]

报道继续讲述了第一艘原子潜艇是如何在爱达荷州沙漠的某个地方

---

[1] 以下新闻标题和照片都是真实的，出现在对应日期《纽约时报》的头版。——作者注
[2] 出自《纽约时报》一九五四年六月十三日头版。

完成相当于横跨大西洋的航行的！整个设定让伍利感到不可思议，就像在读比利的大红书一样。

还有两天前头版的这一条：

民防演练

今早十点开始[1]

通常，防御和演练这种字眼会让伍利心感不安，他一般会跳过整篇文章。但在这份两天前的《纽约时报》上，文章继续写道，在这次演练中，一支假想的敌机队伍将向五十四座城市投掷假想的原子弹，在美国各地造成假想的破坏。仅在纽约一地，就要投下三枚不同假想的炸弹，其中一枚在假想中将落在第五十七街和第五大道的交叉口——那么多地方，偏偏落在蒂芙尼商店前面。作为演练的一部分，当警报响起时，五十四座城市的所有正常活动都将暂停十分钟。

——所有正常活动暂停十分钟，伍利大声朗读。你能想象吗？

伍利微微屏气，翻开昨天的报纸，想看看发生了什么。报纸的头版——像他们说的那样，就在折线上方——印着一张时代广场的照片，两名警察看守整条百老汇大街，看不到其他人。没人在烟草店的窗口张望。没人从标准剧院走出来，也没人走进阿斯特酒店。没人按响收银机，也没人打电话。没有一个人在吵闹、忙碌或叫出租车。

---

1 出自《纽约时报》一九五四年六月十四日头版。

Photo by Edward Hausner/The New York Times/Redux

多么奇特又美妙的一幕啊，伍利心想。纽约市一片寂静，动静全无，像无人居住似的，全然空空荡荡，自建城以来第一次没有一丁点嘈杂的期待。

达奇斯

我给伍利喂了几滴药，把收音机调到广告，在房间安顿好他，然后去地狱厨房[1]西四十五街一家叫船锚的小酒馆。昏暗的光线，淡漠的客人，这种地方正是我老爹喜欢的——一个过气演员可以坐在吧台抱怨人生不公而不用担心被打断的地方。

伯尼说，菲兹和我老爹习惯每晚八点左右在这里碰面，喝光身上所有的钱。果不其然，七点五十九分，门开了，菲兹拖着脚准点进来。

从大家对他不理不睬的样子看得出他是这里的常客。总体来说，他没有苍老太多。他的头发稀疏了一点，鼻子更红了一点，可如果你眯起眼睛仔细瞧，依然能看到隐藏在外表之下那一丝昔日圣诞老人的影子。

他从我身边经过，挤进两张高脚凳之间，在吧台上撒了些五分镍币，点了一子弹杯的威士忌——是用海波杯装的[2]。

一子弹杯的酒装在海波杯里看起来少得可怜，我觉得菲兹的要求古里古怪。可当他从吧台端起酒杯时，我看到他的手指微微颤抖。

---

1 美国曼哈顿岛西岸的一个地区，正式行政区名为克林顿，俗称西中城，早年是贫民窟。
2 子弹杯（shot）一般约30毫升，海波杯（highball）一般约240至350毫升，此处含嘲讽。

他无疑从惨痛的经验中明白,一子弹杯的酒装在子弹杯里太容易被弄洒了。

菲兹稳稳地端着威士忌,退到角落一张有两个座位的桌子。那显然是他和我父亲惯常喝酒的地方,因为菲兹坐定后,朝空座位扬了扬酒杯。我想他一定是世界上最后一个会向哈里·休伊特敬酒的人。他开始把威士忌送向嘴边,我在他对面坐下。

——哈啰,菲兹。

菲兹愣了一下,目光越过杯子上缘。然后,他一口酒没喝就把杯子放回桌上,这一定是他生平第一次这么做。

——嘿,达奇斯,他说。我差点没认出你。你壮了好多。

——拜体力劳动所赐。你真该找个时间试试。

菲兹低头看看酒,看看酒保,又看看通往街道的门。等他无处可看了,便再次看向我。

——嘿,很高兴见到你,达奇斯。你怎么到城里来了?

——噢,这样那样的事呗。我明天要去哈勒姆见个朋友,但也在找我老爹。可以说,他和我还有点事没了结。不幸的是,他匆匆忙忙从阳光旅馆退房,忘记给我留话说他要去哪里。但我想着,如果纽约有谁知道哈里在哪里,那一定是他的老伙计菲兹。

还没等我说完,菲兹就在摇头了。

——不,他说。我不知道你父亲在哪里,达奇斯。我好几周没见他了。

然后,他沮丧地看着自己一口没动的酒。

——我真没礼貌,我说。我请你喝一杯吧。

——啊,不用。我还有这杯呢。

——这么一丁点?它可配不上你。

我起身去吧台,向酒保要了一瓶菲兹正在喝的酒。我回到座位,拔掉软木塞,把他的酒杯倒满。

——这才像样,我说,他低头盯着威士忌,脸上没有一丝笑容。

我心想,这是多么残酷的讽刺啊。我的意思是,眼前正是菲兹半生梦寐以求甚至祈祷天赐的东西。满满一海波杯威士忌——居然还是别人买单。它现在就摆在他面前,他却不太确定自己要不要。

——喝呀,我鼓动他。没必要客气。

他几乎是不情不愿地举起酒杯,向我微微一扬。动作不像他对着我老爹的空座位举杯那么真诚,但我还是表达了谢意。

这一次,当酒杯碰到他的嘴唇,他吞下了一大口,像是补上之前没喝的酒。然后,他放下酒杯看着我,等我开口。因为这是过气演员擅长的:他们等待。

说到等待,过气演员可谓经验丰富。比如他们会等待爆红,或是等待被叫号表演。这些事一旦确定没着落了,他们就开始等待其他事情。比如等待酒吧开门,或是等待福利支票寄来。用不了多久,他们就等着体验睡在公园里是什么感觉,或是最后吸两口被丢掉的香烟是什么感觉。他们等着看自己习惯各种不体面,也等着被曾经亲近之人遗忘。而最重要的是,他们在等死。

——他在哪里,菲兹?

菲兹摇了摇头,与其说是冲我,不如说是冲他自己。

——我说了，达奇斯，我好几周没见他了。我发誓。

——通常呢，我倾向于相信从你嘴里说出的任何话。尤其是你发誓的时候。

这句话让他蹙起眉头。

——只是当我坐下来的时候，你看到我似乎不太惊讶。咦，怎么会这样呢？

——我不知道，达奇斯。也许我心里惊讶呢？

我哈哈大笑。

——也许吧。不过，你知道我是怎么想的吗？我觉得你不惊讶是因为我老爹告诉你，我可能会来。可要是这样，那他前几天一定跟你聊过。事实上，你俩指不定就是坐在这里聊的。

我用一根手指敲击桌子。

——如果他告诉你，他着急离开，那他一定对你说过要去哪里。毕竟，你俩是穿一条裤子的贼。

听到贼这个字眼，菲兹又蹙眉。接着，他看起来更沮丧了，真是令人意想不到。

——对不起，他轻声说。

——怎么了呢？

我微微向前倾身，仿佛听不太清楚他的话，他抬起头，一副真心痛悔的模样。

——我很抱歉，达奇斯，他说。抱歉我在证词里那么说你。抱歉我签了字。

这个原本不想说话的家伙忽然说个没完没了。

——你瞧，我前一天晚上一直在喝酒。我一看到警察就浑身不自在，尤其是当他们问我问题的时候。问我可能看到或听到了什么，哪怕我的视力和听力已经不如从前。我的记性也一样。后来，警察开始有些泄气，你父亲把我拉到一边，试图帮我恢复记忆……

菲兹继续说着，我拿起威士忌酒瓶瞧了一眼。酒标中央有一株大大的绿色三叶草[1]。我不禁笑了。说真的，一杯威士忌到底能给人带来什么好运呢。更何况是爱尔兰威士忌。

我坐在那里，用手掂着酒瓶，这时我突然想到，这又是一个绝佳的例子：一个被精心设计用于一种用途的东西却也能完美地另作他用。几百年前，威士忌酒瓶被设计成瓶身大到能装酒，瓶颈小到能倒酒。可如果你碰巧把酒瓶颠倒过来，抓住瓶颈，这设计似乎立刻能用来打讨厌鬼的脑袋。在某种意义上，威士忌酒瓶有点像带橡皮擦的铅笔——一头用来写东西，另一头用来擦除。

菲兹一定看懂了我的心思，因为他忽然变得非常安静。我从他脸上的表情看得出，他吓坏了。他的脸色渐渐苍白，手指明显颤抖得更厉害。

这可能是有生以来第一次有人怕我。在某种程度上，我简直不敢相信。因为我根本没想伤害菲兹。这有什么意义呢？说到伤害菲兹，他已经彻底投降了。

但眼下这种情况，我觉得他的恐惧可以为我所用。所以，当他问我

---

[1] 三叶草是爱尔兰的国花，又名幸运草。

们能不能让往事如水，过去就过去了[1]，我假装将酒瓶慢慢放在桌上。

——要是能那样就好了，我若有所思地说。要是时光可以倒流，让你挽回自己的所作所为就好了，帕特里克·菲茨威廉斯。可惜呀，我的朋友，水不在桥下，也没有漫过堤坝，而是包围着我们啊。说真的，它就在这个地方弥漫着。

他一脸愁苦地望着我，我几乎为他感到难过。

——不管你为什么会那么做，菲兹，我想咱俩都同意，你欠我一个人情。如果你告诉我老爹在哪里，咱俩就扯平了。可如果你不说，那我只能发挥想象，想个别的法子来了结咱俩的事。

---

[1] 习语"water under the bridge"，直译为"水在桥下"，指过去的事已成定局，不可改变或挽回，也不再重要。

萨莉

我看到父亲与博比、米格尔正在北边角落修一段篱笆,他们的马悠闲地站在一旁,几百头牛在他们身后的牧场吃草。

我从公路拐到路肩,把车停在他们干活儿的地方,在他们伸手遮眼挡灰尘时,我从驾驶室里下来。

博比总爱搞笑,他夸张地咳嗽起来,父亲则摇摇头。

——萨莉,他说,你再在坑坑洼洼的路上这么开车,车会报废的。

——我想时至今日,我清楚贝蒂能干什么,不能干什么。

——我只能说,如果变速器坏了,别指望我去换。

——不用担心。因为要说我清楚能指望这车干什么,我更清楚能指望你干什么。

他沉默片刻,我猜他在犹豫要不要把小伙子们打发走。

——好吧,他说,像是自己也明白了似的。你冲到这里是有原因的。我清楚得很。你不妨告诉我是什么事。

我打开副驾车门,拿出座椅上的出售标牌,举起来让他看仔细。

——我在垃圾桶里发现了这个。

他点点头。

——我丢的。

——如果你不介意我问问，它哪儿来的？

——沃森家。

——你为什么要把沃森家的出售标牌拿下来？

——因为它不再出售了。

——你又是怎么知道的？

——因为我买下了。

他说这话时言简意赅、斩钉截铁，努力表明自己已经很有耐心了，他没工夫谈这些，他和小伙子们还有活儿要干，我也是时候开车回家，这个点我理应在家烧晚饭了。可他要是以为我不懂什么是耐心，他就大错特错了。

我淡定地等了一会儿。我一动不动地站着，若有所思地遥望远方，然后目不转睛地盯着他。

——你这么快买下他们家……让人不禁怀疑，你已经蓄谋等待很久了。

博比用靴尖踢了踢地上的尘土，米格尔回头看牛群，父亲则挠了挠后颈。

——孩子们，他过了一会儿说，我想你们还有活儿要干。

——是的，兰塞姆先生。

他们骑上马，像上班的人那样不紧不慢地骑向牛群。父亲没有转身目送他们离开，而是等他们的马蹄声渐远后才再次开口。

——萨莉，他用那种我只说一次的语气说道，没有蓄谋，也没有等待。查理拖欠抵押贷款，银行止赎，他们把地拿出来卖，然后我买下了。

就这么回事。银行里的人没觉得奇怪,县里的人也不会觉得奇怪,你也不该感到奇怪。因为这就是牧场主的活儿。当机会出现且价格合适,牧场主会扩大他的地盘,持续不断。

——持续不断,我说,真厉害。

——是的,他回答,持续不断。

我们面面相觑。

——所以,那些年沃森先生的农场苟延残喘,你忙到没时间伸出援手。但机会出现的那一刻,你的预约簿倒空了下来。是这样吗?我觉得这听起来就是蓄谋和等待。

他提高嗓门,这是他第一次这么做。

——该死的,萨莉。你希望我怎么做?开车到他家,捡起他的犁耙?帮他播种和收庄稼吗?你不能替别人活。如果一个男人有起码的自尊心,他也不希望你这么做。查理·沃森或许不是一个好农场主,但他是一个骄傲的男人。比大多数人更骄傲。

我又若有所思地遥望远方。

——倒也有趣,不是吗,银行刚准备公开卖地,你就坐在门廊的台阶上,告诉农场主的儿子,也许是时候搬到别的地方重新开始。

他端详我片刻。

——闹这一出就因为这个?你和埃米特?

——别想转移话题。

他又摇摇头,就像我刚来时那样。

——他根本不会留下来,萨莉。就跟他的母亲一样。你自己也看到了。

他一有机会,就去镇上找了份工作。他存的第一笔钱又是怎么花的?他给自己买了辆车。不是卡车,也不是拖拉机,萨莉。是小汽车。我毫不怀疑埃米特失去父亲深感悲痛,但我猜失去农场对他而言是一种解脱。

——别跟我提埃米特·沃森,说得你好像很了解他。你根本不知道他在想什么。

——也许吧。可在内布拉斯加待了五十五年,我想我分得清谁会留下,谁会离开。

——是吗,我说。那告诉我,兰塞姆先生:我是哪种人?

你真该看看我说这话时他的表情。有那么一瞬间,他脸色煞白,紧接着又气得通红。

——我知道女孩子小小年纪失去母亲很不容易。在一些方面,失去母亲的女儿要比失去妻子的丈夫更痛苦。因为一个父亲无法将一个小姑娘像模像样地抚养长大。尤其是当这个姑娘生性叛逆。

说到这里,他意味深长地瞪了我一眼,生怕我不知道他在说我。

——多少个夜晚,我跪在床边向你母亲祈祷,请她教教我如何有效应对你的任性。这么多年来,你母亲——愿她安息——一次都没回应我。所以,我只能凭记忆回想她是怎么照顾你的。她过世的时候,你才十二岁,但已经很叛逆了。我曾对此表示担心,你母亲告诉我,要有耐心。她会说,埃德,我们的小女儿精神强大,这对她长大成人很有帮助。我们要做的就是给她一点时间和空间。

这次轮到他朝远处望了一会儿。

——嗯,我当初相信你母亲的建议,现在也相信。所以我一直迁就你。我迁就你的行为和习惯，迁就你的脾气和说话方式。可是萨莉啊，上帝做证，我渐渐明白，我可能把你害惨了。因为我完全由着你，纵容你长成一个任性的小女人，一个动不动就生气、有口无心的人，一个十有八九不适合结婚的人。

啊，他多么享受这番小小的演讲啊。他两腿分开站在那里，双脚牢牢踩在地上，表现得像是能直接从地里汲取力量似的，就因为这块地属于他。

接着，他的表情变得温柔，同情地看了我一眼，但这只会激怒我。

我把标牌扔到他的脚边，转身爬上卡车的驾驶室。我挂上挡，发动引擎，然后以七十迈的速度开到路上，撞飞每一块碎石，卷起每一块草皮，弄得底盘猛然震颤，门窗嘎嘎作响。我一个急转弯冲进牧场入口，对准前门开去，在离门五英尺的地方刹住车。

尘埃落定之后，我才发现一个戴帽子的男人坐在我们家的门廊上。他起身走到车灯里，我才看清那是警长。

尤利西斯

尤利西斯看着沃森兄弟俩离开篝火,准备去睡觉,这时斯图来到他的身边。

——他们明天走?

——不走,尤利西斯说。那个大的要去城里办事。他应该下午回来,他们会再住一晚。

——好的。他们的铺盖我留着。

——我的也留着。

斯图猛地转头,盯着尤利西斯。

——你要再住一晚?

尤利西斯回头看斯图。

——我是这么说的,不是吗?

——你是这么说的。

——有问题吗?

——没有,斯图说。我无所谓。只是我好像记得有人曾经说过,他从来不会在同一个地方睡两晚。

——那么,尤利西斯说,碰上星期五,他就会了。

斯图点点头。

——我在火堆上留了些咖啡,他过了一会儿说。我还是去看看吧。

——听起来是个好主意,尤利西斯说。

尤利西斯看着斯图回到篝火旁,不禁扫视着这座城市的灯光,从炮台公园[1]一路看到乔治·华盛顿大桥[2]——对他而言,这些灯光全无魅力,也没有丝毫慰藉。

比利把自己与哥哥的约定告诉尤利西斯,他觉得挺有道理。他要在曼哈顿岛住上两晚。明天,他和小男孩将以熟人的身份消磨时间,这样到后天,他们就能以朋友的身份告别彼此。

1　位于曼哈顿岛最南端。
2　连接曼哈顿与新泽西州利堡的双层收费悬索桥,横跨哈得孙河,是纽约的交通要道,也是世界上最繁忙的桥。

FIVE

第 五 天

伍利

他们把车开进伍利姐姐家的车道,伍利看出家里没人。

伍利一向只要观察窗户就能判断出屋里有没有人。有时,他望向窗户,能听到屋里所有的响动,比如楼梯上上下下的脚步声,或厨房里切芹菜茎的声音。有时,他能听到两个人单独坐在不同房间里的沉默。有时,就从现在窗户的模样,伍利便能看出家里没人。

伍利熄掉引擎,达奇斯吹了一声口哨。

——你说这里住了多少人?

——只有我姐姐和她丈夫,伍利回答,但我姐姐怀孕了。

——怀的是什么?五胞胎吗?

伍利和达奇斯从史蒂倍克车下来。

——我们要敲门吗?达奇斯问。

——他们不在家。

——你能进去吗?

——他们喜欢锁上前门,但车库门通常是开着的。

伍利跟着达奇斯来到其中一扇车库门前,看着他轰的一下把门拉开。

在车库里,前两个车位空着。伍利想,第一个车位一定是姐姐的,因为水泥地上的油斑像一只大气球——就跟比利书上的那只一模一样。

而第二个车位上的油斑看起来就像报纸滑稽连环漫画人物心情不好时头顶上的小乌云。

达奇斯又吹了一声口哨。

——那是什么,他指着第四个车位说。

——凯迪拉克敞篷车。

——你姐夫的?

——不是,伍利略带歉意说,是我的。

——你的!

达奇斯绕着伍利转圈,露出极为震撼的表情,把伍利逗笑了。达奇斯不常感到惊讶,所以出现这种情况时,伍利总会笑出声。他跟着达奇斯穿过车库,凑近细瞧。

——你从哪里弄来的?

——我想是继承的。从我父亲那里。

达奇斯朝伍利郑重地点点头。然后,达奇斯从车头走到车尾,一手滑过长长的黑色引擎盖,对白壁轮胎赞叹不已。

伍利很高兴达奇斯没绕着汽车走一圈,因为另一边车门有伍利撞到路灯灯柱时留下的凹坑。

一个星期六的傍晚,伍利带着那些凹坑开到这里,"丹尼斯"非常非常生气。伍利之所以知道"丹尼斯"非常非常生气,是因为他就是这么说的。

看看你都干了什么,他对伍利说,怒视着损坏的地方。

丹尼斯,伍利的姐姐说情。这不是你的车。这是伍利的车。

这句话或许该由伍利来讲：这不是你的车，"丹尼斯"，这是我的车。但伍利没想到要这么说。至少，在萨拉说完之后，他才想到要这么说。萨拉总是在伍利开口前就知道该说什么。在寄宿学校或纽约的聚会上跟人聊天时，伍利常常想，如果萨拉在场替他说该说的话，聊天会容易很多。

可那天傍晚，他带着车门上的凹坑开到这里，当萨拉对"丹尼斯"说这车不是他的，而是伍利的，这话反倒让"丹尼斯"更生气了。

这是他的车正是我想说的重点。（伍利的姐夫总会明确表达自己的观点。即便他非常非常生气，也能非常非常明确。）如果一个年轻人有幸从自己父亲那里继承价值不菲的东西，那他应该尊重它。他如果不懂如何尊重它，就根本不配拥有它。

噢，丹尼斯，萨拉说，这不是马奈[1]的画，看在上帝的分上。这是个机器。

机器是这个家族拥有一切的基础。"丹尼斯"说。

也是失去一切的原因，萨拉说。

她又成功了，伍利笑着想。

——我可以试试吗？达奇斯指着汽车问道。

——什么？噢，可以呀。当然，当然。

达奇斯伸手拉驾驶座的门把手，顿了一下，然后往右一步，打开后座车门。

——你先请，他夸张地打了个手势说。

---

1 爱德华·马奈（1832—1883），法国画家，十九世纪印象主义奠基人之一。

伍利钻进后座，达奇斯紧随其后。关上门后，达奇斯赞赏地叹了口气。

——用不着那辆史蒂倍克了，他说，埃米特就该开这样的车去好莱坞。

——比利和埃米特要去旧金山，伍利指出。

——管它呢。他们就该开这样的车去加利福尼亚。

——如果比利和埃米特想开这辆凯迪拉克去加利福尼亚，随时可以啊。

——你真心的？

——没什么比这更让我开心的了，伍利保证。唯一的问题是，这辆凯迪拉克比那辆史蒂倍克年代更久远，所以他们去加利福尼亚开不了太快。

——也许吧，达奇斯说。但开这样的车，有什么好着急的。

结果，车库里面的门上了锁，伍利和达奇斯便回到外面。伍利在前门台阶的花盆旁坐下，达奇斯从后备厢里取出背包。

——我可能要几个小时，达奇斯说，你确定一个人没问题吗？

——非常确定，伍利说。我就在这里等我姐姐回来。我相信她很快就回了。

伍利看着达奇斯坐进史蒂倍克，挥着手倒出车道。只剩伍利一人后，他从书包里取出另一瓶药，拧开滴管，又在舌尖上挤了几滴。然后，他悠闲地沉浸在温暖的阳光中。

——没什么比阳光更温暖，他自言自语，也没什么比草地更可靠。

提到可靠一词，伍利蓦地想到姐姐萨拉，她也是可靠的典范。他把药瓶收进口袋，起身搬开花盆一看——果不其然，姐姐家的钥匙静静地躺在花盆下面。当然，所有钥匙看起来都一样，但伍利知道这是姐姐家的钥匙，因为它能开锁。

伍利开门进屋，又停住脚步。

——哈啰？他喊道，哈啰？哈啰？

为了保险起见，伍利在通往厨房的走廊上喊了第四声哈啰，又朝楼上喊了一声。然后，他等着看有没有人回应。

伍利一边等一边听，正好低头看到楼梯底下的小桌上放着一部黑亮光滑的电话，看着就像凯迪拉克车的小表弟。唯一不黑亮光滑的地方是拨号盘中央的矩形小纸片，上面用优雅的笔迹写着家里的电话号码——这样电话就知道自己是谁家的了，伍利心想。

没人回应伍利的哈啰，他便走进左边那间洒满阳光的大房间。

——这是客厅，他说，像是自行参观似的。

房间跟他上次来时差不多。外公没上发条的落地钟依然摆在窗边，没人弹的钢琴依然摆在角落，没人读的书依然摆在书架上。

唯一的不同是，现在壁炉前有一把巨大的东方扇子，仿佛壁炉羞于露出真容。伍利好奇它是一直摆在那里呢，还是入冬后姐姐会把它移开，以便生火取暖。可如果移开，扇子又该被摆在哪里呢？它看起来如此精致又笨重。伍利想，也许它能像普通扇子一样折叠起来塞进抽屉。

伍利对这个想法感到满意，花了点时间给落地钟上发条，然后走出客厅，继续参观。

——这是餐厅,他说,生日和节假日可以在这里用餐……这是整栋房子唯一没有把手的门,可以前后摆动……这是厨房……这是后走廊……这是"丹尼斯"的书房,谁都不许进去。

伍利就这样走过各个房间,绕了一圈后恰好又回到了楼梯底下。

——这是楼梯,他一边上楼一边说。这是走廊。这是姐姐和"丹尼斯"的房间。这是洗手间。这是……

伍利在一扇微开的门前停下脚步,轻轻推门而入,房间与他期待的样子一样,又不一样。

因为他的床虽然还在,却被挪到了房间中央,盖着一块巨大的帆布。灰白帆布上溅满了成百上千颗蓝灰相间的水珠——就像现代艺术博物馆[1]内的某幅画作[2]。原本挂着礼服衬衫和外套的衣橱现在空空荡荡,连一个衣架都没有,以前藏在上层架子角落里的那盒樟脑丸也没了。

房间的四面墙有三面仍是雪白的,但有一面——梯子靠着的那面——已经刷成了蓝色。明亮而宜人的蓝,就像埃米特汽车的那种蓝。

他的衣橱被清空,床盖着防水布,这由不得伍利提出异议,因为这个房间虽是他的,却不属于他。母亲再婚后搬去了棕榈滩[3],萨拉就让他住在这个房间。在感恩节假期、复活节假期,以及在离开一所寄宿学校、尚未在下一所学校入学的那几周里,她就让他住在这个房间。虽然萨拉鼓励他把这个房间当作自己的,但他始终明白,这个房间不是永久

---

1 创立于一九二九年,位于纽约曼哈顿中心区,世界知名现代艺术收藏馆之一。

2 当然是抽象表现主义绘画大师杰克逊·波洛克(1912—1956)的画作。——作者注

3 美国佛罗里达州东南部旅游城镇,是美国乃至世界各地富豪喜爱的度假胜地。

的，至少对他而言不是的。它注定是别人的永久的房间。

伍利从防水布拱起的形状看得出，床被盖上之前，床上堆了一些箱子——这让床看起来像一艘小小的驳船。

伍利先确认防水布上的水珠不是湿的，然后掀开。床上有四个纸板箱，箱子上面写着他的名字。

伍利停顿片刻，欣赏字迹。尽管他的名字是用黑色大马克笔写的两英寸高的字母，但依然能看出这是姐姐的笔迹——和电话拨号盘中央矩形小纸片上的小数字是相同的笔迹。伍利想，一个人的笔迹无论大小都一模一样，这难道不有趣吗？

伍利伸出手想打开离他最近的箱子，却犹豫了一下。他忽然想起弗里利教授在物理课上讲的内容，那个薛定谔[1]的猫的可怕理论。在这个理论中，一位名叫薛定谔的物理学家设想（弗里利教授用的就是这个词：设想）把一只猫关在一个放有毒药的箱子里，这时箱子处于良性的不确定状态中。可你一旦打开箱子，猫要么是在喵喵叫，要么被毒死了。所以，任何人打开一个箱子都该谨慎，即使箱子上写着自己的名字。或者说，特别是当箱子上有自己的名字时。

伍利鼓足勇气，打开箱子，然后松了口气。箱子里放的是原本在五斗橱里的所有衣物，那五斗橱虽是他的，却不属于他。在下面的箱子里，伍利找到了摆在五斗橱上的所有东西。比如那个旧雪茄盒，那瓶圣诞节收到却从没用过的须后水，还有那座网球俱乐部颁发的亚军奖杯，奖杯

---

[1] 埃尔温·薛定谔（1887—1961），奥地利物理学家，量子力学奠基人之一，获诺贝尔物理学奖。

上有个永远处于击球姿势的小金人。箱子底部有一本深蓝色的字典，是母亲在伍利第一次上寄宿学校时送给他的。

伍利取出字典，感觉着它在手里令人安心的分量。他以前很喜欢这本字典——因为它的作用是告诉你一个单词的确切含义。选择一个单词，翻到对应的页码，就能知道那个单词的意思。如果定义中有你不认识的单词，你也可以查，再弄明白它的确切含义。

母亲给他的这本字典是套装中的一本——另有一本配套的同义词词典，一并塞在套盒里。伍利有多喜欢这本字典，就有多讨厌那本同义词词典。光是想到它就让他起鸡皮疙瘩。因为它的全部作用似乎与字典截然相反。它不告诉你一个单词的确切含义，而是给出十个可以替换着用的单词。

如果一个人有话想说，一句话里的每个单词都能从十个不同的单词中进行选择，那该如何与别人交流想法呢？潜在的变形数量之多，令人一头雾水。以至于刚到圣保罗学校不久，伍利就去找他的数学老师凯伦贝克先生，问他如果一个人说一句话，这句话有十个单词，每个单词可用其他十个单词替换，那么一共会生成多少句话？凯伦贝克先生没有片刻犹豫，走到黑板前，写了一个公式，做了几次快速运算，精确地算出了伍利这个问题的答案，是一百亿。好吧，面对这样的事实，谁还能在期末考试中提笔写论文题的答案呢？

然而，当伍利离开圣保罗学校去圣马克学校时，他还是尽职尽责地把同义词词典带在身边，放在他的书桌上。它就这样贴紧套盒放着，里面成千上万可以相互替换的单词讥笑着他。在接下来的一年里，它一直嘲讽、戏弄、刺激着他。终于,在感恩节假期前不久的一个傍晚,伍利取出套盒里的同义词词典,把它带到橄榄球场,浇上他从赛艇队教练船上找到的汽油,把这可恶的东西烧了。

回想起来,如果伍利想到在五十码线点燃同义词词典,那就一点事都没了。但出于某种伍利记不清的原因,他把书放在了端区,扔下火柴后,火焰迅速顺着溅在草地上的一道汽油痕迹燃了起来,吞没汽油罐,引发爆炸,点燃了球门。

伍利退到二十码线,一开始是惊恐,然后惊奇地看着火焰沿着中央支架向上蔓延,接着同时扩向左右两侧的横梁,又窜上门柱,直到整个球门燃烧起来。突然之间,球门看着一点都不像球门,而像一个火精灵,欢喜雀跃地朝天空伸展双臂。那一幕非常非常漂亮。[1]

他们把伍利叫到纪律委员会,伍利原打算解释,他只是想把自己从同义词词典的虐待中解救出来,这样他就能考出更好的成绩。但还没等他发言,主持听证会的教导主任说,伍利要为他在橄榄球场放的火(fire)负责。过了一会儿,教师代表哈林顿先生说这是一场大火(blaze)。接着,学生会主席邓基·邓克尔(他恰巧是橄榄球队队长)称这是一场火灾(conflagration)。伍利立刻明白,无论他说什么,他们都会站在同义词词典那边。

伍利把字典放回箱子,这时他听到走廊上传来隐隐约约的脚步声。

---

[1] 美式橄榄球球场为长方形,较长的边界为边线(sideline),较短的边界为端线(end line)。端线前的标示线为得分线(goal line),球场每侧端线与得分线之间有一个得分区,即端区。橄榄球的球门柱也设在端区末端的中央部位。球场上每五码标一条分码线(yard line),每十码标示数字,直到五十码线,也就到了中场区。——编者注

他转过身来,发现姐姐站在门口——双手握着一根棒球棍。

— · —

——抱歉把房间弄成这样,萨拉说。

伍利和姐姐坐在厨房水池对面角落的小桌旁。萨拉已经为发现前门大开后用棒球棍迎接伍利道过歉了。现在,她又在为收回那个虽是他的、却不属于他的房间道歉。在伍利的家中,萨拉是唯一一个会真心道歉的人。在伍利看来,唯一的问题是,她常常在根本没必要道歉的时候道歉。比如现在。

——不,不,伍利说,不用向我道歉。我觉得把它改成婴儿房很棒呀。

——我们想把你的东西搬到后楼梯旁边的房间。你在那里会有更多隐私,出入自由,也更方便。

——好的,伍利表示同意,后楼梯很棒。

伍利笑着点了两下头,然后低头看桌子。

在楼上时,萨拉给了伍利一个拥抱,问他饿不饿,提议给他做个三明治。所以,这就是此刻摆在伍利面前的东西——一个烤奶酪三明治,切成两个三角形,一个尖角朝上,一个尖角朝下。他盯着两个三角形,知道姐姐正在看他。

——伍利,她过了一会儿说,你来这里做什么?

伍利抬起头来。

——噢,我不知道,他笑着说,我想是闲逛吧。到处走走。你瞧,我的朋友达奇斯和我从萨莱纳请了假,我们决定来一次小小的旅行,见见朋友和家人。

——伍利……

萨拉叹了一口气,声音轻得伍利几乎听不见。

——我星期一接到妈妈的电话,她接到了监狱长的电话。所以我知道你没请假。

伍利又低头看三明治。

——但我给监狱长打了电话,亲自跟他聊了聊。他告诉我,你一直是集体当中的模范成员。鉴于你的刑期只剩五个月,他说如果你立刻主动回去,他会尽力控制影响。我能给他打电话吗,伍利?我能打电话告诉他,说你马上就回去吗?

伍利把盘子转了半圈,原本尖角朝上的烤三明治现在尖角朝下,原本尖角朝下的烤三明治现在尖角朝上。监狱长打电话给妈妈,妈妈打电话给萨拉,萨拉打电话给监狱长,伍利想着,然后笑开了。

——你记得吗?他问道,你记得我们以前玩传声筒的游戏吗?我们所有人聚在营地的大客厅里?

有那么一瞬间,萨拉用一种看似很悲伤的神情注视着伍利。但只有一瞬间。然后,她也笑开了。

——我记得。

伍利在椅子上坐直,开始替两人回忆,他虽然一点都不擅长记诵,但很擅长记忆。

——我是最小的孩子,总是第一个说,他说道,我会贴着你的耳朵,用手捂着嘴巴,这样谁都听不到,然后小声说:船长们在帆船上玩克里

林肯公路

比奇[1]。你再转向凯特琳,小声说给她听,她再小声传给爸爸,爸爸再小声传给佩内洛普表姐,佩内洛普表姐再小声传给露西阿姨,就这样传一圈,一直传到妈妈那里。然后,妈妈会说:康普顿一家在厨房吃卷心菜[2]。

想起母亲一脸迷惑的样子,姐弟俩哈哈大笑,笑声几乎和多年前一样响亮。

接着,他们陷入沉默。

——她好吗?伍利问道,低头看他的三明治。妈妈好吗?

——她很好,萨拉说,她打电话来的时候,正要去意大利。

——和理查德一起。

——他是她的丈夫,伍利。

——是的,是的,伍利同意。当然,当然,当然了。无论富贵还是贫穷。无论疾病还是健康。直到死亡将他们分开——但一分钟也不会多。

——伍利……不是一分钟。

——我懂,我懂。

——那是父亲去世四年之后的事。你在上学,凯特琳和我都结了婚,她就一个人。

——我懂,他又说。

——你不用喜欢理查德,伍利,但你不能因为母亲找人做伴就怨她。

---

[1] 原文为"The captains were playing cribbage on their ketches."。克里比奇是一种纸牌游戏。

[2] 原文为"The Comptons ate their cabbage in the kitchen."。

伍利看着姐姐,心想:你不能因为母亲找人做伴就怨她。他好奇,如果他把这句话小声传给萨拉,萨拉再小声传给凯特琳,凯特琳再小声传给父亲,就这样传一圈,最后传到母亲那里,这句话会变成什么?

达奇斯

对于法院的牛仔和老古董阿克利,平账相当简单。他们就像一减一,或是五减五。但涉及汤豪斯,计算就有点复杂了。

毫无疑问,《蛮国战笳声》[1]那桩破事是我欠他的。那天晚上,我没让老天下雨,我他妈的肯定也不是故意搭警察的便车,但这并没有改变事实,如果我艰难地穿过土豆田回去,汤豪斯本可以吃着爆米花看完电影,溜回营地而不被发现。

值得称道的是,汤豪斯没当回事,即使被阿克利抽了一顿鞭子。我想道歉,他只是耸了耸肩——就像一个知道自己是一个无论犯错与否,总会时不时挨揍的人。不过,我看得出来,事情变成这样让他并不开心,要是我俩易地而处,我也会很不爽。所以,作为弥补他挨的鞭子,我知道自己欠他个人情。

让计算变得复杂的是汤米·拉杜的那桩事。他是一个三十年代蠢到没离开过俄克拉何马州[2]的俄克佬[3]的儿子,他是那种即便没穿工装裤也

---

[1] 即前文提到的由约翰·韦恩主演的那部西部片。

[2] 二十世纪三十年代,美国西部因过度畜牧和干旱引发大规模尘暴,史称黑色风暴事件(Dust Bowl),数百万人迁出干旱尘暴区(内布拉斯加州、俄克拉何马州、堪萨斯州、得克萨斯州、新墨西哥州和科罗拉多州)。美国作家约翰·斯坦贝克(1902—1968)的小说《愤怒的葡萄》记录了这段历史。

[3] 原文为"Okie",既可指俄克拉何马人,也可特指因尘暴迁移到其他州的农民难民,含贬义。

像穿着工装裤的家伙。

汤豪斯住进四号营房后，跟埃米特成了上下铺，汤米一点都不高兴。他说，身为一个俄克拉何马人，他认为黑人应该住在黑人的营房，跟黑人一起在黑人的桌上吃饭。看汤米一家站在自家农舍前的照片，你可能会好奇，俄克拉何马州的拉杜一家为什么这么排斥黑人，但汤米似乎没想过这一点。

第一天晚上，汤豪斯正把新发的衣服放进自己的床脚柜，这时汤米走近，要把一些事说清楚。他说，汤豪斯的床任他自由来去，但营房的西半边不欢迎他。洗手间有四个水池，汤豪斯只能用离门最远的那个。至于眼神接触，尽量减少。

汤豪斯看起来自己能应付，但埃米特忍不了这种话。他告诉汤米，室友就是室友，水池就是水池，汤豪斯和我们其他人一样，可以在营房自由走动。如果汤米再高两英寸、再重二十磅、再多一倍胆量，他可能会揍埃米特。然而，他回到营房的西半边，怀恨在心。

劳改农场的生活就是为了让你头脑迟钝的。他们在黎明叫醒你，让你工作到黄昏，给你半小时吃饭、半小时安顿，然后就熄灯了。就像中央公园里被蒙住眼睛的马一样，除了面前的两步路，什么都别想看到。可如果你是一个在巡演艺人的陪伴下长大的孩子，也就是说，是被小骗子和小贼养大的孩子，你永远不会让自己过于疏于观察。

举个例子：我留意到汤米一直在讨好跟他沆瀣一气的警卫博·芬利，他来自佐治亚州梅肯。我无意中听到他们中伤黑人，也诋毁那些支持黑人的白人。一天晚上，在厨房后面，我看到博把两个窄窄的蓝盒子塞进了汤米手里。凌晨两点,我看到汤米蹑手蹑脚地穿过营房,把东西藏进了汤豪斯的床脚柜。

因此,第二天晨检时,在博和另两名警卫的陪同下,老古董阿克利宣布有人偷了食品储藏室的东西,我没有特别意外;当他径直走到汤豪斯面前,命令汤豪斯把自己的东西打开,放在刚铺好的床上,我没有感到意外;而汤豪斯的床脚柜里拿出的只有他的衣服,我当然也没有意外。

感到意外的是博和汤米——他们太惊讶了,竟然蠢到相互看了一眼。

博很搞笑地没有按捺住自己,居然把汤豪斯推到一边,掀翻他的床垫,想看看下面藏着什么。

——够了,监狱长说,看起来很不高兴。

这时,我尖声说话。

——阿克利监狱长?我说,如果食品储藏室遭了小偷,且某个混蛋声称罪魁祸首住在四号营房,以此玷污我们的名誉,那我认为你应该搜查我们每个人的床脚柜。因为只有这样才能恢复我们的好名声。

——我们会看着办的,博说。

——我会看着办的,阿克利说,全打开。

阿克利一声令下,警卫开始走过一个个铺位,清空一个个床脚柜。瞧啊,他们在汤米·拉杜的床脚柜底部发现了什么,正是一盒全新的奥利奥饼干。

——这个你怎么解释,阿克利对汤米说,举着那盒可以定罪的甜点。

一个聪明的年轻人可能会坚持立场,说自己从没见过那个淡蓝色的盒子。一个狡猾的年轻人甚至可以自信地坚持字面意义上的诚实:我没

有把那些饼干放进我的床脚柜。因为,他毕竟没有。然而,汤米忙不迭地看看监狱长,又看看博,结结巴巴地说:

——如果拿奥利奥的人是我,那另一盒呢?

上帝保佑他。

那天深夜,当汤米被关在惩罚间大汗淋漓,博对着自己的镜子喃喃自语时,四号营房的所有男孩都围过来问我到底怎么回事。我如实相告。我告诉他们我是怎么看到汤米讨好博,看到厨房后面可疑的交易,以及深夜的栽赃。

——但饼干是怎么从汤豪斯的床脚柜跑到汤米的床脚柜的?一个好心的笨蛋恰好提问。

作为回应,我看了看自己的指甲。

——这么说吧,它们不是自己走过去的。

男孩们一听全都哈哈大笑起来。

这时,永远不能被低估的伍利·马丁问了一个关键问题。

——如果博给了汤米两盒饼干,一盒在汤米的床脚柜,那另一盒呢?

营房中间的墙上挂着一块绿色的大板子,上面列着我们必须遵守的所有规章制度。我把手伸到板子后面,取出那个窄窄的蓝盒子,夸张地挥了挥手。

——在这里!

随后,我们一同度过了一段快乐时光,互相传递饼干,嘲笑汤米结结巴巴,博掀翻床垫。

笑声停下后,汤豪斯摇摇头,说我冒了很大的风险。听到这话,他们都带着一丝好奇望着我。他们突然好奇，我为什么这么做呢。我为什么要冒着惹怒汤米和博的风险，去帮一个我几乎不认识的室友？更何况是个黑人。

在紧接着的沉默中，我假装一只手搭在剑柄上，目光扫过一张张脸庞。

——冒险？我说。今天这里没有半点冒险，我的朋友们。这是天赐的机会。我们每个人都来自不同的地方，因不同的罪服不同的刑。但面对共同的磨难，我们被赐予一个机会——一个难得而宝贵的机会——成为志同道合之人。我们不应逃避命运丢在我们脚下的机会。我们应该高举它，就像高举旗帜，冲向缺口，这样多年之后，当我们回首往事，我们就能说，虽然我们曾被判处日日做苦工，但我们肩并肩地勇敢面对。我们是少数人，我们是幸福的少数人，我们是一群兄弟[1]。

噢，你真该瞧瞧他们的样子！

我告诉你，他们津津有味地听着，每个音节听得一愣一愣的。当我对他们说出经典的一群兄弟时，他们爆发出巨大的欢呼声。如果我的父亲在场，他一定会感到骄傲，要是他不那么嫉妒的话。

大家互相拍着背，脸上挂着笑容，肚里装着饼干，回到自己的铺位，然后汤豪斯走到我面前。

——我欠你个人情，他说。

他说得对。他确实欠我。

哪怕我们是一群兄弟。

但好几个月过去了，问题依然存在：他欠我多少？如果阿克利在汤

---

[1] 达奇斯的这段话化用了莎剧《亨利五世》中经典的圣克里斯平日演讲。

豪斯的床脚柜找到了那些饼干，那在惩罚间汗流浃背的人就是汤豪斯，而不是汤米，而且要被关四个晚上，而不是两个晚上。这当然是我的功劳，但就功劳而言，我知道这不足以抵消汤豪斯背上挨的八鞭。

当我把伍利留在他姐姐在哈得孙河畔黑斯廷斯的家时，我一直在思考这个问题；当我一路开向哈勒姆时，我依然在思考这个问题。

— · —

有一次，汤豪斯告诉我，他住在第一百二十六街，这似乎挺确切的。但我沿着整条街开了六趟才找到他。

他坐在一栋褐石屋门廊顶层的台阶上，他的小弟们簇拥着他。我把车停在对街路边，透过风挡玻璃看他们。汤豪斯下面一级台阶上坐着一个笑嘻嘻的大胖子，再下面是一个肤色较浅、长着雀斑的黑人，最下面的台阶上坐着两个十来岁的孩子。我猜这样的坐法像一个小小的排，队长坐在最上面，接下来是他的中尉和少尉，还有两个步兵。不过，就算坐序颠倒一下，汤豪斯坐在最下面的台阶，他依然是发号施令的人。这让人不禁好奇，在汤豪斯去堪萨斯的期间，这群小弟都干了些什么。他们可能咬着指甲、数着日子等他获释。现在，汤豪斯重新掌权，他们可以表现出一种刻意的冷漠，向所有过路人表示，他们对自己的未来就像对天气一样漠不关心。

我穿过街道，走近他们，那两个少年站起来，朝我迈了一步，像问我要密码似的。

我的目光越过他们的头顶，我笑着对汤豪斯说话。

——喂,这就是我一直听说的某个危险的街头帮派吗?

当汤豪斯意识到是我时,他看起来几乎跟埃米特一样震惊。

——天哪,他说。

——你认识这白人?雀斑脸问道。

汤豪斯和我都没理他。

——你怎么来这里了,达奇斯?

——我来看看你。

——干吗?

——你下来,我给你解释。

——汤豪斯不会为任何人走下门廊,雀斑脸说。

——闭嘴,莫里斯,汤豪斯说。

我同情地看着莫里斯。他只是想当一个尽忠职守的士兵罢了。他不明白的是,当他说出汤豪斯不会为任何人走下门廊这种话时,汤豪斯这样的人偏偏就会这么做。因为他或许不会听我这种人的命令,但也不会听他少尉的命令。

汤豪斯站起来,男孩们为他让路,就像红海为摩西让路一样。他走到人行道上,我说很高兴见到他,但他只是摇了摇头。

——你逃狱了?

——在某种意义上是的。伍利和我路过这里,我们正要去他家在北部的宅子。

——伍利和你一起?

——是的。我知道他很想见你。我们明晚六点要去马戏团看表演。

你要不要一起来?

——我不喜欢马戏团,达奇斯,但请代我向伍利问好。

——我会的。

——行了,汤豪斯过了一会儿说,什么事那么重要,让你非得来哈勒姆见我。

我像忏悔者一样朝他耸了耸肩膀。

——《蛮国战笳声》那桩破事呗。

汤豪斯看着我,好像不懂我在说什么。

——你知道的。在萨莱纳的那个雨夜,我们去看约翰·韦恩的那部电影。我很抱歉让你挨打了。

听到挨打这个词,汤豪斯的小弟们丢掉装出来的冷漠。它像一束电流窜上门廊。那个大胖子一定太绝缘了,没有感受到全部的电荷,因为他只是在原地挪了一下,而莫里斯一下子站起来。

——挨打?大胖子笑着问。

我看得出来,汤豪斯也想让大胖子闭嘴,但他直勾勾地盯着我。

——我也许挨打了,也许没有,达奇斯。不管有没有,我觉得跟你没有任何关系。

——你是个男人,汤豪斯。我第一个这么说。但我们面对现实吧:如果我没有找警察搭便车,你就不会挨这顿打了。

又有一束电流窜上门廊。

汤豪斯深吸一口气,几乎是怀旧地低头凝视街道,仿佛在回想更纯真的时光。但他没有反驳我。因为没什么可反驳的。我是烤千层面的人,而他是清洁厨房的人。事情就这么简单。

——干吗?他过了一会儿问,别告诉我,你大老远跑来是为了道歉。

我哈哈一笑。

——不是,我不太信任道歉。道歉总像是迟了一天、缺了一美元的感觉。我想的是更具体的东西。比如清算账目。

——清算账目。

——没错。

——要怎么做?

——如果只是电影的事,那就可以一鞭换一鞭。八减八,搞定。问题是奥利奥那桩事,你还欠我一个人情。

——奥利奥那桩事?大胖子笑得更灿烂了。

——那或许比不上挨鞭子,我继续说,但应该算点什么。眼下的情况与其说是八减八,不如说是八减五。所以我想,如果你打我三拳,那我们之间就扯平了。

门廊上的男孩们盯着我,露出不同程度的难以置信。高尚之举确实会让凡夫俗子心生疑窦。

——你想干架,汤豪斯说。

——不,我摇摇手说,不是干架。干架意味着我要还手。我想就站在这里,让你打我,我不反抗。

——你要我打你。

——三拳,我强调。

——搞什么鬼?莫里斯说,他的难以置信已经变成某种敌意。

而那个大胖子无声地笑着,浑身颤抖不止。过了一会儿,汤豪斯转向他。

——你怎么看,奥蒂斯?

奥蒂斯擦去眼角的泪水,摇了摇头。

——我不知道,汤。一方面,这看起来很疯狂。但另一方面,如果一个白人小子大老远地从堪萨斯跑来找你揍他,我觉得你应该满足他。

奥蒂斯又开始无声地笑起来,汤豪斯却摇摇头。他不愿意这么做。我看得出来。如果只有我们两个人,他可能会不满地将我打发走。但莫里斯此刻瞪着我,故作愤慨。

——如果你不揍他,我来,他说。

我想,他又来了。莫里斯似乎真的不懂指挥链。更糟糕的是,当他自告奋勇要揍我时,他的故作勇敢恰恰暗示了,汤豪斯之所以拖延,也许是因为他无法胜任这项任务。

汤豪斯缓缓转向莫里斯。

——莫里斯,他说,虽然你是我表弟,但这不代表我不会让你闭嘴。

这句话让莫里斯脸红起来,他的雀斑几乎消失不见。接着,轮到他低头凝视街道,希望回到更纯真的时光了。

看着他在我们面前受此羞辱,我有点替他难过。但我也看得出来,他的鲁莽让汤豪斯血气上涌,倒也算好事。

我朝汤豪斯探出下巴,指了指。

——就来一拳呗,汤。你有什么损失呢?

当我叫他汤时，汤豪斯蹙起眉头，我就知道他会那样。

对汤豪斯不敬是我最不愿意做的事，但我面临的挑战是逼他挥出第一拳。一旦他挥出第一拳，我知道剩下的就容易了。因为就算他没抱怨挨鞭子，但我确信他心里还是有些怨气的。

——来呀，我说，准备再叫一声汤。

还没等我开口，他就出手了。这一拳正好落在该落的地方，但只把我打退几步，仿佛他没有使出全力。

——就是这样，我鼓励道。这一拳真不赖。但这一次，来点乔·路易斯[1]的劲头呗。

他正是这么做的。我是说，我甚至没见到拳头是怎么来的。上一秒我还站在那里怂恿他，下一秒我就躺在了人行道上，闻到一股只有当你的脑袋狠狠撞击后才会闻到的奇怪味道。

我双手撑在地上，把自己撑起来，站直后回到挨揍的地方——就像埃米特一样。

少年们上蹿下跳。

——揍他，汤豪斯，他们大喊。

——是他自找的，莫里斯嘀咕。

——圣母玛利亚啊，奥蒂斯依然难以置信地说。

虽然四个人同时开口，但我能听清他们每个人说的话，就像他们单独说话一样。可汤豪斯听不到。他根本听不到任何人的话，因为他不在第一百二十六街。他回到了萨莱纳，回到了他发誓永远不再想起的那一

---

[1] 乔·路易斯（1914—1981），美国职业拳击手，曾蝉联世界重量级冠军十二年。

刻：在我们的注视下，挨阿克利的鞭打。此刻，他浑身熊熊燃烧着正义之火。这正义之火能抚慰受伤的心灵，纠正错误。

第三拳是一记上勾拳，把我打趴在人行道上。

我告诉你，这一拳漂亮极了。

汤豪斯后退两步，因用力过猛有点气喘，汗水淌下他的额头。然后，他又后退了一步，仿佛不得不这么做，像是担心如果靠得太近，他会一拳又一拳地揍我，也许收不了手。

我友好地朝他挥挥手，以示投降。然后，我小心翼翼地慢慢站起来，以免血气涌上头顶。

——这才像样，我朝人行道吐了口血，笑着说道。

——现在我们扯平了，汤豪斯说。

——现在我们扯平了，我附和，伸出一只手。

汤豪斯盯着手看了一会儿，然后紧紧握住它，与我四目相对——仿佛我们是两个国家的元首，经历了数代的龃龉，刚刚签署停战协议。

在那一刻，我们俩比那些男孩们更为高大，他们也明白这一点。你可以从奥蒂斯和少年们脸上的尊敬、莫里斯脸上的沮丧看出这一点。

我为莫里斯感到难过。他不够男人，当不了男子汉；不够孩子气，当不了孩子；不够黑，当不了黑人；也不够白，当不了白人。他似乎无法在这个世界找准自己的位置。这让我想揉弄他的头发、安慰他，总有一天一切都会好起来。而现在，是时候离开了。

我放开汤豪斯的手，向他致敬。

林肯公路

——后会有期,哥们儿,我说。

——好,汤豪斯说。

找牛仔和阿克利算账时,我感觉很棒,知道自己在平衡正义的天平上时发挥了一些小作用。可比起让汤豪斯找我算清账后的满足感,那些感觉简直不值一提。

阿格尼丝修女总是说,行善可以养成习惯。我想她说得对,因为我把萨莉的果酱送给了圣尼克的孩子们,而当我准备离开汤豪斯家的门廊时,我不禁转过身来。

——喂,莫里斯,我喊道。

他抬起头,依然满脸沮丧,也有一丝不确定。

——瞧见那边那辆婴儿蓝的史蒂倍克了吗?

——干吗?

——她是你的了。

然后,我把钥匙扔给他。

我真想看看他接住钥匙时的表情。但我已经转身离开了,背对太阳,在第一百二十六街中央大步前行,暗自思忖:哈里森·休伊特,我来了。

埃米特

晚上七点三刻,埃米特坐在曼哈顿外缘一家破旧的酒馆吧台旁,面前摆着一杯啤酒和一张哈里森·休伊特的照片。

埃米特一边喝酒,一边饶有兴趣地端详照片。照片上是一个四十岁男人的侧脸,长相英俊,眺望远方。达奇斯从未明说他父亲的年龄,但从他的故事听起来,休伊特先生的职业生涯可以追溯到二十世纪二十年代初。而且,一九四四年,他把达奇斯带去孤儿院时,阿格尼丝修女不是猜测他五十岁上下吗?这么说来,休伊特先生现在大约六十岁——这张照片是二十年前的了。这也意味着这张照片很可能是在达奇斯出生前拍的。

由于照片年代久远,照片上的演员十分年轻,埃米特不难看出父子二人的相似之处。用达奇斯的话来说,他的父亲拥有约翰·巴里莫尔那样的鼻子、下巴和胃口。虽说达奇斯没怎么继承他父亲的胃口,但无疑继承了他的鼻子和下巴。达奇斯的肤色较白,但也许遗传自他的母亲,不管她是谁。

无论休伊特先生曾经多么英俊,埃米特忍不住带着某种厌恶看待他,五十岁的男人抛下八岁的儿子,然后开着敞篷车、载着一个年轻漂亮的姑娘潇洒离开。

阿格尼丝修女说埃米特因为达奇斯开走他的车很生气,她说得没错。她说达奇斯最需要的是一个偶尔能把他从歧途中解救出来的朋友,埃米特明白她说得也没错。埃米特能否胜任这项任务有待观察。但无论如何,他都必须先找到达奇斯。

— · —

早上七点,埃米特醒来,斯图已经起来忙了。

他看到埃米特,指了指一个倒扣的板条箱,上面有一只碗、一壶热水、一块肥皂、一把剃刀和一条毛巾。埃米特脱光上衣,擦洗上身,刮净胡子。他自费吃了火腿鸡蛋当早餐,尤利西斯保证他会好好照看比利。然后,埃米特按照斯图的指示,穿过围栏的一道缝隙,走下带护笼的金属楼梯,这楼梯从铁轨通往第十三街。八点刚过,他站在第十大道的拐角向东眺望,感觉自己开了个好头。

然而,埃米特低估了接下来发生的一切。他低估了步行至第七大道花费的时间。他低估了找到地铁入口的难度,错过两次才找到。他低估了进站之后的路有多么绕——纵横交错的通道和楼梯,还有熙熙攘攘、目标明确的人群。

埃米特被通勤的人流挤得晕头转向,然后找到售票处,看到一张地铁线路图,找到第七大道线,确认坐五站能到第四十二街——这个过程中的每一步各有各的挑战和挫败,也各有理由保持谦逊。

埃米特走下台阶,走向站台,一列地铁开始上人。他迅速随着人群挤进车厢。地铁门关上,埃米特发现自己和一些人肩并着肩,又和另一些人脸对着脸,他有一种既难为情又被忽视的迷茫感。地铁上的每个人似乎都选择了一个焦点,以精确而冷漠的目光盯着那里。埃米特也照着做,盯着好彩香烟的广告,开始数经过几站。

前两站,埃米特觉得上下车的人似乎一样多。但在第三站,大多是下车的人。到了第四站,很多人都下车了,埃米特发现自己所在车厢几乎空了。他俯身透过窄窗看站台,发现这站是华尔街,这令他略感不安。在第十四街研究线路图时,他没怎么注意中间的站名,认为没这必要,但他十分肯定,华尔街不在其中。

华尔街不是在曼哈顿下城吗?

埃米特快步走向贴在地铁车厢墙壁上的线路图,一根手指沿着第七大道线移动。找到华尔街站后,他发现自己匆忙之间搭了一列南下的快车,而不是北上的本地列车。等他意识到这一点,车门已经关闭了。他又看了一眼线路图,知道再过一会儿,火车将从东河下面穿过,一路开往布鲁克林。

埃米特在一个空座位上坐下,闭上眼睛。他再次踏上了完全相反的错误方向,而这一次他只能怪自己。进行每一步骤时,他本可以找人帮忙,帮他指出正确的楼梯、正确的站台、正确的地铁,让这一路更顺利。然而,他却拒绝向任何人求助。埃米特严肃地自我反省,他想起自己曾批判父亲不愿向身边更有经验的农民寻求建议——仿佛这么做让他多少失去了男子气概。埃米特想,谁也不靠真是蠢。

从布鲁克林回曼哈顿的路上,埃米特决意不再犯同样的错误。到时代广场站后,他问售票处的人哪个出口可以到市中心。在第四十二街的

林肯公路

拐角,他问报摊上的人怎么去斯塔特勒大厦。到斯塔特勒大厦后,他问前台穿制服的人,大厦中最大的经纪公司是哪家。

当埃米特来到十三楼的三星演艺经纪公司时,小等候室里已经聚了八个人——四个男人带着狗,两个男人带着猫,一个女人用绳子牵着一只猴子,还有一个男人的肩上停着一只异国鸟,那人身穿三件套西装,头戴圆顶礼帽。他正在跟中年接待员交谈。等他讲完后,埃米特走到办公桌前。

——什么事?接待员问道,仿佛已对埃米特要说的话心生厌倦。

——我找一下莱姆贝格先生。

她从笔筒中取出一支铅笔,悬在一本拍纸簿上方。

——姓名?

——埃米特·沃森。

铅笔潦草一画。

——动物?

——不好意思?

她从拍纸簿上抬头,以夸张的语气显示自己的耐心。

——你有什么动物?

——我没有动物。

——如果你的表演中没有动物,那你来错地方了。

——我没有表演,埃米特解释道,我要和莱姆贝格先生聊别的事。

——在这个办公室里,一次只做一件事,小家伙。你想和莱姆贝格先生聊别的事，就得改天再来。

——我应该用不了一分钟……

——坐着等吧，老弟，一个脚边有斗牛犬的男人说。

——我可能根本不用见莱姆贝格先生，埃米特锲而不舍。你也许能帮我。

接待员抬头看埃米特，一脸狐疑。

——我在找一个人，可能是莱姆贝格先生以前的客户。一个演员。我只是想了解他的地址。

埃米特解释完，接待员的脸色阴沉下来。

——我看起来像电话簿？

——不像，女士。

埃米特身后的几个表演者笑了起来，他感觉自己的脸颊涨红了。

接待员把铅笔插回笔筒，拿起电话，拨了个号码。

埃米特以为她到底还是给莱姆贝格先生拨了电话，便继续站在桌前。可电话接通后，接待员开始跟一个叫格拉迪丝的女人聊昨晚的电视节目。埃米特避开等候着的演员的目光，转身回到走廊——刚巧看到电梯门关上。

但在门完全关闭之前，一把雨伞的伞尖从门缝中戳出来。不一会儿，门重新打开，是那个头戴圆顶礼帽、肩头停鸟的男人。

——谢谢，埃米特说。

——不客气，那人说。

今早看起来不像会下雨，所以埃米特猜测雨伞可能是表演的一部分。

埃米特从雨伞上抬起头来,发现那位先生正满怀期待地盯着他。

——大厅?他问道。

——噢,不好意思。不是。

埃米特摸索了一下,从口袋里掏出楼下工作人员给他的名单。

——五楼,谢谢。

——啊。

那位先生按下五楼的按钮,然后从口袋里掏出一粒花生,递给肩上的鸟。鸟用一只爪子站着,用另一只爪子抓住花生。

——谢谢,莫顿先生,它尖叫道。

——不客气,温斯洛先生。

埃米特看着鸟以惊人的娴熟度剥花生壳,莫顿先生留意到他感兴趣的目光。

——非洲灰鹦鹉,莫顿先生笑着说。是我们所有带羽毛的朋友中最聪明的。比如这位温斯洛先生,他懂得一百六十二个单词。

——一百六十三,鸟尖叫道。

——是吗,温斯洛先生。那第一百六十三个单词是什么?

——ASPCA[1]。

那位先生尴尬地咳了一声。

——这不是单词,温斯洛先生。这是一个首字母缩写词。

——首字母缩写词,鸟尖叫道,一百六十四个!

---

[1] 美国爱护动物协会的首字母缩写,全称为 American Society for the Prevention of Cruelty to Animals。

那位先生苦哈哈地朝埃米特微微一笑，埃米特这才意识到这一小段对话也是表演的一部分。

五楼到了，电梯停下，门打开。埃米特道了声谢，走了出去，门开始合拢。但莫顿先生再次把伞尖从门缝中戳出来。这一次，当门重新打开时，他走出电梯，跟埃米特一起站在走廊上。

——我无意打扰，年轻人，但我不小心在莱姆贝格先生的办公室听到你在打听事情。你现在是不是要去麦金利公司？

——是的，埃米特惊讶地说。

——我能给你一个友好的建议吗？

——他的建议很好，物有所值。

莫顿先生对鸟摆出一副羞愧的表情，埃米特哈哈大笑。这是他很长一段时间以来第一次放声大笑。

——我乐意接受你提的任何建议，莫顿先生。

那位先生笑了笑，用伞指向走廊，走廊两边是一模一样的门。

——当你走进麦金利先生的办公室，你会发现，他的接待员克拉维茨小姐跟伯克太太一样不热心。这幢大厦里的接待员女士们天生寡言，甚至可以说是不愿帮忙的。这看似挺自私的，但你得理解，她们从早到晚被各种各样的艺术家们缠着，他们都想通过聊天促成会面。在斯塔特勒大厦，克拉维茨们和伯克们是站在表面秩序与斗兽场之间的唯一力量。但要说这些女士们严格对待表演者是可以理解的，那对于那些过来打听姓名和地址的人，她们必须加倍严格……

莫顿先生将伞尖落到地上，倚着伞柄。

——在这幢大厦里，经纪人代理的每个演员身后至少有五个人在追债。有愤怒的观众、前妻和受骗的餐厅老板。看门人只对一种人表现出起码的礼貌，那就是握有钱包的人——无论他是替百老汇演出，还是替犹太成人礼雇工。所以，如果你要去麦金利先生的办公室，我建议你自称是一名制作人。

　　在埃米特考虑这个建议时，那位先生仔细打量他。

　　——我从你的表情看得出，你不愿意假装别人。但你要记住，年轻人，在斯塔特勒大厦这座围城里，谁装别人越像，谁的名声就越响。

　　——谢谢，埃米特说。

　　莫顿先生点点头，随后竖起一根手指，又有了另一个想法。

　　——你要找的这个表演者……你知道他擅长什么吗？

　　——他是个演员。

　　——唔。

　　——有什么问题吗？

　　莫顿先生轻轻挥手。

　　——你的长相。你的年龄和穿着。这么说吧，你的形象不符合人们对戏剧制作人的期待。

　　莫顿先生更大胆地打量埃米特，然后笑开了。

　　——我建议你装成牛仔竞技团团长的儿子。

　　——我要找的人是个莎士比亚戏剧演员……

　　莫顿先生哈哈一笑。

　　——那更好了，他说。

他又开始大笑,他的鹦鹉也跟着笑起来。

拜访麦金利公司时,埃米特小心翼翼地严格按照莫顿先生的建议执行每一步,结果没令他失望。他走进等候室,那里挤满了年轻母亲和红发男孩,接待员不耐烦地接待他,那神情和三星演艺经纪公司接待员一模一样。但他一说自己是巡回牛仔竞技团团长的儿子,想雇一个表演者时,她的表情一下子亮了。

她站起来,抚平半身裙,将埃米特领进第二间等候室,虽然小了点,却配有更好的椅子,一台饮水机,也没其他人。十分钟后,埃米特被带进了麦金利先生的办公室,他像老熟人般热情地打招呼,还请埃米特喝了饮料。

——那么,麦金利先生说着坐回办公桌后面的椅子,艾丽斯告诉我,你想给你们的牛仔竞技团雇人!

当莫顿先生说给牛仔竞技团找一个莎士比亚戏剧演员更好的时候,埃米特心存怀疑。在向麦金利先生说明时,埃米特带着一些犹疑。可他的话音刚落,麦金利先生就满意地拍手。

——要我说的话,这真是巧妙的新花样啊!不少表演者抱怨自己被划分成这样或那样的类别。然而,制作人反反复复犯的错误其实不是把演员分类,而是把观众分类。他们会说,这群人只要这个,那群人只要那个。但十有八九,戏剧爱好者们渴望多些马戏,马戏爱好者们又渴望多些高雅呀!

麦金利先生咧嘴一笑,但立刻又严肃起来,一只手搭在办公桌上的一沓文件上。

——请放心，沃森先生，你的麻烦解决了。因为我手里不仅有一群优秀的莎士比亚戏剧演员，其中四个会骑马，两个会打枪！

——谢谢，麦金利先生。但我要找的是个特别的莎士比亚戏剧演员。

麦金利先生饶有兴趣地向前倾身。

——特别在哪方面？英国人？科班出身？悲剧演员？

——我在找一位独白演员，我父亲几年前看过他的表演，至今难忘。是一个叫哈里森·休伊特的独白演员。

麦金利先生轻拍三下桌子。

——休伊特？

——是的。

麦金利先生又拍了一下桌子，按下对讲机的按钮。

——艾丽斯？拿个文件给我……哈里森·休伊特的。

过了一会儿，艾丽斯走进来，把一个文件夹递给麦金利先生，里面可能只有一张纸。麦金利先生迅速瞥了一眼，把文件夹放在办公桌上。

——哈里森·休伊特是个很棒的选择，沃森先生。我明白你父亲为什么一直念念不忘。他是一个精于艺术挑战的人，所以我相信他会抓住机会，在你们的马戏中表演的。但需要澄清的是，我应该指出，我们是在合作的基础上代理休伊特先生……

据莫顿先生估计，麦金利一字不差地说这句话的概率大于百分之五十。

——如果一个经纪人说他在合作的基础上代理某个表演者，莫顿先生解释道，这意味着他根本不是那个表演者的经纪人。但不用担心。斯塔特勒大厦的经纪人们达成了共识，为了得到一只灌木丛里的鸟，他们乐意向灌木丛支付百分之十的费用。所以，他们所有人手里都有每个竞争对手代理的表演者的有效名单，这样一来，为了获得适当的佣金，他们会让有意向的人去楼上或楼下。

至于埃米特的情况，他被转到十一楼的科恩先生那里。麦金利先生提前打了电话，所以有人在门口候着埃米特，将他直接领进另一间里面的等候室。十分钟后，他被带进了科恩先生的办公室，受到热情的欢迎，又被招待了饮料。在牛仔竞技团中引入莎士比亚戏剧演员的想法再次因其独创性受到了赞扬。而这一次，按下对讲机的按钮后，送进来的文件夹几乎有两英寸厚——里面塞满了发黄的新闻剪报和节目单，还有一沓旧旧的大头照，其中一张给了埃米特。

科恩先生向埃米特保证，休伊特先生（他与威尔·罗杰斯[1]私交甚笃）很高兴获得这个机会，又问如何联络埃米特。

按照莫顿先生的指示，埃米特说他第二天早上就要离开纽约，所以当场就得敲定所有细节。这让办公室陷入一片忙碌，因为双方要商定条款、签订合同。

——如果他们真的准备了合同，埃米特问莫顿先生，我应该签字吗？

——他们摆在你面前的所有东西都签上，我的孩子！确保经纪人也签了。之后，一定要求留两份有效文件归档。经纪人一拿到你的签名，他老妈家的钥匙都会交给你。

---

[1] 威尔·罗杰斯（1879—1935），美国电影演员、牛仔、幽默作家。

科恩先生给的地址把埃米特带到曼哈顿下城一条肮脏的街道上一家肮脏的旅馆。42号房间开门的是一位彬彬有礼的先生,埃米特从他口中得知,休伊特先生已经不在那里住了,这让埃米特很失望。但他也了解到,休伊特先生的儿子昨天早上来过,好像还在旅馆住了一晚。

——也许他还在这里呢,那位先生说。

在大厅里,那个留着细长胡须的接待员说,当然当然,他知道埃米特说的是谁。哈里·休伊特的儿子嘛。他过来问他老爹的下落,然后订了两个房间过夜。可他已经不在了。他和他那个呆呆的哥们儿中午左右离开了。

——带走了我那该死的收音机,接待员补充道。

——他有没有说要去哪儿?

——可能吧。

——可能吧?埃米特问。

接待员靠在椅背上。

——我帮你朋友找他父亲时,他给了我十美元……

据接待员说,要想找到达奇斯的父亲,埃米特可以跟他父亲的一个朋友聊聊,这个朋友每晚八点过后都会去西区一家酒馆喝酒。因为时间还早,埃米特沿着百老汇大街一直走,直到找到一家咖啡馆,那里忙忙碌碌,也干净亮堂。埃米特坐在吧台,点了一份特色菜和一块馅饼。他吃完饭,喝了三杯咖啡,又抽完一根从服务员那里讨来的烟——一个叫莫琳的爱尔兰女人，她比伯克太太忙十倍，却也优雅十倍。

旅馆接待员提供的消息让埃米特回到了时代广场。再过一小时才天黑，但这里已是灯火通明，亮满香烟、汽车、电器、旅馆和剧院的招牌灯。到处都是巨大而花哨的招牌，这让埃米特一点都不愿购买广告中的任何东西。

埃米特回到第四十二街街角的报摊，认出了今早那个卖报人。这一次，卖报人指着广场北端，那里有个加拿大俱乐部威士忌的巨大招牌灯，在距街道十层楼高的地方闪闪发光。

——看到那个招牌了吗？过了它，左转到第四十五街，然后直走，一直走到曼哈顿的尽头。

在这一天里，埃米特已渐渐习惯被人忽视。地铁上的通勤者、人行道上的路人、等候室里的表演者都对他视而不见，他把这归咎于城市生活的敌意。所以，一过第八大道，他有些意外地发现自己不再被人忽视了。

在第九大道的拐角，他被一个正在巡逻的警察盯上。在第十大道上，一个年轻人走近他卖毒品，另一个则向他卖自己。快走到第十一大道时，一个黑人老乞丐向他招手，他加快脚步避开，结果没走几步又撞上一个白人老乞丐。

一早上的无人问津令埃米特有些不快，他现在倒是乐意如此。他觉得自己明白了为什么纽约人走起路来总有一种刻意为之的急迫。那是劝退乞丐、流浪汉和其他落魄之人的信号。

埃米特在河边找到"船锚"——就是接待员告诉他的那家酒吧。考虑到酒吧的名字和位置，埃米特原以为这地方面向水手或商船成员。即便它曾经是，这种关联也早已不复存在。因为里面没一个人看似经得住风浪。在埃米特眼中，他们看起来还差一步就沦落成他在街上躲开的老乞丐了。

埃米特从莫顿先生口中得知经纪人非常不愿透露行踪，他担心酒保也会同样守口如瓶，或像阳光旅馆的接待员那样，希望得到丰厚的报酬。可当埃米特说自己在找一个叫菲茨威廉斯的人时，酒保说他来对了地方。于是，埃米特在吧台坐下，点了杯啤酒。

— · —

八点刚过，船锚的门开了，进来一个六十多岁的男人，酒保朝埃米特点了点头。埃米特坐在高脚凳上，看着老人慢慢走向吧台，拿起一只酒杯和半瓶威士忌，退到角落的一张桌子旁。

在菲茨威廉斯给自己倒酒时，埃米特想起达奇斯讲过这人一生的起起落落。很难想象这个步履蹒跚、一脸愁容的瘦削之人曾被高薪聘来扮演圣诞老人。埃米特在吧台留了些钱，走到老演员桌旁。

——打扰了。你是菲茨威廉斯先生吗？

听到埃米特说出先生一词，菲茨威廉斯略感错愕地抬头。

——是的，他过了片刻承认。我是菲茨威廉斯先生。

埃米特坐在空椅上，说自己是达奇斯的朋友。

——我想他可能昨晚来这里找你聊了聊。

老演员点点头，仿佛他现在明白了，仿佛他心里已经有数。

——是的，他用一种近乎认罪的语气说道，他来过。他想找到他父亲，因为他们之间有些事没了结。但哈里已经出城了，达奇斯不知道他去了哪里，所以来找我菲兹。

菲茨威廉斯朝埃米特露出半心半意的微笑。

——你瞧，我是他们家的老朋友。

埃米特回以微笑，问菲茨威廉斯有没有把休伊特先生的下落告诉达奇斯。

——说了，老演员说，先是点点头，然后摇摇头。我告诉他哈里去了哪里。锡拉丘兹[1]的奥林匹克酒店。我猜达奇斯会去那里。等他见完朋友之后。

——哪个朋友？

——噢，达奇斯没说。但是在……是在哈勒姆。

——哈勒姆？

——是的。是不是很搞笑？

——没，挺说得通的。谢谢，菲茨威廉斯先生。你帮了大忙。

埃米特向后推开椅子，这时菲茨威廉斯惊讶地抬头。

——你不是要走吧？咱们俩作为休伊特家的老朋友，肯定得喝上一杯啊，敬敬他们吧？

埃米特已经了解了来这里该了解的情况，也确信比利现在肯定纳闷他去了哪里，他不想继续待在船锚酒吧里了。

然而，这位老演员一开始看似不想被打扰，现在却不想孤单一人。于是，埃米特又问酒保要了一只酒杯，回到桌旁。

菲茨威廉斯为他们二人倒了威士忌，然后举起酒杯。

---

[1] 美国纽约州中部城市，又名雪城。

——敬哈里和达奇斯。

——敬哈里和达奇斯,埃米特附和。

他们俩都喝了口酒,放下酒杯。然后,菲茨威廉斯略带伤感地微微一笑,像是被一段苦乐参半的回忆触动。

——你知道别人为什么那么叫他吗?我是说,达奇斯。

——我想他对我提过,因为他出生在达奇斯县。

——不,菲茨威廉斯说着摇了摇头,露出半心半意的微笑。不是这样的。他出生在曼哈顿。我记得那个晚上。

在继续说下去之前,菲茨威廉斯又喝了一口酒,几乎像是不得已而为之。

——他的母亲德尔菲娜是一个年轻漂亮的巴黎姑娘,也是情歌歌手,唱起歌来和琵雅芙[1]一样动听。在达奇斯出生前几年,她在各种知名高端夜总会表演。像摩洛哥饭店、白鹤俱乐部和彩虹餐厅。我相信,要不是因为后来生了重病,她一定会很出名,至少名满纽约。我想是肺结核吧。可我真记不清了。是不是很可怕?这么美好的一个女人,一个朋友,在年华正好的时候去世,而我甚至记不清是什么原因。

菲茨威廉斯自责地摇摇头,举起酒杯,但一口没喝就放下了,仿佛觉得这么做会玷污关于她的回忆。

休伊特太太离世之事让埃米特有些措手不及。因为达奇斯很少提到他的母亲,提到时总说得像是她抛弃了他们似的。

——反正,菲茨威廉斯继续说,德尔菲娜很宠溺她的小儿子。一有

---

[1] 埃迪特·琵雅芙(1915—1963),法国著名女歌手。

钱，她就背着哈里悄悄藏一些，这样她就能给小家伙买新衣服了。可爱的小衣服，人们管那些叫什么来着……皮短裤！她会给他穿上华丽的衣服，任他的头发留到肩膀。等她卧床不起之后，她会让他去楼下酒馆叫哈里回家，哈里会……

菲茨威廉斯摇摇头。

——唉，你知道哈里的。几杯酒下肚，莎士比亚和哈里傻傻分不清楚。所以，小男孩一进门，哈里会从高脚凳上站起来，夸张地打着手势说：女士们先生们，我向你们介绍，阿尔巴公爵夫人。下次变成肯特公爵夫人，或是的黎波里公爵夫人。很快，有些人开始叫小男孩公爵夫人。然后，我们都叫他公爵夫人。我们所有人都这么叫。到后来，甚至没人记得他的名字。[1]

菲茨威廉斯又举起杯子，这次喝了一大口。他放下杯子，埃米特吃惊地发现老演员开始流泪——任由眼泪滚落脸颊，却懒得擦净。

菲茨威廉斯指了指酒瓶。

——他给我买的，你知道吗？我是说，达奇斯。抛开所有事。抛开发生的一切，他昨天来这里，给我买了一瓶我最喜欢的威士忌。就是这样。

菲茨威廉斯深吸一口气。

——他被送去堪萨斯的劳改营，你知道吗？十六岁那年。

——知道，埃米特说，我们就是在那里认识的。

---

[1] 公爵夫人的原文即"Duchess"，这也是达奇斯名字的由来，因此，在前文比利询问达奇斯为什么叫这个名字，达奇斯谎称自己出生在达奇斯县。显然，达奇斯不愿意面对这个来自他所憎恶的父亲的、滑稽的绰号。——编者注

——啊。我明白了。但你们在一起这么久,他有没有对你提过……他有没有对你提过,他是因为什么去那里的?

——没有,埃米特说。他从来没提过。

这时,埃米特自作主张地拿起老人的威士忌,往两人的酒杯里又添了些,等他开口。

尤利西斯

虽然小男孩已经把这个故事从头到尾读过一遍,但尤利西斯请他又读了一遍。

十点刚过——太阳已经落山,月亮尚未升起,其他人回到了自己的帐篷——比利拿出自己的书,问尤利西斯想不想听以实玛利的故事,他是一个年轻的水手,跟随一位独腿船长捕杀一头大白鲸[1]。尤利西斯从没听过以实玛利的故事,但他确信这是一个精彩的故事。这个小男孩讲的每个故事都很精彩。可当比利提出读这个新的冒险故事时,尤利西斯有点不好意思地问他愿不愿意读尤利西斯的故事。

小男孩没有犹豫。借着斯图的微弱篝火,比利把书翻到后面,用手电筒照亮书页——夜色漆黑如海,一圈光里亮起另一圈光。

比利开始朗读,尤利西斯有些担心,因为小男孩之前读过一遍,也许会转述或跳过一些段落,但比利似乎明白,如果故事值得再读一遍,那它值得一字不落地读完。

是的,小男孩读的故事跟他在货运车厢里读的一模一样,但尤利西斯却听出了不同的意味。因为这一次,他知道接下来会发生什么。他现在知道该期待哪些部分,又该害怕哪些部分——期待尤利西斯把他的人

---

[1] 故事内容出自美国小说家赫尔曼·麦尔维尔(1819—1891)的长篇小说《白鲸》。

藏在羊皮之下，打败独眼巨人库克罗普斯；害怕贪婪的船员放出埃俄罗斯的风，就在船长的故乡映入眼帘那一刻，让船偏离了航线。

故事读完后，比利合上书，关掉手电筒，尤利西斯拿起斯图的铁锹，准备熄灭余烬，这时比利问尤利西斯愿不愿意讲个故事。

尤利西斯微笑着低头。

——我没有故事书，比利。

——不一定要讲故事书上的故事呀，比利回答，你可以讲一个自己的故事。比如海外打仗的故事。你有那样的故事吗？

尤利西斯转动手里的铁锹。

他有打仗时的故事吗？他当然有。多得记不住。因为他的故事没有因时间的迷雾而模糊，也没有因诗人的辞藻而美化。它们依然生动而残酷。生动而残酷到每每偶然浮上心头，他都会埋藏起来——就像他正准备埋熄篝火的余烬一样。如果尤利西斯无法忍受让自己重温这些回忆，自然也不会与一个八岁小男孩分享它们。

但比利的要求合情合理。他慷慨地打开自己的书，讲了辛巴达、伊阿宋和阿喀琉斯的故事，还读了两遍尤利西斯的故事。他理应获得一个故事作为回报。于是，尤利西斯把铁锹放在一边，又往火里丢了根木头，坐回铁轨枕木上。

——我给你讲个故事吧，他说，我与风王偶遇的故事。

——那时你航行在酒色的海水[1]上吗？

——没有，尤利西斯说，那时我正穿越尘土飞扬的旱地。

---

[1] 原文为"wine-dark sea"，荷马作品中经常出现的说法。

故事开始于一九五二年夏天艾奥瓦州的一条乡间公路上。

几天前,尤利西斯在犹他州登上一列火车,打算越过落基山脉,横跨平原,前往芝加哥。但在穿越艾奥瓦州的途中,他搭的货运车厢被转轨到一条侧线上,等待另一节火车头,天知道那节火车头什么时候到。四十英里外是得梅因枢纽站,他可以在那里轻松地赶上另一列火车,向东行驶,或向北前往五大湖区,或向南前往新奥尔良。尤利西斯怀着这样的想法下了火车,开始徒步穿越乡间。

他沿着一条旧旧的土路走了十英里左右,然后开始感觉有点不对劲。

第一个迹象是鸟。确切地说,天上没有鸟了。尤利西斯解释道,在全国各地来回旅行时,唯一不变的是鸟的陪伴。无论是从迈阿密到西雅图,还是从波士顿到圣迭戈,一路上的风景总在变换。但不管走到哪里,哪里都有鸟。鸽子、红头美洲鹫、大秃鹰、红衣凤头鸟、蓝松鸦或拟鹂。生活在路上,你黎明时分伴着它们的歌声醒来,黄昏时分枕着它们的啼鸣睡下。

然而……

当尤利西斯走在这条乡间公路上,一只鸟都看不见。它们没在田野上空盘旋,也没栖息在电话线上。

第二个迹象是一列车队。一整个上午,尤利西斯身旁难得驶过一辆开到四十迈的皮卡或小轿车,可他忽然看到十五辆不同的汽车排成一列,包括一辆黑色的豪华轿车,朝他的方向疾驰而来。车辆的速度非常快,他不得不走下路肩,免得被轮胎扬起的砾石击中。

尤利西斯看着车辆飞驰而过,然后转头看它们来的方向。就在那时,他看到东边的天空正由蓝转绿[1]。比利非常清楚，在乡间的这一带，这只能意味着一件事。

在尤利西斯的身后，目光所及之处只有一片齐膝高的玉米，但前方半英里处有座农舍。天色一分一分暗下来，尤利西斯开始奔跑。

他越跑越近，看到农舍已经用板条封住，门和百叶窗都关着。他看到主人锁好谷仓，冲向避难所的小门，他的妻子和孩子们在那里等着。农场主与家人会合后，尤利西斯看到小男孩指着他的方向。

他们四个人看向尤利西斯，他放慢速度，从奔跑变成慢走，双手垂在身侧。

农场主吩咐妻子和孩子们躲进避难所——为了扶孩子们，妻子先进去，接着是女儿和那个小男孩，他一直盯着尤利西斯，直到看不见为止。

尤利西斯以为这位父亲会跟随家人爬下梯子，但他弯腰说了最后一句话，便关上小门，转过身来，等尤利西斯走近。尤利西斯想，也许避难所的小门没有锁，而农场主认为，如果要发生冲突，那最好现在就来，就在地面上解决。抑或他觉得，如果一个人打算拒绝庇护另一个人，他应该当面直说。

为了表示尊重，尤利西斯在六步之外停下，近到听得清话，又远到不构成威胁。

两个男人互相打量着，风开始卷起他们脚边的尘土。

——我不是这一带的人，尤利西斯过了一会儿说。我只是一个基督

---

[1] 龙卷风即将来临的征兆，在美国夏季的龙卷风走廊地带（内布拉斯加州、堪萨斯州、艾奥瓦州）相当普遍。——作者注

徒，正要去得梅因赶火车。

农场主点点头。他点头的样子说明他相信尤利西斯是基督徒，也相信他要去赶火车，但在那种情况下，这两件事无关紧要。

——我不认识你，他干脆地说。

——是，你不认识，尤利西斯附和。

有那么一瞬间，尤利西斯想让这个男人认识他——说出自己的名字，说他在田纳西州长大，是一名退伍军人，也曾有自己的妻子和孩子。这些想法在尤利西斯的脑海中一闪而过，但他明白提这些也不重要。他心知肚明，毫无怨言。

因为如果位置互换，如果尤利西斯要钻进一个避难所，一个他为了家人的安全亲手挖的没有窗户的地洞，要是有个六英尺高的白人忽然出现，他也不会欢迎的。他会把那人打发走。

毕竟，一个正值壮年的男人，肩上只挎了一个帆布包，徒步穿越乡间，这算什么呢？这样的男人必定做出了某些选择。他选择放弃他的家庭、家乡和教堂，去追寻不一样的东西。追寻一种没有束缚、没有回应、孑然一身的生活。好吧，既然他这么努力想成为这样的人，那为何在这样的时刻，他要期望得到不一样的对待呢？

——我懂了，尤利西斯说，尽管那人什么话都没说。

农场主端详尤利西斯片刻，然后向右转身，指着树林中冒出的一个细细的白色尖塔。

——一神论教堂离这里不到一英里。那里有个地下室。如果你用跑的，大概率赶得及。

——谢谢你，尤利西斯说。

他们面对面站着，尤利西斯知道农场主说得对。要想及时赶到教堂，他得尽快跑过去。但尤利西斯不想在另一个人面前逃跑，无论那人的建议有多好。这是尊严问题。

农场主等待片刻，似乎明白了这一点，他摇摇头，没有责怪任何人，包括他自己，然后打开小门，回到家人身边。

尤利西斯瞥了一眼尖塔，明白去教堂最近的路不是走公路，而是直接穿过田地，便像乌鸦振翅飞翔那般飞奔起来。没过多久，他就意识到这是个错误。虽然玉米只有一英尺半高，一排排玉米之间既宽敞又整齐，但地面本身很软，又凹凸不平，跑在上面很费劲。考虑到他曾在意大利辛苦跋涉过那么多田地，他本该更清楚的。可现在改走公路似乎太迟了，所以他盯着尖塔，尽力往前跑。

当他跑到离教堂还剩一半的路时，龙卷风远远地出现在两点钟方向，一根暗黑的手指从天而降——无论是颜色还是意图，都与白色尖塔截然相反。

现在每走一步，尤利西斯的速度就放缓一点。太多的碎石从地上扬起，他前进时不得不用一只手挡住脸、护住眼睛。后来，他举起双手，半转过头，跌跌撞撞地走向尖塔。

透过指缝和随风飘扬的尘土，尤利西斯发现有些长方形的暗影从他周围的地面升起，那些暗影看起来既整齐又凌乱。他垂下双手片刻，发现自己进了一片墓地，他听到尖塔里开始响起钟声，像是被一只看不见的手敲响似的。他离教堂不到五十码。

但十有八九,这五十码太远了。

龙卷风是逆时针旋转的,所以强风把尤利西斯推离目的地,而不是推向目的地。冰雹开始密集地砸向他,他准备做最后的冲刺。我能行的,他对自己说。然后,他全力奔跑,开始拉近他与圣所之间的距离——结果却被一块低矮的墓碑绊倒,重重地摔倒在地,像被抛弃者那般痛苦地认命。

——被谁抛弃了?比利问,他把书紧紧地压在腿上,眼睛瞪得大大的。

尤利西斯微微一笑。

——我不知道,比利。运气,命运,我自己的理智。主要还是上帝吧。

小男孩开始摇头。

——你不是认真的吧,尤利西斯。你不会真心觉得你被上帝抛弃了吧。

——我就是这么觉得的,比利。要说我在战争中学到了什么,那就是在彻彻底底被抛弃的那一刻——当你意识到没人会来帮助你,就连你的造物主也不会出现——正是在那一刻,你或许会找到坚持下去的力量。仁慈的主不会用基路伯[1]的赞美诗和加百列[2]的号角召唤你振作起来。他通过让你感受到孤独和被遗忘召唤你振作起来。因为只有当你明白自己真正被抛弃了,才会面对现实,明白接下来发生的一切都掌握在自己手中,只在自己手中。

---

[1] 智天使。

[2] 负责守护天堂的炽天使,传说末日审判的号角由其吹响。

尤利西斯躺在墓地的地面上，体会着被抛弃的熟悉感觉，清楚那意味着什么，他伸手抓住最近的墓碑顶部，把自己撑起来，这时他发现自己扶着的那块石头既没有风化，也没有磨损。即使透过一片飞沙走石汇成的巨大旋涡，他也看得清那是一块刚立的石碑，透着暗灰的冷光。尤利西斯站直身子，越过石碑往下看，发现那是一座新挖的坟墓，坟底露出了一口棺材的亮黑色棺盖。

尤利西斯意识到，那列车队就是来自这里。他们一定是在葬礼进行到一半时收到龙卷风即将来临的警告。牧师一定匆匆念完足以将逝者的灵魂送入天堂的祷文，然后所有人奔向自己的汽车。

从棺材的样子来看，它一定是为有钱人准备的。因为这可不是松木箱，而是抛光桃花心木的，配有纯黄铜手柄。棺盖上有块同款黄铜名牌，上面刻着逝者的名字：挪亚·本杰明·伊莱亚斯。

尤利西斯滑进棺材与墓壁之间的窄缝，俯身拧开锁扣，打开棺盖。伊莱亚斯先生庄重地躺在里面，穿着三件套西装，双手整齐地交叉放在胸前。他的鞋子像他的棺材一样又黑又亮，背心上弯弯地挂着一条细细的金表链。伊莱亚斯先生只有五英尺六英寸高，但他的体重肯定超过两百磅——他的饮食与他的身份相称。

伊莱亚斯先生获得了怎样的世俗成就？他是银行行长，还是贮木场老板？他是一个勇敢而坚定的人，还是一个贪婪而狡诈的人？无论他曾经如何，斯人已逝。对尤利西斯来说，最重要的是，这个只有五英尺六英寸高的人颇有自知之明，埋在了一口六英尺长的棺材里。

尤利西斯俯身抓住伊莱亚斯的翻领，就像你想摇晃某人，让他清醒那样。尤利西斯把他从棺材里拉出来,扶他站直,两人几乎面对面。现在,尤利西斯可以看到,入殓师给逝者的脸颊抹了腮红,洒了栀子花香水,让他看起来可怕得像个妓女。尤利西斯弯曲膝盖,撑起尸体的重量,将尸体从安息之所向上一举,扔在坟墓一边。

尤利西斯最后看了一眼那根左右摆动着向他逼近的黑色大手指,躺进铺着白色褶皱丝绸衬里的空棺材,伸出一只手,然后——

约翰牧师

当主的复仇降临到我们的身上时,它不像一阵拖曳着火光的流星雨从天而降。它不像一道伴随着阵阵雷声的闪电破空而来。它不像潮水那般在远海之上汇聚后砸向岸边。不。当主的复仇降临到我们的身上时,它始于荒野里的一丝呼吸。

这一小口气息微弱而无畏,在坚硬的土地上旋转三圈,轻轻搅动尘灰和灌木蒿的香气。可当它又转了三圈,再转三圈之后,这股小小的旋风变得和人一样大,开始移动。它在陆地上盘旋,越来越快,越来越大,渐渐变成庞然大物,摇摇晃晃地将沿路的一切全都卷进旋涡里——先是沙子和石头,灌木和害虫,然后是人们建造的东西。直到最后,它高达一百英尺,以一百迈的速度移动,不断旋啊、转啊、扭啊、动啊,无情地向罪人袭去。

约翰牧师止住思绪,从黑暗中走出来,挥动自己的橡木棍,击中那个叫尤利西斯的黑人的头顶。

一·一

被抛下等死。约翰牧师之前就是这么被对待的。他右膝肌腱撕裂,脸颊皮肤擦伤,右眼肿得睁不开,躺在灌木和荆棘丛中,准备为自己宣读赦罪祷词。就在他即将死去的那一瞬间，主在铁轨旁发现了他，向他的四肢注入新的生气，把他从碎石和灌木丛中支撑起来，把他带到一条清凉的小溪边，让他的干渴得到缓解，让他的伤口得到清洗，还把一棵老橡树的一截树枝送到他的手里，让他当作拐杖。

在接下来的几个小时里，约翰牧师一次都没想过自己要去哪里，如何抵达，或是为了什么目的——因为他感觉到主的灵附在他的身上，将他变成了工具。圣灵指引他从河岸穿过树林，回到一条侧线上，那里有十节无人看管的空货运车厢。等他安全进入车厢后，圣灵带来一节火车头，将车厢连接起来，把他一路向东送往纽约市。

约翰牧师在位于宾夕法尼亚车站和哈得孙河之间的大货运站下车，圣灵保护他不被铁路警卫看到，没有把他带往拥挤的街道，而是带上了一条高架铁路。为了保护膝盖，约翰牧师把重心放在拐杖上，沿着高架前行，他的影子落在林荫道上。太阳下山后，圣灵指引他继续前行——经过一个空仓库，越过一道围栏上的缺口，穿过高高的杂草，在黑暗之中穿梭，直到他看到远处有一堆篝火，如星辰般闪耀。

走近后，约翰牧师明白仁慈的主以他无限的智慧点燃这堆篝火，不仅是为了指引他，也为了照亮那个黑人和小男孩的脸——同时让他们看不见约翰牧师。在那圈火光外的阴影中，约翰牧师止住脚步，听小男孩读完一个故事，问黑人愿不愿意讲一个自己的故事。

啊，听到尤利西斯喋喋不休地讲述可怕的龙卷风，约翰笑得多开心呀。因为与不断膨胀的主的复仇旋涡相比，那个小小的龙卷风根本不值一提。难道他真以为自己可以把一位牧师扔下行驶中的火车而不必担心遭到报应吗?难道他真以为自己的行径能够逃脱神的眼睛和审判之手吗?

主神无所不知,无所不能,约翰牧师在心中默念。他见证了你的恶行,尤利西斯。他见证了你的傲慢和罪过。他派我来这里执行他的报复!

圣灵向约翰牧师的四肢注入巨大的愤怒,以至于当他用橡木拐杖砸中黑人的脑袋时,这一击的力道将拐杖折成两半。

尤利西斯瘫倒在地,约翰牧师走进火光中,那个与黑人寸步不离、同流合污的小男孩张开双手,像被罚入地狱的灵魂那般显露无声的恐惧。

——你介意我分享你的火吗?牧师问道,放声大笑。

约翰牧师的拐杖折断了,只能一瘸一拐地走向小男孩,但他并不担心。因为他知道小男孩哪里都不会去,什么也不会说,反而会像蜗牛缩进壳里一样缩成一团。果然,当约翰牧师揪住小男孩的衬衫领子,把人提起来时,他看到小男孩紧闭双眼,又开始念咒语。

——这里没有埃米特,牧师说。没人会来救你的,威廉·沃森。

约翰牧师牢牢抓住小男孩的衣领,举起那根断掉的拐杖,准备给他一顿教训,就是两天前被尤利西斯打断的那顿教训。要连本带利地教训回来!

可就在拐杖快落下时,小男孩睁开眼睛。

——我真的被抛弃了,他带着一种神秘的气势说道。

这时,他踢中牧师受伤的膝盖。

伴着一声野兽般的哀号,约翰牧师松开小男孩的衬衫,扔下拐杖。约翰牧师在原地乱跳,痛苦的泪水从那只完好的眼睛中涌出,他更加坚定要好好教训这个小男孩，让他永生难忘。他伸出双手，却在泪眼婆婆中发现小男孩不见了。

约翰牧师急于追赶，疯狂地四下寻找东西替代断掉的拐杖。

——啊哈！他大喊一声。

因为地上有一把铁锹。约翰牧师捡起铁锹，把铁锹一头插进土里，倚着手柄，开始慢慢向小男孩消失的黑暗中移动。

走了几步，他依稀辨认出营地的轮廓：一小堆用防水布盖住的柴火，一个临时搭建的盥洗台，三个空铺盖排成一排，还有一个帐篷。

——威廉，他轻声叫喊。你在哪里，威廉？

——外面怎么了，帐篷里传来一个声音。

约翰牧师屏住呼吸，往旁边走了一步等着，一个敦实的黑人走出来。他没有看到牧师，往前走了几英尺后停住。

——尤利西斯？他问道。

约翰牧师用铁锹面打中了他，他呻吟一声倒在地上。

现在，约翰牧师听到左边传来了其他声音。两个男人的声音，他们可能听到了吵闹。

——别管那小鬼了，他自言自语。

他用铁锹当拐杖，以最快的速度一瘸一拐地回到篝火旁，朝小男孩之前坐的地方走去。地上有书和手电筒。可那个该死的帆布包去哪里了？

约翰牧师回头看了看他刚才来的方向。会不会在铺盖旁边？不会。书和手电筒在哪里，帆布包肯定就在哪里。约翰牧师小心翼翼地俯身，放下铁锹，捡起手电筒后打开。他跳了一步，将光束对准铁轨枕木的后面,开始左右移动。

在那里!

约翰牧师坐在一截枕木上,受伤的腿往前伸直,他捡起帆布包,放在腿上。在这么做的时候,他听到里面传来动听的声音。

他越来越兴奋,解开带子,开始取出里面的东西,又丢到一边。两件衬衫,一条裤子,一块毛巾。在最底下,他找到了那只罐子。他把它从包里拿出来,愉快地摇了摇。

明天早上,他会去拜访第四十七街的犹太人。明天下午,他会去百货商店买一套新衣服。明天晚上,他会入住一家高档酒店,在那里好好洗个热水澡,然后去吃生蚝,点一瓶红酒,也许还能找个女伴。但现在,是时候离开了。他把手电筒和锡罐放回帆布包,系紧带子,挂在自己的肩上。约翰牧师终于准备好上路了,他向左倾身,想捡起铁锹,却发现它不见了——

尤利西斯

起初是混沌的黑暗。然后慢慢感知到黑暗。感知到那不是虚空的黑暗——冰冷,辽阔,邈远。那黑暗亲切而温暖,那黑暗笼罩着他,像天鹅绒裹尸布一样包裹着他。

在记忆的角落中,他以为自己仍躺在那个胖男人的棺材里。他的肩膀感受着光滑带褶的丝绸衬里,以及衬里后面坚实的桃花心木板材。

他想推开棺盖,可过去多长时间了?龙卷风走了吗?他屏住呼吸,细细聆听。隔着带褶丝绸和抛光桃花心木,他什么都听不到。没有风的呼啸,没有冰雹砸在棺盖上的动静,也没有教堂的钟在挂钩上随意摇摆的声响。为了确认,他决定把棺材打开一条缝。他把手掌朝上,推动棺盖,但棺盖纹丝不动。

可能他因饥饿和疲劳变得虚弱了?当然可能,可时间没过那么久吧?还是已经过了很久了?忽然,他带着一丝恐惧想到,龙卷风过后,在他昏迷时,也许有人偶然发现了这个敞开的坟墓,把那堆表土铲到棺材上,把墓填上了。

他必须再试一次。他转动肩膀,弯曲手指,让四肢恢复血液循环,然后吸了一口气,再次将手掌抵住里层棺盖,使出全力向上推,他额头上的汗水凝成汗滴淌进眼睛。慢慢地,棺盖开始移开,清凉的空气涌入棺材。尤利西斯松了口气，铆足劲把棺盖一下子推开，期待着看到午后的天空。

结果不是午后。

看样子像半夜。

他缓缓举起一只手，看到自己的皮肤反射着闪烁的光芒。他细细听着，听到一艘船悠长而空洞的汽笛声，还有一只海鸥的啼鸣声，仿佛他正置身海上。就在这时，他听到不远处传来一个声音。一个小男孩的声音，宣告自己被抛弃了。是比利·沃森的声音。

尤利西斯一下子明白自己身在何处。

不一会儿，他听到一个成年人或愤怒或痛苦的哀号。尽管尤利西斯尚不清楚自己怎么了，但他知道自己该做什么。

他翻了个身，极其吃力地慢慢跪起来。他擦去眼睛上的汗水，就着火光却发现那不是汗，而是血。有人打了他的脑袋。

尤利西斯起身，看看篝火周围，寻找比利和那个哀号的人，但那里一个人都没有。他想大声喊比利，但明白这么做会告诉未知的敌人，他已经恢复知觉了。

他必须离开篝火，走到那圈火光之外的地方。在黑暗的掩护下，他可以开动脑筋、储蓄力量，找到比利，接着开始追捕他的敌人。

他跨过一截铁轨枕木，朝黑暗中走了五步，辨认方位。那边是河，他边想边转身，那边是帝国大厦，那边是他们的营地。他看向斯图的帐篷，感觉看到了动静。那边传来一个男人轻声喊叫比利的声音，轻到几乎听不见，喊的是大名威廉。那个男人的声音虽然轻得听不清，却没有轻得让人认不出。

尤利西斯继续躲在暗处，开始绕过篝火，谨慎地、悄悄地、坚定地逼近牧师。

尤利西斯听到斯图喊他的名字，便突然停住脚步。不一会儿，他听到金属的撞击声和身体重重倒地的声响。他气自己过分小心，正准备冲进营地，却看到黑暗中出现了一个身影，摇摇晃晃地移动着。

是牧师，他正用斯图的铁锹当拐杖。他把铁锹放在地上，捡起男孩的手电筒后打开，开始找东西。

尤利西斯一边盯着牧师，一边蹑手蹑脚地走到火光边缘，手伸过铁路枕木，取回铁锹。牧师找到东西后发出一声惊呼，尤利西斯退回暗处，看着他捡起比利的背包，然后坐下来，把包放在腿上。

牧师一边激动地自言自语着酒店、生蚝和女伴，一边把比利的东西取出来丢在地上——直到找到那只装银币的罐子。与此同时，尤利西斯开始向前移动，一直走到牧师的正后方。当牧师把背包挂在自己的肩上，向左倾身时，尤利西斯砸下铁锹。

牧师在尤利西斯的脚边瘫成一团，尤利西斯感觉气喘吁吁的。因为他自己有伤，制服牧师耗尽了他全部的体力。尤利西斯担心自己可能会晕倒，便把铁锹插进地里，倚着手柄，他低头看了看，确认牧师一动不动了。

——他死了吗？

是比利，他站在尤利西斯身旁，也低头看着牧师。

——没有，尤利西斯说。

令人惊讶的是,小男孩似乎松了口气。

——你没事吧?比利问。

——嗯,尤利西斯说,你呢?

比利点点头。

——我按你说的那样做了,尤利西斯。约翰牧师对我说,我只剩我自己了,我就想象自己被所有人抛弃了,包括我的造物主。然后我踢了他一脚,躲到柴火的防水布下面。

尤利西斯露出微笑。

——干得漂亮,比利。

——他妈的怎么回事?

比利和尤利西斯抬起头,发现斯图站在他们身后,手里握着一把切肉刀。

——你也在流血,比利担心地说。

斯图的脑袋一侧被打中,所以血从耳朵流到汗衫肩部。

这时,尤利西斯忽然感觉好多了,脑子更清醒,脚下也更稳当。

——比利,他说,你去那边给我们拿一盆水和几条毛巾来吧。

斯图把刀插进腰带,走到尤利西斯身边,盯着地面。

——这谁啊?

——坏蛋,尤利西斯说。

斯图转而看尤利西斯的脑袋。

——你最好让我检查一下。

——我经历过更糟的。

——我们都经历过更糟的。

——我会没事的。

——我懂,我懂,斯图摇着头说。你是个顶天立地的男人。

比利拿着脸盆和毛巾回来。两个男人把脸擦净,然后轻轻擦拭伤口。等他们收拾完,尤利西斯让比利坐在他身旁的铁轨枕木上。

——比利,他说,我们今晚过得相当刺激。

比利点头表示同意。

——嗯,是的,尤利西斯。埃米特简直不会相信。

——嗯,这正是我想跟你聊的。你哥哥正在努力找车,你们还得在独立日前去加利福尼亚,他有很多心事。今晚发生的事不告诉他或许是最好的。至少暂时别说。

比利点点头。

——或许这样最好,他说,埃米特会有很多心事。

尤利西斯拍拍比利的膝盖。

——总有一天,他说,你会告诉他的。你会告诉他,也会告诉你的孩子们,说你是如何打败牧师的,就像你书里的某个英雄一样。

尤利西斯见比利明白了,便站起来跟斯图说话。

——你能带这孩子回你的帐篷吗?也许给他弄点吃的?

——好的。可你要干吗?

——我要处理一下牧师。

比利一直在尤利西斯的背后听着,他绕到尤利西斯面前,一脸关切。

——那是什么意思,尤利西斯?你要处理一下牧师,那是什么意思?

林肯公路 365

尤利西斯和斯图来回看着小男孩和对方。

——我们不能把他留在这里,尤利西斯解释道。他会像我一样清醒过来。在我打晕他之前,不管他心里有什么邪念,醒来后仍会存在。而且只会更多。

比利抬头望着尤利西斯,皱起眉头。

——所以,尤利西斯继续说,我要把他带下楼梯,把他扔到——

——警局?

——没错,比利。我要把他扔到警局。

比利点点头,表示这么做是正确的。随后,斯图转向尤利西斯。

——你知道去甘斯沃尔特的楼梯吗?

——我知道。

——有人把那里的围栏弄弯了。考虑到你要扛个人,那条路更好走。

尤利西斯谢过斯图,等比利收拾好东西,等斯图熄灭篝火,又等他们俩回到斯图的帐篷,然后才把注意力转向牧师。

尤利西斯抓住牧师的腋窝,把他举起来扛在肩上。牧师没有尤利西斯预想的那么重,但他身材瘦长,扛起来很别扭。尤利西斯一点一点前后移动牧师的身体,努力让它居中,然后开始迈出稳当的小步子。

走到楼梯时,尤利西斯若停下来思考一下,可能就会让牧师滚下台阶,以保存自己的体力。可他现在正在走动,牧师的重量均匀分布在他的肩膀两侧,他担心要是停下来,就会失去平衡或力气。而这两者他都需要。因为从楼梯底部到河边还得走上整整两百码呢。

达奇斯

伍利的姐姐像幽灵一样飘进厨房。她穿着白色长睡袍出现在门口,悄无声息地穿过没开灯的房间,仿佛脚没沾地似的。可就算她是幽灵,也不是那种恐怖的幽灵——那种号叫着、呻吟着、让人脊背发凉的幽灵。她是孤独的那种。那种幽灵世世代代在空房子的走廊上游荡,寻找着别人已经不记得的东西或人。一次显灵,我想他们是这么说的。

嗯,是的。

一次显灵。

灯没有开,她开始给水壶装水,并拧开了炉子。她从橱柜里拿出一只马克杯和一个茶包,放在厨台上。她从睡袍口袋里取出一个小棕瓶,放在杯子旁边。然后,她回到水池前,站在那里望着窗外。

你能感觉到她很擅长望着窗外——仿佛练习过多次似的。她没有烦躁不安,也没有用脚敲地。事实上,她太擅长这么做了,太擅长沉浸在自己的思绪中,以至于水壶发出咝咝声时,她似乎有些惊讶,像是不记得之前在烧开水。慢慢地,几乎是不情不愿地,她离开窗前的位置,倒了杯水,一手拿马克杯,一手拿小棕瓶,转身走向餐桌。

——睡不着吗?我问道。

她吓了一跳,但没有尖叫,也没把茶杯摔了。她只是微微露出惊讶,就跟水壶嘶响时一样。

——我没看到你,她说着把小棕瓶塞回睡袍口袋。

她没回答我是不是睡不着,但她不必回答。她在黑暗中的所有动作——穿过房间,给水壶装水,拧开炉子——表明这些是她常做的事。我一点都不意外,她每隔一晚都会在凌晨两点来到厨房,而她的丈夫却在酣睡,毫无察觉。

她指了指身后的炉子,问我要不要喝茶。我指了指面前的酒杯。

——我在客厅找到一些威士忌。希望你不会介意。

她温柔一笑。

——当然不会。

她在我对面坐下,盯着我的左眼。

——感觉怎么样?

——好多了,谢谢。

离开哈勒姆时,我太开心了,以至于回到伍利姐姐家时,我完全忘记自己挨了揍。她开门时倒抽了一口气,我几乎也跟着倒抽了一口气。

等伍利做完介绍,我解释自己在火车站摔了一跤,她从药柜里拿出一个可爱的小急救箱,让我坐在这张餐桌旁,清理我嘴唇上的血迹,给我一袋冻豌豆敷眼睛。我倒希望像重量级拳击冠军一样用生牛排,但乞丐没资格挑三拣四。

——你要再来一片阿司匹林吗?她问。

——不用,我没事。

我们都沉默了片刻,我抿了一口她丈夫的威士忌,她抿了一口她的茶。

——你是伍利的室友?

——是的。

——所以,在台上表演的是你父亲?

——他在台下和台上的时间不相上下,我笑着说。但没错,那是我老爹。他一开始是莎士比亚戏剧演员,后来去演马戏了。

听到马戏一词,她笑开了。

——伍利写信给我,提到你父亲合作过的一些表演者。逃脱艺术家和魔术师……他相当着迷。

——你弟弟喜欢精彩的睡前故事。

——嗯,可不是吗。

她隔着餐桌看我,像是想问什么,却又低头看茶。

——怎么了?我问道。

——有个私人问题。

——这种问题最棒了。

她端详我片刻,想判断我是不是真心的。她一定认为我是真心的。

——你怎么会去萨莱纳的,达奇斯?

——噢,说来话长。

——我的茶才刚喝呢……

于是,我又给自己倒了一指高的威士忌,讲起我的小闹剧,心里想着:也许伍利家的每个人都喜欢精彩的睡前故事。

那是一九五二年的春天,我十六岁生日刚过几周,当时我们住在阳光旅馆的42号房间,老头子睡弹簧床,我睡地板。

那时,我老爹正处于他喜欢说的过渡阶段,意思是他被上一份工作解雇了,还没找到下一份会被解雇的工作。他整天跟住在走廊对面的老伙计菲兹混在一起。下午稍早时,他们会拖着脚去扫荡公园长凳、水果车、报摊,以及其他任何可能有人掉下五分钱却懒得捡起的地方。然后,他们会去地铁站,手里捧着帽子,唱些伤感的歌。他们摸透了自己的观众,会在第三大道站为爱尔兰人唱《丹尼男孩》[1],在斯普林街站为意大利人唱《万福玛利亚》,他们唱得眼泪直流,好像字字句句真心实意。他们去运河街站的站台时,甚至还有一首意第绪语的曲子,歌颂犹太小镇上的时光。到了晚上,他们会给我二十五美分,打发我去看两场连映的电影,然后带着辛辛苦苦挣来的钱去伊丽莎白街的某家廉价小酒馆,把钱喝个精光。

因为他们俩都会睡到中午才起床,所以我早上醒来后,就在旅馆里闲逛,找点东西吃,或找个人聊聊。那个时间点,机会十分渺茫,但也有个别早起的人,其中最有趣的无疑是马瑟林·莫泊桑。

在二十年代,马瑟林已经是欧洲最著名的小丑之一,在巴黎和柏林的演出场场爆满,演出结束后,观众起立热烈鼓掌,女人们排着队候在后台门口。毫无疑问,马瑟林不是一般的小丑。他不是那种脸上涂满颜料,脚穿特大号的鞋子,按着喇叭笨拙乱走的人。他是一个真正的艺术家,是诗人,也是舞蹈家。一个细心观察世界并深刻感受事物的人——

---

[1] 经典爱尔兰民谣。

就像卓别林[1]和基顿。

他最厉害的节目之一是在熙熙攘攘的城市街道扮演乞丐。幕布拉开，他出现了，在大都市的人群中穿梭。他微微鞠躬，试图吸引在报摊旁为头条新闻争论不休的两个男人的注意；他脱下皱巴巴的帽子，试图跟一个保姆说话，她正一门心思照料患急腹痛的宝宝。不管是脱帽还是鞠躬，他想打交道的每个人都继续忙着自己的事，仿佛他根本不存在一样。就在马瑟林准备接近一个神情沮丧又害羞的年轻女子时，一个近视的学者撞到了他，把他头上的帽子撞飞了。

马瑟林开始追赶那顶帽子。可每当他快抓住时，一个心不在焉的行人就会把帽子踢向另一边。试了几次无果之后，马瑟林极其沮丧地发现，一个矮胖的警察即将毫无察觉地踩上帽子。马瑟林别无他法，只能朝空中伸出一只手，打了个响指——然后，所有人都定格在原地。所有人，除了马瑟林。

这时，神奇的事发生了。

有那么几分钟，马瑟林在舞台上滑来滑去，笑容灿烂地在一动不动的行人中间滑行，仿佛无忧无虑。然后，他从卖花的小贩那里拿了一枝长茎玫瑰，害羞地递给愁眉不展的年轻女子。他会对报摊旁争论不休的男人说一两句话。他会对婴儿车里的宝宝做鬼脸。他会大笑、评论、提建议，一切都无声地进行着。

正当马瑟林准备在人群中再转一圈时，他听到一阵幽微的嘀嗒声。他停在舞台中央，将手伸进破背心，掏出一块纯金的怀表，显然是他人

---

[1] 查尔斯·卓别林（1889—1977），英国著名喜剧演员。

生另一阶段的遗迹。他按开表盖，看看时间，一脸悲伤，意识到他的小把戏已经玩得够久了。他收好怀表，小心翼翼地从胖警察脚下捡起他那顶皱巴巴的帽子——那只脚一直悬在半空，这本身就是一种体操绝技。他拍拍帽子，戴回头上，面对观众，打了个响指，演员们的所有行动恢复如初。

这场表演值得一看再看。因为在你第一次看时，马瑟林最后打完响指，世界似乎回到了原来的模样。可在你第二次或第三次看时，你会意识到，世界不完全是原来的模样。因为当害羞的年轻女子走开时，她笑着发现手中有一枝长茎玫瑰。在报摊旁争执的两个男人暂停争执，忽然拿不准自己的立场。尽力安抚哭泣宝宝的保姆惊讶地发现宝宝在咯咯笑。你要是多看几次马瑟林的表演，可能会在幕布落下前的几秒钟内留心到这一切。

一九二九年秋天，马瑟林在欧洲名声正盛，他被一份承诺出价六位数的合约引到纽约，受邀在马戏大剧院[1]进行六个月的驻场演出。他怀着艺术家的满腔热忱，收拾好行囊，准备在自由之国长期逗留。可好巧不巧的是，就在他在德国不来梅登上轮船的那一刻，华尔街股市开始暴跌。

当他在西区码头上岸时，他的美国制作人已经破产，马戏大剧院关张，他的合约也泡汤了。巴黎的银行给他下榻的酒店发了一封电报通知他，股市暴跌也让他失去了一切，甚至凑不够安然回家的路费。于是，

---

[1] 马戏大剧院（Hippodrome）位于第六大道西四十三街和西四十四街之间，一九〇五年开幕，后因电影的流行于一九三九年拆除。

当他敲响其他制作人的门时,却发现尽管自己在欧洲颇有名气,但在美国几乎没人知道他是谁。

这时,从马瑟林头上掉下来的是他的自尊。每当他俯身想捡起它时,一个过路人就会把它踢到马瑟林够不着的地方。他追赶着他的自尊,失望地从一个地方跑到另一个地方,到头来发现自己沦落到在街角表演哑剧,住进阳光旅馆——就在走廊尽头的49号房间。

自然而然地,马瑟林成了酒鬼。但不像菲兹和我老爹那样。他不会去廉价小酒馆,缅怀昔日的辉煌,宣泄过去的怨愤。每到晚上,他会买瓶便宜的红酒,关上房门,独自在房里喝酒,以流畅优雅的动作给杯子斟酒,仿佛那是表演的一部分。

而在早上,他会把门半开着。当我敲门时,他会脱下早已不存在的帽子欢迎我。有时候,他如果手里有点钱,就会让我去买牛奶、面粉和鸡蛋,在电熨斗的底盘上给我们俩做小薄饼。当我们坐在他房间的地板上吃早餐时,他不会谈论他的过去,而是询问我的将来——我想去的所有地方,我想做的所有事情。这是开始新一天的好办法。

后来有天早上,我走到走廊尽头,他的房门没有半开着。我轻轻敲门,没人回应。我把一只耳朵贴在木门上,听到幽微至极的嘎吱声,像是有人在弹簧床上翻身。我担心他可能生病了,就把门推开一条缝。

——马瑟林先生?我说。

他没有回答,我把门推开,却发现床没被睡过,写字椅倒在房间中央,而马瑟林挂在吊扇上。

你瞧,那个嘎吱声不是来自弹簧床,而是来自他缓缓前后晃动的身体。

我叫醒父亲,把他带进房间,他只是点了点头,像是早料到会这样。然后,他让我下楼去前台,让人报警。

半个小时后,房里来了三名警察——两名巡警和一名警探,给我、我的父亲和探头探脑的邻居们录口供。

——他被抢劫了吗?有个房客问道。

一名巡警指了指马瑟林的桌子作为回应,那里摆着他口袋里的东西,包括一张五美元的钞票和一些零钱。

——那块表呢?

——什么表?警探问道。

大家立刻开始谈论起那块纯金的怀表,说它是这个老小丑表演的点睛之物,他从不离身,哪怕破产了也留着。

警探看向巡警,巡警摇摇头,又看向我的父亲。这时,父亲看向我。

——嗯,达奇斯,他说着把一只胳膊搭在我的肩上,这很重要。我要问你一个问题,我希望你如实回答。当你发现马瑟林的时候,你看到他的表了吗?

我默默地摇头。

——也许你是在地板上发现它的,他有意提示。你捡了起来,以免弄坏。

——没有,我又摇摇头说。我根本没看到他的表。

父亲几乎是同情地拍了拍我的肩膀,转向警探,耸耸肩膀,像是已经尽力了。

——搜身，警探说。

一名巡警让我掏空口袋，而口香糖包装纸中竟有一块连着长长金链子的金表，想象一下当时我有多么惊讶。

想象一下我有多么惊讶，啊，因为我真的很惊讶。大吃一惊。简直目瞪口呆。整整两秒钟。

两秒钟后，事情就一清二楚了。我老爹让我下楼去前台，这样他就能搜查尸体了。那个爱管闲事的邻居提到表之后，父亲把一只胳膊搭在我的肩上，趁着说话的空当，在他被搜身之前把表塞进了我的口袋。

——噢，达奇斯，他大失所望地说。

不到一个小时，我就到了警局。作为一个初次犯罪的未成年人，我原本可以由父亲保释看管。但因为老小丑的怀表价值不菲，这不是小偷小摸，而是重大盗窃罪。更糟糕的是，阳光旅馆曾有其他几起盗窃报案，菲兹在一份宣誓证词中声称，他曾看到我从一两个别的房间里出来。仿佛这还不够糟似的，儿童服务机构的人发现我已经五年没上过学了，这让父亲极其震惊。当我在少年法庭出庭时，父亲被迫承认，身为一个勤劳的鳏夫，他无法保护我免受鲍厄里街的恶劣影响。大家一致同意，为了我着想，我应该被送往青少年改造项目，一直待到十八岁。

法官宣布判决后，父亲问能否在任性的儿子被带走前给他几句忠告。法官默许了，可能以为父亲会把我拉到一边，很快说完。然而，我老爹把大拇指插进背带裤，挺起胸膛，对着法官、法警、旁听席和速记员发表了一番演讲。尤其是速记员！

——临别之际，我的孩子，他对所有人说，我的祝福与你同在。我虽无法同行，但赠你几句忠告，需铭记于心：你要为人和善，但定不可粗俗。你要多听少言。要接受每个人的批评，但保留自己的判断。最重要的是：要忠实于自己。正如先有白昼才有黑夜，只有忠实于你自己，你才不会欺骗任何人。永别了，我的孩子，他最后说。永别了。[1]

当他们带我离开法庭时，他真的流下了一滴泪，这只老狐狸。

——太可怕了，萨拉说。

我从她的表情看得出，她是真心的。她的神情夹杂着同情、愤慨和保护欲。你看得出来，无论她自己的人生是否幸福，她一定会成为一个好妈妈。

——还行吧，我说，想缓解她的担忧。萨莱纳也没那么糟。我每天有三顿饭，还有一张床垫。而且如果我没去那里，就永远不会认识你弟弟。

我跟着萨拉走到水池边清洗空酒杯，她向我表示感谢，露出特有的宽容微笑，然后向我道晚安，转身离开。

——萨拉姐姐，我说。

她转过身来，扬起眉毛以示询问。然后，她带着一贯沉默的惊讶看着我将手伸进她的睡袍口袋，取出那个小棕瓶。

——相信我，我说，这些对你没有任何好处。

她离开厨房后，我把瓶子塞进调料架的底部，感觉今天做了第二件好事。

---

[1] 哈里·休伊特的告别语化用了《哈姆雷特》第一幕第三场中波洛尼厄斯对其子雷欧提斯的告别语。——作者注

FOUR

第 四 天

伍利

星期五下午一点半，伍利站在 FAO 施瓦茨[1]商店里最最最喜欢的位置。那可不是随随便便的地方哟！因为在这家玩具店里，有太多可以流连忘返的地方了。要走到这个位置，他必须穿过一大堆巨大的毛绒动物——包括那只抛媚眼的老虎，还有那只实体大小的长颈鹿，它的脑袋都快撞上天花板了。他必须穿过赛车区，两个小男孩正在 8 字形赛道上玩小法拉利。坐自动扶梯上楼后，他必须穿过魔术道具区，有个魔术师正在把方块 J 变消失。哪怕有那么多东西可看，商店里最让伍利感到快乐的却是摆放玩具屋家具的大玻璃柜。

柜子长二十英尺，有八面玻璃架，比圣乔治学校体育馆的奖杯陈列柜都大，里面从上到下、从左到右摆满了精美的迷你复刻品。柜子左边有一整片区域专门摆放奇彭代尔[2]家具——奇彭代尔高脚柜，奇彭代尔桌子，还有一套餐厅桌椅——十二把奇彭代尔椅子整齐地围着一张奇彭代尔餐桌。这张餐桌跟他们以前的那张餐桌一模一样，就是摆在第八十六街褐石屋餐厅里的那张。当然，他们不会每天都在奇彭代尔餐桌

---

[1] 美国一家历史悠久的玩具店，主营高档玩具，创立于一八六二年。其第五大道上的门店曾是纽约的著名景点之一，于二〇一五年永久关闭。

[2] 托马斯·奇彭代尔（1718—1779），英国杰出家具设计师，被誉为"欧洲家具之父"。此处指奇彭代尔风格的家具。

上吃饭。它是为生日和节日等特殊场合保留的,那时他们会在桌上摆放最好的瓷餐具,点燃枝形大烛台上的所有蜡烛。至少,在伍利的父亲去世前一直是这样的。后来,他的母亲再婚,搬去棕榈滩,把那张餐桌捐赠给了妇女交换组织[1]。

天哪,凯特琳姐姐气坏了!

当搬运工来取那套餐桌椅时,她对母亲说道(或者说是吼道),你怎么能这样,那是曾外婆的东西!

噢,凯特琳,母亲回答,你要那样的桌子干吗?不过是个能坐十二个人的老古董罢了。现在谁还办晚宴啊。对不对,伍利?

伍利当时不知道人们是否还办晚宴,现在依然不知道。所以,他一句话没说。但姐姐说了些什么。当搬运工抬着奇彭代尔餐桌出门时,她对他说了句话。

好好看看吧,伍利,她说,因为你再也见不到那样的桌子了。

于是,他仔仔细细地看了一下。

但事实证明,凯特琳说错了。因为伍利又见到那样的桌子了。眼下就在 FAO 施瓦茨的陈列柜里。

陈列柜里的家具是按时间顺序摆放的。所以,从左往右走,你可以从凡尔赛宫一路穿梭到现代公寓的客厅,里面有一台留声机、一张鸡尾酒桌和两把米斯·范德·罗厄[2]的椅子。

---

1 一家由女性经营的商店,通过出售旧物品为慈善事业筹款。
2 路德维希·米斯·范德·罗厄(1886—1969),德国现代主义建筑大师,坚持"少即是多"的设计理念。

伍利明白，奇彭代尔先生和范德·罗厄先生[1]因其设计的椅子受到高度赞誉。可在他看来，这些精美迷你复刻品的制作者就算得不到更高的赞誉，也理应与他们不相上下。因为制作这么小尺寸的奇彭代尔椅子或范德·罗厄椅子肯定比制作一把给人坐的椅子更难。

但伍利最喜欢的部分在柜子的最右边，那里摆着一系列的厨房玩具屋。顶上那个叫草原厨房，放着一张简单的木桌和一台黄油搅拌器，铸铁炉子上放着一只铸铁平底锅。下面是维多利亚厨房。你看得出这是让厨师烹饪的那种厨房，因为没有桌椅供你坐下来吃晚餐，但有个长长的木制岛台，上面由大到小挂着六只铜锅。最后是今日厨房，摆满了摩登奇物。除了一个亮白色的炉灶和一台亮白色的冰箱，还有一张镶了红色富美家贴面的四人桌，四把带红色塑料椅座的铬合金椅子。另有一台凯膳怡[2]厨师机，一个带黑色小压杆的烤面包机，里面还有两片小面包。在厨台上方的橱柜里，你能看到许许多多迷你麦片盒和迷你汤罐。

——我就知道你在这里。

伍利转头，发现姐姐站在他身旁。

——你是怎么知道的？他惊讶地问。

——我是怎么知道的！萨拉哈哈一笑重复道。

伍利也笑了。因为，当然了，他很清楚她是怎么知道的。

---

[1] 原文为"Mr. van der Rohe"，伍利误以为这位设计师的姓是范德·罗厄，名字是米斯，便称其为范德·罗厄先生。实际上设计师的姓是米斯·范德·罗厄。——编者注

[2] 凯膳怡（KitchenAid），创立于一九一九年，美国高端厨房家电品牌。

在他们小时候,每年十二月,沃尔科特外婆都会带他们来FAO施瓦茨,让他们挑选各自的圣诞礼物。有一年,当所有红色大购物袋都装得满满当当,全家人都扣好外套,准备离开时,他们发现,在节日的一片忙乱中,小伍利不知怎的不见了。家人们被派到各个楼层,喊着他的名字,最后萨拉在这里找到了他。

——那时我们几岁?

她摇摇头。

——我不知道。那是外婆去世的前一年,所以我想我十四岁,你七岁吧。

伍利摇摇头。

——那太难了,不是吗?

——什么太难了?

——挑选圣诞礼物,这里让人眼花缭乱!

伍利挥舞着手臂,想环住楼里所有的长颈鹿、法拉利和魔法道具。

——是啊,她说,选起来太难了。特别是对你而言。

伍利点点头。

——之后,他说,等我们挑完自己的礼物,外婆会让司机把购物袋送回家,然后带我们去广场酒店[1]喝下午茶。你还记得吗?

——我记得。

——我们会坐在那个有棕榈树的大厅。他们会端来那种点心塔,下层是小小的水田芥、黄瓜和三文鱼做的三明治,顶层是小小的柠檬挞和

---

[1] 开幕于一九〇七年的豪华酒店,东临大军团广场,广场饭店因此得名。

巧克力手指泡芙。外婆会让我们先吃三明治，再吃甜点。

——你必须自己爬上天堂。

伍利哈哈大笑。

——嗯，没错。外婆以前常这么说。

伍利和萨拉乘自动扶梯到了一楼，伍利阐释着他的新想法，说玩具屋椅子的制作者就算得不到比奇彭代尔先生、范德·罗厄先生更高的赞誉，也理应与他们不相上下。快到前门时，有人在他们身后急切地叫喊。

——等等！等等，先生！

伍利和姐姐回头看是哪里传来的声音，发现一个看着很像经理的男人正扬着一只手追赶他们。

——等一下，先生，那人一边喊一边径直跑向伍利。

伍利转头看姐姐，原打算装出一副滑稽的惊讶表情。但她盯着那人跑近，露出一丝恐惧。一个微小却令人心碎的暗示。

那人跑到他们面前，停下来喘气，然后对伍利说话。

——真抱歉这么大声喊你们。但你忘记你的熊了。

伍利的眼睛瞪得大大的。

——熊啊！

他转向姐姐，她看起来既困惑，又松了口气。

——我把熊忘了，他笑着说。

这时，一直跟在经理后面的年轻女子出现，她抱着一只几乎跟她一样大的熊猫。

——谢谢二位,伍利说着把熊抱在怀里,十分感谢。

两名员工回到自己的岗位,萨拉转向伍利。

——你买了一只熊猫?

——送给宝宝的!

——伍利,她微笑着摇摇头说。

——我考虑过灰熊和北极熊,伍利解释道,但它们看起来都太凶了。为了说明,伍利本想举起爪子、露出牙齿,但他抱着熊猫,挪不开手。

他抱着熊猫,挪不开手,连旋转门都出不去。于是,那个身穿鲜红色制服、总是守在FAO施瓦茨门口的警卫立刻采取行动。

——让我来,他殷勤地说。

然后,他打开那扇不旋转的门,让姐弟俩和熊猫走到商店与第五大道之间的小平台。

今天天气很好,阳光照耀着排列在中央公园边上的马车和热狗车。

——来跟我坐一会儿,萨拉说,语气暗示着将有一场严肃的谈话。

伍利有点不情不愿地跟着姐姐在一张长凳上坐下,把熊猫放在他们中间。但萨拉把熊猫抱起来放在一边,这样他们之间就不会隔着东西了。

——伍利,她说,我想问你一些事。

她注视着他,伍利在她脸上看出担心,也有犹豫,似乎她忽然不确定自己到底想不想问她原本想问的事了。

伍利伸出一只手,搭在她的前臂上。

——你不用问,萨拉。你什么都不用问。

伍利看着她，看出她脸上的担心与犹豫持续拉锯着。于是，他尽力安慰她。

——提问可能会变得非常微妙，他说，就像岔路口一样。你们也许正聊得非常愉快，然后有人提了个问题，眨眼之间，你们就往一个全新的方向走了。十有八九，这条新路会把你们带到非常惬意的地方，可有时你只是想走原本的方向。

两人沉默了片刻。然后，伍利捏了捏姐姐的胳膊，因冒出一个新想法而激动不已。

——你有没有注意过，他说，你有没有注意过，很多问题都是以字母W开头的？

他伸出手指数着。

——谁（Who）。什么（What）。为什么（Why）。什么时候（When）。哪里（Where）。哪个（Which）。

这件有趣的小事让姐姐展开了笑颜，他看出她的担心和犹豫消失了片刻。

——这难道不有趣吗？他继续说。我是说，你觉得为什么会这样呢？几百年前，单词一开始被创造出来时，W的发音到底有什么特别，让单词创造者用来提所有的问题？而不是用T或P呢？这让人有点为W感到难过，不是吗？我是说，这压力也太大了。尤其是当有人问你一个以W开头的问题时，他们常常不是真的在问你问题。他们是在变相地发表观点。就像，就像……

伍利模仿母亲的姿势和语气。

——你什么时候才能长大！以及，你为什么要这么做！还有，你到底在想什么！

萨拉哈哈大笑，见她这么笑真好。因为她笑起来很美。她绝对是伍利见过笑起来最美的人了。

——好吧，伍利。我不会问你问题的。

现在，轮到她伸出一只手搭在他的前臂上。

——但是，我要你向我保证。我要你答应我，你看过我之后就回去。

伍利想低头看脚，但感觉到她的手指按压他的前臂。他从她的脸上看得出，尽管她仍然担心，但已经不再犹豫了。

——我保证，他说，我保证……我会回去的[1]。

然后，她捏了捏他的前臂，就像他之前一样，看着像是卸下了肩上的重担。她向后靠在长凳上，他也照做。他们坐在熊猫旁边，不禁望向第五大道对面的广场酒店。

伍利带着灿烂的笑容站起来，转向姐姐。

——我们应该去喝下午茶，他说，怀旧一下。

——伍利，萨拉耷拉着肩膀说，已经两点多了，我还要去波道夫百货商店[2]拿裙子，要做头发，然后回公寓换衣服，准时赶去勒帕维永餐厅[3]和丹尼斯碰头。

——噢，吧啦吧啦吧啦，伍利说。

---

1 萨拉的意思是让伍利回萨莱纳，但伍利的保证没有指明地点，他其实是说他会回营地。——作者注
2 波道夫·古德曼百货商店位于曼哈顿第五大道，主打高端奢侈品。
3 纽约高档法式餐厅。

萨拉张嘴想再说句话,但伍利抱起熊猫,在姐姐面前晃来晃去。

——噢,吧啦吧啦吧啦,他用熊猫的声音说。

——好吧,萨拉笑着说,怀旧一下,我们去广场酒店喝下午茶吧。

达奇斯

星期五下午一点半,我站在伍利姐姐家餐厅的餐具柜前,欣赏摆放得井井有条的瓷餐具。跟沃森家一样,她的餐具也值得代代相传,也许已经传到她了。但这里没有东倒西歪堆得老高的咖啡杯,也没有薄薄的一层灰。萨拉姐姐的瓷餐具整齐而笔直地叠成几摞,每个盘子上都有一小圈毛毡保护表面,免得让叠在上面的盘子刮花。瓷餐具下方的架子上有只长长的黑盒子,里面是同样整整齐齐的银餐具。

我锁上餐具柜下方的柜子,把钥匙放回原处:中间架子中央的盖碗里。这栋房子的女主人显然拥有精致的对称感,这有多么值得称赞,就有多么容易被识破。

我从餐厅踱到走廊上,满意地参观完一楼的每个房间,然后走向后楼梯。

— · —

吃早餐时,萨拉说她和丹尼斯要在城里的公寓过周末,因为他们那两天都有晚餐安排。她又说中午之前得去城里办些事,伍利提议他陪她一起去,这时萨拉看着我。

——这样可以吗?她问,要是伍利陪我去城里几个小时?

——有何不可。

事情就这么定了。伍利和萨拉开车进城,我稍后开凯迪拉克去接他,我们俩再一起去马戏团。我问伍利我们在哪里碰头,他自然提议在联合广场的亚伯拉罕·林肯雕像那里。十一点刚过,他们驶出车道,开往城里,留我一人看家。

首先,我走进客厅。我给自己倒了一指高的苏格兰威士忌,打开高保真音响播放西纳特拉,踢着脚跳起舞来。我从没听过这张唱片[1],但老蓝眼睛的状态很棒,在管弦乐团的伴奏下哼唱一系列的慢摇情歌,包括《你让我如此快乐》("I Get a Kick Out of You")和《他们无法把记忆带走》("They Can't Take That Away from Me")。

在唱片的封面上,两对情侣正在散步,西纳特拉则独自靠在灯柱上。他穿着深灰色西装,头上歪戴着一顶软呢帽,两指之间松松地夹着一根烟,看着快掉在地上了。光是看到这张照片,就让人想抽上一根烟,戴上一顶帽子,也孤独地靠在灯柱上。

有一瞬间,我好奇买这张唱片的人是不是伍利的姐夫。但只有一瞬间。因为,这当然是萨拉买的。

我重播唱片,又给自己倒了一杯威士忌,在走廊上漫步。据伍利说,他的姐夫是华尔街奇才,尽管你从他的书房看不出来。里面没有股票行情自动收录器的纸条,也没有如今用来告诉人们应该买卖什么的工具。没有账簿、计算器或滑尺。取而代之的是热爱运动的诸多证据。

---

[1] 达奇斯听的这张唱片是西纳特拉于一九五四年推出的《写给年轻爱侣的歌》("Songs for Young Lovers")。——作者注

在书桌对面的架子上——丹尼斯一眼就能看到的地方——有一条固定在支架上的鱼标本,鱼嘴永远对着鱼钩。鱼上方的架子上有张最近拍的照片,上面是四个刚打完一轮高尔夫的男人。幸好照片是彩色的,你可以记住自己永远不想穿的衣服是什么样的。我扫了一眼高尔夫球手们的脸,挑了一个看起来格外自大的人,觉得那就是丹尼斯。架子左边的墙上凸出两个J形挂钩,钩子上却空空的。J形挂钩的上方是另一张照片,一张大学棒球队的合照,草地上有座两英尺高的奖杯。

书房里没有一张伍利姐姐的照片。墙上没有,架子上没有。奇才的书桌上也没有。

在厨房洗完威士忌酒杯后,我发现了一个像是食品储藏室的地方。但它不像圣尼克的那个,从地板到天花板堆满一袋袋面粉和番茄罐头。这个食品储藏室里有个带铜制洗手台的铜制小水池,还有各种颜色和尺寸的花瓶,让萨拉完美地展示丹尼斯不曾送过的每一束花。好的一面是,丹尼斯确保这里有个特别定制的柜子,可以存放几百瓶酒。

我从厨房出来,走进餐厅,又打量了一下之前提到的瓷餐具和银餐具。我在客厅停下,把软木塞塞回威士忌酒瓶,关掉留声机,然后上楼。

我跳过伍利和我过夜的房间,把头探进另一间客房,然后是一个看似缝纫室的房间,最后来到一个粉刷了一半的卧室。

在房间中央,有人掀开了防护用的防水布,露出堆在床上的箱子,让它们暴露在淡蓝色油漆的威胁中。这似乎不是伍利的姐姐会做的事,所以我主动把防水布盖了回去。这时,我发现床架边上靠着一根路易斯维尔击球手棒球棍。

我心想，这一定是丹尼斯书房里 J 形挂钩上的东西。他可能在十五年前击出一个本垒打，然后把棒球棍挂在墙上，每当他不看鱼时，就能回味这件事。但出于某些奇怪的原因，有人把它拿到了这里。

我拿起棒球棍，在手里掂了掂，难以置信地摇摇头。我之前怎么没想到呢？

从形状和原理上讲，路易斯维尔击球手棒球棍与我们的祖先用来制服野猫和狼的棍棒没什么不同。可不知怎的，它看起来就跟玛莎拉蒂一样时尚摩登。棒球棍采用柔滑的锥形设计，确保力道均匀分布……底部的凸起卡住掌根，让挥棒的力量发挥到最大，却不会让棒球棍从手中滑脱……费尽心思雕刻、打磨和抛光，就像制作小提琴和船只一样，路易斯维尔击球手棒球棍是兼具美感与实用性的物品。

说真的，想想乔·迪马乔吧，他把棒球棍搁在肩上，身体忽然运动起来，迎接以九十迈的速度砸向他的棒球，砰的一声得意出击，将球打回相反的方向。我敢说你找不到比棒球棍更好的例子来证明形式追随功能[1]这一设计理念了。

是呢，我心想。忘掉你的木棍、平底锅和威士忌酒瓶吧。说到伸张正义，你只需一根经典且优质的美国棒球棍。

我吹着口哨在走廊上继续前行，用棒球棍顶端推开主卧的门。

这是一个采光很好的漂亮房间，不仅有一张床，还有一张躺椅，一把带脚凳的高背椅，以及一对男女用的五斗橱。还有一对男女用的衣橱。

---

[1] 芝加哥建筑学派代表人物路易斯·沙利文提出的设计理念，他被誉为现代功能主义建筑之父。

林肯公路

左边衣橱里有一长排连衣裙，大多像它们的主人一样明亮而优雅，但角落也塞着几件裸露的衣物，我几乎不好意思看，她肯定也不好意思穿。

第二个衣橱的架子上放着叠得整整齐齐的牛津衬衫，一根挂杆上挂着许许多多三件套西装，按棕褐色、灰色、蓝色、黑色依次摆放。西装上方的架子上有一排以类似色系摆放的软呢帽。

俗话说，人靠衣装。但你只需要看着这排软呢帽，就知道那是胡扯。把各个阶层的男人聚在一起——从有权有势的人到一无是处的人应有尽有——让他们把自己的软呢帽扔成一堆，你穷尽一辈子也搞不明白哪顶帽子是哪个人的。因为是人定义了软呢帽，而不是软呢帽定义了人。我的意思是，比起乔·弗雷迪警长的帽子，你应该更想戴弗兰克·西纳特拉的帽子吧？但愿如此喽。

我数了数，丹尼斯大概一共有十顶软呢帽、二十五套西装、四十件衬衫，用来相互搭配。我懒得计算所有可能的造型组合了。一眼望去，要是什么东西不见了，显然也没人会发现。

埃米特

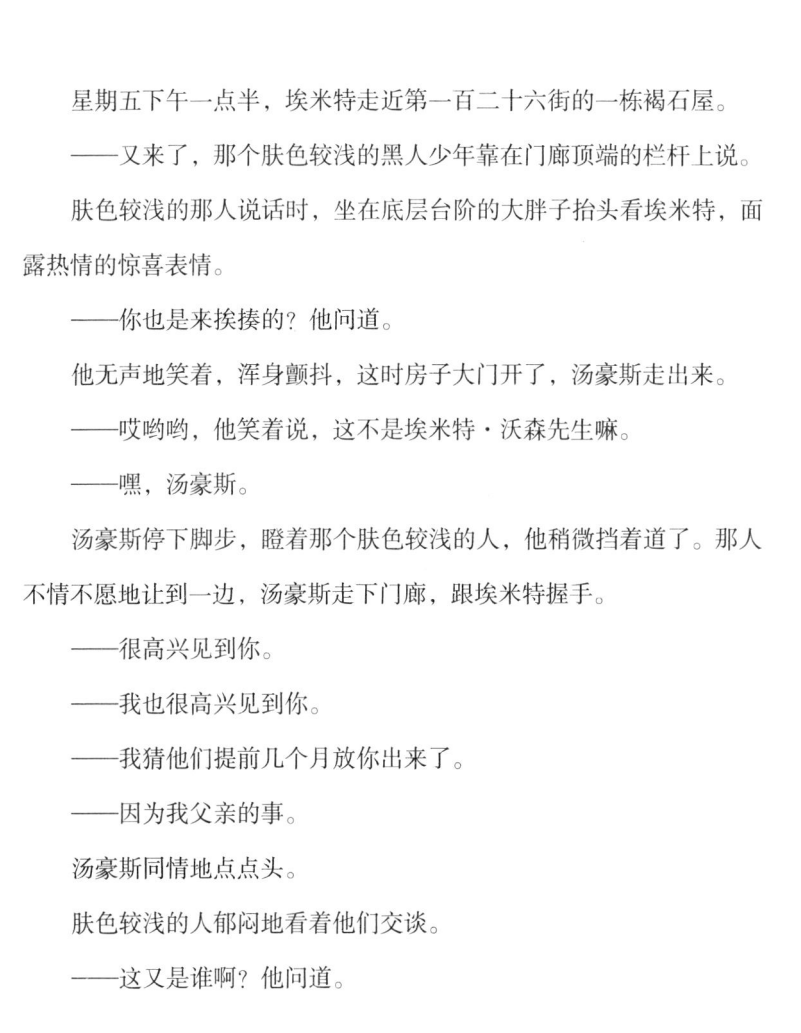

星期五下午一点半,埃米特走近第一百二十六街的一栋褐石屋。

——又来了,那个肤色较浅的黑人少年靠在门廊顶端的栏杆上说。

肤色较浅的那人说话时,坐在底层台阶的大胖子抬头看埃米特,面露热情的惊喜表情。

——你也是来挨揍的?他问道。

他无声地笑着,浑身颤抖,这时房子大门开了,汤豪斯走出来。

——哎哟哟,他笑着说,这不是埃米特·沃森先生嘛。

——嘿,汤豪斯。

汤豪斯停下脚步,瞪着那个肤色较浅的人,他稍微挡着道了。那人不情不愿地让到一边,汤豪斯走下门廊,跟埃米特握手。

——很高兴见到你。

——我也很高兴见到你。

——我猜他们提前几个月放你出来了。

——因为我父亲的事。

汤豪斯同情地点点头。

肤色较浅的人郁闷地看着他们交谈。

——这又是谁啊?他问道。

——朋友,汤豪斯头也不回地答道。

——那个萨莱纳一定是能交很多朋友的地方。

这次,汤豪斯确实回头看了一眼。

——闭嘴,莫里斯。

莫里斯瞪了汤豪斯一会儿,然后郁闷地望向街道,那个笑嘻嘻的人则摇了摇头。

——走,汤豪斯对埃米特说,我们去散个步吧。

两人一起走在街上,汤豪斯沉默不语。埃米特明白,他是在等和其他人拉开一些距离。所以埃米特也沉默不语,直到他们拐过街角。

——你看到我好像并不惊讶。

——嗯,达奇斯昨天来过。

埃米特点点头。

——我听说他要来哈勒姆,就猜到他是来找你的。他要干吗?

——他要我揍他。

埃米特停下脚步,转向汤豪斯,所以汤豪斯也停下脚步转过身。有那么一会儿,他们面面相觑,一声不吭——这两个肤色不同、出身不同的年轻人却有着相似的个性。

——他要你揍他?

汤豪斯压低声音回答,像讲悄悄话似的,尽管周围没人听得到。

——那就是他要的,埃米特。他脑袋里有个想法,认为他欠我什么——因为我在阿克利手上挨了鞭子——如果我给他几拳,我们就扯平了。

——你怎么做的?

——我揍了他。

埃米特有些惊讶地盯着他的朋友。

——他让我没得选。他说他大老远跑到上城是来算账的,而且明确表示,账不算清楚就不离开。我揍了他一拳,他非得要我再打一拳。两拳。他的脸上挨了三拳,他连拳头都没抬,就在我们刚刚站的门廊底下,就在那些小子面前。

埃米特把目光从汤豪斯身上移开,陷入思考。他没有忘记,为了还清自己的债,五天前他也挨了一顿揍。埃米特不算迷信。他不喜欢四叶草,也不怕黑猫。可一想到达奇斯在众目睽睽之下挨了三拳,他有种不详的奇怪感觉。但这没有改变不得不做的事情。

埃米特又看向汤豪斯。

——他说他住在哪里了吗?

——没有。

——他说他要去哪里了吗?

汤豪斯顿了一下,然后摇摇头。

——他没说。但听着,埃米特,如果你一心要找达奇斯,那你要知道,不只你在找他。

——什么意思?

——昨晚来了两个警察。

——因为他和伍利逃狱了?

——也许吧。他们没说。但比起伍利,他们明显对达奇斯更感兴趣。而且我有种感觉,事情可能不仅仅是追查两个逃狱的孩子那么简单。

——谢谢你告诉我。

——应该的。在你离开之前，有个东西你一定想看。

汤豪斯带埃米特走了八个街区，来到一条看起来更像西班牙人而非黑人社区的街道。街上有个杂货铺，三个男人在人行道上玩多米诺骨牌，收音机里播着一首拉丁舞曲。走到街区尽头，汤豪斯停下来，街对面是一家汽车修理店。

埃米特转头看汤豪斯。

——就是那家汽车修理店？

——就是它。

这家店的老板姓冈萨雷斯，战后带着妻子和两个儿子从南加利福尼亚移居纽约——街坊叫那对双胞胎兄弟帕科和皮科。从兄弟俩十四岁起，冈萨雷斯就让他们放学后在店里帮工——清洗工具、扫地、倒垃圾——让他们了解如何脚踏实地赚每一块钱。帕科和皮科了然于心。十七岁时，他们负责周末的打烊工作，便开始做起了自己的小生意。

店里的大部分汽车送过来是因为挡泥板松动或车门有凹坑，除此之外都能正常使用。所以，每逢星期六晚上，兄弟俩开始把店里的汽车以每小时几美元的价格租给附近的男孩。在汤豪斯十六岁时，他约了一个叫克拉丽丝的女孩出去玩，她刚好是十一年级最漂亮的女孩。她答应后，汤豪斯找他兄弟借了五美元，向双胞胎租了一辆车。

他计划准备一点野餐用的食物，载着克拉丽丝去格兰特将军墓[1]，

---

1 尤利西斯·格兰特将军及其妻子的古典圆顶陵墓，一八九七年落成，位于曼哈顿上城莫宁赛德高地社区。

他们可以把车停在榆树下，眺望哈得孙河。可好巧不巧的是，那晚双胞胎兄弟唯一可租的车是一辆镀铬别克云雀敞篷车。那辆车看起来太酷了，让克拉丽丝这样的漂亮女孩坐在前排，一整晚盯着河里的驳船开来开去，那简直太遗憾了。于是，汤豪斯转而打开顶篷，打开广播，载着他的约会对象去第一百二十五街来回兜风。

——你真该瞧瞧我们当时的样子，汤豪斯说，那是在萨莱纳的一个晚上，他们在黑暗中躺在自己的铺位上。我穿着复活节盛装，衣服的蓝几乎跟那辆车一样，她穿着一条亮黄色连衣裙，后背开口很低，半个背都露了出来。那辆云雀可以在四秒钟内从零加速到六十迈，但我只开到二十迈，这样就能和所有我们认识的人、一半我们不认识的人打招呼了。我们沿着第一百二十五街行驶，经过特里萨酒店、阿波罗剧院和肖曼爵士俱乐部前面那些穿着考究的人。开到百老汇后，我就掉个头，再一路开回去。每绕一圈，克拉丽丝就会坐得更近一点，直到完全贴在我身上。

最后，克拉丽丝提议去格兰特将军墓，把车停在榆树下。于是，他们去了那里，忘情地在夜色中亲热，直到两个巡警的手电筒照进车里。

原来，云雀的主人是阿波罗剧院前面的某个穿着考究之人。因为汤豪斯和克拉丽丝一直在挥手，所以警察没费多少工夫就在公园找到了他们。打断这对小情侣后，一名警察开着云雀送克拉丽丝回家，另一名警察则开着警车送坐在后排的汤豪斯去警局。

汤豪斯是未成年人，从没惹过麻烦，如果供出双胞胎兄弟，可能被严厉训斥一顿就算了。但他不是告密者。警察问他为什么会开着一辆不属于他的车，他说自己溜进了冈萨雷斯先生的办公室，偷走钩子上的钥匙，趁没人注意把车开走了。因此，汤豪斯没被严厉训斥，而是被判在萨莱纳服刑十二个月。

——来吧，他说。

两人穿过街道，经过冈萨雷斯先生的办公室，他正在里面打电话，然后进入维修区。第一个车位停着一辆尾部凹陷的雪佛兰，第二个车位停着一辆引擎盖变形的别克路霸，这两辆车像是同一场车祸中的前后车。收音机在看不到的地方播着一首舞曲，在埃米特听来，可能跟他们经过多米诺骨牌玩家身边时听到的是同一首，但他知道也可能不是。

——帕科！皮科！汤豪斯的喊声盖过了音乐。

兄弟俩从雪佛兰后面出来，穿着脏兮兮的连体衣，用抹布擦手。

要说帕科和皮科是双胞胎，你乍一眼猜不出来——帕科又高又瘦，头发蓬乱，皮科又矮又壮，头发很短。只有当他们咧嘴大笑，露出大白牙时，你才看得出他们像一家人。

——这就是我跟你们提过的朋友，汤豪斯说。

兄弟俩转向埃米特，对他露齿一笑。然后，帕科朝修理店最里面扬了扬头。

——在那里。

埃米特和汤豪斯跟着兄弟俩经过别克路霸，走到最后一个停车位，那里有辆车被防水布罩着。兄弟俩一起拉开防水布，一辆淡蓝色的史蒂倍克露了出来。

——这是我的车，埃米特惊讶地说。

——可不是吗，汤豪斯说。

——它怎么会在这里？

——达奇斯留下的。

——车子没问题吧？

——差不多吧，帕科说。

埃米特摇了摇头。真是完全无法理解达奇斯选择在什么时候、什么地方做什么事情。不过，只要车回到手里，也能正常开，他就没必要弄懂达奇斯的选择。

埃米特迅速绕了一圈，高兴地发现车上的凹坑没有新增，跟他刚买时一样。可打开后备厢后，他发现背包不见了。更重要的是，他拉开盖在备胎上的毛毡，发现信封也不见了。

——一切都好吗？汤豪斯问道。

——嗯，埃米特说着轻轻关上后备厢。

埃米特走到车头，透过驾驶座的窗户瞥了一眼，然后转向帕科。

——你有钥匙吗？

但帕科看向汤豪斯。

——我们有钥匙，汤豪斯说，但还有件事你得知道。

汤豪斯还没来得及解释，修理店另一头传来一声怒吼。

——这他妈搞什么！

埃米特以为是冈萨雷斯先生，因为儿子们没在干活儿而恼火，可转身却看到那个叫莫里斯的人大步走向他们。

——这他妈搞什么，莫里斯又说了一遍，但放慢了语速，让字一个一个地蹦出来。

汤豪斯小声告诉埃米特，这是他的表弟。等莫里斯走到他们面前，汤豪斯不屑地回答。

——什么这他妈搞什么，莫里斯？

——奥蒂斯说你要交出钥匙，我简直不敢相信。

——噢，你现在可以相信了。

——可这是我的车。

——这车跟你没半点关系。

莫里斯惊诧地盯着汤豪斯。

——那个疯子给我钥匙的时候你也在场。

——莫里斯，汤豪斯说，你一整个星期都在找我的茬儿，我真是受够了。所以，管好你自己，别等到我来收拾你。

莫里斯咬紧牙关，瞪了汤豪斯一会儿，又转身大步离开。

汤豪斯摇了摇头，脸上的表情像是一个人正努力回想被无关紧要的事打断之前想说的要紧话，这是对表弟的又一次轻视。

——你刚要跟他说车的事，帕科提示。

汤豪斯想起来似的点点头，转向埃米特。

——我昨晚对警察说，我没见过达奇斯，他们肯定没相信。因为他们今早又回来了，在街区到处问问题。比如有没有见到两个白人男孩在我家门廊闲逛，或是开车在附近转悠——开一辆淡蓝色的史蒂倍克……

埃米特闭上眼睛。

——就是这样，汤豪斯说。不管达奇斯惹了什么麻烦，看样子他是开着你的车去犯事的。如果你的车被卷进去了，警察最终会认为你也卷进去了。这就是我把车藏在这里而没有停在街上的原因之一。而另一个原因是,说到喷漆,冈萨雷斯兄弟俩称得上是艺术家了。是不是啊,小子们?

——堪比毕加索[1],皮科第一次开口回答。

——等我们处理完,帕科说,连她老娘都认不出来。

兄弟俩开始大笑,但见埃米特和汤豪斯都没跟着笑,就不笑了。

——要多久?埃米特问。

兄弟俩面面相觑,然后帕科耸耸肩膀。

——如果我们明天开始,进展顺利的话,可以在……周一早上完成?

——对[2],皮科点头表示同意。周一[3]。

又要耽搁了,埃米特想。但信封不见了,在找到达奇斯之前,他反正也不能离开纽约。而且,关于这辆车,汤豪斯说得对。如果警察正在积极地寻找一辆淡蓝色的史蒂倍克,那就没必要再开一辆这样的车了。

——那就周一早上吧,埃米特说,谢谢二位。

在修理店外,汤豪斯提出陪埃米特走回地铁站,但埃米特想先了解一些事。

——当我们站在你家门廊时,我问达奇斯去了哪里,你犹豫了——就像一个人知道一些事,但不想承认自己知道。如果达奇斯对你说了他要去哪里,我需要你告诉我。

---

1 原文为西班牙语"Los Picassos"。
2 原文为西班牙语"Sí"。
3 原文为西班牙语"El lunes"。

汤豪斯叹了口气。

——听着,他说,我知道你喜欢达奇斯,埃米特。我也是。他是一个忠诚的朋友,尽管行事狂悖,满嘴跑火车,却有趣至极,我很高兴能认识他。可他也像那种天生没有周边视觉的人。他能看到眼睛正前方的一切,看得比大多数人更清楚,可一旦那东西向左或向右偏了一英寸,他就压根儿看不见了。这会给他自己,也给靠近他的人带来各种各样的麻烦。我想说的是,埃米特,你既然已经拿回车了,要不别管达奇斯了。

——没什么比不管达奇斯更让我开心的了,埃米特说,但事情没那么简单。四天前,比利和我正准备开车去加利福尼亚,他和伍利开走了史蒂倍克,这就够麻烦的了。而我父亲去世前,他在汽车后备厢里放了一个装着三千美元的信封。达奇斯把车开走前信封还在,现在不见了。

——该死的,汤豪斯说。

埃米特点点头。

——别误会:我很高兴拿回车。可我需要那笔钱。

——行吧,汤豪斯说,点点头表示让步。我不知道达奇斯住在哪里。但他昨天离开之前,想说服我跟他和伍利一起去马戏团。

——马戏团?

——没错。在红钩区。科诺弗街上,就在河边。达奇斯说他今晚六点要去那里看演出。

两人从汽车修理店走到地铁站,汤豪斯绕了长长的一段路,给埃米特指认地标。不是哈勒姆的地标，而是曾经出现在他们谈话中的地标。在一起生活的那段时间，当他们在田里并肩干活儿，或是夜里躺在床铺上时，就会提起那些地方。比如莱诺克斯大道上的那栋公寓楼，汤豪斯的爷爷曾在屋顶上养鸽子，也曾让汤豪斯和他兄弟在炎热的夏夜睡在那片屋顶。比如汤豪斯的高中，他曾是学校的明星游击手。还有第一百二十五街，埃米特瞥了一眼那片热闹的路段，在那个倒霉的星期六晚上，汤豪斯和克拉丽丝就是在那条路上来回兜风的。

离开内布拉斯加州，埃米特没什么后悔的。他不后悔抛下他们的家和财产。他不后悔抛下父亲的梦想和坟墓。在林肯公路上才开了几英里，他就享受着离家越来越远的感觉，即使走错了方向。

可当他们漫步哈勒姆时，当汤豪斯指着小时候的那些地标时，埃米特真希望自己能与这位朋友一起回摩根，哪怕只有一天，这样他也能指出自己人生中的地标，那些在萨莱纳讲来消磨时间的故事中的地标。比如他辛辛苦苦组装的飞机，它们依然挂在比利的床上；麦迪逊街上的那栋两层楼房子，那是他在舒尔特先生手下帮忙建造的第一栋房子；还有那片广袤无情的土地，它或许打垮了他的父亲，但在他的眼中却从来不失美丽。是的，他也会带汤豪斯去看集市，就像汤豪斯毫不羞愧、毫不犹豫地带他去看那片令他遭难的热闹路段一样。

到达地铁站后，汤豪斯跟着埃米特进站，一直陪他走到旋转门。分别之前，汤豪斯转念一想，问今晚要不要他陪埃米特去找达奇斯。

——没事的，埃米特说，我想他不会找我麻烦的。

——嗯,他不会的,汤豪斯同意。至少,不会故意为之。

过了一会儿,汤豪斯摇摇头,露出微笑。

——达奇斯的脑袋里有些荒唐的想法,但有一点他说得对。

——什么?埃米特问。

——揍完他,我确实感觉好多了。

萨莉

当你需要男人帮忙,你常常是找不到他的。他会出门处理这样那样的事,这些事明天处理和今天处理一样容易,而且就在五步之外听不见你声音的地方。然而,你一旦需要他从眼前消失,却怎么样都没办法把他赶出门。

就像我的父亲此刻一样。

现在是星期五中午十二点半,他正像外科医生那样切他的炸鸡排,仿佛病人的生命取决于每一次下刀的位置。等他终于吃完盘里的东西,又喝完两杯咖啡后,他非常难得地要了第三杯。

——那我得再煮一壶,我提醒道。

——我有的是时间,他说。

于是,我把咖啡渣倒进垃圾桶,冲洗渗滤壶,重装咖啡粉,把壶放在炉子上,等它烧开,默默想着,在这个冷酷无情的世界上,有那么多时间任你自由支配,可真好啊。

-·-

从我记事起,父亲每个星期五下午都会去镇上办事。一吃完午饭,他就会一脸坚定地爬进他的卡车,直奔五金店、饲料店和药店。到晚上七点左右——正好赶上晚饭——他会开进车道，带回一管牙膏、十蒲式耳[1]燕麦和一把全新的钳子。

你自然会奇怪，一个男人到底是如何把二十分钟的差事变成五小时的郊游的？啊，很简单：通过闲聊。显然，他在五金店跟沃尔特先生闲聊，在饲料店跟霍乔先生闲聊，在药店跟丹齐格先生闲聊。但闲聊对象不只是老板，因为每个星期五下午，那些地方都聚着一帮老练的办事者，开会似的预测着天气、收成和全国选举的情况。

据我估计，他们在每家店都要耗上整整一小时进行预测，但显然三小时还不够。因为预测完一整天所有未知之事后，这帮上了年纪的人会去麦卡弗蒂酒馆，就着啤酒再高谈阔论两小时。

我父亲是个按部就班的人，就像我说的，从我记事起他就这样。可大约六个月前，他忽然变了，他吃完午饭，推开椅子，没有直接出门上卡车，而是上楼换了件干净的白衬衫。

没过多久，我就猜到有个女人以某种方式进入了父亲的日常生活。特别是她钟爱香水，而我是替他洗衣服的那个人。可问题依然存在：这个女人是谁？他到底是在哪里认识她的？

我很确定，她不是教会里的人。因为星期日早上，当我们结束礼拜，走到教堂前的那块小草坪上时，没有任何女人——无论婚否——向他谨慎地打招呼，或投来局促的一瞥。不是饲料店记账的埃丝特，因为就算一瓶香水从天而降砸在她头上，她也认不出来。我原以为是偶尔光顾麦卡弗蒂酒馆的女人，可父亲开始换衬衫后，回家时就不再满口啤酒味了。

---

[1] 谷物和水果的容量单位，1英蒲式耳约合36.37升，1美蒲式耳约合35.24升。

哎，如果他不是在教堂、商店或酒馆认识她的，那我真想不通了。所以，我别无选择，只能跟踪他。

三月的第一个星期五，我煮了一锅辣肉，这样就用不着烧晚饭了。给父亲准备好午饭后，我用眼角的余光看着他穿着干净的白衬衫出门，爬上卡车，驶出车道。他开出半英里后，我从壁橱里拿了一顶宽檐帽，跳上贝蒂也出发了。

像往常一样，他的第一站是五金店，他买了一点东西，与志同道合之人一起消磨了一小时。接着去了饲料店，然后是药店，又买了一点东西，又消磨了很多时间。每个地方都出现了几个女人，她们去买点自己需要的东西，可就算他和她们说了几句话，也不是你会在意的那种交谈。

到了五点，他从药店出来，爬上卡车，没有沿着杰斐逊街开往麦卡弗蒂酒馆。相反，他经过图书馆，在柏树街右转，在亚当斯街左转，停在一栋带蓝色百叶窗的白色小房子对面。他坐了一小会儿，然后下车，穿过街道，拍了拍纱门。

不一会儿就有人来应门。站在门口的是艾丽丝·汤普森。

据我估计，艾丽丝不到二十八岁。她上学时比我姐姐高了三届，是卫理公会派教徒，所以我对她不太了解。但我知道大家都知道的事：她毕业于堪萨斯州立大学，后来嫁了个托皮卡人，他参战牺牲了。艾丽丝是一个无儿无女的寡妇，一九五三年秋天回到摩根，在储贷银行找了份出纳员的工作。

他们一定是在那里认识的。虽然银行不是父亲每周五例行会去的地方，但他每隔一周的星期四会去取工人的工资单。某个星期，他一定出现在她的窗口，被她忧郁的样子吸引。接下来的一周，我可以想象他仔细算好排队的位置，以便出现在她的窗口，而不是埃德·福勒的窗口，然后在她数钱时，想尽办法聊上一两句。

当我坐在车里盯着那栋房子看时，你也许以为我会感到不安、生气或愤慨，父亲竟然忘了母亲，跟一个年龄只有他一半的女人搞浪漫。噢，随你怎么想。你不会损失什么，我就更没什么损失了。但那天夜里，吃完辣肉，打扫完厨房，关灯之后，我跪在床边，双手合十，开始祷告。我说：亲爱的主啊，请赐予我父亲殷勤的智慧，慷慨的胸怀，让他有勇气向这个女人求婚——这样就能换别人替他洗衣做饭了。

在接下来的四个星期，我每天夜里都会做类似的祷告。

然而，四月的第一个星期五，父亲七点没按时回家吃晚饭。直到我打扫完厨房、上床睡觉，他都没回家。当我听到他开进车道时，已经快午夜了。我拨开窗帘，看到他的卡车以四十五度角歪停着，他没关前灯就摇摇晃晃地走向门口。我听到他经过我为他留的晚饭，跌跌撞撞地上楼。

人们说，主会回应所有的祷告，只是有时他的答案是否定的。我猜他给我的答案也是否定的。因为第二天早上，我从洗衣篮里拿出他的衬衫，它散发着威士忌的味道，而不是香水味。

— · —

终于，下午一点三刻，父亲喝光咖啡，推开椅子。

——嗯，我想我该走了，他说。我没有反驳。

他爬上卡车，驶出车道，我看了看时钟，发现我只剩四十五分钟左右的时间了。于是，我洗好碗，收拾好厨房，摆好桌子。这时已经两点二十分了。我解下围裙，擦擦额头，坐在楼梯最下面的台阶上，那里下午总有宜人的微风吹过，我也能清楚听到父亲书房里的电话铃声。

我在那里坐了半小时。

然后，我站起来，抚平半身裙，回到厨房。我双手叉腰，扫了一圈。厨房极为整洁：椅子都塞在桌下，厨台擦干净了，盘子整齐地摞在橱柜里。于是，我开始做鸡肉馅饼。做完之后，我又打扫了厨房。接着，尽管今天不是星期六，但我还是从壁橱里拿出吸尘器，把客厅和书房的地毯吸干净。我正准备把吸尘器搬到楼上，也吸一下卧室，这时我想到，吸尘器噪音太大，我在楼上听不到电话响。于是，我把吸尘器放回了壁橱。

有那么一会儿，我就站在那里盯着蜷缩在壁橱地板上的吸尘器，暗自琢磨着我们俩到底是谁为谁服务。然后，我砰的一声甩上门，走进父亲的书房，坐在他的椅子上，取出他的电话簿，查找科默尔神父的电话号码。

埃米特

当他们从卡罗尔街地铁站出来时,埃米特明白带上弟弟是个错误。

直觉告诉埃米特,他不该这么做。汤豪斯记不起马戏团的确切地址,所以可能要走好一段路才能找到。进去之后,埃米特还得在人群中找到达奇斯。找到达奇斯后,那家伙有可能——无论概率多低——胡闹一番才会交还信封。总而言之,把比利交给尤利西斯照顾更明智,他会很安全。可是,你要怎么告诉一个从小就想去马戏团的八岁小男孩,你打算去马戏团却不带上他?所以,下午五点,他们从铁轨爬下钢梯,一起去坐地铁。

埃米特已经去过一次布鲁克林,虽然坐错了车,但他知道该进哪个地铁站、该去哪个站台、该坐哪辆地铁,这起初让他略感安慰。可昨天从开往布鲁克林的地铁换乘开往曼哈顿的地铁时,他根本没出站。所以,当他们从卡罗尔街地铁站出来后,埃米特才发现布鲁克林的这一带多么荒凉。他们经过格瓦纳斯进入红钩区,情况似乎更糟了。没走多久,到处都是没有窗户的长仓库,仓库边上间或有些廉价旅馆或酒吧。这一带不像有马戏团,除非他们把帐篷搭在码头上。可等河流映入眼帘,还是没有帐篷的影子,没有旗帜,也没有大棚子。

埃米特正要转身,比利指向街对面一幢不起眼的建筑,那边有扇亮灯的小窗。

原来那是一个售票处,里面坐着一个七十多岁的老头。

——马戏团是在这里吗?埃米特问。

——早场演出已经开始了,老头说,但照样每人两美元。

埃米特付完钱,老头把票从柜台上滑出来,麻木得就像一个人一辈子只做了这么一桩事。

埃米特发现大厅更贴近他的期望,便松了口气。地上铺着深红色的地毯,墙上画着一些杂技演员和大象,还有一只张开大口的狮子。另有一个卖爆米花和啤酒的小卖部,大画架上宣传着重头戏:不可思议的萨特姐妹花,来自得克萨斯圣安东尼奥!

埃米特把票递给穿蓝色制服的女引座员,问他们应该坐在哪里。

——随便坐。

然后,她对比利眨了眨眼,打开门,祝他们看得开心。

里面像是一个小型室内马术竞技场,泥地围了一圈椭圆形的栏杆,有二十排阶梯式座位。据埃米特估计,场内只坐了四分之一的人,但因为灯光对准椭圆形场地,所以不易看清观众们的面孔。

沃森兄弟俩坐在其中一张长凳上,灯光变暗,一束聚光灯照亮马戏团领班。他按照传统,穿得像个驯兽师,脚蹬皮马靴,身穿亮红色外套,头戴高顶礼帽。那人一开口,埃米特才意识到那其实是个戴着假胡子的女人。

——接下来的这位,她对着红色扩音器说,从东方归来,令印度王公痴狂,为暹罗国王献舞,马戏团向大家隆重介绍,举世无双的德莉拉!

领班的手一挥,聚光灯越过椭圆场地打向栏杆中央的一道门,一个身穿粉红芭蕾舞裙的胖女人骑着一辆小孩子的三轮车从门里出来。

观众们爆发出大笑声和下流的欢呼声,这时两只头上绑着老式警察头盔的海豹登台,开始吠叫。海豹们追赶德莉拉,她疯狂踩三轮车满场跑,观众们加油鼓劲。当海豹们成功地把德莉拉赶回门里,它们转过身来,通过晃头和拍鳍向观众致谢。

接着,两个女牛仔骑马进场——一个身穿白皮衣,头戴白帽子,骑在白马上,另一个则全套都是黑色的。

——不可思议的萨特姐妹花,领班用扩音器喊道。两个女郎一边骑马绕着场地小跑,一边挥舞帽子回应观众的欢呼。

绕场一圈后,姐妹花开始表演一连串的特技。马快速奔跑,她们整齐划一地从一侧翻到另一侧。然后,马的速度加快,黑衣萨特从自己的马背上跳到白衣萨特的马背上,又跳了回去。

比利指着场地,一脸惊愕地抬头看哥哥。

——你看到了吗?

——嗯,埃米特笑着说。

可当比利回头看表演时,埃米特却转头看观众。因为姐妹花的表演,场内灯光亮了起来,让埃米特更易看清观众的面孔。第一轮搜索一无所获,埃米特又看向他的左手边,开始更系统地绕着椭圆场地搜寻,一排接着一排,一个过道接着一个过道。埃米特依然找不到达奇斯,但他有点意外地发现,观众大多是男人。

——瞧啊!比利指着姐妹花大喊,她们此刻站在并肩奔跑的马背上。

——嗯，埃米特说，她们很厉害。

——不是，比利说，不是骑手。那边的观众。那是伍利。

埃米特顺着比利的手指望向场地另一边，伍利一个人坐在那边的第八排。埃米特一门心思寻找达奇斯，没想起要找伍利。

——干得漂亮，比利。来吧。

埃米特和比利沿着宽阔的中央过道，绕着场地走到伍利坐的地方，他的腿上放着一袋爆米花，脸上挂着微笑。

——伍利！比利跑过最后几个台阶，大声喊道。

伍利听到有人喊他，便抬起头来。

——说也奇怪[1]！从天而降的埃米特和比利·沃森。太巧了！真想不到啊！快坐，快坐。

长凳上有足够的空间给兄弟俩坐，但伍利还是挪了挪，腾出更多地方。

——演出很精彩吧？比利取下书包时问道。

——是呢，伍利同意，绝对精彩。

——瞧呀，比利说着指向场地中央，四个小丑正开着四辆小车。

埃米特绕到弟弟身后，坐在伍利右边的空位上。

——达奇斯呢？

——什么？伍利问，眼睛依然盯着姐妹花，她们正骑马跃过汽车，赶跑小丑。

埃米特靠近一些。

——达奇斯呢，伍利？

---

1 原文为拉丁语"Mirabile dictu！"。

伍利抬起头来，像是毫不知情。然后，他想起来了。

——他在客厅！他去客厅见几个朋友。

——客厅在哪里？

伍利指向椭圆场地的尽头。

——从那边的台阶上去，穿过蓝色的门。

——我去找他。在这期间，你能照顾一下比利吗？

——当然，伍利说。

埃米特盯着伍利的眼睛看了一会儿，强调这件事的重要性。伍利转向比利。

——埃米特要去找达奇斯，比利。所以我们俩要互相照顾。好吗？

——好的，伍利。

伍利转头看埃米特。

——瞧见了吗？

——好吧，埃米特笑着说，别离开这里。

伍利指了指场地。

——干吗要离开呢？

埃米特走到伍利身后，绕过中央过道，走向椭圆场地顶部的台阶。

埃米特对马戏不感兴趣。他不爱看魔术表演，也不爱看马术表演。他甚至不爱看在他高中举办的橄榄球赛，镇上的人几乎都会去。他纯粹不喜欢坐在人群当中，看别人做些比自己做更有趣的事情。因此，当埃米特开始爬台阶时，他听到两声玩具枪枪响和一阵欢呼，也懒得回头看；打开台阶顶部的蓝门时，他又听到两声枪响和更热烈的欢呼，他还是没有回头看。

他如果回头的话，就会看到萨特姐妹花举着六发手枪相对骑行。当两人擦肩而过时，他就会看到她们互开一枪，射掉对方头上的帽子。当两人第二次擦肩而过时，他就会看到她们射掉对方的衬衫，衬衫从背上飞落——露出裸露的腹部和一黑一白的蕾丝胸罩。他如果多等几分钟再进门，就会看到萨特姐妹花接连开枪，直到她们像戈黛娃夫人[1]一样赤身裸体地骑马飞奔。

台阶顶部的门在埃米特的身后合上，他发现自己站在一条狭长的走廊一头，两侧各有六扇关着的门。埃米特沿着走廊走着，门外沉闷的欢呼声渐渐变小，他听到有人在钢琴上弹古典乐。乐声是从走廊尽头的门后传来的——门上有个巨大的铃铛标志，就像那家电话公司的标志[2]一样。他一手搭在门把手上，古典乐放慢速度，完美过渡到一首沙龙风格的曲子。

埃米特打开门，面前是一间宽敞豪华的休息室。房间里至少有四块独立的休息区，长沙发和椅子铺着精致的深色面料。茶几上放着带流苏灯罩的台灯，墙上挂着一幅幅绘有船只的油画。一个红发女人和一个褐发女人躺在两张相对而放的长沙发上，身上只穿着轻透的直筒连衣裙，都在抽刺鼻的香烟。而在房间的后部，在精美的雕花吧台旁边，一个披着丝绸披肩的金发女人靠着钢琴，手指随着乐声轻点。

---

[1] 据说是十一世纪英国考文垂市的麦西亚伯爵夫人，为劝说丈夫减轻赋税，裸身骑马在城里绕行。

[2] 即美国电话公司AT&T，该公司前身是创建于一八七七年的美国贝尔电话公司，当时接线员多为中年妇女，被称为"贝尔大妈（Ma Bell）"，这个称呼后来成为该电话公司的昵称。另，bell也有"铃铛"之意，下文也提到这是玛贝尔（Ma Belle）的休息室。

眼前的景象几乎无一不让埃米特感到吃惊：奢华的家具，油画，衣着暴露的女人。但最令他吃惊的是，弹钢琴的人竟是达奇斯——他穿着一件挺括的白衬衫，一顶软呢帽歪戴在后脑勺上。

钢琴旁的金发女人抬头看进门的人是谁，达奇斯也顺着她的目光望去。一见来人是埃米特，他滑奏全部的琴键，重重敲下最后一个音，然后大笑着跳起来。

——埃米特！

三个女人看向达奇斯。

——你认识他？金发女人用近乎稚气的声音问道。

——这就是我跟你们提到的那个人！

三个女人一同转头看埃米特。

——你是说北达科他州的那个？

——内布拉斯加，褐发女人纠正道。

红发女人懒洋洋地拿香烟指着埃米特，忽然明白似的。

——把车借给你的那个。

——没错，达奇斯说。

三个女人都对埃米特露出微笑，赞赏他的大方。

达奇斯大步穿过房间，抓住埃米特的双臂。

——我真不敢相信你来了。就在今天早上，伍利和我还在惋惜你不在，数着日子盼望再见到你呢。等等，我可真没礼貌啊！

达奇斯一手环住埃米特的肩膀，领他走到三个女人面前。

——给你介绍一下我的三位仙女教母。我左边这位是海伦，历史上第二位发动一千艘战船的绝世美人[1]。

——幸会,红发女人对埃米特说,伸出一只手。

埃米特和她握手时,发现她的直筒连衣裙太过透明,透过面料可以清晰地看到深色的乳晕。他感觉两颊渐渐涨红,便移开了目光。

——钢琴旁边的是夏丽蒂。我想,不用我说,你也知道她的名字是怎么来的吧[2]。我右边这位是贝尔纳黛特。

跟海伦穿得一模一样的贝尔纳黛特没有伸手,埃米特松了口气。

——你的皮带扣真不赖,她笑着说。

——很高兴见到你们,埃米特有点尴尬地对她们说。

达奇斯转头看埃米特,咧嘴一笑。

——真是太棒了,他说。

——嗯,埃米特不冷不热地说,听着,达奇斯,我能跟你聊聊吗?单独……

——没问题。

达奇斯领着埃米特远离女人,但没带他去隐私一点的走廊,而是带到休息室一角,离她们约十五英尺。

达奇斯打量了一会儿埃米特的脸。

——你很生气,他说,我看得出来。

埃米特几乎不知从何说起。

---

1 第一位即特洛伊的海伦,她拥有一张"让一千艘船下水的脸"。——作者注
2 夏丽蒂的英文名是 Charity,意为"慈善、仁爱、宽容"。老一辈的新教徒常用美德之名给自己的孩子取名,如 Prudence(谨慎)、Patience(耐心)等。这里是在打趣夏丽蒂对别人很"慷慨"。——作者注。

林肯公路

——达奇斯，他不由自主地说，我没把车借给你。

——你说得对，达奇斯回答，举起双手表示投降。你说得一点不错。更准确地说，应该是我借的。但就像我在圣尼克时对比利说的，我们只是开到北部办点事。我们用不了多久就会开回摩根的。

——不管你开走一年还是一天，都改变不了车是我的这件事——车里还有我的钱。

达奇斯看着埃米特，像是一时没明白他的话。

——噢，你是说后备厢的那个信封啊。你不用担心，埃米特。

——你拿了？

——当然。但不在身上。这里毕竟是大城市。我把它和你的背包一起留在伍利姐姐家了，那里很安全。

——那我们去拿吧。在路上，你可以跟我说说警察的事。

——什么警察？

——我见了汤豪斯，他说今早有警察找他，问起我的车。

——我不懂他们为什么那样，达奇斯说，看起来确实惊呆了。这么说来，除非……

——除非什么？

达奇斯点了点头。

——在来纽约的路上，伍利趁我不注意，把车停在了消防栓前面。紧接着，一个巡警问他要驾照，他又没有驾照。考虑到伍利的情况，我说服警察别给他开罚单。但他可能在系统里登记了汽车的样子。

——太好了，埃米特说。

达奇斯严肃地点点头,但忽然打了个响指。

——话说,埃米特?这没关系的。

——为什么?

——昨天,我做了一笔大买卖。也许比不上用一串珠子买下曼哈顿岛[1],但很他妈接近了。我用你那辆破旧的史蒂倍克硬顶车换了一辆崭新的一九四一年产的凯迪拉克敞篷车。里程数没超过一千英里,而且来历清楚。

——我不需要你的凯迪拉克,达奇斯,不管它是哪里来的。汤豪斯把史蒂倍克还给我了,车正在重新喷漆,我星期一去拿。

——话说,达奇斯说着竖起一根手指。那更好了。现在我们就有史蒂倍克和凯迪拉克了。等结束阿迪朗达克山之行,我们可以组车队开去加利福尼亚。

——哎哟,房间另一头的夏丽蒂说,车队啊!

埃米特还没来得及打消大家组车队开去加利福尼亚的念头,钢琴后面的门就开了,那个骑三轮车的女人笨拙地走进来,只是现在穿了一件宽大的毛绒长袍。

——哎哟,她声音沙哑地说,这谁啊?

——这是埃米特,达奇斯说,我跟你提过的那个人。

她眯起眼睛看埃米特。

——有信托基金的那个?

---

[1] 据说荷兰殖民者在十七世纪用一串价值六十荷兰盾的珠子从美洲原住民手中买下了曼哈顿岛。

——不是。我问他借车的那个。

——你说得没错,她有点失望地说,他确实长得像加里·库珀[1]。

——我不介意跟他关在一起[2],夏丽蒂说。

除了埃米特,所有人都笑了,那个大块头女人笑得最响。

埃米特感觉双颊又涨红了,达奇斯一手搭在他的肩上。

——埃米特·沃森,给你介绍一下,这位是全纽约最会鼓舞人心的人:玛贝尔[3]。

玛贝尔又哈哈大笑起来。

——你比你老爹还坏。

大家沉默片刻,埃米特抓住达奇斯的手肘。

——很高兴见到大家,他说,但达奇斯和我得走了。

——别那么快嘛,夏丽蒂皱起眉头说。

——恐怕还有人在等我们,埃米特说。

这时,他用手指按压达奇斯关节上的痛点。

——嗷,达奇斯说着挣开胳膊。你要是这么着急,干吗不直说呢?等我一会儿,让我跟玛贝尔和夏丽蒂聊聊,然后我们就走。

达奇斯拍拍埃米特的背,走过去跟那两个女人交谈。

——那么,红发女人说,你们要去浮华城喽。

——什么?埃米特问。

---

1 加里·库珀(1901—1961),美国演员,获奥斯卡终身成就奖。
2 原文为"being cooped up with him",此处为双关,coop 即"关,拘禁"之意,同时 Coop 也是加里·库珀的昵称。
3 原文为"Ma Belle",在法语中意为"我的美人"。

——达奇斯告诉我们,你们要一起去好莱坞了。

埃米特还没来得及细想,达奇斯就转过身来,拍了拍手。

——好了,女士们,今天过得真开心呀。但我和埃米特该上路了。

——只能这样了,玛贝尔说,但你们怎么着都得喝一杯再走。

达奇斯看向埃米特,又看向玛贝尔。

——我想我们没时间了,玛姨。

——瞎说,她说,人人都有喝一杯的时间。再说,不让我们举杯祝你们好运,你们怎么能去加利福尼亚呢?事可不能这么办。对不对啊,姑娘们?

——对,敬酒!女士们附和道。

达奇斯向埃米特无奈地耸了耸肩,然后走到吧台,砰的一声打开放在冰桶里的香槟酒软木塞,倒了六杯递给大家。

——我不想喝香槟。当达奇斯走近时,埃米特轻声说道。

——有人给你敬酒,你不喝没礼貌哟,埃米特。而且会倒霉。

埃米特闭了一会儿眼睛,然后接过酒杯。

——首先,玛贝尔说,我要感谢我们的朋友达奇斯,为我们带来这些可口的香槟。

——哟,哟!女士们欢呼起来,达奇斯朝各个方向鞠了一躬。

——与好朋友分别总是苦乐参半,玛贝尔继续说,但我们也感到欣慰,我们的损失是好莱坞的收获。最后,我想送你们几句伟大的爱尔兰诗人威廉·巴特勒·叶芝[1]的诗:穿过牙齿,越过牙龈,注意肚子,她来了。

---

1 威廉·巴特勒·叶芝(1865—1939),爱尔兰诗人、剧作家和批评家,获诺贝尔文学奖。

然后，玛贝尔一饮而尽。

女士们都笑了，也干了她们的酒。埃米特别无选择，只能照做。

——瞧，达奇斯笑着说，没那么糟吧？

夏丽蒂离开房间，达奇斯开始和女人们一个个告别，不出所料，唠叨起来没完没了。

为了不破坏当时的气氛，埃米特尽量保持镇静，但他的耐心快用光了。更糟的是，房间里人多、垫子多、流苏也多，里面变得很热，那些女人的香烟甜味也令人作呕。

——达奇斯，他说。

——好了，埃米特。我只是在做最后的告别。你不如去走廊等吧，我马上就来。

埃米特放下酒杯，高兴地退到走廊等着。

凉爽的空气确实让埃米特好些了，可走廊突然看起来比之前更为狭长。门也变多了。左边的门变多了，右边的门也变多了。虽然他直视前方，但一扇扇门却开始让他头晕目眩，仿佛屋子的轴线正在倾斜，他可能会一路跌到走廊尽头，并撞开另一端的门。

一定是香槟的缘故，埃米特想。

他摇摇头，转身看客厅，只见达奇斯坐在红发女人的长沙发边缘，正给她的酒杯斟酒。

——天哪，他低声说。

埃米特开始走回客厅，准备在必要时揪住达奇斯的后颈。但他刚走两步，玛贝尔就出现在门口，朝他的方向走来。因为她块头很大，走廊几乎塞不下她，更别说从埃米特身边挤过去了。

——喂，她不耐烦地挥了挥手说，让一下。

她快步走向埃米特，正在后退的他发现有扇门开着，便退到门口，给她让路。

她走到埃米特的正对面，没有继续前行，而是停下脚步，用一只肉乎乎的手推了他一把。埃米特跟跟跄跄地退进房里，她猛地拉上门，他清清楚楚地听到钥匙锁门的声音。埃米特向前一跃，抓住门把手试图开门。门怎么都开不了，他开始用力拍打。

——开门！他吼道。

在反复吼叫时，他想起在某个地方也曾有个女人隔着紧闭的门对他喊过同样的话。这时，埃米特身后传来另一个女人的声音。一个更温柔、更妩媚的声音。

——急什么呀，内布拉斯加小伙子？

埃米特转身，发现那个叫夏丽蒂的女人在一张豪华的床上侧躺着，一只纤细的手轻拍床罩。埃米特环顾四周，发现房里没有窗户，只有更多船只油画，五斗橱上方也挂着一幅巨大的画，是一艘双桅船张满帆迎向大风航行。夏丽蒂之前披的丝绸披巾此刻挂在扶手椅的靠背上，她穿了一件带象牙色饰边的蜜桃色晨衣。

——达奇斯觉得你可能会有点紧张，她说，声音听着不再那么稚气。但你没必要紧张。在这个房间里，跟我在一起，没有必要。

埃米特开始转向门口，但她说，不是那边，是这边，于是他又转过身来。

——到这儿来,她说,躺在我身边。因为我想问你一些事。或者我可以告诉你一些事。或者我们根本不用说话。

埃米特感觉自己朝她的方向迈了一步,步履维艰,他的脚缓慢而沉重地落到地板上。接着,他站在铺着深红床罩的床边,她用双手捧着他的一只手。他低头一看,看到她像吉卜赛人那样将他的手心翻过来。埃米特一时觉得困惑,又有一丝好奇,她是不是要给他算命呢。然而,她却把他的手贴在她的胸上。

他将手慢慢抽离光滑而冰凉的丝绸。

——我必须离开这里,他说,你要帮我离开这里。

她朝他微微噘嘴,仿佛他伤了她的心。他为自己让她伤心而感到抱歉。他觉得非常抱歉,想伸手安慰她,却再次转向门口。只是这一次,他转啊转的,感觉天旋地转。

达奇斯

都怪我得意忘形。

今天一整天像玩跳房子游戏似的,我从一个惊喜跳到另一个惊喜。首先,我留下来给伍利的姐姐看家,最后拿了一套好衣服;然后,我高高兴兴地拜访了玛贝尔和姑娘们;接着,埃米特克服重重困难现身,让我有机会(在夏丽蒂的帮助下)完成三天来的第三件好事;而现在,我开着一辆一九四一年产的凯迪拉克,打开顶篷,驶向曼哈顿。唯一的麻烦是,伍利和我到头来得拖上比利。

埃米特出现在玛贝尔那里时,我根本没想到他会带上弟弟,所以看到比利坐在伍利身旁,我有些意外。别误会。说到孩子,比利是个可爱的好孩子,可他也是个万事通。要说万事通容易惹人生气,那么其中最能惹人生气的就是小万事通。

我们在一起不到一小时,他已经纠正我三次了。第一次,他指出萨特姐妹花没用真枪相互射击——好像我需要别人给我介绍舞台艺术的要素似的!第二次,他指出海豹是哺乳动物,而不是鱼类,因为它是温血动物,有脊椎,吧啦吧啦吧啦。第三次是在我们开上布鲁克林桥[1]时,

---

[1] 位于美国纽约,为横跨东河的悬索桥,连接曼哈顿和布鲁克林,是世界上首次以钢材建造的大桥,纽约著名的地标之一。

恢宏耀眼的城市天际线在我们眼前铺展开来,我兴高采烈地随口一问,有谁能举出一个例子,人类历史上有哪次渡河比我们现在更振奋人心。那小孩像个小百万富翁一样坐在后座,没有静静欣赏那一刻的诗意,也没有体会到那句话的精髓,而是认为有必要插上一嘴。

——我能想到一个例子,他说。

——这个问题是感叹句,我说。

但他勾起了伍利的兴趣。

——你的例子是什么,比利?

——乔治·华盛顿横渡特拉华河。一七七六年圣诞夜,华盛顿将军渡过冰冷的河水,偷袭黑森人[1]。华盛顿率领的部队趁敌人不注意,击溃他们,抓了一千名俘虏。伊曼纽尔·洛伊策[2]有幅名画纪念了这一事件。

——我想我见过那幅画!伍利喊道,华盛顿是不是站在一艘小船的船头?

——没人会站在小船的船头,我指出。

——在伊曼纽尔·洛伊策的画中,华盛顿确实站在小船的船头,比利说,我可以给你看张图片,如果你想看的话。就在艾伯纳西教授的书里。

——行呗,就这样。

——这是个好例子,伍利说,他一向喜欢历史。

因为是星期五晚上,路上有些堵,我们后来在桥顶停住不动,这让

---

[1] 即黑森佣兵,美国独立战争期间,受英国雇用的德国籍佣兵,其中近半数来自德国黑森地区。

[2] 伊曼纽尔·洛伊策(1816—1868),德裔美国画家。

我们拥有绝妙的机会静静欣赏风景。

——我还知道另一个例子,比利说。

伍利笑着转向后座。

——什么例子,比利?

——恺撒渡过卢比孔河。

——那次发生了什么?

你几乎能听到小孩在座位上坐直身体。

——公元前四十九年,恺撒当时是高卢行省的总督,元老院对他的野心产生警惕,召他回首都,命令他把军队留在卢比孔河畔。可恺撒却带领士兵渡河,进入意大利,直驱罗马,迅速夺取政权,开启了罗马帝国时代。渡过卢比孔河这个短语就是这么来的,意思是破釜沉舟。

——又是个好例子,伍利说。

——还有尤利西斯渡过冥河……

——我想我们都明白了,我说。

但伍利不肯罢休。

——那摩西呢?他问道,他是不是也渡过了一条河?

——那是红海,比利说,当他——

这小孩显然是想给我们讲摩西完整的故事,但这一次,他说了一半忽然停下。

——看啊!他指向远处说,帝国大厦!

我们三人都转头看那幢摩天大楼,就在这时,我有了个主意。它像一道小闪电一样击中了我的头顶,在我的背脊上下打了个激灵。

——他的办公室不就在那里吗?我问,在后视镜里偷瞄比利。

——谁的办公室?伍利问。

——阿伯克龙比教授。[1]

——你是说艾伯纳西教授?

——没错。那话怎么说的,比利?我在曼哈顿岛第三十四街与第五大道交界处给你写信……

——是啊,比利瞪大眼睛说,是这么说的。

——那我们去拜访他吧。

我用眼角的余光瞥见伍利对我的提议略显不安,但比利没有。

——我们可以去拜访他吗?比利问。

——怎么不行。

——达奇斯……伍利说。

我没理他。

——他在序言中是怎么称呼你的,比利?亲爱的读者?有哪个作家不希望自己亲爱的读者到访呢?我是说,作家一定比演员更加辛苦,对吧?他们却没有任何喝彩,没有谢幕,也没有人候在后台门外。再说,如果艾伯纳西教授不希望读者去拜访他,那他干吗把自己的地址写在书的第一页呢?

——他这个时间可能不在那里了,伍利反驳。

——也许他工作到很晚呢,我立刻回嘴。

---

[1] 达奇斯将"艾伯纳西(Abernathe)"误拼成了"阿伯克龙比(Abercrombie)"
——编者注

车辆又开始移动，我换到右车道，准备走上城的出口。我暗想，要是大厅关了，那我们就像金刚一样爬上大厦。

我沿着第三十五街向西开，左转进入第五大道，把车停在大厦正门口。没一会儿，一个门卫向我走来。

——你不能停在那里，伙计。

——我们很快就走，我说着给他塞了五美元。在这期间，也许你和林肯总统可以相互了解一下[1]。

这时，他没再说我不能停车，而是替伍利开了车门，轻触帽檐，客客气气地把我们迎进大厦。人们说，这叫资本主义。

我们进入大厅，比利看起来既紧张又兴奋。他简直不敢相信我们到了这里，也不敢相信我们马上要做的事。在他最疯狂的梦里，他也不曾想过有这么一天。然而，伍利却皱着眉头看我，这明显不像他的性格。

——干吗？我说。

他还没来得及回答，比利拉拉我的袖子。

——我们怎么找他呢，达奇斯？

——你知道他在哪里呀，比利。

——我知道？

——你自己念给我听的。

比利的眼睛瞪得大大的。

——在五十五楼。

---

[1] 五美元钞票上有林肯总统的肖像。

——没错。

我微笑着指了指电梯间。

——我们要坐电梯吗?

——我们当然不走楼梯。

我们走进其中一部特快电梯。

——我从来没坐过电梯,比利对操作员说。

——好好享受,操作员回答。

然后,他拉动控制杆,把我们送上大楼。

通常,伍利在这种时候会哼哼小曲,但今晚哼小曲的人是我。而比利则轻声数着我们经过的楼层。你可以看到他的嘴唇一动一动的。

——五十一,他嘴里说着,五十二,五十三,五十四。

到了五十五楼,操作员打开门,我们走下电梯。我们从电梯间走到走廊上,发现左右两侧是一排排的门。

——我们现在怎么办?比利问。

我指了指最近的那扇门。

——我们从那里开始,在这层楼绕一圈,直到找到他。

——顺时针?比利问。

——随便你喽。

于是,我们按顺时针方向一扇门一扇门开始找,比利会念出刻在小铜牌上的名字,就像他在电梯里数楼层一样,只是这次声音洪亮。这里有五花八门的文书工作者。除了律师和会计,还有房地产经纪人、保险经纪人和股票经纪人。都不是大公司,你懂的。这些门面是由那些在大公司干不出名堂的人经营的。他们会换修鞋底，一边读报纸上的滑稽连环漫画，一边等电话铃响。

念前二十块牌子时，比利的声音既抑扬顿挫又愉快，好像每一块牌子都是一个小小的惊喜。接下来的二十块，他念起来少了些热情。之后，他的声音开始泄气。你几乎可以听到现实的拇指逐渐按压灵魂深处那个青春热情的泉源。可以肯定的是，今天晚上，现实将在比利·沃森身上留下印记。这个印记可能伴随他的余生，成为一种有益的提醒：虽然故事书中的英雄常常是想象出来的，但大多数写故事的人也是想象出来的。

我们转过第四个拐角，看到最后一排门，通往我们刚开始的地方。比利越走越慢，声音越来越轻。最后，在倒数第二扇门前，他停下脚步，一声不吭。那时，他一定念了五十块牌子了，我虽然站在他的身后，却从他的姿势中看出他已经受够了。

过了一会儿，他抬头看伍利，肯定一脸失望，因为伍利突然面露同情。然后，比利转头看我。可他的表情不是失望，而是目瞪口呆的惊喜。

他转向小铜牌，伸出一根手指指着上面的字，大声读出来。

——艾博克斯·艾伯纳西教授办公室，文学艺术硕士，博士。

我一脸惊讶地转头看伍利，意识到他脸上的同情不是给比利的，而是给我的。因为我又一次搬起石头砸了自己的脚。跟这小孩相处几天后，我本该更聪明的。但正如我说的：都怪我得意忘形。

好吧，如果意想不到的转折毁了你精心安排的计划，那你最好尽快邀功。

——我就说吧，小孩。

比利对我笑了笑，但略感不安地盯着门把手，似乎不确定自己有没有胆量拧开。

——让我来！伍利喊道。

伍利走向前，转动门把手，打开了门。我们走进一个小接待区，里面有一张桌子、一个矮茶几和几把椅子。要不是里面另一扇门敞开的气窗透出一缕微光，这个房间本会一片漆黑。

——我想你是对的，伍利，我说着轻轻叹了口气。看起来没人。

但伍利举起一根手指贴着嘴唇。

——嘘，你们听到了吗？

伍利指向气窗，我们都抬起头来。

——又来了，他低声说。

——什么来了？我低声回应。

——钢笔的摩擦声，比利说。

——钢笔的摩擦声，伍利笑着说。

伍利蹑手蹑脚地穿过接待区，轻轻拧开第二个门把手，比利和我跟在他的身后。门背后是一个大很多的房间。在长长的矩形房间内，从地板到天花板堆满了书，有一个立式地球仪、一张长沙发、两把高背椅和一张大木桌。桌子后面坐着一个小老头，就着一盏带绿灯罩的台灯，在一本旧旧的小本子上写东西。他穿着皱巴巴的泡泡纱西装，一头稀疏的白发，鼻尖戴着一副老花镜。换句话说，他看起来太像教授了，你不得不认为书架上的所有书都是为了炫耀。

听到我们进门的声音,老先生停下笔,抬起头,没有一丝惊讶或不安。

——你们有事吗?

我们三人向前几步,伍利把比利又往前推了一步。

——问他吧,伍利鼓励道。

比利清了清嗓子。

——请问你是艾博克斯·艾伯纳西教授吗?

老先生把老花镜推到头顶,倾斜灯罩,以便更好地看清我们三人。不过,他立刻明白我们来这里是因为这个小男孩,所以他的目光主要集中在比利身上。

——我是艾博克斯·艾伯纳西,他回答,有什么能效劳的吗?

虽然比利似乎无所不知,但他显然不知道艾博克斯·艾伯纳西能为他做什么。因为比利没有回答问题,而是面带犹豫地回头看伍利。于是,伍利替比利说话了。

——我们很抱歉打扰你,教授,这是比利·沃森,来自内布拉斯加摩根,这是他第一次来纽约。他只有八岁,却已经把你的书读了二十四遍了。

教授饶有兴趣地听完伍利的话,目光又回到比利身上。

——真的吗,小伙子?

——真的,比利说,只是我已经读了二十五遍了。

——哇,教授说,如果你把我的书读了二十五遍,还大老远从内布拉斯加跑到纽约来告诉我,那么我起码可以邀请你坐坐。

他张开手,邀请比利坐在他书桌前的一把高背椅上。至于伍利和我,他指了指书架旁的长沙发。

要我说啊,这是一张非常漂亮的长沙发。它配有深棕色的皮面,嵌着闪亮的黄铜铆钉,大得几乎像辆小汽车。不过,如果三个人走进一个房间,受第四个人的邀请坐下来,那么短时间内,谁都甭想去别的地方。这是人的天性。人们费尽心思安坐下来,就觉得有必要闲扯至少半小时。事实上,如果他们二十分钟后没话说了,就会为了礼貌开始编话说。因此,当教授邀请我们坐下,我张开嘴巴,一心想说已经很晚了,我们的车还停在路边。可我还没来得及说一个字,比利就爬上了高背椅,伍利也在长沙发上坐下。

——现在跟我说说,比利,教授说道——等我们全都无可挽回地坐定之后——什么风把你吹到纽约来了?

就聊天而言,这是一个经典的开场白。任何一个纽约人问访客这种问题时,大多期待对方用一两句话简要回答。比如我是来看姑姑的,或是我们要去看演出。可眼前的人是比利·沃森啊,所以教授听到的不是一两句话,而是巨细无遗的完整描述。

比利从母亲在一九四六年那个夏夜抛下他们开始讲起。他说到埃米特在萨莱纳服刑,他的父亲死于癌症,以及他们兄弟俩打算跟随一堆明信片的路线旅行,在七月四日旧金山的烟花秀上找到他们的母亲。他甚至还提到了我们的冒险之旅,说因为伍利和我借走了史蒂倍克,他和埃米特不得不搭东方夕阳号的便车来纽约。

——哇,教授一字不落地听完后说。你说你们是搭货运火车来纽约的?

——我就是在车里开始第二十五遍阅读你的书的,比利说。

——在货运车厢里?

——那里没有窗户,但我有军队剩余手电筒。

——真幸运啊。

——我们决定去加利福尼亚重新开始,埃米特同意你的想法,我们应该只带一个背包装得下的东西。所以,我把我需要的一切都装进双肩包里了。

原本微笑着靠着椅背的教授忽然向前倾身。

——你的双肩包里不会刚好有我的书吧?

——有呀,比利说,它就在我的包里。

——那么,也许我可以为你签名?

——那太棒了!伍利喊道。

在教授的鼓励下,比利滑下高背椅,取下双肩包,解开带子,拿出那本大红书。

——拿过来,教授说着招了招手,拿到这里来。

比利绕过书桌,教授接过书,然后举在台灯下,欣赏磨损之处。

——在作家眼中,教授对比利坦白,没什么比自己写的书被翻烂更赏心悦目的了。

教授放下书,拿起钢笔,打开扉页。

——这是一件礼物,我明白了。

——是马西森小姐送的,比利说,她是摩根公共图书馆的图书管理员。

——竟然是图书管理员送的礼物,教授更开心地说。

教授在比利的书上写了一长段话,然后以非常夸张的动作签上自己的名字——因为在纽约市,即使是写汇编书的老家伙也会为后排观众表演。还书之前,教授飞快地翻动书页,像是要确认书是完整的。接着,他露出一丝惊讶,看向比利。

——我看到你还没开始写 You(你)这一章。为什么呢?

——因为我想从中间开始写,比利解释道,可我还不确定中间在哪里。

在我听来,这是个古怪的答案,却让教授喜笑颜开。

——比利·沃森,他说,身为资深的历史学家和专业的故事讲述者,我想我可以自信地说,你已经拥有了足够多的冒险,够你开始写自己的那一章了!不过……

说到这里,教授打开书桌的一个抽屉,取出一本黑色笔记本,和我们刚来时他在写的那本一样。

——如果书里的八页纸不够记录你的整个故事——我几乎可以确定是不够的——你可以用这本笔记本继续写。如果这本也写完了,就写封信给我,我很乐意再给你寄一本。

教授把书和笔记本递给比利,然后跟他握了握手,说非常荣幸见到他。一般来说,这样就结束了。

可当比利小心翼翼地收好书和笔记本,系紧双肩包的带子,朝门口迈了几步后,他突然停下,转过身,又皱着眉头看教授——比利·沃森的这个表情只说明一件事:更多问题。

——我想我们已经占用教授太多时间了,我说,一手搭在比利的肩上。

——没关系，艾伯纳西说，怎么了，比利？

比利看了一会儿地板，然后抬头看教授。

——你认为英雄们会回来吗？

——你是说像拿破仑回到巴黎，马可·波罗回到威尼斯……

——不是，比利摇摇头说，我不是指回到一个地方。我是说，他们迟早会回来的吧。

教授沉默片刻。

——你为什么这么问，比利？

这一回合，老作家听到的肯定比他预想的更多。因为比利站在那里就开始讲另一个故事，比第一个故事更长，也更疯狂。他说，在东方夕阳号上，埃米特去找吃的，一个牧师不请自来，进入比利的货运车厢，想抢走比利收藏的银币，还想把比利扔下火车。在紧要关头，一个高大的黑人从舱口跳下来，最后被扔下去的是那个牧师。

不过，牧师、银币和紧急关头的救援显然都不是故事的重点。重点是这个叫尤利西斯的黑人，他横渡大西洋去打仗，抛下了妻子和儿子，后来就一直搭货运火车在全国流浪。

当一个八岁小男孩编这样一个故事时——什么黑人从车顶跳下来，牧师被扔下火车——你可能以为这是在考验一个人对胡说八道的忍耐极限。特别是一位教授的。但艾伯纳西没有丝毫不耐烦。

在比利讲故事时，这位善良的教授慢慢回到自己的座位，轻轻坐到椅子上，缓缓向后靠，仿佛不想让突如其来的声音或动作打断小男孩讲故事,或干扰他自己听故事。

——他以为自己的名字来自尤利西斯·S.格兰特,比利说,但我告诉他,他的名字一定来自伟大的尤利西斯。我还说,他已经离开妻儿流浪了八年多,等十年漂泊期满,他一定会和他们团聚的。可如果英雄们不按时返回,比利略带担忧地说,那我也许不该对他说这些话。

比利说完后,教授闭了一会儿眼睛。不像埃米特努力压制愤怒时那样,而像一个音乐发烧友刚听完自己最喜欢的协奏曲终章。再次睁开眼睛后,他来回看着比利和沿墙摆放的书。

——我对英雄们迟早会回来这件事毫不怀疑,他对比利说,我觉得你对他说这些话完全没问题。但我……

现在轮到教授面露犹豫看着比利,换比利鼓励教授继续。

——我只是好奇,这个叫尤利西斯的人还在纽约吗?

——在呀,比利说,他在纽约。

教授小坐片刻,像是在鼓起勇气向这个八岁小男孩提第二个问题。

——我知道现在很晚了,他最后说,你和你的朋友们还要去其他地方,我也没有立场请你帮这个忙,但你们愿不愿意带我去见他?

伍利

一九四六年，伍利和母亲一起去希腊旅行，站在帕台农神庙下面，伍利第一次对清单有了模糊的概念——上面详细列出了所有应当参观的地方。那时，他们爬上能俯瞰雅典、尘土飞扬的山顶，母亲拿地图给自己扇风，说道：看哪，雄伟壮观的帕台农神庙。伍利很快知道，除了帕台农神庙，清单上还有威尼斯的圣马可广场、巴黎的卢浮宫、佛罗伦萨的乌菲齐美术馆，以及梵蒂冈的西斯廷小教堂、巴黎圣母院和英国威斯敏斯特教堂。

对伍利来说，这份清单从何而来是个谜。似乎早在他出生之前，它就由众多著名的学者和历史学家编撰而成。从来没有任何人向伍利解释为什么要参观清单上的所有地方，但这么做的重要性是毋庸置疑的。因为如果他参观了某个地方，长辈们会无一例外地表扬他；如果他表示对某个地方没兴趣，他们就会对他蹙眉；如果他碰巧在某个地方的附近，却没有去参观，他们会毫不客气地批评他。

这么说吧，提到参观清单上的地方，伍利·沃尔科特·马丁可是随时准备就绪的！每次旅行时，他都会特别注意挑选对的指南，确保找到对的司机，让司机在对的时间送他去对的景点。他会说，去斗兽场，先生，快点！然后，他们会带着警察追捕小偷团伙的紧迫感，在罗马弯弯绕绕的街道上飞驰。

每当伍利抵达清单上的某个地方，他总会有三重反应。首先是敬畏感。因为它们不是普普通通的景点。它们恢宏壮阔，精雕细琢，用大理石、桃花心木、青金石等各种非凡的材料建造而成。其次是对祖先的感激之情，因为他们费尽心思把清单一代一代传了下来。最后也是最重要的是解脱感——在酒店放下行李，坐在出租车后面在城市中飞驰，伍利又可以画掉清单上的一个地方了，这真叫他松了口气。

自十二岁以来，伍利一直自认为是个勤勉的打卡者，但今天傍晚，当他们开车去马戏团时，他灵光一现。这份清单是由沃尔科特家族五代人——也即曼哈顿人——坚定不移、一丝不苟地传承下来的，但由于某种特殊的原因，上面没有纽约的任何景点。尽管伍利尽职尽责地参观了英国的白金汉宫、米兰的斯卡拉大剧院和巴黎的埃菲尔铁塔，但他从来没有开车横穿布鲁克林桥，一次都没有。

伍利在上东区长大，没有必要横穿大桥。要去阿迪朗达克山、长岛或是新英格兰任何一所古老优秀的寄宿学校，取道皇后区大桥[1]或三区大桥[2]即可。因此，当达奇斯开车经过百老汇大街，绕过市政厅后，伍利明显激动不已，因为他意识到他们忽然开到布鲁克林桥了，而且绝对会横穿过去。

伍利想，这座桥建得真是太巍峨了。大教堂式的桥墩，高耸入云的悬索。多么伟大的工程壮举啊，尤其是它建于一八几几年，建成后便支

---

[1] 横跨纽约州东河，连接曼哈顿和皇后区。
[2] 连接曼哈顿、皇后区和布朗克斯区，又称罗伯特·肯尼迪大桥。

撑起东河两岸无数人日复一日地来来往往。毫无疑问，布鲁克林桥理应列入清单。它当然跟埃菲尔铁塔一样有资格上榜，埃菲尔铁塔在相近的时间以相似的材料建造而成，却没有任何运输功能。

这一定是因为视而不见，伍利断定。

就像凯特琳姐姐和那些油画一样。

当他们一家人参观卢浮宫和乌菲齐美术馆时，凯特琳高度赞赏墙上那些镶金框的画作。他们从一个展厅走到了另一个展厅，她总是让伍利安静下来，坚持指着某幅肖像画或风景画，说他应该静静欣赏。可有趣的是，他们第八十六街联排别墅那个家里摆满了镶金框的肖像画和风景画。它们也是外婆留下的。然而，在渐渐长大的那些年，他从没看到姐姐在哪幅画前驻足，细细欣赏它的美好。所以，伍利管这叫视而不见。因为即便那些油画就在凯特琳的眼皮底下，她却没有留意。这一定就是为什么曼哈顿人传承下来的清单上没有纽约的任何景点。细想之下，这让伍利不禁好奇他们还遗忘了什么。

然后。

然后！

就在两个小时后，他们当晚第二次横穿布鲁克林桥，比利话说到一半，指向远处。

——看啊！他惊呼，帝国大厦！

伍利心想，嗯，它绝对应该列入清单。它是世界上最高的建筑。事实上，它太高了，有一次一架飞机真的撞上了大厦顶部。然而，尽管它就矗立在曼哈顿中央，伍利却从没进去过，一次都没有。

因此，当达奇斯提议他们去那里拜访艾伯纳西教授时，你可能以为伍利会像之前知道他们要横穿布鲁克林桥时一样激动不已。可他却感到一阵焦虑——不是因为想到要坐小小的电梯升上大厦，而是因为达奇斯说话的语气。因为伍利听过这样的语气。他听过三位校长、两位圣公会牧师和一个名叫"丹尼斯"的姐夫用这样的语气说话。那是他们准备纠正你的语气。

伍利觉得，在日常生活中，你不时会蹦出一个快乐的想法。比如说，在八月中旬，你划着小船在湖心荡漾，蜻蜓轻掠水面，这时你忽然蹦出一个想法：为什么暑假不持续到九月二十一日呢？毕竟，夏天到劳动节长周末[1]还没结束呢。夏天一直持续到秋分——就像春天一直持续到夏至一样。瞧瞧大家暑假里多么无忧无虑啊。不只是孩子们，大人们也一样，他们乐呵呵地上午十点打网球，中午去游泳，晚上六点准时喝杯金汤力。按理说，如果我们都同意让暑假延长到秋分，那么世界将变得更快乐。

唉，有这样的想法时，你必须非常小心地选择与谁分享。因为要是某些人听说了你的想法——比如你的校长、牧师或姐夫"丹尼斯"——他们可能会自觉身负道德责任，要你坐下来，把你纠正过来。他们示意你坐在他们书桌前的大椅子上，不仅会说你的想法错得离谱，还会说你一旦懂得这个道理，就一定会成为一个更加优秀的人。那就是达奇斯对比利说话的语气——准备打破幻想的语气。

他们坐电梯一路升到五十五楼，吃力地走过所有走廊，眯着眼睛看完每块小牌子，直到只剩下两块，他们发现倒数第二块的上面写着：艾

---

[1] 美国劳动节（Labor Day）是每年九月第一个星期一，连着周末共放三天假。

博克斯·艾伯纳西教授，A$_B$C，博士，L$_{MNOP}$。[1] 你可以想象，伍利有多么开心，甚至可以说是欣喜若狂。

可怜的达奇斯，伍利心想，露出同情的微笑。也许今晚要吸取教训的人是他。

一走进教授的内室，伍利就看出他是一个敏感而和蔼的人。虽然他的橡木大书桌前有把高背椅，但伍利看得出来，他不是那种要你坐下来、把你纠正过来的人。而且，他也不是因为时间就是金钱，时间至关重要，小洞不补、大洞吃苦什么的就催促你的那种人。

如果有人问你一个问题——即使是表面看来相对简单直接的问题——你可能得回溯到很久以前，才能提供所有必要的小细节，让别人理解你的答案。可是，你一旦开始提供这些必要的细节，很多提问者就开始一脸愁苦。他们在座位上动来动去，会尽力催促你从起点直接跳到终点，跳过中间的所有内容。但艾伯纳西教授没有这样。他问了比利一个看似简单的问题，比利为了给出详尽的回答，一直从他还在摇篮里开始讲起，而教授靠在他的椅子上，像所罗门王一样专注聆听。

所以，一晚上参观完纽约两个世界著名的景点（在清单上画掉这两个景点），又证明艾博克斯·艾伯纳西教授确有其人，伍利、比利和达奇斯终于起身告辞。这时，你或许以为今夜不可能更美妙了。

可你错了。

---

[1] 办公室门前的牌子上的原文是"Office of Professor Abacus Abernathe，MLA，PhD"，伍利此处是在搞怪，因为他懒得引用确切的称呼，就按字母顺序随意编造了两个首字母缩写词。——作者注

三十分钟后,大家都坐着凯迪拉克——包括教授——沿着第九大道驶向西区高架,那又是一个伍利从没听过的地方。

——下个路口右转,比利说。

达奇斯按照指示右转进入一条鹅卵石街道,两旁立着很多卡车和肉类包装厂。伍利之所以知道那是肉类包装厂,是因为在一个装载码头上,两个身穿白色长外套的男人正从卡车上搬下对半切开的牛肉,而另一个码头则挂着一块公牛形状的巨大霓虹灯招牌。

过了一会儿,比利让达奇斯再右转,又左转,然后指着街上拔地而起的铁丝护笼。

——在那里,他说。

达奇斯停下车,但没熄引擎。在这一小段路上,既没有更多肉类包装厂,也没有更多霓虹灯招牌。取而代之的是一片空地,停着一辆没有轮子的汽车。在街区尽头,一个又矮又壮的孤独身影从一盏路灯下经过,消失在暗处。

——你确定是这里吗?达奇斯问。

——我确定是这里,比利一边说,一边背上双肩包。

就这样,他下了车,向护笼走去。

伍利转向艾伯纳西教授,想惊讶地挑一挑眉毛,但艾伯纳西教授已经去追比利了。于是,伍利跳下车去追教授,留达奇斯去追伍利。

护笼里面是一道钢梯,一路向上,望不到尽头。现在轮到教授挑起眉毛看伍利了,但比起惊讶,更多的是兴奋。

比利伸手抓住一小段围栏,开始往后拉。

——来，伍利说，让我来，让我来。

伍利把手指伸进网眼，拉开到每个人都能钻过去。然后，他们爬上楼梯，盘旋而上，一圈又一圈，八只脚哐啷哐啷踩在老旧的金属板上。等他们爬到顶上，伍利又拉开一小段围栏，让每个人都能钻出去。

啊，钻出护笼、来到空旷的地方后，伍利感到太惊奇了！在南面，你可以看到华尔街的高楼，而在北面，你可以看到中城的高楼。如果你非常仔细地朝西南偏南方向看，可以依稀看到自由女神像——另一个无疑应当列入清单的纽约地标，而伍利也从没去过。

——从没去过呢！伍利不服气地自言自语。

不过，高架轨道上真正令人惊奇的不是华尔街或中城的景色，甚至也不是徘徊在哈得孙河上巨大的夏日落日。真正令人惊奇的是植物群。

在艾伯纳西教授的办公室里，比利说他们要去三年前弃用的一段高架铁路。但在伍利眼中，它看着像是已经废弃了几十年。到处都是野花和灌木，铁轨枕木间的草几乎齐膝高。

仅仅三年，伍利心想。哎，这时间比念寄宿学校还短，比拿大学学位还短。这时间比一届总统任期还短，比两届奥运会的间隔还短。

就在两天前，伍利还对自己说，尽管每天有数百万人来来往往，曼哈顿也过于一成不变了。但显然，让这座城市走向毁灭的不是数百万人来来往往，而是人们的缺席。因为在这里，你可以一窥荒无人烟的纽约。城市的这一小块地方被人们抛弃仅一小会儿，碎石地上就长满了灌木、常春藤和野草。伍利想着，不过几年没用就变成这样，试想一下几十年后会变成什么模样。

林肯公路

低头看植物群的伍利抬头，想和朋友们分享他的观察，却发现他们已经撇下他，继续前行，走向远处的篝火。

——等等，他喊道，等等！

等伍利跟上队伍，比利正把教授介绍给那个叫尤利西斯的高大黑人。虽然这两人素未谋面，但都从比利口中了解到对方的一些情况，当他们握手时，伍利觉得他们握得很郑重，一种妙不可言又令人羡慕的郑重。

——请，尤利西斯说，指着篝火旁的铁轨枕木，就像教授指着他办公室里的长沙发和椅子一样。

入座后，大家沉默片刻，火苗噼里啪啦溅着火星。在伍利看来，他、比利和达奇斯就像年轻的战士，有幸见证两位部落首领的会晤。最后，先开口的是比利，鼓励尤利西斯讲述他的故事。

尤利西斯对比利点点头，看向教授，开始讲故事。他先说到他和一个叫梅茜的女人在圣路易斯的一家舞厅相遇，当时他们都孤苦伶仃，然后坠入爱河，一同走入神圣的婚姻殿堂。他说道，战争开始后，身强体壮的邻居们都去参军了，而梅茜是如何把他留在她身边的，怀孕后容光焕发的她又是如何把他看得更牢的。他说道，他不顾她的警告，应征入伍，去欧洲打仗，几年后回国发现——正如她说的那样——她和儿子已经消失得无影无踪。最后，他说到自己那天是如何回到联合车站，随便登上第一班出发的火车，此后一直搭火车流浪。这是伍利听过最悲伤的故事之一。

一时间，众人沉默无言。就连一向热衷于在别人的故事后面接着讲自己的故事的达奇斯也一言不发，也许他和伍利一样，察觉到意义非凡的事情正在他们面前展开。

几分钟后,尤利西斯继续说下去,仿佛他需要这片刻的沉默平复自己。

——我认为,教授,人生一切有价值的东西必须靠自己去争取。争取是应该的。因为那些不用争取就拥有价值不菲的东西的人一定会挥霍。我相信,一个人应该争取尊重。一个人应该争取信任。一个人应该争取女人的爱,争取称自己是男子汉的权利。一个人也应该争取拥有希望的权利。曾经,我拥有源源不断的希望——那种源源不断不是我争取而来的。我也不懂它有多么珍贵,在我离开妻儿的那天,我把它挥霍光了。于是,过去八年半以来,我学会毫无希望地活着,就像该隐进入挪得之地一样毫无希望地活着[1]。

毫无希望地活着,伍利一边自言自语,一边点点头,拭去眼中的泪水。在挪得之地毫无希望地活着啊。

——嗯,尤利西斯说,直到我遇到这个小男孩。

尤利西斯目不转睛地看着教授,一只手搭在比利的肩上。

——比利说,既然我叫尤利西斯,那么我将注定与我的妻儿团聚,这让我内心一阵激动。他给我读了你的书,我更加激动了。激动到我胆敢妄想,独自一人在全国漂泊了那么多年,我是否终于争取到了重新拥有希望的权利。

---

[1] 该隐因嫉妒杀害兄弟亚伯,上帝将他流放至伊甸园东边的挪得之地(the land of Nod)。"the land of Nod"也有"梦乡"之意,而"Nod"在希伯来语中含"漂泊""流浪"之意。

林肯公路

尤利西斯说这句话时，伍利坐得更直了。今天稍早，他试图让萨拉姐姐理解以问题的形式变相发表观点的做法是恶心的。但此刻在篝火旁，当尤利西斯对艾伯纳西教授说，我是否终于争取到了重新拥有希望的权利，伍利明白这是以观点的形式变相提问。伍利觉得这很迷人。

艾伯纳西教授似乎也明白这一点。因为沉默片刻之后，他给出了回答。在教授说话时，尤利西斯满怀敬意地听着，就像教授之前满怀敬意地听他讲话一样。

——我的人生平平无奇，尤利西斯先生，在很多方面都与你的人生截然相反。我没有打过仗。我没有周游全国。事实上，过去三十年，我大半时间都待在曼哈顿岛。而过去十年，我大半时间都待在那里。

教授转过身，指着帝国大厦。

——在那里，我坐在一个堆满书的房间里，隔绝了蟋蟀和海鸥的叫声，也隔绝了暴力和慈悲。有价值的东西必须争取而得来，否则注定会被挥霍——如果你说得对，我想你确实说得对——那么，我肯定也是挥霍的那类人。我在第三人称和过去时中活了一辈子。所以，请允许我先承认，我对你说的所有话，都是极尽谦卑的。

教授郑重其事地向尤利西斯点头致意。

——我承认我这一辈子都以书为伴，这样我至少可以说，我是心怀信念这么活着的。也就是说，尤利西斯先生，我读过很多书。我读过成千上万本书，很多不止一遍。我读过历史、小说、科学小册子和诗集。在一页又一页的书籍中，我明白了一件事，那就是人生经历何其丰富多样，足以让纽约这样一座大城市里的每个人都确信自己的经历是独一无二的。这是一件很棒的事。因为无论是心怀抱负、坠入爱河,还是像我们这样跌跌撞撞却依然坚持下去,在某种程度上,我们必须相信,我们正在经历的一切是前所未有的,是只有我们才会经历的。

教授把目光从尤利西斯身上移开,与围成一圈的人一一进行眼神交流,包括伍利。当他再次看向尤利西斯时,他竖起一根手指。

——然而,他继续说,明白了人生经历的丰富多样足以让纽约这样一个大都市里的每个人都感觉自己独一无二,我也强烈怀疑,所谓的丰富多样只有这么多了。因为要是我们有能力收集世界各地不同城市、不同城镇在不同时期的所有个人故事,我毫不怀疑存在大量相似的故事。他们的人生——尽管有这样那样的差异——在每一个具体的层面都与我们的人生一模一样。我们爱的时候,他们也在爱;我们哭的时候,他们也在哭;他们会获得和我们一样的成功,也遭遇和我们一样的失败;他们会像我们一样争吵、理论、大笑。

教授再次环顾四周。

——你们会说这不可能吧?

但大家一言不发。

——这是无限最基本的原则之一,根据定义,它不仅必须包含一切中的一个,也必须包含两个乃至三个一切。事实上,比起想象在人类历史上分散着多个自己,更离奇的是想象一个都不存在。

教授又看向尤利西斯。

——所以,我是否认为你的人生可能重复了伟大的尤利西斯的人生,十年后你能否与你的妻儿团聚?我对此确信无疑。

尤利西斯一本正经地听完教授的话。他站起来，教授也站起来，两人紧紧握手，似乎都从对方身上获得了意想不到的慰藉。松开手后，尤利西斯转身，教授却抓住他的胳膊，又把他拉了回来。

——但有件事你必须知道，尤利西斯先生。这件事我没有写在比利的书里。在旅途中，伟大的尤利西斯前往冥界，遇到了提瑞西阿斯的鬼魂，这位老预言家告诉他，他注定要在海上流浪，直到他通过进供平息众神的愤怒。

如果伍利与尤利西斯易地而处，听到这个额外的消息定会备感挫败。但尤利西斯似乎没有。相反，他朝教授点点头，好像事情本该这样。

——怎么进供？

——提瑞西阿斯告诉尤利西斯，他必须带一只桨前往乡间，一直走到一个没人见过大海的地方，路人会停下来问：你肩上扛的是什么？就在那个地方，伟大的尤利西斯以波塞冬的名义把桨插进地里，自此他重获自由。

——一只桨……尤利西斯说。

——是的，教授兴奋地说，对伟大的尤利西斯而言，供品是一只桨。但对你来说，就是不一样的东西了。这个东西与你的故事和多年流浪相关。比如……

教授开始四处寻找。

——比如那个东西！

尤利西斯弯下腰，捡起教授指的那个东西，一块沉甸甸的铁器。

——一根道钉，他说。

——是的，教授说，一根道钉。你必须把它带到一个没人见过铁路的地方，人们会问你这是什么，就在那个地方，你要把它敲进地里。

一·一

当伍利、比利和达奇斯准备离开时，艾伯纳西教授决定留下来，与尤利西斯深聊。他们三人坐上凯迪拉克，比利和达奇斯没几分钟就睡着了。于是，伍利沿着西区高速公路驶向姐姐家，路上有了一段独处的时刻。

如果伍利绝对坦诚的话，大多数时候他宁愿不要独处。他发现，比起独处的时刻，与别人在一起的时刻更有可能充满欢笑和惊喜。独处的时刻更有可能内心纠结，沉浸在一开始就不想有的思绪中。但此时此刻，伍利发现此时此刻他可以欣然接受独处。

因为这让他有机会回顾这一天。他从 FAO 施瓦茨开始回想，他站在自己最喜欢的位置，姐姐忽然出现。然后，他们怀旧地去了街对面的广场酒店，和熊猫玩偶一起喝了下午茶，又聊了些往事。与姐姐分开后，伍利觉得天气很好，便一路步行到联合广场，向亚伯拉罕·林肯致敬。接着又去了马戏团，横穿布鲁克林桥，登上帝国大厦，艾伯纳西教授送给比利一本空白的笔记本，让他写下自己的冒险故事。后来，比利又带他们去了杂草丛生的高架铁路，他们围坐在篝火旁，听着尤利西斯和教授之间不可思议的谈话。

在这之后，在这一切之后，分别的时刻终于来临，尤利西斯握着比利的手，感谢他们成为朋友，比利也祝愿尤利西斯顺利找到他的家人，然后解下脖子上的项链。

——这个,他对尤利西斯说,是圣克里斯托弗奖章,他是旅行者的守护神。这是阿格尼丝修女在我们来纽约前送给我的,但现在我想送给你。

　　这时,为了方便比利把奖章挂在他的脖子上,尤利西斯屈膝跪在比利面前,就像圆桌英雄跪在亚瑟王面前受封为骑士一样。

　　——当你把一切,伍利一边自言自语,一边拭去眼角的一滴泪,当你把一切像这样罗列在一起,要开头有开头,要中间有中间,要结尾有结尾,不可否认的是,今天就是绝无仅有的一天啊。

THREE

第 三 天

伍利

香菜（Coriander）！伍利兴奋地自言自语。

达奇斯在给比利示范如何正确地搅拌酱汁，伍利则在按字母顺序整理调料架。没过多久，伍利就发现竟有那么多香料是以字母 C 开头的。整个架子上只有一种香料是以字母 A 开头的：多香果（Allspice），无论那到底是什么玩意儿。多香果后面只有两种香料是以字母 B 开头的：罗勒（Basil）和月桂叶（Bay Leaves）。可当伍利整理到以字母 C 开头的香料，啊，它们似乎没完没了！目前已有小豆蔻（Cardamom）、红辣椒（Cayenne）、辣椒粉（Chili Powder）、细香葱（Chives）、肉桂（Cinnamon）、丁香（Cloves）、莳萝籽（Cumin），现在还有香菜（Coriander）。

真叫人惊叹不已。

也许，伍利想，也许这就像问题以字母 W 开头一样。在古代某个时期，字母 C 一定被认为特别适用于命名香料。

也可能是在古代的某个地方。在那个地方，C 的地位比其他字母更突出。忽然，伍利想起某节历史课上的内容：很久很久以前，有一条香料之路，那是一条漫长而艰辛的道路，商人们沿着这条路将东方的香料带到西方的厨房。他甚至记得有一张带箭头的地图，弯

林肯公路

弯地穿过戈壁滩，越过喜马拉雅山脉，直到安全抵达威尼斯或什么地方。

伍利认为，这些以字母 C 开头的香料十有八九来自东方，因为半数香料他甚至都没尝过。当然，他知道肉桂。事实上，这是他最喜欢的味道之一。它不仅能用来做苹果派和南瓜派，也是肉桂面包的必备原料[1]。可小豆蔻、莳萝籽和香菜是什么呢？伍利觉得这些神秘的词语带有明显的东方色彩。

——啊哈！伍利说道，他发现了咖喱（Curry），躲在架子倒数第二排的迷迭香（Rosemary）后面。

咖喱的的确确是源自东方的香料。

伍利腾出一些空间，把咖喱塞到莳萝籽旁边。然后，他把注意力转向最后一排，手指滑过香料标签：牛至（Oregano），鼠尾草（Sage），以及——

——你怎么跑到这里来了？伍利不由得纳闷。

但他还没来得及回答自己的问题，达奇斯又提了一个问题。

——他去哪里了？

伍利从调料架上抬头，发现达奇斯双手叉腰站在门口，比利却不见踪影。

——我转身没一会儿，他就抛下了自己的职责。

确实如此，伍利想。比利本该负责搅拌酱汁，却离开了厨房。

——他不会又去看那该死的钟了吧？达奇斯问。

---

1 原文为拉丁语"sine qua non"，意为"必要的条件，必需的资格，必不可少的事物"。

——我去看一下。

伍利悄悄经过走廊，往客厅里偷瞄，比利确实又回到了落地钟前。

今天一大早，比利问埃米特什么时候到，达奇斯自信满满地回答，他会准时来吃晚饭的——八点整开饭。通常情况下，这会让比利偶尔瞄一眼军用剩余手表，但手表在货运火车上被埃米特摔坏了。所以，他实在没办法，只能偶尔去客厅看看，此刻落地钟的指针明白无误地显示，已经七点四十二分了。

伍利蹑手蹑脚地往厨房走，准备向达奇斯说明情况，这时电话响了。

——电话！伍利大喊一声。也许是埃米特。

伍利迅速绕道，冲进姐夫的书房，绕过书桌，在第三声铃响时拿起听筒。

——哈啰，哈啰！他笑着说。

伍利的友好问候换来的是片刻的沉默。然后，电话那头的人用一种只能说是尖锐刺耳的声音提了个问题。

——你是谁？电话那头的女人问道，是你吗，华莱士？

伍利挂断电话。

他盯着电话看了一会儿，然后拿开听筒架上的听筒，丢在书桌上。

伍利之所以喜欢传声筒的游戏，是因为末尾传出的话可能与开始传入的话大相径庭。它可能更神秘，更奇特，或更滑稽。可像凯特琳姐姐这样的人对着一部真正的电话说话时，传出的话丝毫没有更神秘、更奇特或更滑稽，而是和传入时一样尖锐刺耳。

桌面上的听筒开始嗡嗡地振动，就像夜半时分卧室里的一只蚊子一样嗡嗡不停。伍利把电话塞进一个抽屉，尽量关拢，但电话线还是露了出来。

——谁打的？伍利回到厨房后，达奇斯问道。

——打错了。

比利一定也希望那是埃米特，他忧心忡忡地看向达奇斯。

——快八点了，他说。

——是吗？达奇斯说，语气中透着满不在乎。

——酱汁怎么样了？伍利问，希望能转移话题。

达奇斯把搅拌勺递给比利。

——不如你尝尝看吧。

比利顿了一会儿，接过勺子，在锅里蘸了一下。

——看起来很烫，伍利提醒道。

比利点点头，小心地吹凉。他把勺子放进嘴里，伍利和达奇斯不约而同地向前倾身，迫不及待地想听结论，可他们听到的却是门铃的叮咚声。

三人面面相觑。然后，达奇斯和比利像子弹一样射出去，前者冲过走廊，后者跑过餐厅门。

看到这一幕，伍利笑了一会儿。可紧接着，他冒出一个不安的想法：如果这是另一种形式的薛定谔的猫怎么办呢？如果门铃响会产生两种不同的可能性，该怎么办呢？要是开门的是比利，那么站在门廊上的就是埃米特；要是开门的是达奇斯，那么就是一个上门推销员？伍利怀着科学上的不确定性和深深的焦虑，匆匆穿过走廊。

达奇斯

新来的男孩抵达圣尼克后,阿格尼丝修女会安排他们干活儿。

她会说,如果我们被要求专注于眼前的事,就不太可能为看不见的事而烦恼。所以,当他们出现在门口时,看起来有点惊惶无措,有点害羞,一副快哭出来的样子,她会派他们去餐厅,摆放午餐用的银餐具。桌子摆好后,她就派他们去教堂,把赞美诗摆在长凳上。赞美诗摆好后,还要去收毛巾、叠床单、耙树叶——直到新来的男孩不再陌生为止。

我也是这么对付那个小孩的。

为什么?因为早餐还没吃完,他就开始问他哥哥什么时候到。

就我个人而言,我觉得埃米特中午之前不会出现。以我对夏丽蒂的了解,我估计他要一直折腾到凌晨两点。假设他睡到十一点,在被窝里赖一会儿,那他也许下午两点能到哈得孙河畔黑斯廷斯。最早是这样。为了保险起见,我告诉比利,埃米特会来吃晚饭。

——什么时候吃晚饭?

——八点。

——八点整?伍利问。

——八点整,我确认。

比利点点头,礼貌地告辞,去客厅看了看钟,回来说现在是十点零二分。

言下之意不言自明。从此刻到他哥哥来，还有五百九十八分钟，比利打算一分钟一分钟数过去。所以，当伍利开始收拾早餐盘子时，我问比利愿不愿意给我搭把手。

首先，我带他去亚麻织品壁橱，我们挑了一块精美的桌布，铺在餐厅的餐桌上，仔细确认垂下来的桌布边缘高度一致。我们在四个座位上铺上亚麻餐巾，每块餐巾上都有不同的花卉刺绣。当我们把注意力转向餐具柜时，比利发现它上了锁，我说钥匙很少远离锁眼盖，然后把手伸进盖碗里。

——瞧啊。

餐具柜门打开后，我们取出用来装开胃菜、主菜和甜点的精致瓷盘，取出用来盛酒水的水晶杯，取出两个枝形大烛台，又取出那只装有银餐具的扁平黑盒子。

我教比利如何摆放餐具，琢磨着等他摆完，我得提出严格的要求。可说到摆放餐具，比利是天生的好手。每把刀、叉、勺摆得整齐划一，像是用他的尺子和指南针量过似的。

我们退后一步欣赏成果，他问今天是不是有特别的晚餐。

——没错。

——为什么是特别的晚餐，达奇斯？

——因为是团聚时刻呀，比利。四个火枪手的团聚。

听到这话，小孩绽开大大的笑容，紧接着又皱起眉头。在比利·沃森身上，笑容和皱眉的间隔永远不会超过一分钟。

——如果是特别的晚餐,那我们吃什么呢?

——问得好。在伍利·马丁的要求下,我们要吃美味的挚爱意式宽面。而这道菜,我的朋友,别提多特别了。

我让比利写了一份购物清单,列出我们需要的所有食材,然后载着他去阿瑟大道[1],车速是每小时三百个问题。

——阿瑟大道是什么地方,达奇斯?

——是布朗克斯意大利区的主干道,比利。

——什么是意大利区?

——就是所有意大利人住的地方。

——为什么所有意大利人要住在一个地方?

——这样他们就能互相照顾呗。

什么是 trattoria(意菜馆),达奇斯?

什么是 paisano(同胞)?

什么是 artichoke(洋蓟)、pancetta(意式培根)、tiramisu(提拉米苏)?

几个小时后,我们回到家,现在开始做饭还太早,我确认了一下比利的数学成绩不错,便带他去伍利姐夫的书房做个账。

我让他拿着拍纸簿和铅笔坐在书桌前,我则躺在地毯上,一口气列

---

1 位于美国纽约布朗克斯区,是布朗克斯区的"小意大利",也是纽约最具意大利风情的大道。

出伍利和我离开圣尼克后的所有开销：六箱汽油，两家豪生酒店的食宿，阳光旅馆的住宿和毛巾，还有第二大道上一家小餐馆的两顿饭。为了保险起见，我让他多加二十美元，以备未来的支出，然后计算清单总额，标题取为行动费用。等我们从阿迪朗达克山取出伍利的信托基金，先把这些钱还给埃米特，再分摊剩下的钱。

我让比利另起一栏，标题是个人费用，包括：打到萨莱纳的长途电话费，给阳光旅馆伯尼的十美元，给菲兹买的那瓶威士忌，给玛贝尔买的香槟和陪夜费，给帝国大厦门卫的小费。既然这些非必要支出与我们的共同筹谋无关，我认为应该由我自己承担。

在最后一刻，我想起了阿瑟大道上的花销。你可能会说它们属于行动费用，因为东西是大家一起吃的。可我想了想，哎呀，去他的，就让比利把它们记在我那栏了。今天的晚餐我请了。

记下所有数字后，比利仔细检查总额，然后我鼓励他拿出一张新的纸，把两笔账誊写下来。听到这样的建议，大多数孩子会问为什么写了一次，还得从头再写一次。但比利没问。他天生爱干净，便拿出一张新的纸，开始像摆刀叉一样精确地誊写之前的账单。

写完后，比利点了三下头，给账单盖上专属于他的认可。可紧接着，他皱起眉头。

——不该有个主题吗，达奇斯？

——你有什么想法？

比利一边咬着铅笔头，一边思索片刻。然后，他写上大大的字，念道：

——冒险之旅。

瞧瞧，怎么样？

写完账单已经六点多了——该开始做饭了。我摊开所有食材，把莱奥内洛餐厅卢主厨教我的东西向比利倾囊相授。首先，如何用罐装番茄和索夫利特酱[1]（什么是索夫利特酱，达奇斯？）制作番茄酱汁。等酱汁上了炉子，我给他示范如何正确地切培根和洋葱。我拿出一个炖锅，给他示范如何正确地将它们混合月桂叶煸炒，如何用白葡萄酒、牛至和胡椒片炖煮，最后如何加入一杯番茄酱汁进行搅拌——刚好一杯，一茶匙都不要多。

——现在重要的是，我解释道，好好盯着它，比利。我得去一下洗手间，所以我希望你就站在这里，偶尔搅拌一下。好吗？

——好的，达奇斯。

我把勺子递给比利，然后离开，去了丹尼斯的书房。

我说过，我觉得埃米特两点前不会到，但我本以为他六点前肯定会到的。我轻轻关上房门，拨了玛贝尔的电话。铃声响了二十下，她才接起电话，跟我唠叨了一大堆在别人洗澡时打电话很没礼貌，然后让我了解了一下最新情况。

——好，我说着挂断电话。

跟比利算完账后，我自己也算了一笔：因为史蒂倍克的事，埃米特已经有点恼火，我本想补偿他，让他跟夏丽蒂共度良宵，可事情显然没

---

[1] 索夫利特酱（soffritto）是将洋葱、胡萝卜、芹菜等剁碎后翻炒并炖煮至软烂的底酱，可搭配意面、炖饭等。

按计划进行。我怎么知道伍利的药的效果这么厉害？最糟糕的是，我忘了留地址。是的，我心想，埃米特来的时候，他大概率会很生气。我是说，假设他能找到我们的话……

我回到厨房，发现伍利正盯着调料架，没人照看酱汁。就在这时，事情开始接踵而至。

首先，伍利去侦察情况。

然后，电话响了，比利又出现了。

接着，伍利回来说打错了，比利宣布快八点了，这时门铃响了。

拜托，拜托啊，拜托啊，我一边自言自语，一边冲过走廊。我的心提到了嗓子眼，比利在我身后紧追不舍，我一把拉开门——是埃米特，穿了一身干净的衣服，只是看着有些疲倦。

没等大家开口说话，客厅的钟开始八点整的报时。

我转向比利，张开双臂说：

——我就说吧，小孩。

埃米特

在埃米特高二开学时,新来的数学老师尼克森先生提到芝诺悖论。他说,在古希腊,一个名叫芝诺的哲学家认为,一个人从 A 点到达 B 点,必须先走完路程的一半。而从中点到达 B 点,则要走完一半的一半,接着再走完剩下那半的一半,如此循环下去。当你把从一点到达另一点所经过的所有一半相加,唯一的结论是这个人永远无法抵达终点。

尼克森先生说,这是悖论推理的完美例证。埃米特认为,这是上学为什么浪费时间的完美例证。

试想一下,埃米特想,要耗费多大精力才能提出这个悖论并让它一代一代传下来,还把它翻译成另一种语言,让它于一九五二年出现在美国的一块黑板上——而五年前,查克·耶格尔[1]已在莫哈韦沙漠上空突破音障。

尼克森先生一定注意到了坐在教室后排的埃米特的表情,因为下课铃响后,他让埃米特留下。

——我只是想确认你听懂了今早的课。

——我听懂了,埃米特说。

——你是怎么想的?

---

1 查尔斯·埃尔伍德·耶格尔(1923—2020),美国空军准将、王牌飞行员,第一个突破音障的人。查克(Chuck)是查尔斯(Charles)的略称。

埃米特看了一会儿窗外,不确定该不该分享自己的看法。

——说说看,尼克森先生鼓励道,我想听听你的看法。

那好吧,埃米特想。

——在我看来,这种啰唆又复杂的方式想证明的东西,我六岁的弟弟用两只脚就能在几秒钟内推翻。

在埃米特说这些话时,尼克森先生似乎一点都不生气,反而饶有兴趣地点点头,仿佛埃米特即将做出像芝诺那样的重大发现。

——你的意思是,埃米特,如果我理解正确的话,芝诺似乎只是为了论证而论证,而没有追求论点的实用性。你不是唯一一个这么想的人。事实上,我们有个词是形容这种做法的,几乎跟芝诺一样古老:诡辩。这个词来自古希腊的诡辩家——就是那些哲学和修辞学老师,他们向学生传授技巧,让他们提出睿智或有说服力的论点,却不一定扎根于现实。

尼克森先生甚至在黑板上写下了那个词,就在他画的从 A 点到 B 点路程无限等分的示意图下面。

埃米特想,真是完美啊。学者们传承下来的不仅有芝诺的理论,还有一个专门的词语,其唯一作用就是形容将胡扯当成道理来教的做法。

至少,当时站在尼克森先生的教室里,埃米特是这么想的。此刻,他走在哈得孙河畔黑斯廷斯镇上一条弯弯绕绕、绿树成荫的街道上,心里想的却是,或许芝诺终归没那么疯狂吧。

— · —

那天早上,埃米特清醒过来,感觉自己漂浮着——就像一个人在温暖的夏日漂浮在一条宽阔的河上一样。他睁开眼睛,发现自己躺在一张陌生的床上,盖着被子。茶几上有一盏带红色灯罩的台灯,将房间晕染成玫瑰色。可无论是床,还是台灯,都没有柔和到可以缓解他的头痛。

埃米特呻吟了一声,努力想要起身,但房间另一头传来了光脚走路的啪嗒声,接着一只手轻轻地按住了他的胸膛。

——好好躺着,别说话。

尽管她现在穿着一件简单的白衬衫,头发向后挽着,但埃米特认出照顾他的人是昨晚那个穿着晨衣躺在他现在所躺之处的年轻女人。

夏丽蒂转向走廊喊道:他醒了。过了一会儿,身穿一条巨大印花连衣裙的玛贝尔出现在门口。

——可不是,她说。

埃米特再度起身,这次比较成功。可当他这么做时,被子从他的胸前滑落,他猛然发现自己光着身子。

——我的衣服,他说。

——你以为我会由着他们把穿着脏衣服的你放在我这里的床上吗,玛贝尔说。

——衣服呢?

——就在那边的五斗橱上。现在,你不如起床,来吃点东西吧。

玛贝尔转向夏丽蒂。

——来吧,亲爱的。你的守夜结束了。

两个女人关上门,埃米特掀开被子,小心翼翼地起身,有点不自在地站着。他走到五斗橱前,意外地发现他的衣服已经洗过,整齐地叠成一堆，皮带卷起放在上面。在扣衬衫扣子时，埃米特不禁盯着昨晚看到的那幅画。他这才发现，桅杆倾斜不是因为船迎上了大风，而是因为撞上了礁石，有些水手吊在索具上，另一些水手则争先恐后地钻进一只小船，还有一个水手的脑袋浮在高高的白色尾流中，马上要么撞上礁石，要么被冲进大海。

套用达奇斯说不厌的口头禅：没错。

埃米特走出卧室，左拐时刻意不看那排令人头晕目眩的房门。在休息室里，他看到玛贝尔坐在一把高背椅上，夏丽蒂站在她身旁。矮茶几上放着早餐蛋糕和咖啡。

埃米特坐在长沙发上，一手捂住双眼。

玛贝尔指了指咖啡壶旁边的盘子，上面有个粉红色的橡胶袋。

——那边有冰袋，如果你想用的话。

——不了，谢谢。

玛贝尔点点头。

——我一向不懂这玩意儿有什么好的。一夜狂欢之后，我可不想身边出现冰袋。

一夜狂欢，埃米特摇着头想。

——发生了什么？

——他们给你的酒加了蒙汗药[1]，夏丽蒂调皮地笑着说。

玛贝尔蹙起眉头。

---

[1] 原文为"mickey"，即"Mickey Finn"，指给没有防备之人喝的掺有麻醉剂或泻药的酒。

——那不是加了蒙汗药的酒,夏丽蒂。也不是他们。只是达奇斯玩兴大起罢了。

——达奇斯?埃米特说。

玛贝尔指了指夏丽蒂。

——他想送你一份小礼物。庆祝你从劳改农场出来。但他担心你会紧张——因为你是基督徒,还是处男。

——基督徒也好,处男也好,没关系的,夏丽蒂表示支持。

——是吗,我可说不准,玛贝尔说,总之,为了营造气氛,由我提议敬酒,达奇斯会在你的酒里放点小玩意儿,帮你放松下来。但那个小玩意儿的效果肯定比他预想的更厉害,因为我们把你弄进夏丽蒂的房间后,你转了两圈就昏倒了。对不对,亲爱的?

——幸好你倒在我的腿上,她眨眨眼说。

她们俩似乎都觉得事情的转折挺滑稽的。这却让埃米特气得咬紧牙关。

——啊,现在别生我们的气了,玛贝尔说。

——就算生气,我也不是针对你们。

——嗯,也别生达奇斯的气。

——他没有恶意,夏丽蒂说,他只是想让你开心。

——这是事实,玛贝尔说,而且是他买单。

埃米特懒得指出,所谓的开心,比如昨晚的香槟,是用他的钱买的。

——从小时候起,夏丽蒂说,达奇斯就总会想办法让身边的人都能开心。

——不管怎么样，玛贝尔继续说，我们要告诉你，达奇斯、你弟弟和另一个朋友……

——伍利，夏丽蒂说。

——对，玛贝尔说，伍利。他们都在伍利姐姐家等你。但首先，你应该吃点东西。

埃米特又用一只手捂住双眼。

——我想我不饿，他说。

玛贝尔蹙起眉头。

夏丽蒂向前俯身，压低声音说话。

——玛贝尔一般不会提供早餐。

——你他妈说得对，我不会。

埃米特要了一杯咖啡和一片咖啡蛋糕以示礼貌，然后想到，礼貌常常对自己有益。因为事实证明，咖啡和蛋糕正是他需要的。他欣然接受了再来一份的提议。

埃米特一边吃，一边问她们怎么会认识小时候的达奇斯。

——他父亲在这里工作过，夏丽蒂说。

——我以为他是个演员。

——他确实是个演员，玛贝尔说，可当他找不到任何上台的活儿时，他就会去当侍应生或餐厅领班。战后那几个月，他来到我们马戏团做领班。我猜，哈里当什么像什么吧。但大多数时候，他就爱自作自受。

——怎么说？

——哈里这人魅力十足，却嗜酒。所以，虽然他耍耍嘴皮子就能在几分钟内谈下一份工作,但也会因为喝酒而迅速丢掉一份工作。

——他在马戏团工作的时候,夏丽蒂插嘴,就让达奇斯跟我们待在一起。

——他把达奇斯带到这里?埃米特有点惊讶地说。

——是的,玛贝尔说,那时候,他大概十一岁吧。他父亲在楼下工作,他就在这间休息室干活儿。替顾客拿帽子,倒酒。他也赚了不少钱呢。但他父亲不让他留着。

埃米特环顾房间,试着想象十一岁的达奇斯在这种地方替人拿帽子,倒酒。

——那时候不像现在,玛贝尔说,顺着他的目光望去。那时候,每到星期六晚上,马戏团座无虚席,只剩站的地方,有十个姑娘在我们这里干。来的不仅有海军造船厂的小伙子,还有上流社会的人。

——连市长都来,夏丽蒂说。

——后来呢?

玛贝尔耸了耸肩膀。

——时代变了。环境变了。品位变了。

这时,她略带怀念地环顾房间。

——我本以为让我们失业的会是战争,可到头来,竟是因为郊区的发展。

临近中午,埃米特准备离开。夏丽蒂在他的脸颊上轻轻啄了一口,玛贝尔和他握了握手,他感谢她们替他洗了衣服,给他吃了早餐,也谢过她们的好心招待。

——如果你能告诉我地址,我这就走了。

玛贝尔看着埃米特。

——什么地址?

——伍利姐姐家的地址。

——我怎么会有?

——达奇斯没跟你说吗?

——他没跟我说。你呢,亲爱的?

夏丽蒂摇摇头,埃米特闭上眼睛。

——我们为什么不查一下电话簿呢,夏丽蒂开心地提议。

夏丽蒂和玛贝尔一同看向埃米特。

——我不知道她丈夫姓什么。

——唉,我猜你是倒大霉喽。

——玛姨,夏丽蒂嗔怪道。

——好了,好了,让我想想。

玛贝尔朝别处看了一会儿。

——你们这个朋友——伍利,他是什么来头?

——他来自纽约……

——这我们知道,但哪个区呢?

埃米特不解地看看她。

——哪个行政区?布鲁克林?皇后区?曼哈顿?

——曼哈顿。

——不错的开头。你知道他在哪里上学吗?

——他去的是寄宿学校。圣乔治……圣保罗……圣马克……

——他是天主教徒!夏丽蒂说。

玛贝尔翻了个白眼。

——那些不是天主教学校,亲爱的。那些是 WASP[1] 学校。而且都是贵族学校。以我对他们校友的了解,我跟你赌一件蓝色外套[2],你们的朋友伍利来自上东区。但他去的是哪一所呢:圣乔治?圣保罗?还是圣马克?

——全部。

——全部?

埃米特解释说,伍利被其中两所开除了,玛贝尔笑得浑身颤抖。

——哈,老天哟,她最后说,如果你被其中一所学校开除,那你得来自一个相当古老的家族才能上另一所。但被两所学校开除还能上第三所?那你得出自坐着五月花号[3]来的家族!所以,这个伍利的真名叫什么?

——华莱士·沃尔科特·马丁。

——嗯,没跑了。夏丽蒂,你去我的办公室,把我办公桌抽屉里那本黑皮书拿来。

---

1 全称为 White Anglo-Saxon Protestant,白人盎格鲁-撒克逊新教徒,泛指信奉新教的欧裔美国中上阶层。

2 上层阶级白人男性经常穿蓝色外套。——作者注

3 一六二〇年,五月花号将一群英国清教徒送往美国新大陆,在如今的马萨诸塞州科德角附近靠岸,后建立了新英格兰地区的第一个移民居住区,普利茅斯殖民地。

夏丽蒂从钢琴后面的房间回来，埃米特以为她会拿着一本小通讯录，可她拿的却是一本带暗红标题的大黑书。

——《社交名人录》[1]，玛贝尔解释说，所有人都列在上面。

——所有人？埃米特问。

——不是我们这样的所有人。说到《社交名人录》，我在它的上面、下面、前面、后面都干过，但从来没被写到里面过。因为它是用来记录其他所有人的。来，让一让，加里·库珀小子。

玛贝尔在埃米特身旁坐下，他感觉长沙发的垫子下沉了几英寸。他瞥了一眼封面，不禁留意到那是一九五一年版的。

——这不是最新的，他说。

玛贝尔朝他蹙眉。

——你以为搞一本这东西容易啊？

——他不懂，夏丽蒂说。

——嗯，我想也是。听着，如果你找的是什么波兰裔或意大利裔的朋友，他们的祖辈在埃利斯岛[2]登陆，那么，首先，不会有任何书给你查。而就算有书，他们这群人换名字和地址就像换衣服一样。他们最初来美国就是因为这个。为了摆脱他们祖先留下的陈规陋习。

玛贝尔满怀敬意地将一只手搭在腿上的书上。

——而这群人，一切都不会改。不改名字。不改地址。什么鬼东西

---

[1] 记录美国上流社会成员与重要信息的半年刊。

[2] 位于东河与哈得孙河的交汇处，曾是纽约州的堡垒、火药库和主要移民检查站，被认为是美国移民的象征，岛上建有移民历史博物馆。

都不改。这正是他们身份的象征。

玛贝尔花了五分钟就找到了她想要的东西。伍利年纪还小，名册里没有单独的词条，而是被列为理查德·科布太太的三个孩子之一。科布太太的娘家姓沃尔科特，是托马斯·马丁的遗孀，也是殖民地俱乐部[1]和美国革命女儿会[2]的成员；原居曼哈顿，现居棕榈滩。她的两个女儿凯特琳和萨拉都已结婚，跟她们的丈夫列在一起：新泽西莫里斯敦[3]的刘易斯·威尔科克斯夫妇，以及纽约哈得孙河畔黑斯廷斯的丹尼斯·惠特尼夫妇。

达奇斯没说他们在哪个姐姐家。

——无论如何，玛贝尔说，你都得回曼哈顿去坐火车。如果我是你，我会先找萨拉，因为哈得孙河畔黑斯廷斯离得更近，也省得你再跑一趟新泽西。

一·一

埃米特从玛贝尔那里离开时已经是十二点半了。为了节约时间，他叫了一辆出租车，可当他吩咐司机送他去曼哈顿的火车站时，司机问他去哪一个。

——曼哈顿不止一个火车站？

——有两个，伙计：宾夕法尼亚车站和中央车站。你要去哪一个？

---

1 殖民地俱乐部（Colony Club）创立于一九〇三年，是纽约第一个纯女性社交俱乐部。
2 美国革命女儿会（Daughters of the American Revolution，DAR）创立于一八九〇年，是一个非营利性妇女志愿服务组织，成员仅限美国革命爱国者的直系后裔。
3 位于美国新泽西州莫里斯郡，被称为美国独立革命的军事首都。

——哪个更大？

——不相上下。

埃米特从没听说过中央车站，但他记得刘易斯的那个乞丐说宾夕法尼亚铁路公司是全国最大的。

——宾夕法尼亚车站吧，他说。

到达之后，埃米特觉得自己的选择不错，因为车站毗邻大道，外立面的大理石柱子有四层楼那么高，内部空间非常宽敞，在高悬的玻璃天花板下，行人络绎不绝。可找到问询处后，他才知道宾夕法尼亚车站没有开往哈得孙河畔黑斯廷斯的火车。去那里要到中央车站坐哈得孙河线。所以，埃米特没去萨拉家，而是登上了一点五十五分开往新泽西莫里斯敦的火车。

抵达玛贝尔给的地址后，他让出租车司机等着，他去敲门。开门的女人说，是的，她就是凯特琳·威尔科克斯，态度相当客气。可他一问她的弟弟伍利是不是在这里，她几乎火冒三丈。

——突然之间，所有人都想知道我弟弟在不在这里。可他为什么会在？这到底怎么回事？你跟那个女孩是一伙的吗？你们俩在搞什么？你是谁？

埃米特快步走回出租车，一路上还能听见她在前门大喊，再次要求他自报家门。

于是，埃米特回到莫里斯敦火车站，乘坐四点二十分的火车返回宾夕法尼亚车站，又打车去了中央车站。原来，中央车站也有大理石柱子，也有高耸的天花板，也有络绎不绝的行人。他在那里等了半小时，乘坐六点一刻的火车前往哈得孙河畔黑斯廷斯。

七点多到站后，埃米特钻进了当天的第四辆出租车。可坐了十分钟后，他看到计价器加了五分钱，变成一点九五美元，他忽然想到自己的钱可能不够付车费了。他打开钱包，确认坐了几趟火车和出租车后，他只剩两美元。

——你能靠边停吗？他问道。

出租车司机疑惑地看了一眼后视镜，把车停在了一条林荫路的路肩。埃米特举起钱包，说自己剩下的钱只够付计价器上的金额。

——没钱就只能下车喽。

埃米特理解地点点头，把两美元递给出租车司机，感谢他送了一程，然后下车。幸运的是，出租车司机开走前好心摇下副驾车窗，给埃米特指了路：往前走两英里左右，福里斯特大道右拐，再走一英里，斯蒂普切斯路左拐。出租车离开后，埃米特开始步行，满脑子都是旅途无限一分为二的痛苦。

美国东西方向宽达三千英里，他心想。五天前，他和比利出发，打算向西行驶一千五百英里去加利福尼亚。然而，他们却向东行驶了一千五百英里来到纽约。到达纽约之后，他满城来回跑：先是从时代广场向南去曼哈顿下城，然后折回；接着向东去了布鲁克林，又向北去了哈勒姆。终于，当他的目的地似乎近在咫尺时，他却坐了三列火车、四辆出租车，现在还在步行。

他完全可以想象尼克森先生会怎么画示意图：黑板左边是旧金山，右边是埃米特歪歪扭扭的行进路线，他走过的每段路都比上一段更短。

只不过，埃米特被迫对抗的不是芝诺悖论，而是花言巧语、随心所欲、打乱计划的达奇斯悖论。

尽管事情令人恼火，但埃米特明白，一下午不得已的来回奔波可能是最好的结果。因为今天稍早从玛贝尔处离开时，他怒气冲冲的，如果当时达奇斯站在街上，埃米特一定会把他揍趴在地。

然而，搭火车、乘出租车和步行三英里不仅让他有时间重新审视激怒他的所有原因——史蒂倍克、信封、下药的酒——也让他回想起自我克制的理由。比如他对比利和阿格尼丝修女的承诺。还有玛贝尔和夏丽蒂的说情。而最重要的，让埃米特感到踌躇且需要一定思量的，是菲兹·菲茨威廉斯在那家穷途末路的酒吧喝着威士忌讲给他听的那个故事。

近十年来，埃米特一直暗暗责怪他父亲的愚蠢——一意孤行投身农耕梦想，不愿寻求帮助，一直坚持着不切实际的理想主义，即使这让他失去了农场，也失去了妻子。可尽管查理·沃森有那么多缺点，但他从未像哈里·休伊特背叛达奇斯那样背叛埃米特。

那背叛是为了什么？

一个小物件。

一个从小丑尸体上弄下来的小玩意儿。

埃米特一刻也没忘记老演员的故事中所隐藏的讽刺意味。它响亮而清晰，不言自明——那是一种谴责。在萨莱纳认识的所有男孩中，埃米特认为达奇斯是最有可能为了自己的利益去破坏规则、歪曲事实的人。可到头来，达奇斯竟是最无辜的。他才是那个什么事都没犯却被送到萨莱纳的人。汤豪斯和伍利偷了车,而他呢,埃米特·沃森,亲手终结了别人的生命。

他有什么权利要求达奇斯赎罪呢?他有什么权利要求任何人赎罪呢?

按下惠特尼家门铃的几秒钟后,埃米特听到家里传来奔跑的声音。然后,大门一下子被拉开了。

埃米特肯定多多少少期待达奇斯表现出悔悟的样子,因为看到达奇斯笑呵呵地站在门口,一副近乎胜利者的模样转向比利,张开双臂说话——就像他站在沃森家谷仓门口时一模一样——埃米特的心里涌起一阵强烈的愤怒。

——我就说吧,小孩。

比利绽开灿烂的笑容,绕过达奇斯,拥抱埃米特,开始滔滔不绝地说话。

——你一定不会相信发生了什么,埃米特!我们离开马戏团之后——那时你和你的朋友待在一起——达奇斯开车带我们去帝国大厦找艾伯纳西教授的办公室。我们坐特快电梯一下子到了五十五楼,不仅找到了办公室,还找到了艾伯纳西教授!他送了一本笔记本给我,以防我的空白页不够写。然后,我跟他说起尤利西斯——

——等等,埃米特说着禁不住笑起来,我想听你讲所有的事,比利。我真的很想。但首先,我必须和达奇斯单独聊一小会儿。好吗?

——好的,埃米特,比利说,语气中有些迟疑。

——你不如跟我来吧，伍利对比利说，反正我也想给你看个东西！

埃米特看着比利和伍利爬上楼梯。直到他们的身影消失在走廊上，他才转身看达奇斯。

埃米特看出达奇斯有话想说。他表现出有话想说的所有迹象：重心落在脚后跟，双手准备打手势，满脸情真意切。可他不只在准备讲话，更是想诚心诚意发表另一番托词。

所以，还没等他开口，埃米特就揪住他的衣领，向后扬起拳头。

伍利

根据伍利的经验，如果有人说他们想和谁单独聊聊，你很难知道自己该做什么，这一点不假。可当埃米特说要和达奇斯单独聊聊时，伍利非常清楚自己该做什么。事实上，从七点四十二分开始，他就一直在想这件事。

——你不如跟我来吧，伍利对比利说，反正我也想给你看个东西！

伍利领着比利上楼，把他带去那个虽是他的、却不属于他的卧室。

——进来，进来，他说。

比利进去后，伍利关上房门——留了几英寸的缝隙，这样他们就听不见埃米特对达奇斯说话，却又听得见埃米特事后叫他们回去。

——这是谁的房间？

——以前是我的，伍利笑着说，但我搬走了，这样宝宝就能离我姐姐更近。

——现在你住在后楼梯旁边的房间。

——这样更合理，伍利说，我一直来来去去的。

——我喜欢这个蓝色，比利说，就像埃米特汽车的颜色。

——我也是这么想的！

等他们欣赏完这片蓝色之后，伍利把目光转向房间中央那堆被盖起来的东西。他掀开防水布，找到他想找的那个箱子，打开盖子，把网球奖杯放在一边，取出雪茄盒。

——找到了，他说。

因为床上堆满了伍利的东西，所以他和比利坐在地板上。

——那是收藏品吗？比利问道。

——是的，伍利说，但不像你的银币，或是你在内布拉斯加的瓶盖。因为这里收藏的不是同一种东西的不同版本，而是同一种属性的不同东西。

伍利打开盖子，把盒子向比利倾斜。

——瞧见了吗？这些都是不常用的东西，但应该妥善地收在一起，万一突然要用，就知道去哪里找。比如，我把我父亲的衬衫饰扣和袖扣放在这里，万一我突然要穿燕尾服就用得上。这些是法郎，万一我碰巧要去法国就用得上。这是我发现的最大的一块海玻璃[1]。而这个⋯⋯

伍利轻轻推开父亲的旧钱包，从盒子底部取出一块手表，递给比利。

——表盘是黑色的，比利惊奇地说。

伍利点点头。

——数字是白色的。和你预想的完全相反。这叫军官表。他们做成这样是为了方便军官在战场上看时间，这样敌军的狙击手就不能瞄准他的白色表盘了。

——这是你父亲的吗？

——不是，伍利摇着头说，这是我外公的。一战期间，他在法国

---

[1] 经水、沙子、波浪等长久打磨后失去棱角，变得如鹅卵石般光滑的人工废弃玻璃。

时戴过。然后，他把它送给了我妈妈的哥哥，华莱士。后来，华莱士舅舅把它作为圣诞礼物送给了我，那时我比你还小[1]。我的名字就来自他。

——你叫华莱士啊，伍利？

——啊，是的。一点没错。

——所以他们叫你伍利？这样当你和你舅舅在一起时，大家就不会弄混了。

——不是，伍利说，华莱士舅舅去世好多年了。死于战争，和我的父亲一样。只不过不是世界大战，而是西班牙内战[2]。

——你的舅舅为什么参加西班牙内战？

伍利飞快地拭去一滴眼泪，摇了摇头。

——我不确定，比利。我姐姐说他做了太多迎合人们期待的事，他想做一件别人根本想不到的事。

比利一手轻捧手表，两人都看了一眼手表。

——你看，伍利说，它也有秒针。只是不像你手表上的大秒针绕着大表盘转，而是一根小秒针绕着自己的小表盘转。我想，在战争中，确切到秒非常重要。

——嗯，比利说，我也是这么想的。

比利举着手表，想还给伍利。

---

[1] 这块表也出现在我的小说《上流法则》中。一九三八年的圣诞节，华莱士·沃尔科特将这块表送给了与他同名的外甥。——作者注

[2] 一九三六至一九三九年西班牙人民反对国内武装叛乱、保卫共和国的战争，被认为是第二次世界大战的前奏。

——不，不，伍利说，这是给你的。我从盒子里拿出来是因为我想送给你。

比利摇摇头，说这块手表太珍贵了，不能送人。

——不是这样的，伍利激动地反驳，这不是一块太珍贵而不能送人的手表。这是一块太珍贵而不能私藏的手表。它由外公传给舅舅，舅舅又传给我。现在，我把它传给你。未来的某一天——很多年以后——你可以把它传给别人。

也许伍利没有把自己的想法说得尽善尽美，但比利似乎听懂了。于是，伍利让他给手表上发条！但伍利先解释了手表唯一的怪处——每天上一次发条，每次必须拧整整十四圈。

——如果你只拧十二圈，伍利说，一天结束时，它就会慢五分钟。但是，如果你拧了十六圈，它就会快五分钟。可如果你拧了整整十四圈，它就是准时的。

比利听明白后，一边默默数着，一边给手表上了整整十四圈发条。

伍利没告诉比利的是，有时候——就像他刚到圣保罗时——他会连续六天故意给手表上十六圈发条，这样他就能比别人早半个小时。而另一些时候，他会连续六天给手表上十二圈发条，这样他就能晚半个小时。无论是哪种做法——不管是拧十六圈，还是拧十二圈——那有点像爱丽丝穿越镜子[1]或佩文西兄妹穿越衣橱[2]，结果发现自己置身于一个是他们的、却不属于他们的世界。

---

1 故事出自英国作家刘易斯·卡罗尔（1832—1898）所著《镜中世界》。
2 故事出自英国作家C.S.刘易斯（1898—1963）所著《纳尼亚传奇》系列小说。

——来，戴上吧，伍利说。

——你是说我现在就能戴？

——当然了，伍利说，当然当然当然了。这才是重点！

于是，比利把表戴在手腕上，没让任何人帮忙。

——看起来是不是很棒，伍利说。

说完这句话，伍利本想再说一遍以示强调，但楼下某个地方突然传来一声很像枪声的巨响。伍利和比利瞪大眼睛对看一眼，然后跳起身来，冲出门去。

达奇斯

埃米特确实很生气。他努力掩饰,因为他就是那样的人。但我还是看出来了。特别是他打断了比利讲故事,说想和我单独聊聊。

该死的,如果我是他,我也想和自己单独聊聊。

阿格尼丝修女爱说的另一句话是:聪明人不打自招。当然,她的意思是,如果你做了错事——无论是躲在维修棚后面,还是在深更半夜的时候——她早晚会发现的。收集完线索,她会像夏洛克·福尔摩斯一样舒舒服服地坐在扶手椅上推断出来。要么她会从你的行为举止中察觉出来,要么她会直接从上帝口中听到。无论消息来自哪里,她都会知道你的过错,这一点毫无疑问。所以,为了节省时间,你最好自己坦白。承认自己越界了,表达忏悔,承诺弥补——最好是在别人插嘴之前。所以,只剩埃米特和我的那一刻,我就准备好了。

结果,埃米特有不同的想法。一个甚至更好的想法。因为还没等我开口,他就揪住了我的衣领,打算给我一拳。我闭上眼睛,等待赎罪。

但什么也没发生。

我右眼微睁,瞥了一眼,看到他咬紧牙关,努力对抗自己的本能。

——来吧,我对他说,这样你会好受些,我也会好受些!

可就在我尽力鼓励他时,我感觉他的手渐渐松开。然后,他把我向后推开了一两英尺。于是,我最终还是自己道歉了。

——非常抱歉,我说。

接着,我开始掰着手指连珠炮似的细数自己的过错。

——我问都没问就借走了史蒂倍克,我把你们丢在了刘易斯,我误判了你对凯迪拉克的兴趣,除此之外,我还搞砸了你在玛贝尔那里的一夜春宵。我能说什么呢?是我太没眼力见了。但我会补偿你的。

埃米特举起双手。

——我不要你的任何补偿,达奇斯。我接受你的道歉。我只是不想再提了。

——好吧,我说,谢谢你愿意把这些事揭过。但首先……

我从裤子后兜里掏出他的信封,略带郑重地交还给他。他接过信封,明显放下心来,指不定还舒了口气。但与此同时,我看出他在掂分量。

——少了一些,我承认,但我另有东西要给你。

我从另一个口袋里掏出账单。

埃米特有点困惑地接过那张纸,看了一眼之后更困惑了。

——这是比利写的?

——是呀。我跟你说,埃米特,那小孩很会算账哟。

我走到埃米特身旁,随意地指着那两栏数字。

——都在这里了。必要的开销,比如汽油和住宿,都会先还给你。另有一些自由支配的费用,由我承担——我们一到阿迪朗达克山就能算清。

埃米特从纸张上抬头,露出一丝难以置信的神情。

——达奇斯，我要跟你说多少遍，我不去阿迪朗达克山。史蒂倍克一弄好，比利和我就会去加利福尼亚。

——我懂，我说，既然比利想在七月四日前赶到那里，的确应该赶紧行动。但你说你的车要到星期一才弄好，对吧？而且你一定饿了。那么今晚，让我们美餐一顿，就我们四个人。明天，伍利和我开凯迪拉克去营地拿钱。我们得在锡拉丘兹停一下，去看看我老爹，接着就上高速。我们应该比你们晚不了几天。

——达奇斯……埃米特说，忧愁地摇摇头。

他看起来甚至有些挫败，像他这样一个积极进取的人，这倒是反常。显然，他无法接受这个计划的某些部分。或许新出现了什么我不知道的麻烦事。我还没来得及问，我们就听到街上传来一阵轻微的爆炸声。埃米特慢慢转身，盯着前门看了一会儿，然后闭上眼睛。

萨莉

如果哪天我有幸生了一个孩子，我不会把她培养成和我一样的天主教教徒，而会把她培养成圣公会教徒。虽然圣公会教徒在名义上是新教徒，但你从他们的礼拜仪式中是看不出来的——反正用的是一样的法衣和英文赞美诗。我猜人们喜欢称之为高教会派[1]。我则称之为高不可攀。

但有件事你是可以指望圣公会教堂的，那就是他们的记录保存完善。在这一点上，他们几乎和摩门教徒一样坚守不渝。所以，当埃米特没有如约在星期五下午两点半打电话给我，他让我别无选择，只能联系圣路加教堂的科默尔神父。

电话接通后，我向他解释，我想找一位曼哈顿圣公会教堂的教友，问他是否知道我该怎么做。他毫不犹豫地说，我应该联系圣巴多罗买教区长汉密尔顿·斯皮尔斯牧师。他甚至给了我电话号码。

我告诉你，这个圣巴多罗买一定是个了不得的教堂。因为我的电话打过去，接电话的不是斯皮尔斯牧师，而是一个接待员，她让我稍等（尽管这是一个长途电话），然后帮我接通了一位副教区长，他也想知道我

---

[1] 圣公会的派别之一，主张在教义、礼仪和规章上尽量保持天主教传统，与之相对的是主张从简的低教会派。

为什么要和斯皮尔斯牧师通话。我解释道,我与他教会里的一家人是远亲,我父亲夜里去世了,我得把他的死讯告知纽约的表亲,可我怎么都找不到父亲的通讯录。

从最严格的意义上讲,这个说法并不诚实。可是,虽然基督教一般不赞成喝烈酒,但喝点红酒不仅是被允许的,也在圣餐仪式中起着至关重要的作用。我想,虽然教会一般不赞成说谎,但如果是为了侍奉主,一点善意的谎言也可以像星期日的那口红酒一样,彰显基督徒的虔诚。

那家人姓什么?副教区长问道。

我回答是伍利·马丁一家,他让我再等一下。又花了几十分钱的话费后,斯皮尔斯牧师接起电话。首先,他想向我表示最深切的慰唁,也愿我的父亲安息。他接着说,伍利的家族,即沃尔科特家族,自一八五四年圣巴多罗买教堂成立以来一直是教会成员,他本人曾为该家族的四个人主持婚礼,也为十个人施洗。毫无疑问,他为他们主持的葬礼更多。

短短几分钟后,我就拿到了伍利母亲的电话号码和地址,她住在佛罗里达,还有他两个姐姐的电话号码和地址,她们都已结婚,住在纽约地区。我先给那个叫凯特琳的打了电话。

虽说沃尔科特家族自一八五四年圣巴多罗买教堂成立以来一直是教会成员,但凯特琳·沃尔科特·威尔科克斯肯定没怎么聆听圣训。因为我一说想找他的弟弟,她就变得警惕起来。而我一说我听说他可能在她那儿,她就变得相当不客气了。

——我弟弟在堪萨斯,她说,他怎么会在这里?谁告诉你他在这里的？你是谁？

等等。

接着，我打给萨拉。这次，电话响了又响都没接通。

最后，我挂断电话，干坐了一会儿，手指敲击着父亲的书桌。

在父亲的书房里。

在父亲的屋檐下。

我走进厨房，拿出钱包，数了五美元，放在电话旁边，用来支付长途电话费。然后，我回到自己的房间，从衣橱后面取出行李箱，开始打包。

— · —

从摩根到纽约的车程是二十个小时，要花一天半的时间。

对一些人来说，开这么一大段路似乎很辛苦。但我相信，我这辈子从未有过二十小时不受干扰的思考时间。我发现自己不停思考的——我猜这挺自然的——是我们渴望迁徙的奥秘。

所有证据表明，人类对迁徙的渴望与人类本身一样古老。以《旧约》中的人为例，他们总是在迁徙。起初，亚当和夏娃离开伊甸园。然后，该隐被罚为永恒的流浪者，挪亚在大洪水中漂流，摩西带领以色列人离开埃及、前往应许之地。他们当中有些人不受上帝的眷顾，有些人得蒙上帝的爱护，但所有人都在迁徙。至于《新约》呢，我们的主耶稣基督就是人们所说的游民——总是四处走动的人——无论是步行，骑在驴背上，还是乘着天使的翅膀。

然而，渴望迁徙的证据并不局限于《圣经》中的内容。任何一个十岁的小孩都能告诉你，动身上路是人类历史记录的首要主题。就拿比利总是捧着不放的那本大红书来说吧。书里有二十六个历代流传的故事，几乎每个故事讲的都是某个人前往某个地方，比如拿破仑出发征伐，亚瑟王出发寻找圣杯。书里的一些人是历史人物，一些是虚构人物，但无论是真实的还是想象的，几乎每个人都会从自己所处之地前往别的地方。

所以，如果人类对迁徙的渴望与人类本身一样古老，且每个小孩都能告诉你这个道理，那么像我父亲这样的人是怎么回事？他的内心深处是被拨动了什么开关，把上帝赐予人类的迁徙渴望转变成对原地踏步的渴望的呢？

不是因为失去活力。对于我父亲这样的男人，这种转变不是在他们年老体弱时发生的，而是在他们精神矍铄、活力充沛、生命力最旺盛的时刻发生的。如果你问他们是什么引发了这种变化，他们会以美德为托词加以掩饰。他们会告诉你，美国梦就是要安身立命，成家立业，踏踏实实地过日子。他们会骄傲地吹嘘自己通过教会、扶轮社[1]、商会及所有其他形式的原地踏步与社区建立联系。

但或许——我开车横穿哈得孙河时思考着——或许对原地踏步的渴望并不源自一个人的美德，而是源自他的恶行。毕竟，暴食、懒惰和贪婪[2]不都与原地踏步有关吗？它们不就等于坐在椅子里吃得更多、闲得更多、要得更多吗？在某种程度上，傲慢和嫉妒也与原地踏步有关。正

---

1 创立于美国的社会服务团体。
2 天主教的七宗罪即傲慢、嫉妒、暴怒、懒惰、贪婪、暴食和色欲。

如傲慢是基于你自身所建立的成就，嫉妒则基于你对街的邻居所建立的成就。一个人的家可以成为他的城堡，但在我看来，护城河既能阻止外面的人进来，也能阻止里面的人出去。

我相信仁慈的主为我们每个人都赋予了使命——这一使命包容我们的弱点，依据我们的优点量身打造，是专门为我们设计的。然而，主或许不会来敲我们的门，像捧着撒了糖霜的蛋糕一样将使命捧到我们面前。或许，只是或许，他对我们的要求，他对我们的期待，他对我们的希望——就像对待他的亲生子一样——是要我们漫步世间，亲自寻找。

我从贝蒂上下来，埃米特、伍利和比利都从屋里拥了出来。比利和伍利的脸上都挂着大大的笑容，而埃米特像往常一样，表现得好像笑容是一种宝贵的资源一样。

伍利显然很有教养，问我有没有行李。

——谢谢关心，我没看埃米特就回答。我的行李箱在卡车后面。比利，后座有个篮子，麻烦你拿一下。但不许偷看哟。

——交给我们搞定，比利说。

在比利和伍利把我的东西搬进屋时，埃米特摇摇头。

——萨莉，他说话时带着明显的怒气。

——干吗，沃森先生。

——你来这里干吗？

——我来这里干吗？噢，让我想想。我的日程表上没什么特别着急的事。我也一直想来大城市看看。还有一件小事，我昨天干坐着等了一下午的电话。

这句话让他败下阵来。

——对不起,他说,我真的完全忘记要给你打电话了。离开摩根之后,问题就一个接一个地来。

——我们都有自己的试炼,我说。

——说得好。我不想找借口。我应该打个电话的。可就算我没打,你真的有必要大老远开车过来吗?

——也许没必要。我想我本可以交叉手指,祈祷你和比利平安无事。但我琢磨着你应该想知道警长为什么来找我吧。

——警长?

我还没来得及解释,比利就搂住我的腰,抬头看埃米特。

——萨莉带了很多饼干和蜜饯。

——我告诉你不许偷看的呢,我说。

然后,我揉弄他的头发,显然自我们上次见面之后,他就没洗过头。

——我知道你说了,萨莉,但你不是认真的,对吗?

——嗯,我不是认真的。

——你带草莓蜜饯了吗?伍利问。

——带了。还有树莓的。说到蜜饯,达奇斯呢?

所有人都略感意外地抬头,好像才发现达奇斯不见了。但就在那时,他出现在前门,穿着衬衫,打着领带,围着干净的白围裙,说道:

——晚餐准备好了!

伍利

啊，他们度过了一个多么愉快的夜晚呀！

首先，落地钟八点整报时，达奇斯打开前门，埃米特就站在门口，这本身就是一件值得庆祝的事。不到十五分钟——伍利刚把舅舅的手表送给比利——一阵轻微的爆炸声传来，令他们目瞪口呆的是，萨莉·兰塞姆竟然来了[1]，从内布拉斯加大老远开车过来。他们还没来得及庆祝这件事，达奇斯又出现在门口，宣布晚餐准备好了。

——这边走，他说。大家都回到屋里。

但达奇斯没把大家带进厨房，而是带去了餐厅，餐桌上已经摆好瓷餐具、水晶杯和两个枝形大烛台，尽管今天既不是谁的生日，也不是什么节日。

——天哪，天哪，萨莉进门后说道。

——兰塞姆小姐，请坐在这里，达奇斯说着拉开她的椅子。

然后，达奇斯让比利坐在萨莉旁边，伍利坐在他们对面，埃米特坐在桌首。达奇斯把餐桌的另一端留给自己，那里离厨房门最近，他很快穿门而入不见了。但还没等门停止摆动，他就回来了，一只胳膊上挂着

---

[1] 伍利在此处改编了经典圣诞诗歌《圣尼古拉斯来访》（*A Visit from St. Nicholas*）中的语句。——作者注

林肯公路

一条餐巾，一手握着一瓶红酒。

——要想尽情享受一顿美味的意大利晚餐，他说，怎么能不喝点红葡萄酒[1]呢。

达奇斯绕着餐桌转了一圈，给每个人都倒了杯酒，包括比利。然后，他放下酒瓶，穿过厨房门又回来，这次他一下子端了四只盘子，两只手各端着一只，两只臂弯里各平放着一只——伍利心想，旋转门正是为眼下这种情况设计的！

达奇斯又绕着餐桌转了一圈，给大家各上了一盘菜，接着回到厨房，然后又出现，给自己也上了一盘。只是这一次，当他从门里出来时，他的围裙不见了，他穿了一件所有纽扣都扣上的背心。

达奇斯重新入座，萨莉和埃米特目不转睛地盯着他们的盘子。

——这到底是什么啊，萨莉说。

——酿洋蓟，比利说。

——不是我做的，达奇斯坦白，是比利和我今天稍早去阿瑟大道买的。

——那是布朗克斯意大利区的主干道，比利说。

埃米特和萨莉看看达奇斯，看看比利，又看看自己的盘子，依旧一脸茫然。

——你用下牙把叶子上的肉刮下来，伍利解释道。

——你什么？萨莉说。

——像这样！

---

[1] 原文为意大利语"vino rosso"。

为了做示范，伍利摘下了一片洋蓟叶子，用牙齿刮了刮，然后把叶子丢在盘子上。

短短几分钟，所有人都在愉快地摘叶子，浅酌葡萄酒，并怀着油然而生的敬佩讨论着人类历史上第一个敢于吃洋蓟的人。

等大家吃完开胃菜后，萨莉抚平腿上的餐巾，问他们接下来要吃什么。

——挚爱意式宽面，比利说。

埃米特和萨莉看向达奇斯，等他解释一下，但他因为在收拾盘子，便让伍利代劳。

于是，伍利给他们讲了整个故事。他提到莱奥内洛——那家不接受预订、不提供菜单的餐厅。他提到点唱机、黑帮分子和玛丽莲·梦露。他提到莱奥内洛本人，他在餐桌之间来回走动，和顾客打招呼，给他们送喝的。最后，伍利告诉他们，当服务员来到你的餐桌时，他甚至不会提挚爱意式宽面，因为你要么懂行会点，要么不配享用。

——我帮忙做的，比利说，达奇斯教我如何正确地切洋葱。

萨莉略感诧异地看着比利。

——正确地?!

——是的，比利说，正确地。

——请告诉我，那要怎么做呢?

比利还没来得及解释，厨房门就旋开了，达奇斯端着五只盘子出现了。

在讲莱奥内洛的故事时，伍利看得出埃米特和萨莉有些怀疑，他不怪他们。因为说到讲故事，达奇斯有点像保罗·布尼安[1]。对达奇斯来说，积雪总有十英尺厚，河流总像大海一样无边无际。不过，吃完第一口，餐桌上的所有人疑虑尽消。

——这也太好吃了，萨莉说。

——我必须称赞你们俩，埃米特说，举起酒杯后又说：敬两位大厨。

伍利回应：不错，不错！

大家都赞不绝口。

晚餐非常美味，所有人都要了第二盘，然后达奇斯又添了些酒，埃米特的眼睛开始发亮，萨莉的脸颊红通通的，烛泪顺着枝形大烛台的支架愉快地滴落。

接着，每个人都让别人讲故事。先是埃米特让比利讲参观帝国大厦的事。然后，萨莉让埃米特讲搭货运火车的事。伍利又让达奇斯讲他在舞台上见过的魔术。最后，比利问达奇斯他会不会变魔术。

——这么多年来，我想我学会了一些吧。

——你愿意为我们表演一个吗？

达奇斯抿了一口酒，想了一会儿说：为什么不呢。

达奇斯推开盘子，从背心口袋里取出开瓶器，摘下软木塞，放在桌上。然后，他拿起酒瓶，倒出最后一点酒，将软木塞塞回去——不只像平常那样塞回瓶口，而是一直塞进瓶口，让它掉到瓶底。

——你们瞧见了啊，他说，我把软木塞塞进酒瓶里了。

---

[1] 美国神话故事中的巨人，此处指达奇斯讲故事喜欢夸张。

接着，他把酒瓶传了一圈，让大家轮流确认酒瓶是用坚固的玻璃制成的，软木塞确实在酒瓶里面。伍利甚至把酒瓶颠倒过来摇了摇，证明每个人基本上都知道的事：如果将软木塞塞进瓶里是困难的，那么将它摇出来则是不可能的。

酒瓶绕了一圈后，达奇斯卷起袖子，举起双手，展示手里是空的，然后问比利愿不愿意为大家倒计时。

让伍利特别开心的是，比利不但接受了这项任务，为了精确地完成任务，还用上了他新手表表盘上的小秒针。

十，比利说，这时达奇斯拿起酒瓶，放到自己的腿上，不让人看见。九……八……，比利说，这时达奇斯喘着粗气。七……六……五……，这时达奇斯开始前后晃动肩膀。四……三……二，这时达奇斯的眼皮垂得很低，看着像完全闭上了一样。

当比利开始倒计时的时候，伍利心想，十秒钟有多长呢？长到足够确认一个重量级拳击手输了比赛。长到足够宣布新的一年到来。但要将一个软木塞从瓶底弄出来，十秒钟似乎远远不够。然而，然而，就在比利数到一的那一刻，达奇斯一手将空酒瓶重重砸在桌上，一手将软木塞竖在酒瓶旁边。

萨莉惊得倒吸一口气，看向比利、埃米特和伍利。比利看向伍利、萨莉和埃米特。埃米特则看向比利、伍利和萨莉。也就是说，大家面面相觑。除了达奇斯，他直视前方，露出斯芬克斯一般神秘的笑容。

这时，大家同时开始讲话。比利说这太神奇了。萨莉说：不可思议！伍利说：太棒太棒太棒了！而埃米特呢，他想检查一下酒瓶。

于是，达奇斯把酒瓶传了一圈，让大家确认瓶子确实空了。这时，埃米特相当怀疑地指出，一定有两个酒瓶和两只软木塞，达奇斯放在腿上时调换了。于是，大家都往桌底下看，达奇斯张开双臂转了一圈，但没找到第二个酒瓶。

大家又开始七嘴八舌，要求达奇斯给大家演示怎么做到的。达奇斯回答，魔术师从不透露自己的秘密。但经过一番诚恳的软磨硬泡之后，他还是同意了。

——你要做的，他把软木塞塞回瓶底后解释，就是拿起你的餐巾，像这样把折起的一角滑进瓶口，晃动软木塞，把它颠到折角的凹口里面，然后轻轻往回拉。

果不其然，达奇斯轻轻一拉，餐巾的折角裹住软木塞，经过瓶口，伴着砰的一声悦耳声响，软木塞从酒瓶里出来了。

——让我试试，比利和萨莉异口同声地说。

——我们都试试吧！伍利提议。

伍利从椅子上跳起来，冲进厨房，去了"丹尼斯"存放葡萄酒的食品储藏室。他拿了三瓶红葡萄酒到厨房，达奇斯拔掉软木塞，伍利把酒倒进下水道。

回到餐厅后，比利、埃米特、萨莉和伍利把各自的软木塞用力塞进各自的酒瓶里，又折好各自的餐巾，达奇斯则绕着餐桌走，给他们提供指导。

——多折一点，像这样……再使点力晃动软木塞，像这样……让它往凹口里面再进去一点。现在，轻轻地拉。

砰，砰，砰，萨莉、埃米特和比利的软木塞都拉出来了。

这时，大家都看着伍利，这种情况通常会让伍利想起身离开房间。但与四个最亲密的朋友一起吃了洋蓟和挚爱意式宽面之后，他没这么想。今晚不一样！

——等等，等等，他说，我可以，我可以。

伍利咬着舌尖，小心地晃动软木塞，让它被餐巾裹住，然后开始非常非常轻柔地向外拉餐巾。伍利向外拉时，餐桌周围的所有人，包括达奇斯，都屏住了呼吸，直到伍利的软木塞砰的一声出来，大家爆发出一阵热烈的欢呼！

就在那时，旋转门开了，"丹尼斯"走了进来。

——啊，天哪，伍利说。

——你们到底在干什么？"丹尼斯"问道，用了一个以 W 开头的问句，却并不期待回答。

这时，旋转门又旋开，萨拉出现了，一脸意料之中的担心。

"丹尼斯"突然走向前，拿起伍利面前的酒瓶，然后环视餐桌。

——玛歌酒庄二八年的酒[1]！你们喝了四瓶酒庄二八年的酒?！

——我们只喝了一瓶，比利说。

——真的，伍利说，我们把另外三瓶倒进下水道了。

话音刚落，伍利就意识到自己不该这么说。因为"丹尼斯"的脸突然红得和他的玛歌酒庄红酒一样。

---

[1] 玛歌酒庄是法国波尔多顶级酒庄之一。玛歌一九二八年份的葡萄酒非常出色，极具陈年潜力，被认为是永恒的经典。

——你们把酒倒了！

萨拉原本一直扶着门静静站在丈夫身后，这时她走进房间。伍利想，现在轮到她说该说的话了，就是伍利事后希望自己能镇定自若说出的那些话。但她绕过"丹尼斯"，将面前这一幕尽收眼底，然后拿起伍利盘子旁边的餐巾，它和桌上的其他餐巾一样，染上了大块大块的红酒渍。

——噢，伍利，她说，声音从未如此轻微。

从未如此轻微得令人心碎。

所有人沉默无语。一时间，仿佛没人知道该看哪里。因为他们不太想看彼此，不太想看酒瓶，也不太想看餐巾。"丹尼斯"把玛歌酒庄的空酒瓶放回餐桌，这时某个咒语仿佛被打破，大家都直勾勾地盯着伍利，尤其是"丹尼斯"。

——华莱士·马丁，他说，我能跟你单独聊聊吗？

伍利跟着姐夫走进书房，他明白糟糕的局面一下子更糟了。因为"丹尼斯"曾非常明确地表示，他不喜欢别人在他不在的时候进入他的书房，可眼下他的电话却被塞进了书桌抽屉，电话线还荡在外面。

——坐下，"丹尼斯"说，把电话嘭的一声放回原位。

然后，他盯着伍利看了很久，坐在书桌后面的人似乎经常这么做。他们坚持要和你讲话，一秒都不能耽搁，却又坐在那里，很久不发一言。但很久也会有结束的时候。

——我猜你在纳闷你姐姐和我怎么会在这里？

说真的，伍利根本没在纳闷这个问题。但既然"丹尼斯"提了，这似乎确实值得好奇，因为他们俩本该在城里过夜的。

呃，原来星期五下午，凯特琳接到一个年轻女子的电话，问伍利在不在她家。今天稍早，一个小伙子又出现在她家门口，问了同样的问题。凯特琳不明白为什么有人会问伍利在不在她那里，他应该在萨莱纳服刑啊。很自然地，她开始担心，便决定打电话给她的妹妹。可她拨通萨拉家的电话后，竟是伍利接的，他不仅挂了她的电话，显然还把听筒从听筒架上拿开了，因为凯特琳不停回拨，听到的只有忙音。事情到这地步，凯特琳别无选择，只能去找萨拉和"丹尼斯"——哪怕他们正在威尔逊家吃饭。

小时候，伍利总觉得标点符号像是他的敌人——一股一心要打败他的邪恶力量，无论是通过间谍活动，还是全力攻打他的海滩的敌人。七年级时，他向善良耐心的彭妮小姐坦白了这一点，她说伍利把事情搞反了。她说，标点符号不是他的敌人，而是盟友。所有的小标点——句号、逗号、冒号——都是为了帮助他确保别人听懂他说的话。然而，"丹尼斯"显然深信自己说的话会被理解，所以根本没用任何标点符号。

——我们向主人致歉一路开回黑斯廷斯却发现一辆皮卡堵在车道上厨房一片狼藉陌生人在餐厅喝着我们的酒而桌布我的天啊你外婆送给你姐姐的桌布现在脏得洗都洗不干净因为你对待它们就像你对待其他所有东西所有人一样也就是说没有丝毫尊重

"丹尼斯"端详伍利片刻，仿佛真心试图理解伍利，试图全面揣度他这个人。

——你十五岁时你的家人把你送去全国最好的学校之一你却因为一个我甚至想不起来的原因被开除后来你去了圣马克偏偏因为烧毁球门又被开除当没有一所知名的学校愿意再看你一眼的时候你的母亲说服圣乔治接纳了你她用你的舅舅华莱士打动了他们他在那里不仅是一名好学生最后还担任校董可你又被开除了这次你面对的不是纪律委员会而是法官你的家人只能谎报你的年龄免得你按成年人被判刑还从苏利文·克伦威尔[1]雇了一名律师说服法官把你送到堪萨斯的什么特殊少管所让你在那里种一年菜可显然你连彻底解决这桩麻烦的担当都没有

"丹尼斯"顿了一下，准备说重点。

伍利非常清楚，在重点处停顿是跟人单独聊聊必不可少的一部分。这对说的人和听的人而言都是一个信号，说明接下来的话最重要。

——我听萨拉说如果你回萨莱纳他们会让你服完剩下几个月的刑这样你就能申请大学继续你的人生但有一点已经显而易见华莱士那就是你不重视教育而让一个人明白教育有多珍贵的最佳方式就是花几年时间去做一份不需要教育的工作所以考虑到这一点明天我会联系证券交易所的一个朋友他一直找年轻人当跑腿也许他会比我们其他人做得更好教你明白挣钱糊口意味着什么

就在那时，伍利笃定了一件事，他昨晚就该明白的——当时他兴高采烈地站在野花和齐膝高的草丛中——他永远不会去参观自由女神像。

---

1 苏利文·克伦威尔律所是美国著名的高端律师事务所。

埃米特

与伍利谈完后,惠特尼先生上楼去了自己的卧室,他的太太几分钟后也上楼了。伍利说他想去看星轨,就从前门出去,达奇斯几分钟后跟了过去,想确认伍利没事。至于萨莉,她上楼安顿比利了。于是,埃米特独自一人留在乱糟糟的厨房。

埃米特感到庆幸。

惠特尼先生穿过餐厅门时,埃米特的心情瞬间从快乐变成羞愧。他们五个人到底在想什么?在别人的家里狂欢,喝着他的酒,为了玩幼稚的游戏而弄脏他太太的餐巾。更令人尴尬的是,埃米特忽然想起普尔曼车厢里的帕克和派克,食物满地乱扔,半瓶杜松子酒倒在一边。埃米特当时立刻就在心中批判他们,谴责他们对待身边的事物既浪费又冷漠。

因此,埃米特不怪惠特尼先生会恼怒。他完全有权利恼怒,觉得被冒犯了,觉得怒不可遏。让埃米特意外的是惠特尼太太的反应,她是那么优雅豁达。伍利和惠特尼先生离开餐厅后,她用一贯温柔的方式对他们说,没关系的,只是几条餐巾和几瓶酒而已,坚持——没有流露出丝毫埋怨——让他们把所有的东西留给管家清理,又告诉他们可以睡哪些房间,可以在哪些壁橱里找到额外的毯子、枕头和毛巾。一切只能用优雅豁达来形容了。这种优雅豁达让埃米特更加深感羞愧。

因此,他很庆幸自己一个人待着,很庆幸有机会能清理餐桌,清洗餐具,作为小小的忏悔。

萨莉回来时,埃米特刚洗完盘子,正要洗杯子。
——比利睡着了,她说。
——谢谢。
萨莉没再说什么,拿起一块擦碗布,在他洗水晶杯时开始擦干盘子,在他洗锅子时擦干水晶杯。干这些活儿是一种安慰。埃米特与萨莉做伴,两人都觉得不必言语,默默干活儿,心里便能感到安慰。

埃米特看得出来,萨莉和他一样羞愧,这也令人感到安慰。这种安慰不在于知道别人同样陷入深深的自责,而是知道别人和自己拥有同样的是非观,因而让是非对错在某种程度上更显真实。

TWO

第 二 天

达奇斯

说到马戏，一切都离不开舞台布置。对马戏演员和魔术师而言是如此，对喜剧演员而言亦是如此。观众们带着各自的喜好、偏见和一系列期待进入剧院。因此，表演者需要在观众没有察觉的情况下消除这些情绪，并提供一系列新的期待取而代之——这些是表演者能够更好地预测、操纵并最终实现的一系列期待。

就拿伟大的曼德雷来说吧。曼尼不是所谓的伟大的魔术师。在表演的前半段，他会从袖子里掏出一束花，从耳朵里掏出彩带，或是凭空变出一枚五美分硬币——基本就是你在十岁小孩生日派对上看到的花样。可跟卡赞蒂基斯一样，曼尼在结尾处，弥补了前半段表演中的不足。

有别于大多数同行，曼德雷身边没有长腿的金发女郎，只有一只巨大的白色凤头鹦鹉，名叫露辛达。曼尼会向观众解释，多年前在亚马孙旅行时，他在森林里发现了一只从鸟巢落到地上的幼鸟。他照料幼鸟恢复健康，又把它养大，从此他们再未分开。在表演过程中，露辛达会停在镀金支架上帮忙，用爪子抓着一串钥匙，或用喙在一副纸牌上敲三下。

表演快结束时，曼尼会宣布他将尝试一个以前从未表演过的魔术。一名舞台工作人员会推出一个基座，上面立着一只绘有一条红色巨龙的黑色珐琅柜子。曼尼会说，他最近去了东方，在一个跳蚤市场发现了这件东西。他一眼就认出它是什么：东方魔术柜。曼尼只懂一点中文，但卖古玩的老头不仅证实了曼尼的猜测，还把如何使用它的咒语教给了曼尼。

今晚，曼尼会宣布，在美洲大陆的这个地方，我将第一次使用东方魔术柜，当着你们的面把我特别信任的凤头鹦鹉变消失，再变回来。

曼尼将露辛达轻轻地放进柜子里，关上门。他闭上眼睛，用自己瞎编的中文念一段咒语，又用魔术棒轻敲柜子。他重新开门，鹦鹉消失了。

鞠躬谢过一轮掌声后，曼尼会让大家安静下来，说把鹦鹉变回来的咒语比让它消失的咒语复杂得多。他深吸一口气，胡乱说一通长了一倍的中文，努力显得抑扬顿挫。然后，他睁开双眼，用魔术棒一指。一团火球不知从哪里冒出来炸开，吞噬柜子，引得观众们一阵惊呼，曼尼也吓得后退两步。等烟雾散去，东方魔术柜几乎毫无损伤。曼尼走向前，迟疑地打开柜门……双手伸进去……捧出一只大浅盘，盘子里面是一只熟透的烤鸟，还围了一圈配菜。

一时间，魔术师和观众们目瞪口呆，陷入沉默。接着，曼尼将目光从大浅盘上移开，望向观众席，说道：哎呀。

全场掌声雷动。

嗯，接下来是六月二十日星期日发生的事。

我们天刚亮就醒了，在伍利的坚持下，我们收拾好行李，蹑手蹑脚地走下后楼梯，一声不响地溜出家门。

我们把凯迪拉克挂到空挡，滑出车道，然后发动引擎，挂上挡。半小时后，我们像阿里巴巴坐着魔毯一样在塔科尼克州立公园大道上畅行无阻。

路上的汽车似乎都在朝反方向行驶，所以我们开得很快，七点经过拉格兰奇维尔[1]，八点经过奥尔巴尼[2]。

伍利被他姐夫训斥一番后，辗转反侧了大半夜，起床时一脸低落，我从没见他如此低落。所以，我一看到地平线上冒出蓝色尖塔，就打了转向灯。

坐回亮橙色的卡座似乎让伍利精神一振。他好像对餐垫不那么感兴趣了，但吃了快一半自己的煎饼，还有我的所有培根。

经过乔治湖后不久，伍利让我拐出公路，我们开始在辽阔的田园荒野间蜿蜒前行，这种地貌占了纽约州陆地面积的百分之九十，却没占着半点名气。城镇相隔越来越远，树木离道路越来越近，伍利差不多又像他自己了，尽管没开广播，却哼着广告歌曲。应该是十一点左右吧，他在座位边缘坐直，指着树林间的一个缺口。

——下个路口右转。

我们拐上一条土路，开始在一片树林中绕来绕去，我从没见过那么高大的树木。

非常坦白地说，当伍利第一次向我提起他们家营地的一个保险箱里藏着十五万美元时，我是心存怀疑的。我完全无法想象某座林间小木屋里藏着那么多钱。可当我们驶出树林，耸立在我们面前的那栋宅子看起来就像洛克菲勒家族的狩猎小屋。

---

[1] 位于美国纽约州达奇斯县。
[2] 美国纽约州州府。

伍利看到宅子后，松了一大口气，声音比我还响，仿佛他也心存怀疑似的——或许整个地方都是他想象出来的。

——欢迎回家，我说。

他对我露出今天的第一个微笑。

下车之后，我跟着伍利绕到宅子前面，穿过草坪，走近一片大湖，湖水在阳光下粼粼闪闪。

——那是湖，伍利说。

树木沿着湖岸一直延伸到远处，目之所及没见到其他住宅。

——这片湖边有几户人家？我问。

——一户？他反问。

——可不是，我说。

接着，他开始向我介绍这个地方。

——那是码头，他说着指向码头。

那是船库，他说着指向船库。那是旗杆，他说着指向旗杆。

——管理员还没来，他说着又松了口气。

——你怎么知道？

——因为木筏不在湖上，小船也不在码头。

我们转身欣赏了一会儿宅子，它俯瞰水面，仿佛自美国建立以来就一直矗立于此。可能确实是这样。

——也许我们应该拿上我们的东西……伍利建议。

——让我来！

我像丽思酒店的侍者一样蹦蹦跳跳地来到车旁，打开后备厢。我把路易斯维尔击球手棒球棍放到一边，拿出我们的书包，跟着伍利走到宅子较窄的那端，小径两边是上了白漆的石头，通向一扇门。

门廊顶部有四只倒扣的花盆。毫无疑问，当木筏下到湖里、小船停靠码头时，它们会被种上 WASP 认为既能观赏又不显摆的随便什么花。

伍利翻看了三只花盆后，取出一把钥匙开门。这时，他展现出明显不像他的冷静头脑，把钥匙放回原处，我们才进屋。

我们先走进一个小房间，里面的格架上、挂钩上和篮子里有序摆放着你在户外所需的所有东西：外套和帽子，鱼竿和绕线轮，还有弓箭。玻璃柜中陈列着四支步枪，柜前摞着几把白色的大椅子，是从草坪上风景如画的地方拖过来的。

——这是储物间，伍利说。

说得好像泥巴能沾上沃尔科特家哪个人的鞋一样[1]！

枪柜上方有块巨大的绿色标牌，跟萨莱纳营房里的那块一样，也写着规章制度。墙上大部分地方挂着深红色的倒 V 形板，上面用白笔列着名单——板子一直延伸到天花板。

——冠军，伍利解释道。

——什么的冠军？

——我们过去常在独立日举办比赛。

伍利指着一块又一块板子。

---

[1] 伍利口中的"储物间（mudroom）"直译为"泥巴屋"，故而达奇斯有此感慨。下文埃米特所说的"库房（muck room）"和比利所说的"储藏室（storage room）"实为同一个地方。

——步枪、射箭、游泳、皮划艇和二十码短跑。

我浏览着那些板子，伍利一定以为我在找他的名字，因为他主动说上面没他的名字。

——我不太擅长赢比赛，他坦白。

——赢了也没什么了不起的，我安慰他。

走出储物间后，他带我穿过走廊，一边走一边给我介绍各个房间。

——茶室……台球房……游戏间……

走廊尽头是一片宽敞的起居区。

——我们管这叫大客厅，伍利说。

他们没在开玩笑。这里就像豪华大酒店的大厅，有六块不同的座位区，各配有长沙发、翼形靠背椅和落地灯。还有一张铺着绿毛呢的牌桌，以及一个看起来城堡里才有的大壁炉。一切都摆放得整整齐齐，除了外门边挤成一团的深绿色摇椅。

看到它们，伍利似乎很失望。

——怎么了？

——那些椅子真该放在门廊上的。

——那我们现在就动手呗。

我放下两只书包，把软呢帽扔到椅子上，帮伍利把摇椅搬到门廊，按照他的指示，仔细将它们等距排列。摇椅全部摆好后，伍利问我想不想参观宅子的其他地方。

——绝对的，我说，这让他笑得更灿烂了。我全都想看，伍利。但别忘了我们为什么来这里……

伍利好奇地看了我一会儿，然后想到什么似的竖起一根手指。接着，他带我穿过大客厅另一边的走廊，打开一扇门。

——我曾外公的书房，他说。

当我们在宅子里走来走去时，我想到我曾怀疑这里能不能藏钱，真是可笑啊。从这些房间的大小和家具的品质来看，指不定女佣房的某张床垫下就塞着五万美元，长沙发的垫子间也散落着五万美元呢。但要说这栋宅子富丽堂皇的装潢让我信心大增，那没什么比曾外公的书房更让我信心满满了。这个书房的主人不仅懂得如何赚钱，也懂得如何守住钱。毕竟，这是迥然不同的两码事。

在某种程度上，书房像缩小版的客厅，里面摆着相同的木椅，铺着相同的红地毯，也有一个壁炉。但这里还有一张大书桌，一些书架，还有一架小梯子，方便读书人拿书架上层的书。一面墙上挂着一幅画，一群殖民时期的人穿着紧身裤，戴着白色假发，围着一张桌子。壁炉上方则挂着一个男人的肖像画，他年过半百，皮肤白皙，长相英俊，神情坚定。

——这是你的曾外公？我问。

——不是，伍利说，是我的外公。

听到这话，我多少松了口气。在自己书房的壁炉上方挂一幅自己的肖像画，这似乎太不像沃尔科特家的人会干的事。

——这是外公接替曾外公掌管造纸公司时画的。在那不久，外公去世了，曾外公就把画移到了这里。

我看看伍利，又看看画像，看得出一家人的相似之处。当然了，除了坚定的神情。

——造纸公司后来怎么样了?我问。

——外公去世后,华莱士舅舅接手了。他当时只有二十五岁,一直经营到三十岁左右,但后来也去世了。

沃尔科特造纸公司的老板能别当就别当吧,我懒得开口说这话。我猜伍利已经明白了。

伍利转身,走到殖民时期的画前,伸出一只手。

——签署《独立宣言》[1]。

——别开玩笑了。

——噢,是真的,伍利说,上面有约翰·亚当斯、托马斯·杰斐逊、本·富兰克林和约翰·汉考克[2]。他们都在上面。

——哪个是沃尔科特,我搞怪地笑着问。

伍利又向前一步,指着人群后面的一个小脑袋。

——奥利弗[3],他说,他还签署了《邦联条例》[4],曾是康涅狄格州州长。但那是七代人之前的事了。

我们俩点了几下头,向老奥利致以敬意。然后,伍利伸出手,像拉开橱柜门那样拉开画,瞧啊,里面是曾外公的保险箱,看着像用战舰的金属制作而成。保险箱上有个镀镍的把手和四个小密码盘,箱子肯定有

---

1 这幅画可能出自美国画家约翰·特朗布尔(1756—1843)之手。——作者注
2 约翰·汉考克(1737—1793),美国革命家、政治家、开国元勋之一,是《独立宣言》的第一个签署人。
3 奥利弗·沃尔科特(1726—1797),美国政治家、开国元勋之一,《独立宣言》和《邦联条例》的签署人之一。
4 美国宣告独立后由13个创始州结成邦联所制定的根本法,是美国第一部宪法。

一英尺半见方。它如果也有一英尺半深，那大小足以装下休伊特家族七代人的毕生积蓄。要不是这一刻如此庄肃，我就吹口哨了。

从曾外公的角度来看，保险箱里的东西可能代表着过去。在这栋恢宏古老的宅子里，在这幅神圣庄严的旧画背后，收藏着几十年前签署的文件、代代相传的珠宝，以及攒了几辈子的钞票。而再过几分钟，保险箱里的一些东西将变成未来的象征。

埃米特的未来。伍利的未来。我的未来。

——在这里，伍利说。

——在这里，我附和。

这时，我们都叹了一口气。

——你想来？我指着密码盘问道。

——什么？噢，不，你来吧。

——好的，我说，努力克制搓手的冲动。你把密码告诉我，我来动手。

伍利沉默片刻，然后看着我，一脸发自内心的诧异。

——密码？他问道。

这时，我哈哈大笑，笑得肾都疼了，笑得眼泪都流了出来。

就像我说的：说到马戏，一切离不开舞台布置。

埃米特

——干得漂亮，惠特尼太太说，我真不知道该怎么感谢你。
——这是我的荣幸，埃米特说。
他们站在婴儿房门口，看着埃米特刚粉刷完的墙壁。
——干了这么多活儿，你一定饿了吧。不如下楼，我给你做个三明治吧。
——谢谢，惠特尼太太。我先打扫一下。
——好的，她说，不过，请叫我萨拉吧。

那天早上，埃米特下楼时发现达奇斯和伍利已经走了。他们醒得早，开着凯迪拉克离开了，只留下一张字条。惠特尼先生也走了，回到他们在城里的公寓，连早饭都没吃。而惠特尼太太呢，她站在厨房里，穿着粗布工装裤，头发用头巾挽在脑后。
——我答应一定要把婴儿房粉刷好的，她有些尴尬地解释。
埃米特没费多大劲就说服她让他接手这活儿。
得到惠特尼太太的同意后，埃米特把装有伍利的东西的箱子搬到车库，堆在原来停凯迪拉克的地方。他在地下室找到一些工具，把床拆开，把零件堆在箱子旁边。房间清空之后，他用胶带贴边，给地板铺上防水布，搅拌油漆，开始工作。

当你把准备工作安排妥当——清空房间，贴好胶带，护好地板——刷漆是一件令人心静的活儿。它有一种节奏感，让你的思绪安静下来，或彻底平息。最后，你感知到的只有刷子来回地移动，将上过底漆的白墙刷成崭新的蓝色。

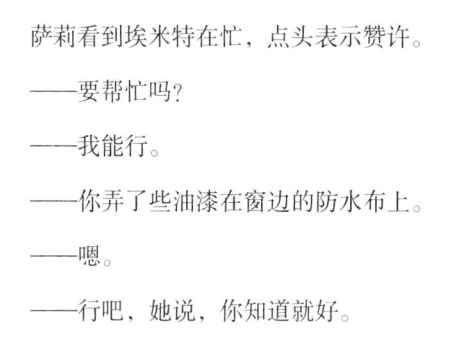

萨莉看到埃米特在忙，点头表示赞许。

——要帮忙吗？

——我能行。

——你弄了些油漆在窗边的防水布上。

——嗯。

——行吧，她说，你知道就好。

这时，萨莉微皱眉头前后打量走廊，像是失望于没有另一个房间需要粉刷。她不习惯闲着，尤其是作为不速之客待在另一个女人家里。

——要么我带比利进城吧，她说，我们可以找个店吃午饭。

——听起来是个好主意，埃米特同意，将刷子搁在油漆罐边缘。我给你拿点钱。

——我想我给你弟弟买个汉堡的钱还是有的。再说，惠特尼太太现在最不想看到的就是你把油漆滴得到处都是。

一·一

惠特尼太太下楼做三明治时，埃米特把所有工具从后楼梯搬了下去（他仔细检查了两遍鞋子，确保鞋底没沾油漆）。在车库里，他用松节油清洗刷子、油漆盘和双手。然后，他去厨房找惠特尼太太，桌上放着一个火腿三明治和一杯牛奶。

埃米特坐下后，惠特尼太太坐在他对面的椅子上，端了杯茶，但没吃东西。

——我得进城和我丈夫会合，她说，但我听你弟弟说，你的车在修理店，明天才能弄好。

——是的，埃米特说。

——既然这样，你们三人就留下过夜吧。你们晚餐可以吃冰箱里的东西，明早离开时把门锁上就行。

——真的太感谢你了。

埃米特怀疑惠特尼先生是否会答应这样的安排。要说他有什么想法，可能是告诉妻子，他希望他们一睡醒就滚出这个家。惠特尼太太像是又想起什么似的，说如果电话响了就别接，埃米特觉得自己的怀疑得到了证实。

在吃东西时，埃米特注意到桌子中央有一张折起的纸，竖在盐瓶和胡椒瓶之间。惠特尼太太顺着他的目光看去，说那是伍利的字条。

埃米特今早刚下楼时，惠特尼太太说伍利已经走了。他的离开似乎让她松了口气，却也有些担心。此刻，她看着那张字条，脸上又浮现同样的神情。

——你想看看吗？她问。

——我不敢冒昧。

——没关系的，我相信伍利不会介意。

埃米特通常的本能反应是再次拒绝，但他感觉惠特尼太太希望他看那张字条。他放下三明治,从两个瓶子之间拿起字条。

这张字条是伍利手写给姐姐的,伍利说他很抱歉把事情搞得一团糟。抱歉弄脏餐巾,抱歉浪费红酒。抱歉把电话塞进抽屉。抱歉没来得及好好告别就一大早离开。但她不用担心。不要有一分一秒、一丝一毫的担心。一切都会好起来的。

他神秘兮兮地在字条末尾加了一句附言:康普顿一家在厨房吃卷心菜!

——会吗?当埃米特把字条搁在桌上时,惠特尼太太问道。

——什么?

———切都会好起来吗?

——会的,埃米特回答,我相信会的。

惠特尼太太点点头,但埃米特明白,这与其说是认可他的回答,不如说是感谢他的安慰。她低头看了一会儿自己的茶,那茶现在肯定已经不热了。

——我弟弟并不经常惹麻烦的,她说,当然了,伍利有自己的毛病,可在战争期间,他变了。不知怎的,接受海军任务的是父亲,最后在海上消失的却是伍利。

她对自己的俏皮话露出一丝苦笑,然后问埃米特是否知道她弟弟为什么被送到萨莱纳。

——他以前对我们提过,他偷了别人的车。

——是啊,她轻笑一声说,差不多吧。

事情发生时,伍利在圣乔治上学,那是他三年来念的第三所寄宿学校。

——那是春天的某一天,课上到一半,她解释道,他决定走到镇上买个蛋筒,偏偏是个蛋筒。他去了离学校几英里远的小购物中心,到了之后发现路边停着一辆消防车。他四下看了看,没看到任何消防员,他坚信——只有我弟弟才会那样坚信——消防车一定是被人遗忘了。就像——呃,我不知道——就像一把雨伞被遗忘在椅背上,或是一本书被遗忘在公交车座位上。

她慈爱地笑了笑,摇摇头继续说。

——伍利着急把消防车物归原主,就爬到驾驶座上,开车找消防站。他戴着一顶消防帽,在小镇上到处开——这是后来报道上说的——遇见小孩就按喇叭。天知道绕了多久,他终于找到一个消防站,停好消防车,然后一路走回学校。

惠特尼太太的思绪一下子跳到后来发生的一切,她脸上的慈爱笑容渐渐淡去。

——结果,消防车之所以停在购物中心的停车场,是因为几个消防员去了杂货店。当伍利开车乱逛的时候,有人报警说马厩着火了。等邻镇的消防车赶到时,马厩已经烧成了灰烬。幸运的是,没人受伤。不过,当值的年轻马夫一个人无法把所有的马赶出马厩,有四匹马烧死了。警察追查到伍利的学校,事情就这样了。

过了一会儿,惠特尼太太指了指埃米特的盘子,问他是不是吃完了。他说是的,她就把盘子和她的茶杯一起端去水池。

埃米特想,她正在尽力不去想象。尽力不去想象那四匹被困在马厩里的马,火焰逐渐逼近,它们发出阵阵嘶鸣,用后腿站立起来。尽力不去想象那些无法想象之事。

虽然她背对着埃米特,但他从她手臂的动作看出她在擦眼泪。埃米特认为他应该让她一个人静静,便把伍利的字条塞回原处,轻轻向后推开椅子。

——你知道我觉得奇怪的是什么吗?惠特尼太太问,依然背对着埃米特站在水池边。

他没有回答,她便转过身来,露出悲伤的笑容。

——在我们小时候,大人下了多少功夫教导我们克制恶习有多重要。我们的愤怒,我们的嫉妒,我们的骄傲。可看看身边,我觉得我们很多人的人生到头来反倒被某种美德阻碍了。如果你把无论怎么看都称得上是优点的一种特质——牧师和诗人会称赞这种特质,我们会在朋友身上欣赏到这种特质,也希望在自己孩子身上培养这种特质——大量地赋予一个可怜人,这会阻碍他们获得幸福。就像慧极必伤,有些人也会因为过于有耐心或过于勤奋而作茧自缚。

惠特尼太太摇了摇头,仰头望天花板。当她再次低头时,埃米特看到她的脸颊上又滑过一滴泪。

——还有那些过于自信……过于谨慎……过于善良……的人……

埃米特明白,惠特尼太太与他分享的是她的努力,努力去体谅,努力去解释,努力去多少理解她那善良的弟弟的一蹶不振。同时,埃米特怀疑,惠特尼太太列举的例子中藏着她替她丈夫的辩解,他要么过于聪明,要么过于自信,要么过于勤奋,因而作茧自缚。或许三者都有。而埃米特不禁好奇的是,惠特尼太太过犹不及的美德是什么?尽管他几乎不愿承认,但他的直觉告诉他,答案可能是宽恕。

伍利

这是我最喜欢的摇椅,伍利自言自语道。

达奇斯去杂货店后不久,伍利站到门廊上。他轻推椅子,听着摇椅来回摇摆时弧形椅脚的嘎吱声,发现随着来回摇摆的幅度越来越小,嘎吱声越来越密,最后完全停止。

伍利又推了推椅子,然后眺望湖面。此刻,湖面一动不动,盛着天空中每朵云的倒影。但再过一小时左右,大约五点吧,午后微风将渐渐涌动,湖面将泛起涟漪,所有倒影将被冲散。到那时,窗户上的窗帘将开始起起伏伏。

有时候,伍利想着,有时候在夏末时分,当飓风席卷大西洋时,午后的风会强劲吹拂,所有卧室的门会砰的一声关上,摇椅也会自行摇摆起来。

伍利最后一次推了推他最喜欢的椅子,然后穿过双开门,进入大客厅。

——这是大客厅,他说,在下雨的午后,我们会在这里玩巴棋戏[1]和拼图……这是走廊……这是厨房,多萝西会在这里做炸鸡和她拿手的蓝莓玛芬蛋糕。当我们还太小,不能去餐厅吃饭时,我们就在那张桌上

---

[1] 一种用骰子和筹码在棋盘上玩的游戏。

用餐。

伍利从口袋里掏出一张字条，是他坐在曾外公书桌前写的，将它对齐塞在盐瓶和胡椒瓶之间。然后，他穿过这栋宅子里唯一一扇可以前后摆动的门，离开厨房。

——这是餐厅，他说着指向那张长桌，他的表哥表姐、姨妈舅妈、姨父舅舅都会围坐在那里。你一旦到了能在这里吃饭的年纪，他解释道，你想坐哪里就可以坐哪里，只要不是桌尾的位置，因为那是曾外公的座位。然后这是驼鹿头。

伍利从另一扇门离开餐厅，重新进入大客厅，又把每个角落细细欣赏一番，然后拎起埃米特的书包，开始爬楼梯，一边爬着一边数数。

——二四六八，我们最爱谁[1]。

在楼梯顶端，走廊往东西方向延伸，两边是一扇扇卧室门。

虽然南边的墙上什么都没挂，但北边的墙上到处都是照片。据家族流传下来的说法，伍利的外婆是第一个在楼上走廊挂照片的人——她四个孩子的一张合照，她把它挂在正对楼梯的茶几正上方。不久之后，第二张照片和第三张照片分别被挂在第一张照片的左面和右面。接着，第四照片和第五张照片分别被挂在第一张照片的上面和下面。这么多年来，照片不断上下左右添加着，直到四面八方被挂得满满当当。

伍利放下书包，走近第一张照片，开始按照片悬挂的顺序一一查看。有华莱士舅舅小时候穿着小水手服的照片。有外公在码头的照片，他的

---

[1] 原文为"Two, four, six, eight, who do we appreciate."，体育比赛中常用来加油鼓劲，后接想支持的选手名字。

手臂上文着双桅船文身,为中午十二点的例行游泳做准备。还有父亲在一九四一年独立日赢得步枪比赛后高举蓝丝带的照片。

——他一直是步枪比赛的冠军,伍利说道,用手掌拭去脸颊上的一滴泪。

在离茶几一步远的地方,挂着一张伍利和爸爸妈妈一起坐皮划艇的照片。

这张照片——噢,伍利记不清了——是在他七岁左右拍的吧。肯定是在珍珠港和航空母舰事件之前。肯定是在理查德和"丹尼斯"出现之前。肯定是在去圣保罗、圣马克和圣乔治之前。

之前,之前,之前。

照片的有趣之处,伍利思考着,照片的有趣之处在于,它知道拍摄那一刻之前发生的一切,却绝对不知道即将发生的一切。然而,照片一旦被裱起来挂在墙上,当你细看它时,看到的却是拍摄那一刻之后发生的一切。所有尚未发生的事。那些事令人意想不到、措手不及,也无可挽回。

伍利又拭去脸颊上的一滴泪,从墙上取下照片,捡起书包。

和餐桌上的座位一样,走廊上有个卧室是不让人睡的,因为那是曾外公的。除了曾外公,每个人都会在不同时期睡在不同卧室里,这取决于他们的年纪,是否结婚,或夏天抵达这里的时间是早是晚。多年来,伍利睡过这里的很多房间。但睡得最久的,或者说感觉上睡得最久的,是他和表哥弗雷迪合住的左边倒数第二个房间。所以,伍利去了那里。

伍利走进房间,放下书包,把他和爸爸妈妈的照片放在五斗橱上,靠在水壶和玻璃杯的后面。他看了一眼水壶，然后拎着它去走廊尽头的洗手间，装满水后又放回原处。他往其中一只杯里倒了些水，端到床头柜上。他打开一扇窗户，以便让微风在五点之后吹入房间，接着开始整理东西。

首先，他取出收音机，放在五斗橱上的水壶旁边。然后，他取出字典，放在收音机旁边。接着，他取出雪茄盒，放在字典旁边，雪茄盒里装着他收集的具有相同属性的不同物品。随后，他取出自己的另一瓶药和那个在调料架上静候着他的小棕瓶，把它们放在床头柜上的水杯旁边。

脱鞋的时候，伍利听到汽车开进车道的声音——达奇斯从杂货店回来了。伍利走到房门口，听到储物间的纱门开了又关。然后，脚步声经过大客厅。接着，书房里的家具被移来移去。最后，传来叮叮当当的敲打声。

不是轻微的叮叮当当，不像旧金山缆车的那种声响，伍利想。这种叮叮当当铿锵有力，像铁匠在铁砧上敲打一块烧红的马蹄铁。

也有可能不是马蹄铁……伍利想着，一阵心痛[1]。

铁匠最好是在敲打其他东西。就像，就像，就像一把剑。对，就是这个。这种叮叮当当就像古代铁匠敲打着王者之剑[2]的剑刃。

伍利想象着那幅更愉快的画面，关上房门，打开收音机，躺在左边的床上。

---

1 伍利想到马厩失火的事了。——作者注
2 王者之剑（Excalibur）是亚瑟王的佩剑，据说是在圣地阿瓦隆锻造，锋利无比，象征着王权与荣耀。

在《金发姑娘和三只熊》的故事中,金发姑娘必须爬上三张不同的床,才找到最适合她的床。但伍利不用爬上三张不同的床,因为他已经知道左边那张床最适合他。因为和小时候一样,这张床既不会太硬也不会太软,既不会太长也不会太短。

伍利支起枕头,喝光他自己的那瓶药,让自己舒舒服服地躺下。他仰头看天花板,思绪回到他们在雨天玩的拼图。

伍利想,如果每个人的人生都像拼图当中的一块,那该多好啊。这样一来,任何人的人生永远不会给别人的人生造成麻烦。每个人的人生将妥帖地放在自己的位置上——那个专门为自己设计的位置上,由此让整幅复杂的拼图变得完整。

在伍利展开奇思妙想的时候,一支广告播完了,一个悬疑节目开始了。他从床上爬起来,将收音机的音量调低至两格半。

伍利很清楚,在收音机上听悬疑节目要明白一个重点,那就是所有旨在让你紧张的内容——比如刺客的低语,树叶的窸窣声,或是楼梯上脚步的嘎吱声——都相对安静。而那些旨在让你放松的内容——比如主人公的顿悟,他的轮胎碾动,或是他开枪的轰响——则相对响亮。因此,如果你把音量调低至两格半,你几乎听不到那些旨在让你紧张的内容,却仍能听到所有旨在让你放松的内容。

伍利回到床上,把小棕瓶里的粉色药丸全倒在床头柜上。他用指尖捏起它们,一粒一粒按进掌心,嘴里念叨着:一个土豆、两个土豆、三个土豆和四个。五个土豆、六个土豆、七个土豆和更多[1]。然后,他就

---

[1] 美国学校儿歌。

着一大口水吞下它们，又让自己舒舒服服地躺下。

支好了枕头，调好了音量，吞好了粉色小药丸，像伍利这样特立独行、古里古怪的人，你或许以为他不知道接下来该想些什么。

可伍利清楚知道接下来该想些什么。几乎在事情发生的那一刹那，他就知道自己以后会回想起来。

——我将从FAO施瓦茨的陈列柜前开始，他微笑着自言自语。我的姐姐来了，我们会和熊猫一起去广场酒店喝下午茶。达奇斯和我在亚伯拉罕·林肯的雕像前碰面，我们会去马戏团，比利和埃米特会突然出现。然后，我们会横穿布鲁克林桥，登上帝国大厦，见到艾伯纳西教授。接着，我们会去杂草丛生的铁轨，坐在篝火旁边，聆听两个尤利西斯和古代预言家的故事，预言家指出他们该如何找到回家的路——漂泊了漫长的十年后，他们该如何归家。

但不用着急，伍利心想，等窗帘随风起起伏伏，等青草开始在地板之间的缝隙中抽芽，等常春藤攀上五斗橱的橱脚。因为绝无仅有的一天值得以最慢的速度细细回味，铭记每一个瞬间、每一次转折、每一个变化的细枝末节。

林肯公路

艾博克斯

许多年前，艾博克斯得出一个结论：最伟大的英雄故事从平面上看状似一个菱形。英雄的人生从一个小点开始，在青少年时期向外发散，他开始培养优点，也滋生缺点；结交朋友，也遭遇敌人。涉世之后，他与一大群优秀的伙伴一同追求丰功伟绩，积累荣誉和赞赏。那个广阔的世界里有坚韧的伙伴和远大的冒险，可在某个不为人知的时刻，那个世界的两条边界同时转了个弯，开始会合。我们的英雄跋涉过的疆域、遇到过的人，以及长期以来驱使他奋发向前的使命感，无不在渐渐变窄——直至在决定其命运的那个势在必行的终点会合。

就拿阿喀琉斯的故事来说吧。

海洋女神忒提斯为了让自己的儿子刀枪不入，便握着刚出生的儿子的脚踝，将他浸入冥河。就在那个特定的瞬间，在手指的一握之间，阿喀琉斯的故事开始了。他长成一个高大魁梧的年轻人，由半人马喀戎教授历史、文学和哲学。在运动场上，他习得力量和敏捷性。他还与伙伴帕特洛克罗斯建立了最亲密的友谊。

年轻的阿喀琉斯勇敢地走向世界，不断创下一个又一个功绩，征服各种各样的对手，及至声名远扬。然后，在声名正隆、身体最强壮之时，他启航前往特洛伊，加入阿伽门农、墨涅拉俄斯、尤利西斯和大埃阿斯之列，一同投身人类有史以来最伟大的战争。

然而，在横渡大海时，也就是在爱琴海的某个地方，阿喀琉斯不知道的是，他人生的那两条向外发散的线转了个弯，开始无情地向内会合。

阿喀琉斯在特洛伊战场上奋战了漫长的十年。在那十年间，随着战线越来越逼近被围困的城市的城墙，作战范围也越来越小。随着越来越多的人死去，曾经不计其数的希腊和特洛伊军团也越来越小。在第十年，特洛伊王子赫克托尔杀死挚友帕特洛克罗斯，阿喀琉斯的世界也越来越小。

从那一刻起，在阿喀琉斯心中，必须为其好友之死负责的人，范围从所有的敌军缩小到一个人。辽阔的战场缩小成他与赫克托尔对峙的几英尺见方的空间。而曾经包含责任、荣誉和荣耀的使命感现在只剩下一团熊熊燃烧的复仇之火。

因此，在阿喀琉斯成功杀死赫克托尔之后没几天，一支毒箭破空而来，射中阿喀琉斯身上唯一没有保护的地方——他母亲将他浸入冥河时握着的脚踝，这也许并不令人意外。在那一瞬间，他所有的回忆和梦想、所有的情绪和感情、所有的美德和恶习全都消失了，像烛火被拇指和另一指一捏而熄。

是的，很长一段时间以来，艾博克斯明白，伟大英雄的故事从平面上看状似一个菱形。可最近，他逐渐意识到，契合这一几何形状的不仅仅是名人的人生。因为矿工和码头工的人生也是如此。女服务员和保姆的人生也是如此。跑龙套之人和无名之辈，无关紧要之人和被遗忘之人的人生也是如此。

所有人的人生。

他自己的人生。

他的人生也从一个点开始——一八九〇年五月十五日，在马撒葡萄园[1]上一栋粉刷过的小屋的卧室里，一个名叫萨姆的小男孩出生了，他是一名保险理赔员和一名女裁缝的独子。

和其他孩子一样，萨姆人生的头几年是在家人的温暖呵护中度过的。但七岁那年的一天，一场飓风过后，萨姆陪父亲去查看需代表保险公司进行评估的一艘沉船。这艘船从太子港[2]一路远航而来，在西岸[3]附近的浅滩搁浅，它停在那里，船体破碎，船帆破烂，运送的朗姆酒被海浪冲向岸边。

从那一刻起，萨姆的人生开始向外发散。每次暴风雨过后，他都会坚持和父亲一起去查看沉船：双桅船、护卫舰、游艇。无论是被狂风吹得撞上礁石，还是被汹涌的浪头淹没，萨姆看到的不只是一艘遇险的船只，还有这艘船所象征的世界。他看到了阿姆斯特丹、布宜诺斯艾利斯和新加坡的港口，看到了香料、纺织品和瓷器，还看到了从世界各地航海国家远航而至的水手们。

萨姆对沉船的痴迷让他喜欢上了海洋奇幻故事，如辛巴达和伊阿宋的故事。这些奇幻故事让他了解到伟大探险家们的历史，他的世界观随

---

1 美国马萨诸塞州东海岸外的一个海岛，著名的旅游胜地。
2 海地共和国的首都和第一大港，也是该国政治、经济和文化中心。
3 美国马萨诸塞州蒂斯伯里镇的一个居住区，位于马撒葡萄园北端。

着每一页阅读更加开阔。最终，萨姆对历史和神话不断增长的热爱将他带到爬满常春藤的哈佛大学课堂，后来又带他去了纽约。在那里，他改名为艾博克斯，自称是一名作家，结识了音乐家、建筑师、画家和金融家，也认识了罪犯和流浪汉。最后，他遇到了波莉，她是无与伦比的奇迹，为他带来快乐和陪伴，也为他生下一双儿女。

在曼哈顿最初的那些岁月多么精彩啊！那时，艾博克斯亲身体验着不断向外发散的人生，它无所不能、无所不在、无所不包。

确切地说，那是他的前半生。

变化是什么时候发生的？他的世界的边界是什么时候转了个弯，开始势不可挡地朝终点会合的？

艾博克斯一点都不知道。

也许是在他的孩子们长大成人，开启自己的人生之后不久。肯定是在波莉去世之前。是的，可能是在那些年的某个时刻，在他们毫无察觉的情况下，她的时间慢慢耗尽，而他呢，处在所谓的壮年，无忧无虑地忙着自己的事情。

最残忍的是，这种会合让你措手不及。然而，它几乎是不可避免的。因为在转折开始的那一刻，你人生那两条向外发散的线相距甚远，你根本察觉不到其轨迹的变化。在最初那些年里，当那两条线开始向内会合，世界似乎依然广阔无边，你没有理由怀疑它正在缩小。

而有一天，在会合开始多年后的某一天，你不仅能感觉到边界向内运行的轨迹，随着眼前的空间渐渐加速缩小，你也能渐渐看清即将到来的终点。

刚到纽约不久,在他二十多岁的最后几年黄金岁月中,艾博克斯结识了三位好友。两男一女,他们是最忠贞的伙伴,是共同驰骋思想和精神领域的冒险家。他们并肩前行,以相当的勤奋和不相上下的从容蹚过人生的湍流。可近五年来,陆陆续续地,一个失明了,一个患了肺气肿,一个得了痴呆。你也许会忍不住说,他们的命运多么不同啊:一个眼瞎,一个呼吸困难,一个丧失认知能力。而实际上,这三种病症源自同一种宣判:人生向菱形的另一端点不断变窄。这些朋友们的活动范围从整个世界一点一点缩小至他们的国家、他们的县、他们的家,直到最后缩小至一个房间,他们在里面要么看不见,要么喘不上气,要么忘记一切,注定也将在里面结束各自的生命。

虽然艾博克斯还没患什么病,但他的世界也在缩小。他也见证了自己人生的边界从整个世界缩小至曼哈顿岛,缩小至那个摆满书的办公室,他在里面听天由命地等待生命之火被捏灭。结果,这个……

这个!

这个非同寻常的转折。

一个来自内布拉斯加的小男孩出现在他的门口,彬彬有礼,讲了一个神奇的故事。请注意,这个故事并非来自皮面装帧的巨著,并非来自用没人说的语言书写的史诗,也并非来自档案馆或图书馆,而是来自实实在在的生活。

我们——这些以讲故事谋生的人——太容易忘记,自始至终生活本身才是重点。消失的母亲,失败的父亲,坚定的哥哥,与一个名叫尤利西斯的流浪汉一同搭货运车厢从大草原来到纽约。然后去了一段悬在城市半空的铁轨,就像瓦尔哈拉[1]飘在云端那般。在那里,小男孩、尤利西斯和他在如人类一样古老的篝火旁坐下,开始——

——时间到了,尤利西斯说。

——什么?艾博克斯说,什么时间?

——如果你还想一起走的话。

——我来了!他说,我来了!

在堪萨斯城以西二十英里的一片矮林中,艾博克斯站起身,在黑暗中快步穿过灌木丛,泡泡纱西装外套的一个口袋被划破了。他气喘吁吁地跟上尤利西斯,经过树林间的缺口,爬上路堤,登上那节注定会把他们带往某个地方的货运车厢,无论那将是何方。

---

[1] 在北欧神话中,瓦尔哈拉(Valhalla)是主神奥丁款待阵亡勇士的殿堂,又译作"英灵殿"。

比利

埃米特睡熟了。比利知道埃米特睡熟了是因为他在打呼噜。埃米特的呼噜声不像他们父亲的那么响亮，却也大得让人知道他睡熟了。

比利轻手轻脚地溜出被窝，爬到地毯上。他把手伸到床底下，找到双肩包，打开上层翻盖，取出军用剩余手电筒。他小心翼翼地对准地毯，以免惊醒哥哥，然后打开手电筒。接着，他取出艾伯纳西教授的《英雄、冒险家和其他勇敢旅行者汇编》，翻到第二十五章，拿起铅笔。

如果比利要从头开始写起，那他会回到一九三五年十二月十二日，埃米特出生的那天。那是他们父母在波士顿结婚后搬到内布拉斯加的两年后。那是大萧条时期，总统是富兰克林·罗斯福，萨莉也快一岁了。

但比利不想从头开始写起。他想从中间开始。正如比利在刘易斯火车站向埃米特解释的那样，困难的是要知道中间在哪里。

比利的一个想法是从一九四六年七月四日开始，那天他、埃米特和爸爸妈妈一起去苏尼德看了烟花秀。

当时，比利只是个小宝宝，所以不记得去苏尼德的那趟旅行是什么样的了。但有天下午，埃米特把一切都告诉了他。他告诉比利，他们的母亲喜爱烟花，提到阁楼上的野餐篮，以及他们在梅溪公园中央草坪上铺开的格子桌布。因此，比利可以用埃米特告诉他的内容确切地描述那天的情况。

再说，他还有那张照片呢。

比利把手伸进双肩包，取出放在最里面口袋里的信封。他展开信封口，倒出那张照片，靠近手电筒的光。那是一张合照，有埃米特、躺在摇篮里的比利、母亲和野餐篮，在格子桌布上排成一排。拍照的人一定是父亲，因为他不在照片上。照片上的每个人都在笑，虽然父亲不在照片上，但比利知道他一定也在笑。

这张照片与从林肯公路上寄来的明信片一起放在父亲五斗橱底层抽屉里的那个金属盒子里，比利就是在那里找到的。

不过，比利把明信片装进一个马尼拉纸信封，准备等埃米特从萨莱纳回家时拿给他看，却把这张苏厄德的照片装进另一个信封。比利这么做是因为他知道苏厄德之行的回忆会惹哥哥生气。比利知道这一点是因为当哥哥向他提及苏厄德之行时，他变得气呼呼的。此后他再也没向比利提过这事。

比利将这张照片保存了下来，因为他知道埃米特不会一直生母亲的气。等他们在旧金山找到她，等她有机会向他们诉说分别这么多年来的所思所念，埃米特就不会再生气了。到那时，比利会把这张照片给他，他会很高兴比利为他保存了下来。

但故事从这里开始不合理，比利一边思索一边把照片放回信封。因为一九四六年七月四日，母亲还没离开。因此，那一晚更接近故事的开头,而不是中间。

比利的另一个想法是从埃米特揍吉米·斯奈德的那个晚上开始。

比利不需要照片也能清楚记得那个晚上,因为他和埃米特待在一起,而且他也大了,能自己记事了。

那是一九五二年十月四日,星期六,集市的最后一晚。父亲前一晚和他们一起去了集市,决定星期六留在家里。于是,埃米特和比利一起开着史蒂倍克去了那里。

有些年份,举办集市时的气温给人感觉像是初秋,但那年给人的感觉像是夏末。比利之所以记得是因为在开车去集市的路上,他们摇下了车窗,而抵达之后,他们决定把外套留在车里。

他们下午五点就出发去集市了,这样他们就能去吃吃东西,玩玩游乐设施,还有时间在小提琴比赛的前排找到座位。埃米特和比利都喜欢小提琴比赛,尤其是当他们有靠近前排的座位时。可偏偏在那一晚,他们尽管有充足的时间,却没能见到小提琴手。

就在他们从旋转木马走向舞台时,吉米·斯奈德开始恶言相向。起初,埃米特似乎并不在意吉米的话。后来,埃米特开始生气,比利想把他拉走,但他不肯走。当吉米想说最后一句关于他们父亲的坏话时,埃米特一拳打中他的鼻子。

吉米向后一倒,砸到脑袋,之后比利一定闭上了眼睛,因为他不记得接下来几分钟的样子。他只记得人们的声音:吉米的朋友们惊叫,然后呼救，朝埃米特大吼大叫，其他人则围着他们推推搡搡。埃米特自始至终没有放开比利的手，试图向一个又一个人解释发生了什么，直到救护车抵达。与此同时，旋转木马上的汽笛风琴一直奏着乐，射击场上的步枪也一直砰砰砰地响着。

但故事从那里开始也不合理，比利想。因为集市那晚的事发生在埃米特被送往萨莱纳吸取教训之前。因此，它也属于开头。

比利思考着，要从中间开始，那么已经发生的大事应该与尚未发生的大事一样多。对埃米特而言，那意味着：他应该已经去苏厄德看过烟花秀了；他们的母亲应该已经沿着林肯公路抵达旧金山了；他应该已经从农场出来，准备当一名木匠了；他应该已经用自己的积蓄买了史蒂倍克了；他应该已经在集市上往吉米·斯奈德的鼻子怒揍一拳，并被送往萨莱纳吸取教训了。

然而，达奇斯和伍利来到内布拉斯加，搭火车去纽约，寻找史蒂倍克，与萨莉重逢，以及他们即将从时代广场启程去荣勋宫，以便在独立日那天找到他们的母亲——这一切都应该尚未发生。

因此，当比利手握铅笔俯向第二十五章时，他认为埃米特的冒险故事的最佳开头，是他坐着监狱长的车从萨莱纳回家的时候。

ONE

第 一 天

埃米特

早上九点，埃米特独自一人从第一百二十五街地铁站步行去西哈勒姆区。

两个小时前，萨莉下楼到惠特尼家的厨房，说比利睡得正熟。

——他可能累坏了，埃米特说。

——我想也是，萨莉说。

有那么一会儿，埃米特以为萨莉的话是在针对他——批评他让比利前几天受了那么多苦。但看了看她的表情后，他知道她只是在附和他的感慨：比利累坏了。

所以，他们两人决定让他继续睡。

——另外，萨莉说，我也需要一些时间洗床单，铺好其他的床。

与此同时，埃米特会坐地铁去哈勒姆，取回史蒂倍克。因为比利一心要在时代广场开始他们的旅程，埃米特提议他们三人十点半在那里碰面。

——好的，萨莉说，但我们怎么找到对方呢？

——先到的人就在加拿大俱乐部威士忌的招牌下面等。

——那地方在哪里？

——相信我,埃米特说,你很容易就能找到。

. . .

埃米特抵达汽车修理店时,汤豪斯已在街上候着了。

——你的车弄好了,他和埃米特握了握手后说道,拿回你的信封了吗?

——拿到了。

——不错。现在你和比利可以出发去加利福尼亚了。差点忘了说……

埃米特看向他的朋友。

——警察昨晚又来了,汤豪斯继续说,只不过不是巡警,而是两个警探。关于达奇斯,他们问了同样的问题,可这次也问到了你。他们明确说,如果我有你或达奇斯的消息却不告诉他们,我就会给自己惹上一大堆麻烦。因为有人在老古董阿克利家附近看到一辆跟你的史蒂倍克一样的车——那天下午,有人把他打进了医院。

——医院?

汤豪斯点点头。

——看样子是一个或几个陌生人闯进阿克利在印第安纳州的家里,用钝器击中了他的脑袋。他们认为他会没事的,但他还没苏醒。同时,警察也去下城一家廉价旅馆找了达奇斯的老爹。他不在那里,但达奇斯去过。和另一个白人小伙子,开了一辆淡蓝色的汽车。

埃米特一手捂住嘴巴。

——天哪。

——你懂了吧。听着,在我看来,那个混账阿克利不管出了什么事都是活该。但眼下,你或许应该离纽约远一点。既然这么做了,那也离达奇斯远一点吧。来吧,双胞胎在里面。

汤豪斯带路,领着埃米特经过维修区,来到冈萨雷斯兄弟和那个叫奥蒂斯的人候着的地方。史蒂倍克重新盖上了防水布,帕科和皮科笑意盈盈,露出大白牙——两个迫不及待展示手艺的匠人。

——一切就绪?汤豪斯问。

——一切就绪,帕科说。

——那让我们瞧瞧吧。

双胞胎兄弟拉开防水布,汤豪斯、埃米特和奥蒂斯沉默了好一会儿。然后,奥蒂斯开始大笑,浑身颤抖。

——黄色?埃米特难以置信地问道。

兄弟俩看看埃米特,相互对视,又看向埃米特。

——黄色怎么了?帕科争辩。

——这是懦夫的颜色,奥蒂斯又哈哈笑着说。

皮科开始用西班牙语对帕科讲话,语速飞快。等他讲完,帕科转向其他人。

——他说这不是懦夫的黄色。这是大黄蜂的黄色。这车不仅看起来像大黄蜂,响起来也像。

帕科开始对着汽车打手势,像推销员在强调新车的特色。

——除了喷漆,我们还去掉了凹坑,给铬合金抛了光,洗了变速器。我们还在引擎盖下面多加了些马力。

——哇,奥蒂斯说,至少现在警察认不出你了。

——就算他们认出了,帕科说,也抓不到你。

冈萨雷斯兄弟俩心领神会地哈哈大笑。

埃米特对自己一开始的反应感到后悔,再三表达谢意,尤其感谢兄弟俩这么快就把活儿干完了。他从后兜里掏出装钱的信封,他们俩却摇摇头。

——这是帮汤豪斯的忙,帕科说,我们欠他一个人情。

• • •

埃米特开车送汤豪斯回第一百二十六街,两人笑着谈论冈萨雷斯兄弟,谈论埃米特的车和崭新的轰响。他们把车停在褐石屋前,两人一言不发,但谁都没去拉车门把手。

——为什么去加利福尼亚?过了一会儿,汤豪斯问道。

埃米特第一次大声描述他计划如何使用父亲的钱——计划买一栋破屋,修好了卖掉,再买两栋房子,所以要去一个人口众多且不断增长的州。

——这真是只有埃米特·沃森才能想到的计划,汤豪斯笑着说。

——你呢?埃米特问,你现在打算做什么?

——我不知道。

汤豪斯望向副驾车窗外面,望着自家门廊。

——我老妈想让我回学校。她还在做白日梦,希望我能拿奖学金,去大学打棒球,但这两件事都不可能了。至于老爸嘛,他想在邮局给我找份工作。

——他喜欢自己的工作,对吧?

——噢,他不是喜欢,埃米特,他爱死它了。

汤豪斯摇摇头,温柔地笑了笑。

——如果你是邮递员,他们会给你一条路线,你知道吗?你每天都得拖着邮袋在那些街区来回跑——就像驮骡在小路上跑来跑去。但对我老爸来说,这感觉不像工作。因为他认识那条路线上的所有人,所有人也都认识他。老太太、孩子、理发师、杂货商……

汤豪斯又摇摇头。

——大约六年前的一个晚上,他回家时看起来非常沮丧。我们从没见过他那样。老妈问他怎么了,他突然哭出来。我们以为有人死了什么的。结果怎么着,上面的人改了他走了十五年的路线。他们把他往南移了六个街区、往东移了四个街区,这几乎伤透了他的心。

——后来呢?埃米特问。

——他一早起来,不情不愿地出门,到了年底,他也爱上那条路线了。

两个朋友一同大笑。然后,汤豪斯竖起一根手指。

——但他从没忘记第一条路线。每年阵亡将士纪念日[1],当他休息的时候,就会走一走那条老路。跟所有认识他的人打招呼,也跟一半不认识他的人打招呼。用他的话来说,如果你的工作是邮递员,那美国政府是在付钱让你交朋友。

——你要是这么说,听起来也没那么糟。

——也许吧,汤豪斯同意,也许吧。尽管我很爱我老爸,却无法想象自己过那样的生活。日复一日、周复一周、年复一年地走同一段路。

---

[1] 时间原为五月三十日,一九七一年后改为五月的最后一个星期一,美国联邦法定假日。

——好吧。既不上大学，也不去邮局，那怎么办？

——我一直在考虑参军。

——参军？埃米特惊讶地问。

——是的，参军，汤豪斯说，几乎像是在说服自己。为什么不呢？现在不打仗。薪水挺不错的，都是为了糊口。如果幸运的话，也许会被派驻海外，去看看世界。

——你会回到营房，埃米特指出。

——我没那么介意，汤豪斯说。

——站队……服从命令……穿制服……

——现实就是这样，埃米特。身为黑人，无论你最终是背邮包、开电梯、加油还是坐牢，你都要穿制服。所以，倒不如选择适合自己的。我想着，要是我保持低调，尽心工作，也许我能往上爬。成为一名军官。让别人给我敬礼呢。

——我能想象，埃米特说。

——你知道吗？汤豪斯说，我也能。

汤豪斯终于下车，埃米特也下车。埃米特绕过引擎盖，和他一起站在人行道上，他们像亲人一样沉默而亲切地握了握手。

一周前，比利摊开明信片，对埃米特说，他们要去加利福尼亚其中一场最大的独立日庆典找他们的母亲，当时埃米特觉得弟弟的想法充其量只是幻想。然而，尽管埃米特和汤豪斯这两个年轻人即将走上不同的方向，也不确定将在何处落地生根，可当汤豪斯在临别之际说，我们后会有期,埃米特对此没有丝毫怀疑。

— · —

——这到底是什么玩意儿,萨莉说。

——我的车,埃米特说。

——看起来和这些招牌一样。

他们站在时代广场北端,埃米特把史蒂倍克停在贝蒂正后方。

萨莉有充分理由拿他的车与他们周围的招牌进行比较,因为它同样引人注目。车太惹眼了,渐渐吸引了一小群路人。埃米特不愿和他们有眼神接触,不知道他们停下脚步是为了嘲笑还是欣赏。

——车是黄色的!从附近报摊回来的比利惊呼,就像玉米的黄色。

——其实,埃米特说,这是大黄蜂的黄色。

——你说是就是呗,萨莉说。

埃米特急于换个话题,指了指比利手中的袋子。

——你买了什么?

萨莉回到她的卡车前,比利小心翼翼地从袋子里倒出刚买的东西,递给埃米特。那是一张时代广场的明信片。在照片顶部,高楼大厦后方露出一小块天空,就像比利收藏的其他明信片一样,那是一方澄澈的蓝。

比利站在埃米特身旁,指着与明信片上对应的地标。

——你瞧见了吗?那是标准剧院。邦德服装店[1]。骆驼香烟招牌。

---

[1] 一九一四年创立于俄亥俄州克利夫兰,二十世纪三四十年代成为美国最大的男装零售店。一九四八年至一九五四年,邦德服装店在时代广场有一块巨大的招牌。

还有加拿大俱乐部威士忌的招牌。

比利环顾四周,赞赏不已。

——报摊上的人说,这些招牌一到晚上就会亮起来。每个都会亮。你能想象吗?

——非常壮观。

比利的眼睛瞪得大大的。

——你在亮灯后来过这里?

——待了一小会儿,埃米特承认。

——喂,哥们儿,一个水手说,一手搂着一个褐发女孩的肩膀。带我们去兜兜风怎么样?

埃米特没理他,蹲下来,靠近弟弟说话。

——我知道来时代广场令人激动,比利,但我们还要赶很远的路。

——而我们刚要出发。

——这就对了。所以你最后再看一眼吧,我们和萨莉说再见,然后就上路。

——好的,埃米特。我觉得这是个好主意。我最后再看一眼,然后我们就上路。但我们不用和萨莉说再见。

——为什么?

——因为贝蒂。

——贝蒂怎么了?

——她报废了,萨莉说。

埃米特抬头,发现萨莉站在史蒂倍克副驾车门旁边,一手拎着行李箱，一手拎着篮子。

——萨莉从摩根来的时候，贝蒂过热了两次，比利解释道，我们开到时代广场，车子升起一大团蒸汽，还有哐啷哐啷的声音，然后就故障了。

——我猜我对她的要求有点高，萨莉说，但她把我们送到该来的地方了，愿她安息。

埃米特站起身，萨莉看看他，又看看史蒂倍克。他顿了一会儿，走上前，替她打开后门。

——我们都应该坐在前排，比利说。

——可能会有点挤，埃米特说。

——挤就挤点呗，萨莉说。

她把行李箱和篮子放在后座，关上后门，打开前门。

——你先坐进去吧，比利，她说。

比利背着双肩包上车，萨莉也跟着上车。然后，她把双手搁在腿上，透过风挡玻璃直视前方。

——非常感谢，她在埃米特关门时说。

等埃米特坐到驾驶座上后，比利已经展开了地图。他从地图上抬头，指向窗外。

——威廉斯警官——我说过话的第二个警察——说林肯公路的正式起点在第四十二街和百老汇大街的拐角。从那里右转，向着河开。他说，林肯公路刚开通时，你得乘渡轮过哈得孙河，但现在你可以走林肯隧道。

埃米特指着地图向萨莉解释，说林肯公路是第一条横跨美国的公路。

——你没必要告诉我，她说，我全都知道。

——没错，比利说，萨莉全都知道。

埃米特挂挡开车。

进入林肯隧道后，比利向萨莉解释，他们正在哈得孙河下面行驶——这条河非常深，就在几天前的晚上，他还看到一队战舰在河上航行——这让她明显不安起来。为了安抚她，他又开始讲高架铁路、斯图和篝火的事，埃米特则沉浸在自己的思绪中。

他们已经上路，埃米特原以为自己思考的、自己期待思考的是眼前的路。冈萨雷斯兄弟说他们在引擎盖下面多加了些马力，他们真没开玩笑。埃米特每次踩油门时都能感觉到——也能听到。因此，如果从费城到内布拉斯加之间的公路不那么堵车的话，他估摸着他们能以平均五十迈的速度行驶，也许六十迈。他们可以在第二天傍晚把萨莉送回摩根，接着再上路，终于可以一路向西，怀俄明州、犹他州、内华达州的风景将在他们面前徐徐展开。而他们的终点就是人口即将达到一千六百万的加利福尼亚州。

可当他们驶出林肯隧道，把纽约抛在身后，埃米特发现自己思考的不是眼前的路，而是汤豪斯一大早说过的话：他应该离达奇斯远一点。

这是一个合理的建议，也与埃米特的直觉一致。唯一的问题是，只要阿克利遇袭的事情悬而未决，警察就会一直寻找达奇斯和埃米特。这是假设阿克利康复的话。如果阿克利没醒就死了，警察不逮捕他们两人之一是不会罢休的。

埃米特向右瞄了一眼，看到比利又在看地图，萨莉则在看路。

——萨莉……

——怎么了,埃米特?

——彼得森警长找你干吗?

比利从地图上抬起头来。

——警长来找你了,萨莉?

——没事,她让他们俩放心,我甚至觉得讨论这事很傻。

——两天前,你觉得这件事重要到必须开车跨越半个美国,埃米特指出。

——那是两天前。

——萨莉。

——好了,好了。跟你和杰克·施耐德之间的小矛盾有关。

——你是说杰克在镇上打他的事?比利问。

——他和我只是在了结一些事,埃米特说。

——我也是这么想的,萨莉说,不管怎样吧,在你和杰克了结你们的事时,好像还有另一个家伙在场,是杰克的一个朋友,不久之后,他在电影院后面的巷子里被人打了头。这个家伙伤得很重,只能用救护车送去医院。彼得森警长知道不是你干的,因为当时你跟他在一起。但他后来听说那天镇上来了个年轻的陌生人。所以他来找我,问问你有没有客人。

埃米特看了一眼萨莉。

——当然,我说没有。

——你说没有,萨莉?

——是的，比利，我是这么说的。但那是个善意的谎言。再说，你哥哥的某个朋友跟电影院后面的那桩事有关，这不是瞎说八道吗？伍利为了不踩到毛毛虫，会绕道一英里。而达奇斯呢？嗯，他会做那什么意面，再端到精心布置的餐桌上，这样的人怎么会用木棍砸别人的脑袋呢。

此番宣讲结束，埃米特想。

可他不太确定……

——比利，我去镇上的那天早上，达奇斯和伍利跟你在一起吗？

——是的，埃米特。

——一直都在？

比利想了一会儿。

——伍利一直跟我在一起。达奇斯大部分时间跟我们在一起。

——达奇斯什么时候没跟你们在一起？

——他去散步的时候。

——去了多久？

比利又想了想。

——读完《基督山伯爵》《罗宾汉》《忒修斯》《佐罗》那么久。下个路口左转，埃米特。

埃米特看到林肯公路的路标，变换车道，然后转弯。

在开往纽瓦克时，埃米特可以想象在内布拉斯加当时到底发生了什么。尽管埃米特要求达奇斯低调行事，但达奇斯还是去了镇上。（他当然会这么做。）到了镇上，他一定撞见了埃米特和杰克对峙，目睹了整件破事。可即便如此，他为什么惹这麻烦去揍杰克的朋友呢？

埃米特回想起那个戴着牛仔帽、靠着史蒂倍克的高个子陌生人，想起他懒散的姿势和不可一世的表情，想起他在打架时是如何怂恿杰克的，最后也想起这个陌生人说的第一句话：看来杰克跟你还有些事没了结，沃森。

他就是这么说的，埃米特想：还有些事没了结。根据老演员菲茨威廉斯的说法，达奇斯说他和他父亲之间还有些事没了结，一字不差。

埃米特把车停在路边，双手搁在方向盘上。

萨莉和比利好奇地看着他。

——怎么了，埃米特？比利问。

——我想我们必须去找达奇斯和伍利。

萨莉一脸惊讶。

——但惠特尼太太说他们回萨莱纳了。

——他们没回萨莱纳，埃米特说，他们去了沃尔科特家族在阿迪朗达克山的宅子。唯一的问题是，我不知道它在哪里。

——我知道它在哪里，比利说。

——你知道？

比利低头，指尖慢慢远离新泽西纽瓦克，远离林肯公路，向上移至纽约州北部的中央，有人在那里画了一颗大红星。

萨莉

我们正在穿越新泽西——天知道为什么会有人住在这种地方——埃米特把车停在路边,说我们必须去纽约州北部找达奇斯和伍利,我一句话没说。四个小时后,他开进一家路边汽车旅馆,它看着更像是需要捐款的地方,而不像是过夜的地方,我一句话没说。在汽车旅馆破破烂烂的小办公室里,埃米特在登记簿上签了舒尔特先生的名字,我也一句话没说。

然而……

等我们入住后,我让比利去浴室洗澡,埃米特目不转睛地看着我。他态度严肃,说他不确定要花多久才能找到达奇斯和伍利。也许几个小时,也许更久。但他一回来,我们三人可以吃点东西,睡一晚好觉,如果我们明早七点前上路,他想他们可以在星期三晚上把我送回摩根,也不会绕太远的路。

就在那时,我一句话都不说的限额彻底用光。

——你没必要担心绕路的事,我说。

——没关系的,他保证。

——噢,有没有关系都没什么区别。因为我没打算被人丢回摩根。

——好吧,他有些迟疑地说,那你想去哪里?

——旧金山就挺好。

埃米特看了我一会儿,然后闭上眼睛。

——仅仅因为你闭上眼睛,我说,并不代表我不在这里,埃米特。绝对不是。事实上,当你闭上眼睛,不仅我在这里,比利也在这里,这个温馨的汽车旅馆也在这里,整个世界都在这里——就在你避而不见的地方。

埃米特又睁开眼睛。

——萨莉,他说,我不知道是不是我给了你什么期待,或是你自己产生了什么期待……

搞什么?我糊涂了。他给我的期待?我自己产生的期待?我靠得更近一些,确保不漏听一个字。

——……但比利和我今年经历了太多事。没了父亲,也没了农场……

——继续,我说,我听着呢。

埃米特清了清嗓子。

——就是……考虑到我们经历的一切……我想比利和我现在需要的……是一起重新开始。就我们两个人。

我瞪了他一会儿,然后微微倒吸一口气。

——原来是这么回事,我说,你以为我不请自来搭车去旧金山是想成为你们家的一员?

他看起来有些不自在。

——我只是说,萨莉……

——噢,我知道你在说什么——因为你刚刚说了。虽然支支吾吾的,但意思清清楚楚。所以,我也清清楚楚地回应你。在可预见的未来,埃米特·沃森先生,我唯一想拥有的是我自己的家。家里的一切烹饪和打扫都是为了我自己。烧我的早饭、我的午饭、我的晚饭。洗我的碗。洗我的衣服。扫我的地板。所以,你不用担心我会妨碍你们重新开始。据我所知,在哪里都可以重新开始。

埃米特走出大门,坐上他那辆亮黄色的汽车,我心想,美国肯定有一大堆很大的东西。帝国大厦和自由女神像很大。密西西比河和大峡谷很大。草原上方的天空很大。但什么都大不过男人的自以为是。

我摇摇头,一把甩上门,然后敲敲浴室门,想看看比利怎么样了。

— · —

除了埃米特,我想我比任何人都了解比利·沃森。我知道他是怎么吃鸡肉、豌豆和土豆泥的(先吃鸡肉,再吃豌豆,最后吃土豆泥)。我知道他是怎么写作业的(笔直地坐在餐桌旁,用铅笔一端的小橡皮把错的地方擦得干干净净)。我知道他是怎么做祷告的(一向记得提到他的爸爸、妈妈、哥哥和我)。而我也知道他是怎么给自己惹麻烦的。

那是五月的第一个星期四。

我之所以记得,是因为我正在为教堂的聚会做柠檬蛋白派,做到一半时接到电话,要我去一趟校舍。

我承认,走进校长办公室时,我已经有些生气了。接到电话时,我刚打好蛋白,准备做蛋白霜,结果只能关掉烤箱,把蛋白丢进水池里。可一打开门,我看到比利坐在赫胥黎校长办公桌前的椅子上,正低头盯着自己的鞋子,我火冒三丈。我确信,比利·沃森这辈子从没被迫盯着自己的鞋子。所以,如果他盯着自己的鞋子,那一定是因为有人让他觉得不得不这么做,而且受到了不公正的对待。

——好吧,我对赫胥黎校长说,我们俩都到了,有什么问题吗?

原来,午饭过后不久,学校进行了一次所谓的卧倒与掩护演习。课上到一半,孩子们正在进行常规教学,学校铃声连续响了五次,这时孩子们应当钻到课桌底下,双手抱头。可当铃声响起,库珀太太提醒孩子们该怎么做时,比利显然拒绝了。

比利并不经常拒绝。可他如果选择拒绝,那一定会非常坚决。无论库珀太太怎么哄骗、坚持或斥责,比利就是不愿意和同学们一起躲到课桌底下。

——我试着向威廉解释,赫胥黎校长对我说,演习的目的在于保障他的个人安全;他拒绝参与,不仅是将自己置于危险中,也会制造混乱,可能会对别人造成巨大伤害。

赫胥黎校长饱经岁月的摧残。他头顶的头发日渐稀疏,镇上也有流言说赫胥黎太太在堪萨斯城有个那种朋友。所以我想他是值得几分同情的。不过,我在摩根小学念书时,就不太喜欢赫胥黎校长,我觉得现在也没必要喜欢他。

我转向比利。

——这是真的吗?

比利依然盯着自己的鞋子,点了点头。

——也许你可以告诉我们,你为什么不听库珀太太的指令,校长建议。

这时，比利第一次抬头看我。

——在《英雄、冒险家和其他勇敢旅行者汇编》的序言中，艾伯纳西教授说，英雄从来不会逃避危险。他说，英雄一向直面危险。可是，如果一个人双手抱头躲在课桌底下，那他怎么直面危险呢？

言简意赅，合情合理。在我看来，不必多费唇舌。

——比利，我说，你去外面等着吧。

——好的，萨莉。

比利依旧盯着自己的鞋子，校长和我看着他走出办公室。门关上后，我转向校长，我们面对面地看着彼此。

——赫胥黎校长，我尽量态度友好地说，你是在告诉我，美国打败世界范围内的法西斯势力不过九年，你要因为一个八岁小男孩拒绝像鸵鸟把头埋进沙子一样把头埋在课桌底下而责备他？

——兰塞姆小姐……

——我从来没有自诩科学家，我继续说，事实上，念高中时，我物理得了C，生物得了B-。但我从这些科目中学到的一丁点东西让我明白，课桌桌板保护孩子免受核爆炸的伤害就跟你头顶的头发保护你的头皮免受太阳晒伤一样，概率不大。

我知道。基督徒不该这么说。可我气炸了。我只剩两个小时重新加热烤箱，烤完派，再送到教堂。所以，现在没工夫和颜悦色。

而你想不到的是：五分钟后，我离开办公室，赫胥黎校长同意，为了确保学生的安全，一个名叫比利·沃森的勇士将被任命为卧倒与掩护督察员。从此，当学校铃声连响五次之后，比利不用躲在课桌底下，而是拿着写字板巡视一个个教室，确认其他人都遵守指令。

就像我说的，我比任何人都了解比利，包括他是怎么给自己惹麻烦的。

因此，敲了三次浴室门没有回应后，我最后打开门，发现浴缸一直在放水，窗户开着，而比利不见了，别提我有多惊讶了。

埃米特

在蜿蜒的土路上行驶一英里后,埃米特开始怀疑自己拐错了弯。加油站的那人知道沃尔科特一家,他告诉埃米特,应该沿着 28 号公路继续行驶八英里半,然后右拐进入一条两边长着白扁柏的土路。埃米特用里程表估算距离,虽然他不确定白扁柏长什么样,但眼前这条路两边长着常青树,他便拐了弯。可开了一英里后,依然看不到任何住宅。幸好这条路不够宽,埃米特无法掉头,便继续往前开,几分钟后,他看到一面湖,湖边有栋大木屋——伍利的汽车就停在边上。

埃米特把史蒂倍克停在凯迪拉克后面,下了车,走向湖边。当时已近傍晚,湖水平静无波,湖面完美地倒映着对岸的松树和空中散乱的云彩,让人产生世界仿佛是垂直对称的错觉。唯一的动静来自一只大青鹭,它被埃米特关车门的声音惊扰,从浅滩上飞起,正在离湖面两英尺高的半空静静滑翔。

埃米特的左边是一栋小屋,看着像是什么工具间[1],因为旁边有一对锯木架,上面倒扣着一条小船,船头有个洞,等待修理。

埃米特的右边是俯瞰草坪、湖泊和码头的宅子。宅子前面有一个大门廊,摆着几把摇椅,一组宽大的台阶向下通往草坪。埃米特知道,那

---

1 埃米特所说的"工具间(work shed)"即伍利和达奇斯口中的"船库(boathouse)"。

些台阶顶端是正门，但凯迪拉克另一侧有条小径，两边堆着漆过的石头，通往另一个门廊和一扇敞开的门。

埃米特爬上台阶，打开纱门，向里面喊话。

——伍利？达奇斯？

他没听到回应，便走进屋里，任纱门在他身后砰的一声关上。他发现自己走进一个杂物间，里面摆着各式各样的钓鱼竿、登山靴、雨衣和溜冰鞋。房间里的所有东西摆得整整齐齐，除了地板中央摞成一堆的阿迪朗达克椅子。枪柜上方挂着一块巨大的手绘板，上面列了一张清单，标题是关闭房屋。

1. 拆除撞针[1]
2. 收好皮划艇
3. 清空冰箱
4. 收进摇椅
5. 倒掉垃圾
6. 铺床
7. 封烟道
8. 锁窗
9. 锁门
10. 回家

埃米特离开杂物间，进入一条走廊，他停在那里，细听动静，又喊了一声伍利和达奇斯。他没听到回应，便继续探头看各个房间。前两个房间似乎没人去过，但在第三个房间，一根球杆和几颗台球留在台球桌的毛毡上，像是有人玩了一半不玩了。在走廊尽头，埃米特走进一个有高高天花板的客厅，里面摆着几组长沙发和椅子，还有一道通向二楼的开放式楼梯。

---

[1] 枪炮里撞击子弹或炮弹底火的机件。

埃米特摇了摇头,赞赏不已。这是他见过的最考究的房间之一。大部分家具是工艺美术风格[1]的,由樱桃木或橡木制成,接缝完美无瑕,细节精致入微。房间正中央的天花板上悬着一盏大灯,跟这里的台灯一样采用云母灯罩,确保夜幕降临之后,房里洒满柔和的光线。壁炉、天花板、长沙发和楼梯都大于正常尺寸,但它们的比例彼此协调,与人交互不失和谐,这让房间显得舒适又华贵。

不难理解为什么这栋宅子在伍利心中占据如此特殊的地位。如果埃米特有幸在这里长大,它也会在他心中占据特殊的地位。

透过敞开的双开门,埃米特看到餐厅里摆着一张橡木长桌,他沿着走廊继续前行,看到通往其他房间的门,包括尽头的厨房。可如果伍利和达奇斯在这里的某个房间,他们应该会听到他的喊声。于是,埃米特上楼。

在楼梯顶端,走廊向左右两边延伸。

埃米特先查看了右边的卧室。它们大小不一,家具各不相同——有些是双人床,有些是单人床,还有一间是上下床——却都呈现一种简约的风格。埃米特明白,在这样一栋宅子里,一个人不该一直待在自己的房间,而该和家人一起在楼下那张橡木长桌前吃早餐,然后一整天泡在户外。这些房间都没有昨晚被使用过的痕迹,于是埃米特折返,向走廊另一边走去。

埃米特一边走,一边瞥着墙上的照片,原本只打算略略一看,却不

---

1 工艺美术运动始于十九世纪下半叶的英国,强调手工艺生产,提倡简约朴实的风格,主张设计兼具美观性和实用性。

由得放慢脚步，然后索性停下，细细打量起来。

虽然这些照片大小不一，但拍的都是人。有合照，也有独照；有孩子的，也有大人的；有的在运动，有的在休息。分开来看，这些照片并无特别之处。脸庞和穿着普普通通。可合在一起，这面使用同款黑色相框的照片墙令人深深羡慕。这无关于灿烂的阳光，也无关于无忧无虑的笑容，而与家族传承有关。

埃米特的父亲成长的地方与这里相似。正如他在最后一封信中所写，他的家族世代相传的不仅有股票和债券，还有些宅子、绘画、家具和船只。当埃米特的父亲提及自己小时候的故事时，围在节日餐桌旁的堂表亲、叔伯们和姑婶们似乎数都数不清。但由于某种原因，由于某种从未完全解释清楚的原因，埃米特的父亲移居内布拉斯加，将那一切全抛在身后。没留下任何痕迹。

或者说，几乎没留下任何痕迹。

阁楼的行李箱上贴着外国酒店富有异乡情调的贴纸，野餐篮里摆得整整齐齐的餐具，还有餐具柜里没用过的瓷餐具——这些都是埃米特的父亲为了追寻爱默生式理想所抛弃的昔日人生的遗迹。埃米特摇摇头，不确定父亲的行为应该令自己失望还是钦佩。

通常内心有此困惑时，答案可能是两者兼而有之。

埃米特沿着走廊继续前行，他从照片质量和穿着风格看得出来，这些照片是按时间倒序排列的。从四十年代的某个时候开始，回溯至三十年代和二十年代，一直回到照片上的人十几岁时。可经过楼梯顶端的茶几后，照片的顺序颠倒过来，开始按时间正序排列。他走回四十年代的照片前，好奇地盯着墙上的一处空白，这时他听到音乐声——隐隐约约从走廊的某个地方传来。他循着声音经过几个房间，最后停在倒数第二个房门前，仔细聆听。

是托尼·班奈特[1]。

托尼·班奈特唱着：只要你说你在乎，他就会从穷人变成富人[2]。

埃米特敲了敲门。

——伍利？达奇斯？

两人没有回应，他推开门。

这又是一个布置简约的房间，有两张小单人床和一个五斗橱。伍利躺在其中一张床上，穿着长袜的双脚伸出床尾，眼睛闭着，双手交叉放在胸前。床头柜上有两个空药瓶和三颗粉色药丸。

一种可怕的预感涌上心头，埃米特走到床边。他喊着伍利的名字，轻摇他一侧的肩膀，发现他摸起来浑身僵硬。

——啊，伍利，埃米特说着坐在另一张床上。

他泛起一阵恶心，目光从他朋友那张毫无表情的脸上移开，不禁盯着床头柜。他认出小蓝瓶是伍利所谓的药，又拿起那个小棕瓶。他从没听过印在标签上的药名，但他看到这是开给萨拉·惠特尼的。

埃米特心想，就是这样，痛苦催生痛苦。尽管伍利的姐姐尤擅宽恕，但这件事她将永远无法原谅自己。他把空瓶子放回原处，这时收音机里传出一首爵士乐，欢快跃动，不合时宜。

1　托尼·班奈特（1926—2023），美国著名爵士乐歌手。
2　来自歌曲《白手起家》（"Rags to Riches"）。

埃米特从床上起身，走到收音机前，把它关掉。在五斗橱上，收音机旁边放着一个旧雪茄盒和一本字典，它们可能来自任何地方，但靠在墙上的那张带相框的照片只可能来自走廊上的空白处。

这是一张伍利小时候的快照，他坐在皮划艇上，夹在爸爸妈妈中间。伍利的父母三十好几了，两人很登对，各握着一只桨，横在船舷上方，仿佛他们即将出发。你从伍利的表情看出他有些紧张，却也灿烂地笑着，仿佛在相框之外，有人在码头上做鬼脸逗他笑。

就在几天前——当他们在孤儿院外等达奇斯时——比利向伍利说起他们的母亲和旧金山的烟花秀，伍利也向比利说起他家在营地举办的独立日庆祝活动。埃米特想到，伍利坐在他父母中间坐皮划艇这张照片的拍摄时间，很可能与埃米特躺在他父母中间在苏厄德看烟花是同一天。这或许是第一次，埃米特隐约明白为什么这趟林肯公路西行之旅对弟弟如此重要。

埃米特将照片轻轻放回五斗橱上。他又看了一眼自己的朋友，然后出去找电话。可走在走廊上时，他听到楼下传来一阵叮叮当当的敲击声。

达奇斯，他想。

他内心喷涌的悲伤被一股愤怒淹没。

埃米特走下楼梯，沿着走廊快步朝厨房走去，再次循着声音移动。他穿过左边第一扇门，进入一个看着像是某位先生的书房的房间，但里面乱作一团——书架上的书被抽走了，书桌的抽屉被拉开了，纸张散落一地。在埃米特的左边，一幅镶框的油画垂直立在墙上，达奇斯站在油画后面，正徒劳地挥舞斧子砍着保险箱光滑的灰色表面。

——给点力啊,达奇斯再次砍向保险箱时鼓着劲,给点力啊,宝贝。

——达奇斯,埃米特喊了一声。

然后,他又大喊了一声。

达奇斯吓了一跳,收住斧子,回头一看。见到来人是埃米特,他绽开笑容。

——埃米特!哥们儿,见到你真高兴!

埃米特觉得达奇斯的笑容与伍利房中收音机里传出的爵士乐一样不合时宜,他同样迫切地想让它消失。埃米特走向达奇斯,达奇斯的表情从喜悦变成担忧。

——怎么了?出什么事了?

——出什么事了?埃米特说,震惊地停下脚步。你没上楼吗?你没看到伍利吗?

达奇斯忽然明白了,把斧子搁在一把椅子上,神情严肃地摇了摇头。

——我看到他了,埃米特。我能说什么呢?这太可怕了。

——可怎么……埃米特脱口而出,你怎么能让他这么做?

——让他?达奇斯诧异地重复道,你真以为我要是知道伍利想干什么,我会放任他一个人待着?打从认识伍利的那一刻起,我就一直留意着他。不到一周前,我甚至拿走他的最后一瓶药。可他肯定又藏了一瓶。也别问我他是从哪里搞到那些药丸的。

埃米特被无力和盛怒的感觉攫住,想责怪达奇斯。他想怪在达奇斯头上,非常想,却也明白这不是达奇斯的错。回忆如胆汁涌上喉咙那般袭来,他想起自己对伍利的姐姐说过的话,他安慰她一切都会好起来的。

——你至少叫救护车了吧,埃米特过了一会儿问,声音有些颤抖。

达奇斯摇摇头,一脸无奈。

——我发现他时已经太迟了。他已经凉透了。

——好吧,埃米特说,我来报警。

——报警?你为什么要这么做?

——我们必须通知别人啊。

——我们当然要通知别人。我们也会这么做。可我们现在做或是之后做,对伍利来说没有任何差别,但对我们来说差别可大了。

埃米特无视达奇斯,朝桌上的电话走去。达奇斯看到埃米特要去那里,就慌里慌张地朝同一个方向跑去,但埃米特比他先到。

埃米特一手拦住达奇斯,一手拿起听筒,却发现没有声音——当季的服务尚未恢复。

达奇斯意识到电话不通,身体放松下来。

——让我们好好聊一聊。

——得了吧,埃米特说着拽住达奇斯的胳膊肘,我们开车去警局。

埃米特把达奇斯拽出书房,穿过走廊,达奇斯努力找借口拖延,埃米特就是不听。

——这件事太可怕了,埃米特。我第一个这么说。但这是伍利自己的选择。他有自己的理由。这些理由可能是我们永远无法全然理解的,也当真没有权利事后揣测。眼下重要的是,我们要记住伍利想要什么。

他们走到杂物间的纱门前,达奇斯转身直视埃米特。

——你弟弟说他想在加利福尼亚建房子,那时你真该在场的。我从没见过伍利这么兴奋。他完全能想象你们俩一起住在那里的样子。如果我们现在去找警察，我告诉你，这个地方一小时内就会挤满人，我们永远也无法完成伍利开了头的事情。

埃米特一手打开纱门，一手将达奇斯推下台阶。

达奇斯朝倒扣小船的方向踉跄退了几英尺，然后突然转身，像是有了个主意。

——喂！你看到那个船库了吗？里面有个工作台，有各种各样的凿子、锉刀、钻头。它们对我来说没什么用，但我打赌，你几分钟就能打开那个保险箱。等我们拿到伍利的信托基金，就可以一起去找电话。救护车一上路，我们就能去加利福尼亚了，就像伍利希望的那样。

——我们哪里都不去，埃米特说，脸庞涨得通红。我们不去旧金山，不去洛杉矶，也不去好莱坞。我和弟弟会去加利福尼亚。你会回萨莱纳。

达奇斯难以置信地盯着埃米特。

——我他妈为什么要回萨莱纳，埃米特？

埃米特没有回答，达奇斯摇摇头，指着地面。

——我就待在这里，直到我打开那个保险箱。如果你不想留下帮忙，那是你的事。这是一个自由的国家。但作为朋友，我告诉你，埃米特：如果你现在离开，你以后会后悔这个决定的。因为你一到加利福尼亚就会发现，几千美元干不成什么大事。到那时，你就会希望拿了属于你的那份信托基金了。

埃米特走向前，揪住达奇斯的衣领，就像在惠特尼家那样，只是这次用了双手，他攥紧拳头，感受到达奇斯喉咙口的面料绷紧了。

——你还不明白吗?他咬紧牙关说。没有信托。没有遗产。保险箱里没有钱。这就是个童话故事。伍利编了个童话故事让你带他回家。

埃米特厌恶地将达奇斯向后推了一把。

达奇斯被小径边的石头绊倒,跌在草坪上。

——你必须去找警察,埃米特说,要不然我就把你拖到警局。

——可是,埃米特,保险箱里有钱啊。

埃米特转身,发现弟弟站在杂物间门口。

——比利!你在这里干吗?

比利还没来得及回答,脸上的表情就从说明变成惊恐,这让埃米特转身——就在那一刻,达奇斯的手臂挥下来。

这一击的力道足以把埃米特打趴在地,却不足以把他打晕。埃米特感觉凉凉的血流到额头,他打起精神,四肢着地撑住身体,刚巧看到达奇斯把比利推进屋里,砰的一声关上里门。

达奇斯

昨天，伍利承认自己完全忘了还有密码这回事，然后问我想不想去码头散步。

——你去吧，我说，我想自己一个人琢磨一会儿。

伍利出门后，我在曾外公的保险箱前待了几分钟，双手叉腰打量着它。然后，我摇了摇头，开始动手。首先，我试着把耳朵贴在金属外壳上，转动密码盘，细听转轮的咔嗒声，就像电影里演的那样——这与你模仿在电影里看到的所有其他事一样徒劳无功。

我从书包里拿出奥赛罗的盒子，取出我老爹的匕首。我的想法是，将刀尖用力插进门和外壳之间的缝隙，来回扭动。可当我使出全力按压匕首时，刀刃竟从刀柄处折断了。

——由匹兹堡的一位工匠大师锻造、回火和抛光，胡扯，我咕哝道。

接着，我去找了一些真正的工具。我拉开厨房的每一个抽屉，找遍每一个壁橱，又去储物间翻遍每一个格架和篮子，却毫无所获。有那么一瞬间，我考虑拿把步枪射开保险箱，但以我这人的运气吧，我可能会被反弹回来的子弹击中。

于是，我走到码头，伍利正在那里欣赏风景。

——嘿，伍利，我在岸边喊道，你知道附近哪里有五金店吗？

——什么?他转身问道,五金店?我不确定。但这条路往前五英里有家杂货店。

——好极了。我马上就回来。你需要什么吗?

伍利想了一下,摇摇头。

——我需要的一切都有了,他说,露出特有的伍利式微笑。我就随便逛逛,收拾一下东西,然后可能小睡一会儿。

——为什么不呢?我说,你是该睡会儿了。

二十分钟后,我在杂货店的过道上闲逛,心想人们之所以称之为杂货店,是因为它一般杂七杂八什么都有,就是没有你要的东西。这个地方像是有人把哪栋房子翻了个底朝天,使劲摇晃,直到所有没钉在地毯上的东西全从门里滚了出来:刮刀、烤箱隔热手套和煮蛋计时器;海绵、刷子和肥皂;铅笔、拍纸簿和橡皮;还有溜溜球和皮球。我像个愤怒的消费者,最后问老板有没有大锤子。他只有一把圆头锤和一套螺丝刀。

当我回到宅子时,伍利已经上楼了,我便带着工具回到书房。我已经在那玩意儿的表面敲敲打打了快一个小时,可除了一点划痕和一件被汗水浸透的衬衫,什么也没捞着。

接下来的一个小时,我在书房里四处找密码。我想,像沃尔科特先生这样老谋深算的赚钱好手是不会粗心到把保险箱密码托付给善变的记性。尤其是考虑到他当时已经九十多岁了。他一定写下来,藏在什么地方了。

很自然地,我从他的书桌开始找。首先,我翻遍抽屉,想找找日记或通讯录，重要的数字可能会记在它们的最后一页。然后，我取出抽屉，把它们反过来，看看他会不会写在哪只抽屉的底部。我查看了台灯的底部，也查看了亚伯拉罕·林肯半身铜像的底部，尽管它重达两百磅。接着，我把注意力转向书籍，我翻动书页，寻找夹在里面的某张纸条。翻了很久之后，我才意识到，要把老爷子的书全翻一遍将耗尽我的余生。

这时，我决定叫醒伍利——问他哪间卧室是他曾外公的。

伍利之前说他要小睡一会儿，我没有多想。我先前提过，他前一天晚上没怎么睡，天刚亮又把我叫醒匆匆离开。所以，我以为他确实想小睡一会儿。

可一打开卧室门，我就明白眼前发生了什么。毕竟，我曾经站在相似的门口。我认出了这幅井井有条的场景给出的暗示——伍利的东西一一摆在五斗橱上，鞋子并排放在床尾。我认出了那种寂静——窗帘的轻拂和收音机里新闻播报的低吟让寂静尤为突出。我也认出了伍利脸上的表情——和马瑟林的表情一样，既无快乐也无悲伤，实实在在近乎平静。

伍利的一只手臂从身体一侧滑落，那时他一定已经过于昏昏沉沉或满不在乎，懒得再把手抬起来，因为他的手指擦着地板，就像在豪生酒店时一样。就像那时一样，我把他的手臂放回去，只是这次将他的双手交叉放在胸前。

终于啊，我想着，屋子、车子和罗斯福们终于都坍倒了。

——*神奇的是，他竟然忍受了这么久*[1]。

---

1 出自《李尔王》第五幕第三场。

离开前，我关掉收音机，但紧接着又打开，想着在之后的几个小时里，偶尔有广告做伴，伍利也许会觉得欢喜。

那晚，我就着温暾的百事可乐，直接从罐头里舀茄汁焗豆吃，这是我在厨房找到的唯一食物。为了不打扰伍利的鬼魂，我睡在大客厅的一张长沙发上。早上醒来后，我立刻继续干活儿。

在接下来的几个小时里，我对着保险箱敲敲打打得有一千次。我用锤子敲，用槌球棍敲，甚至试着用亚伯拉罕·林肯的半身像敲，但我抓不牢。

下午四点左右，我决定回凯迪拉克看看，希望能找到撬胎棒。我刚从宅子里出来，就留意到那条倒扣在一对锯木架上的小船船头有个大洞。我想，有人把小船搁在那里是为了修理，便走进船库，想找一件可能有用的工具。果不其然，一排排船桨和皮划艇后面有张带很多抽屉的工作台。我一定花了半小时翻遍每寸地方，但只找到各种各样的手工工具，它们不会比杂货店买来的东西更有用。我记得伍利说过，营地每年都有烟花秀，便翻遍整个船库找炸药。然后，正当我心灰意冷，准备离开时，我发现墙上两颗钉子中间挂着一把斧子。

我吹着伐木工人的哨子，踱步回到老爷子的书房，站在保险箱前，开始挥舞斧子。我挥了不到十下，埃米特·沃森忽然出现，冲进书房。

——埃米特！我惊呼，哥们儿，见到你真高兴！

我是认真的。因为在这个偌大的世界，要说我认识谁能打开保险箱，非埃米特莫属。

我还没来得及解释情况，我们的谈话就有点偏离方向——倒也不是不能理解。因为埃米特是在我去船库时到的,他发现没人在家,就上了楼,发现了伍利。

他显然对此忐忑不安。十有八九,他以前从没见过尸体,更别提朋友的尸体了。所以,我真的不怪他朝我发些脾气。忐忑不安的人本就会这样。他们会指责别人。他们会指责站得最近的人——考虑到此刻的情形,既然没有敌人,就只能由朋友承受了。

我提醒埃米特,过去一年半以来,是我一直留意着伍利,我看出他渐渐冷静下来。可紧接着,他开始有点疯言疯语,干的事也有点疯狂。

首先,他想打电话报警。他发现电话不通,又想开车去警局——还想带我一起去。

我试着跟他讲道理。但他非常紧绷,把我拖到走廊,推出门外,推倒在地,说保险箱里没有钱,说我必须去警局,说若有必要,他就把我拖去那里。

考虑到他当时的状态,我毫不怀疑他会说到做到——无论他之后有多后悔。换句话说,他让我别无选择。

命运似乎也认同这一点。因为当埃米特把我推倒时,我摔在草坪上,一手几乎贴着一块上了白漆的石头。这时,比利不知从哪里冒了出来——正好把埃米特的注意力吸引到另一边。

贴在我手上的石头有柚子那么大,但我不想把埃米特伤得太重。我只需要让他慢几分钟,让他在做出无法挽回的事情之前恢复一些理智。我往边上爬开几英尺,捡起一块和苹果差不多大的石头。

当然,我用石头一砸,他就倒在地上了,但更多是因为意外,而非用力过猛。我知道他很快就会恢复正常的。

我盘算着,要说有谁能跟埃米特讲道理,非他弟弟莫属,于是我冲上台阶,把比利推进屋里,锁上我们身后的门。

——你为什么打埃米特?比利哭喊,看起来比他哥哥更忐忑。你为什么打他,达奇斯?你不该打他的!

——你说得很对,我附和,试图安抚他。我不该这么做。我发誓,我绝不会再打他。

我把比利推到离门几步远的地方,抓住他的肩膀,试着和他推心置腹地聊一聊。

——听着,比利:事情一团乱麻。保险箱确实在这里,就像伍利说的那样。我也真心实意同意你的说法,钱就在里面,等着被取出来。但我们没有密码。所以,我们现在需要的是一些时间,一些扬基式创新[1],以及很多的团队合作。

我刚抓住比利的肩膀,他就闭上了眼睛。我的话还没讲一半,他就一边摇头,一边轻声重复他哥哥的名字。

——你是担心埃米特吗?我问道,是这样吗?我保证,完全不用担心。我就轻轻敲了一下。说真的,他现在应该随时能站起来了。

话音刚落,我们听到身后的门把手咯咯作响,埃米特使劲敲门,大喊我们的名字。

——瞧瞧,我说着带小孩往走廊走,我就说吧。

---

[1] 扬基式创新(Yankee ingenuity)最早出现在十九世纪,指的是活用手头的材料进行发明创造,自力更生解决问题。

敲门声停止后，我压低声音，想说些悄悄话。

——事实是，比利，由于某些我现在不能透露的原因，你哥哥想报警。但我担心，如果他那么做了，我们就永远开不了保险箱了，也就分不到钱了，那你们的房子——你、埃米特和你们妈妈的那栋房子——就永远建不成了。

我觉得我的理由相当充分，可比利只是闭着眼睛不停摇头，念叨着埃米特的名字。

——我们会找埃米特谈谈的，我带着一丝挫败向他保证，我们会和他好好谈谈的，比利。但此时此刻，只有你和我。

就这样，小孩不再摇头。

妥了，我心想，我一定把他说通了！

这时，他睁开眼睛，冷不丁地踢中我的小腿。

这不是荒唐透顶吗？

一眨眼的工夫，他沿着走廊跑开了，我在原地单脚乱跳。

——哎哟喂，我说着开始追他。

可当我追到大客厅时，他不见了。

上帝做证，那小孩离开我的视线不超过三十秒，可他却像那只凤头鹦鹉露辛达一样凭空消失了。

——比利？我一边喊，一边在一张张长沙发后面搜寻。比利？

我听到宅子另一头又传来门把手咯咯作响的声音。

——比利！我越来越焦急，对着大客厅大喊。我知道这场冒险之旅没有完全按我们的计划展开，可重要的是，我们要团结一致，坚持到底！

你、你哥哥和我！人人为我，我为人人啊！

就在这时，厨房那边传来玻璃破碎的声音。再过一会儿，埃米特就要进屋了。这一点毫无疑问。我别无选择，只能径直冲向储物间。我发现枪柜上了锁，就拿起一颗槌球，砸向玻璃。

比利

他们在28号公路上的白峰汽车旅馆14号房间登记入住,比利取下双肩包,埃米特说他要出去找伍利和达奇斯。

——在这期间,他对比利说,你最好留在这里。

——再说,萨莉说,你上次洗澡是什么时候了,小伙子?如果是在内布拉斯加,那我一点都不意外。

——没错,比利点点头说,我上次洗澡是在内布拉斯加的时候。

埃米特开始和萨莉小声交谈,比利重新背上双肩包,走向浴室。

——你真的需要背着那玩意儿进去吗?萨莉问道。

——我需要,比利一手搭着门把手说,因为里面有我的干净衣服。

——好吧,可别忘了洗洗耳朵后面哟。

——我不会忘的。

埃米特和萨莉继续交谈,比利走进浴室,关上门,打开浴缸的水龙头,但没脱下脏衣服。他没脱下脏衣服是因为他没打算洗澡。这是一个善意的谎言。就像萨莉对彼得森警长说的一样。

比利反复确认排水口是开着的,以免水溢出浴缸,然后系紧双肩包的带子,爬上马桶,推开窗框,从窗户溜了出去,没让任何人发现。

比利知道哥哥和萨莉可能只会谈几分钟,所以他必须尽快绕过汽车旅馆，跑到停史蒂倍克的地方。他跑得飞快，等钻进后备厢并放下车门后，他听到自己的心脏在胸口怦怦直跳。

达奇斯向比利提过他和伍利是怎么躲进监狱长的汽车后备厢的，当时比利问过他们又是怎么出来的。达奇斯解释道，他随身带了一把勺子，以便撬开门闩。所以，在钻进史蒂倍克的后备厢之前，比利从双肩包里取出折叠刀，又取出手电筒，因为车门一旦盖上，后备厢里就会很黑。比利不怕黑。但达奇斯说过，看不见门闩就很难把它撬开。我们就差这么一点点，达奇斯说着将拇指和食指分开一英寸，没瞧一眼内布拉斯加就原路返回萨莱纳了。

比利打开手电筒，飞快瞄了一眼伍利的手表，查看时间。现在是下午三点三十分。然后，他关掉手电筒，静静等待。几分钟后，他听到车门开了又关，引擎发动，他们上路了。

— · —

在汽车旅馆的房间里，埃米特对比利说，他最好留下来，比利并不意外。

埃米特常常觉得，在他去别的地方时，比利最好留下来。比如他去摩根法院接受邵默法官判刑的时候。我想，他对比利说，你最好和萨莉在外面等着。或是他们在刘易斯火车站的时候，他去打听开往纽约的货运火车。或是他们在西区高架上的时候，他去找达奇斯的父亲。

在《英雄、冒险家和其他勇敢旅行者汇编》序言的第三段中，艾伯纳西教授说，英雄在出发探险时常常会留下自己的朋友和家人。他留下自己的朋友和家人是因为担心将他们卷入危险中，也因为他勇于独自面对未知。所以，埃米特常常觉得比利最好留下。

可埃米特不知道瑟诺斯（Xenos）的故事。

在书的第二十四章，艾伯纳西教授写道：只要存在取得丰功伟业的伟人，就会存在渴望传扬其功绩的讲述者。但无论是赫拉克勒斯还是忒修斯，无论是恺撒还是亚历山大，如果没有瑟诺斯的贡献，这些人永远不可能成就伟业，获得胜利，克服困境。

瑟诺斯虽然听起来像是某个历史人物的名字——就像泽尔士（Xerxes）[1]或色诺芬（Xenophon）[2]——却根本不是一个人的名字。瑟诺斯是古希腊语中的单词，意思是外地人和陌生人、客人和朋友。或简单来说，就是他者。正如艾伯纳西教授写道：瑟诺斯是穿着朴素的、站在一边的人，你几乎注意不到他。纵观历史，他曾以多种模样出现：警卫、随从、信使、侍者、店主、服务员或流浪汉。尽管瑟诺斯通常无名无姓，多数情况下不为人知，且常常被人遗忘，但他总是在正确的时间恰巧出现在正确的地方，在事情的发展过程中发挥至关重要的作用。

所以，当埃米特说他要去找伍利和达奇斯，建议比利最好留下时，比利别无选择，只能从窗户偷溜出去，藏进后备厢。

— · —

离开汽车旅馆十三分钟后，史蒂倍克停了下来，驾驶座的车门开了

1　泽尔士（约前519—前465），波斯帝国国王（前486—前465）。
2　色诺芬（约前430—约前355或前354），古希腊历史学家、作家，苏格拉底的学生。

又关。

比利正准备撬开后备厢的门闩，这时他闻到一股汽油味。他想，他们一定是在加油站，埃米特正在问路。虽然伍利用一颗大红星在比利的地图上标出他们家的位置，但地图的比例尺太小了，没有标明当地的道路。所以，埃米特知道他已经到了伍利家附近，却不知道它到底在哪里。

比利仔细听着，听到哥哥对某人喊了声谢谢。然后，车门开了又关，他们再次上路。十二分钟后，史蒂倍克拐了个弯，开始越开越慢，最后完全停下来。接着，引擎熄火，驾驶座的车门再次开了又关。

这一次，比利决定等上至少五分钟再试着撬开门闩。他将手电筒对准伍利的手表，看到现在是四点零二分。到四点零七分，他听到哥哥大声喊伍利和达奇斯，随后纱门砰的一声关上。埃米特可能已经进屋了，比利想，但他又等了两分钟。到四点零九分，他撬开门闩爬了出来。他把折叠刀和手电筒收回双肩包，背上双肩包，轻轻关上后备厢。

这栋房子比他见过的任何房子都大。靠尽头处是一扇纱门，埃米特一定是从那里进屋的。比利轻手轻脚爬上门廊的台阶，透过纱门偷看，然后进屋，确保身后的门不会砰的一声关上。

他进入的第一个房间是储藏室，里面摆着户外会用到的各种东西，如靴子、雨衣、溜冰鞋和步枪。墙上写着关闭房屋的十条规定。比利看出这份清单是按办事顺序写的，但最后一条令他疑惑：回家？愣了片刻，比利断定这么写一定是在开玩笑。

比利把头探出储藏室，看见哥哥站在走廊尽头，正盯着一个大房间的天花板。埃米特有时会这样——停下来盯着一个房间瞧，想了解它是怎么建造的。过了一会儿,埃米特爬上楼梯。比利听到头顶传来哥哥的脚步声,便悄悄穿过走廊,进入那个大房间。

一看到那个大得能让大家围着坐的壁炉,比利就明白自己身在何处了。透过窗户,他看到那个带悬挑式屋顶的门廊,你能在下雨的午后在下面坐着,也能在温暖的夏夜在上面躺着。楼上有足够多的房间,供朋友和家人在假期时过来玩。那边还有一个专门的角落放圣诞树。

楼梯后面的房间里有一张长桌和一些椅子。比利想,那一定是餐厅,伍利就是在那里背诵《葛底斯堡演讲》的。

比利穿过大客厅,进入另一边的走廊,把头探进经过的第一个房间。这是书房,和伍利画的位置一模一样。大客厅干净整洁,书房却不是。这里一片狼藉,书籍和纸张散落一地,亚伯拉罕·林肯的半身像倒在地板上,半身像上方是一幅签署《独立宣言》的油画。半身像旁边的一把椅子上放着一把锤子和一些螺丝刀,保险箱的正面到处都是划痕。

比利想,伍利和达奇斯一定是想用锤子和螺丝刀撬开保险箱,但这是不可能的。保险箱由钢铁制作而成,设计得坚不可摧。如果你能用锤子和螺丝刀撬开保险箱,那保险箱就不叫保险箱了。

保险箱门上有四个密码盘,每个密码盘上各有 0 到 9 的数字,这意味着有一万种不同的组合。比利想,达奇斯和伍利还不如把 0000 到 9999 的一万种可能性都试一遍,那比尝试用锤子和螺丝刀撬开更快。不过,更好的办法是猜出伍利的曾外公用了什么密码。

比利试了六次就成功了。

保险箱门一打开,比利就想起他父亲五斗橱底层抽屉里的那个盒子,因为保险箱里也放着重要文件——只是多了很多。在摆放所有重要文件的架子下面，比利数了数，有十五沓五十美元的钞票。比利记得伍利的曾外公在保险箱里放了十五万美元，这意味着每沓是一万美元。比利想，一万美元一沓的钞票，放在一个密码有一万种可能性的保险箱里。他关上保险箱门，转身离开，却又折回拨乱密码盘。

比利离开书房，沿着走廊继续前行，进入厨房。厨房干净整洁，只有一个空汽水瓶和一个焗豆罐头，罐头里笔直地插着一把勺子，就像糖苹果上的棒子一样。唯一表明有人进过厨房的另一个迹象是桌上的信封，夹在盐瓶和胡椒瓶之间。信封上写着：在我离开后打开。是伍利留在那里的。比利之所以知道那是伍利留下的，是因为信封上的笔迹与伍利画这栋房子的笔迹一模一样。

比利把信封放回盐瓶和胡椒瓶之间，这时他听到金属相撞的声响。他蹑手蹑脚地经过走廊，在书房的门口偷看，看到达奇斯正挥舞斧子砍保险箱。

他正准备向达奇斯解释一万种密码的事，就听到哥哥咚咚咚下楼的脚步声。比利跑回走廊，溜进厨房，躲了起来。

埃米特进入书房后，比利听不见哥哥在说什么，但从他说话的语气听出他很生气。不一会儿，比利像是听到扭打的声音，埃米特从书房出来，拽着达奇斯的胳膊肘。埃米特把达奇斯拖到走廊上，达奇斯语速飞快地说着什么伍利的选择自有他的理由。然后，埃米特把达奇斯拖进储藏室。

比利悄声迅速穿过走廊，靠着储藏室的门框偷看，刚好听到达奇斯告诉埃米特为什么他们不该去找警察。接着,埃米特把达奇斯推出门外。

在《英雄、冒险家和其他勇敢旅行者汇编》的第一章,艾伯纳西教授说很多最伟大的冒险故事都是从中间开始讲述的,之后又说到古典英雄的悲剧性缺陷。他说:所有的古典英雄,无论他们多么强壮、聪明或勇敢,性格中都有某种缺陷,终会导致他们的毁灭。对阿喀琉斯来说,那个致命的缺陷是愤怒。他一生气就无法克制自己。尽管预言说他可能会死于特洛伊战争,但好友帕特洛克罗斯被杀之后,他还是回到战场,被黑暗而残酷的愤怒蒙蔽双眼。就在那时,他被毒箭射中。

比利知道哥哥的缺陷与阿喀琉斯一样。埃米特不是鲁莽之人,很少大嗓门说话,也很少表现出不耐烦。可若有什么事惹他生气了,那怒火就会熊熊燃烧,导致行为不慎,造成无可挽回的后果。据父亲说,邵默法官对埃米特揍吉米·斯奈德的判决就是这么说的:行为不慎,造成无可挽回的后果。

透过纱门,比利看出埃米特此刻已经怒火中烧。他的脸越来越红,他揪住达奇斯的衬衫,正大吼大叫。他喊道,没有信托,没有遗产,保险箱里没钱,然后把达奇斯推倒在地。

就是现在,比利想。此时此地正需要我登场,以便在事情的发展过程中发挥我至关重要的作用。于是,比利打开纱门,告诉哥哥,保险箱里有钱。

可埃米特一转身,达奇斯就用石头砸中他的脑袋,埃米特摔倒在地。

他就像吉米·斯奈德那样摔倒在地。

——埃米特！比利大喊。

埃米特一定听到了比利的喊声，因为他开始跪着撑住身体。这时，达奇斯突然出现在门口，把比利推进屋里，锁上门，然后飞快地说话。

——你为什么打埃米特？比利说，你为什么打他，达奇斯？你不该打他的。

达奇斯发誓绝不会再打他，又开始飞快地说话。他说到什么一团乱麻，又说到保险箱，说到伍利，还有扬基队[1]。

埃米特开始猛敲储藏室的门，达奇斯把比利往走廊上推。埃米特的敲门声停下后，达奇斯又开始说话，这次说到警察和加利福尼亚的房子。

突然之间，比利觉得这一幕似曾相识。达奇斯紧紧抓着他，急巴巴地说着话，这让比利感觉自己回到了西区高架上，在黑暗中落入约翰牧师之手。

——我们会找埃米特谈谈的，达奇斯说，我们会和他好好谈谈的，比利。但此时此刻，只有你和我。

这时，比利懂了。

埃米特不在。尤利西斯不在。萨莉不在。他又是孤零零一个人了，他被抛弃了。被所有人抛弃，包括他的造物主。接下来发生的一切只能掌握在他自己手中。

他睁开眼睛，使出全力踢了达奇斯一脚。

比利顿时感觉达奇斯的手松开了。然后，比利在走廊上狂奔。他沿

---

1 比利误以为达奇斯之前说的"扬基式创新"指的是扬基棒球队。——作者注

着走廊跑到楼梯下面的藏身点。他找到那扇带小门闩的门,就在伍利说过的那个位置。这扇门大约是普通门的一半大,顶部呈三角形,以贴合楼梯下方的空间。但这扇门对比利而言足够高了。他溜进去,拉上门,屏住呼吸。

不一会儿,他听到达奇斯喊他的名字。

比利知道达奇斯就在几英尺外的地方,但他不可能找到比利。正如伍利所说,从来没人想到要查看一下楼梯下面的藏身点,因为它就在眼皮底下,反倒让人视而不见。

埃米特

埃米特试着打开杂物间的门，发现它上了门闩，便绕到宅子后面，试着打开通往餐厅的门。他发现那扇门锁着，厨房的门也锁着，便停止尝试开门。他解下皮带，缠住右手，让皮带扣顶在指关节上。然后，他敲碎门上的一格玻璃，用皮带扣的金属表面敲掉窗格边凸起的剩余碎片，左手伸进清理干净的窗格，打开门锁。他没有解开缠在拳头上的皮带，想着可能会派上用场。

埃米特走进厨房，看到达奇斯的身影出现在走廊尽头，冲过拐角，消失在杂物间里——比利不见了。

埃米特没有追上去。他知道比利已经脱险，不再有如临大敌的感觉。现在攫住他的是一种不死不休的感觉。无论达奇斯跑得多快，无论他跑到哪里，埃米特一定会抓住他。

离开厨房时，埃米特听到玻璃破碎的声音。不是一块窗格，而是一整面玻璃。不一会儿，达奇斯又出现在走廊尽头，手里拎着一把步枪。

对埃米特来说，达奇斯拎着一把步枪不会改变任何事。他开始缓慢而坚定地向达奇斯走去，达奇斯也向他走来。两人走到离楼梯约十英尺的地方停下，彼此相隔二十英尺。达奇斯一手拎着步枪，枪管指向地面，手指扣着扳机。埃米特从达奇斯拿步枪的样子看得出来，他以前碰过枪，但这也没有改变任何事。

——放下步枪,他说。

——不行,埃米特。除非你冷静下来,开始讲讲道理。

——我一直在讲道理啊,达奇斯。这是一周以来我第一次这么说。不管愿不愿意,你必须去警局。

达奇斯看起来沮丧不已。

——因为伍利?

——不是因为伍利。

——那为什么啊?

——因为警察认为你在摩根用木棍打了别人,又把阿克利打进医院。

这时,达奇斯看起来目瞪口呆。

——你在说什么啊,埃米特?我为什么要在摩根打人?我这辈子根本没去过那里。至于阿克利,想把他打到进医院的人,名单肯定有一千页那么长吧。

——你有没有干这些事其实不重要,达奇斯。重要的是,警察认为是你干的——认为我多少也撇不清关系。他们只要还在找你,就会来找我。所以,你必须自首,跟他们理清楚这事。

埃米特向前一步,但这次达奇斯举起了步枪,枪管对准埃米特的胸口。

埃米特打心底明白,他应该认真对待达奇斯的威胁。正如汤豪斯所说,当达奇斯一门心思想干什么事,他周围的每个人都处于危险之中。不管他现在一心想干的事是逃离萨莱纳,拿到保险箱里的钱,还是处理他和他父亲之间没了结的事，达奇斯在盛怒之下完全干得出扣下扳机这种蠢事。如果埃米特中枪了，比利怎么办？

然而，埃米特还没来得及厘清这一思路的是非曲直，甚至还没来得及迟疑，他的余光就瞥到高背椅垫子上的软呢帽，他想起达奇斯坐在玛贝尔休息室的钢琴前，帽子歪戴在后脑勺上，一副自命不凡的模样，这重新激起埃米特的一阵怒火，不死不休的感觉再次袭来。埃米特要抓住达奇斯，把他交给警察，他很快就会被送回萨莱纳，或托皮卡，或他们想送他去的任何地方。

埃米特继续向前，渐渐拉近他们之间的距离。

——埃米特，达奇斯说，预先露出遗憾的表情。我不想开枪打你。但如果你逼得我没选择，我会开枪打你的。

两人只隔三步时，埃米特停下脚步。他停下不是因为步枪的威胁，也不是因为达奇斯的恳求，而是因为在达奇斯身后十英尺处，比利出现了。

比利刚刚一定是躲在楼梯后面的某个地方。他现在悄悄走出来是想看看发生了什么。埃米特想示意比利躲回之前的地方，要在不被达奇斯发觉的情况下示意。

但已经太迟了。达奇斯注意到埃米特的表情变化，回头瞥了一眼。达奇斯发现身后是比利，就往旁边走了两步，身体侧转四十五度，这样他能一边盯着埃米特，一边把枪管对准比利。

——别动，埃米特对弟弟说。

——没错，比利。别乱动。这样你哥哥就不会动，我也不会动，我们可以一起把事情讲讲清楚。

——别担心,比利对埃米特说,他打不到我。

——比利,你不知道达奇斯到底会怎么做。

——对,比利说,我不知道达奇斯到底会怎么做。但我知道他打不到我。因为他不识字。

——什么?埃米特和达奇斯异口同声地说,前者困惑不解,后者恼羞成怒。

——谁说我不识字的?达奇斯问。

——你自己说的呀,比利解释,你先是说小字让你头疼,然后说在车里看东西会让你犯恶心,又说你对书过敏。

比利转向埃米特。

——他这么说是因为他太难为情,不愿承认自己不识字。就像他太难为情,不愿承认自己不会游泳。

比利说话时,埃米特一直盯着达奇斯,他看到达奇斯的脸涨得通红。也许是因为难为情吧,埃米特想,但更可能是因为愤恨。

——比利,埃米特警告,达奇斯识不识字现在不重要。你还是让我来解决这事吧。

比利摇摇头。

——这当然重要,埃米特。这很重要,因为达奇斯看不懂关闭房屋的规定。

埃米特看了弟弟一会儿,然后看向达奇斯——可怜的、判断失误的、不识字的达奇斯。埃米特跨出最后三步,双手抓住步枪,从达奇斯手中夺了过来。

达奇斯开始连珠炮似的说什么自己绝不会扣下扳机。不会对沃森家的人开枪。绝对不会。但透过达奇斯的喋喋不休,埃米特听到的却是弟弟说的三个字。用提醒的语气喊了一声他的名字。

——埃米特……

埃米特明白。在县法院外的草坪上,埃米特向弟弟许下承诺。他打算遵守承诺。所以,当达奇斯唠唠叨叨说着自己绝不会干的事情时,埃米特从一数到十。他一边数数,一边感觉怒火渐渐平息,愤怒慢慢消失,最后完全不生气了。然后,他举起枪托,铆足力气砸向达奇斯的脸。

- · -

——我觉得你现在应该看看这个,比利坚持说。

达奇斯瘫倒在地后,比利去了厨房。不一会儿,他回来,埃米特让他坐在楼梯上,一动也别动。然后,埃米特抓住达奇斯的腋窝,把他拖过客厅。埃米特打算把他拖出杂物间,拖下门廊,拖过草坪,拖到史蒂倍克旁边,这样就能开车把他送去最近的警局,扔在门口。他没走两步,比利就说话了。

埃米特抬头,看到弟弟手里拿着一个信封。埃米特有点来火,以为那是他们父亲的另一封信。或是他们母亲的另一张明信片。或是另一幅美国地图。

——我晚点再看,埃米特说。

——不行,比利摇着头说,不行,我觉得你应该现在就看。

埃米特把达奇斯放回地板上,走到弟弟身边。

——是伍利写的,比利说,在他离开后打开。

埃米特有些吃惊地看着信封上的笔迹。

——他离开了,是吗?比利问。

埃米特拿不准如何对弟弟说伍利的事,或者该不该告诉他。可从比利说离开的语气听来,他似乎已经明白了。

——是的,埃米特说,他离开了。

埃米特坐在比利身旁的台阶上,打开信封。里面是一张手写的字条,用的是华莱士·沃尔科特的信纸。埃米特不知道这位华莱士·沃尔科特是伍利的曾外公、外公还是舅舅。但这是谁的信纸并不重要。

这封信写于一九五四年六月二十日,收信人是敬启者。信中声明,署名者身心健康,决定将其十五万美元信托基金的三分之一留给埃米特·沃森先生,三分之一留给达奇斯·休伊特先生,三分之一留给威廉·沃森先生——由他们自由支配。署名是:最真诚的华莱士·沃尔科特·马丁。

埃米特合上信,发现弟弟已经越过他的肩头读完了信。

——伍利病了吗?他问,像爸爸一样?

——嗯,埃米特说,他病了。

——他把他舅舅的手表送给我时,我就觉得他可能病了。因为那是一块代代相传的手表。

比利思考了一会儿。

——所以你对达奇斯说,伍利想被带回家?

——嗯,埃米特说,我就是这个意思。

——我想你说对了，比利说，点头表示同意。但关于保险箱里的钱，你说错了。

没等埃米特回答，比利就起身穿过走廊。埃米特不情不愿地跟着弟弟回到沃尔科特先生的书房，走到保险箱前。书架边上有件家具，看着像是楼梯的前三个台阶。比利把它拉到保险箱前，爬上台阶，旋转四个密码盘，转动把手，打开了门。

一时间，埃米特无言以对。

——你怎么知道密码的，比利？是伍利告诉你的吗？

——不是。伍利没告诉我。但他对我说过，比起其他节日，他的曾外公最喜欢独立日。所以，我试的第一个密码是1776。然后，我试了7476，因为那是独立日的另一种写法[1]。接着，我试了1732，乔治·华盛顿出生的年份。但后来我想起伍利的曾外公说过，虽然华盛顿、杰斐逊和亚当斯拥有远见建立了合众国，但英勇无畏完善它的是林肯先生。于是，我试了1809，林肯总统出生的年份，以及1865，他去世的年份。这时，我意识到密码一定是1119，因为十一月十九日是林肯总统发表《葛底斯堡演讲》的日子。来吧，他说着走下台阶，过来看看吧。

埃米特推开小梯子，走近保险箱，在放文件的架子下面，整整齐齐地摆着一沓沓崭新的五十美元钞票。

埃米特一手捂住嘴巴。

十五万美元啊，他想。沃尔科特老先生把财产中的十五万美元留给

---

[1] 一七七六年七月四日第二届大陆会议正式通过《独立宣言》，标志着美国脱离英国而独立。

伍利，现在伍利又留给他们。通过遗愿和一份正式签署姓名及日期的遗嘱，伍利把这笔钱留给了他们。

伍利的意思清清楚楚。在这一点上，达奇斯说得很对。这是伍利的钱，他很清楚自己想怎么处理。他被认为心智不健全，用不上这笔钱，就希望在他离开后，他的朋友们能自由支配这笔钱。

可如果埃米特顺利把达奇斯拖上史蒂倍克，扔到警局，会发生什么呢？

尽管埃米特非常不愿承认，但在这一点上，达奇斯也说对了。一旦达奇斯落入警察手中，伍利之死公之于众，埃米特和比利的未来就会戛然而止。警察和调查人员会来到这栋宅子，接着是家人和律师。研究情况。清点财物。猜测动机。没完没了的询问。任何幸运的转折都会遭到深深的质疑。

再过一会儿，埃米特将关上沃尔科特先生的保险箱门。这是毫无疑问的。可这扇门一旦关上，可能会出现两种不同的未来：一种情况是，保险箱里的东西原封不动；另一种情况是，文件架子下面空空如也。

——伍利想把最好的东西留给他的朋友们，比利说。

——嗯，是的。

——留给你和我，比利说，还有达奇斯。

— · —

做出决定后，埃米特知道他们必须迅速行动，把一切恢复原样，尽量不留痕迹。

关上保险箱门后，埃米特把打扫书房的任务交给比利，他去处理宅子的其他地方。

首先，埃米特收拾好达奇斯找来的所有工具——锤子、螺丝刀和斧子——把它们搬到外面，经过破洞的小船，搬进工具间。

回到屋里，埃米特走进厨房。他相信伍利绝不会直接从罐头里舀焗豆吃，便把空罐头和百事可乐空瓶装进一个纸袋，准备运走。然后，他洗净勺子，放回银餐具抽屉里。

埃米特不担心厨房的破窗格。警察会认为伍利打碎玻璃是为了进入上锁的宅子。但枪柜是另一码事。它更有可能引起疑问。严重的疑问。埃米特把步枪放回原处，取出槌球。然后，他重新摆放那摞阿迪朗达克椅子，让它们看起来像是翻倒后砸碎了玻璃。

现在，是时候处理达奇斯了。

埃米特又抓住他的腋窝，拖过走廊，拖出杂物间，拖到草坪上。

埃米特和比利决定拿走他们的两份钱，也给达奇斯留下他的那份。比利让埃米特保证，他不会再伤害达奇斯了。可每过一分钟，达奇斯恢复意识并造成一系列新问题的风险就增加一分。埃米特必须把他安置在一个能拖延他几小时的地方。或至少有足够的时间让比利和埃米特打扫完后顺利上路。

凯迪拉克的后备厢？他琢磨着。

后备厢的问题在于，达奇斯一旦恢复意识，要么很快就能出来，要么根本出不来，这两种结果都不理想。

工具间？

不行。无法从外面给门上锁。

埃米特看向工具间,另一个想法浮现出来,一个有趣的想法。忽然,躺在埃米特脚边的达奇斯发出一声呻吟。

——该死,埃米特自言自语。

他低头一看,发现达奇斯微微左右摆头,就快清醒了。达奇斯又发出一声呻吟,埃米特回头看了看,确认比利不在。然后,他弯下腰,左手揪住达奇斯的衣领,右手一拳打在他的脸上。

达奇斯再次不省人事,埃米特把他拖向工具间。

二十分钟后,他们准备出发。

不出所料,比利把书房完美地恢复了原样。每本书都放回书架,每张纸都整齐地摆好,每个抽屉都回归原位。他唯一没放回去的是亚伯拉罕·林肯的半身像,因为它太重了。埃米特把它抱起来,开始四处寻找可以放下的地方,这时比利走到书桌前。

——这里,他说,指着一个可以依稀看到雕像底座轮廓的地方。

比利在厨房门边等着,埃米特锁上通往前廊和杂物间的门,然后在宅子里绕了最后一圈。

他回到楼上的卧室,站在门口。他原想让一切保持他发现时的模样,但看到那个棕色的空瓶,便拿起来收进自己的口袋。然后,他与华莱士·伍利·马丁做了最后的告别。

关门时,埃米特留意到椅子上放着他的旧书包,于是想到他借给达奇斯的书包一定也在屋里某个地方。埃米特查看了所有的卧室,又去客厅找了找，发现它躺在一张长沙发旁边的地板上，达奇斯一定是在这张长沙发上过夜的。埃米特正要去厨房与比利会合，这才想起高背椅上的软呢帽，又去取了回来。

他们从厨房出来，经过码头，埃米特指给比利看，达奇斯安然无恙。埃米特把达奇斯的书包和帽子扔进凯迪拉克的前座，把两个纸袋放进史蒂倍克的后备厢——一个装着厨房里的垃圾，另一个装着伍利留给他们俩的信托基金。正准备关后备厢时，他想起就在九天前，他曾站在同一个地方，收到他父亲留下的遗产：那笔钱，还有爱默生那段半是借口、半是规劝的话。在错误的方向上走了一千五百英里，即将再走三千英里，埃米特相信他体内的力量本质上是崭新的，只有他明白自己能成就什么，而他才刚刚开始明白这一点。

他关上后备厢，和比利一起坐在前座，转动钥匙，按下启动器。

——我原以为我们要过一夜再走，埃米特对弟弟说，我们接上萨莉直接上路，你觉得怎么样？

——好主意，比利说，我们接上萨莉直接上路吧。

埃米特弧线倒车，让车头正对车道，比利皱着眉头，已经在研究地图了。

——怎么了？埃米特问。

比利摇了摇头。

——这是从我们这里出发最快的路线。

比利把指尖放在伍利画的大红星上，沿着各种道路往西南方向移动，从沃尔科特家出发,经过萨拉托加矿泉城[1]和斯克兰顿[2],再向西到匹兹堡,最后在那里重新开上林肯公路。

——现在几点?埃米特问。

比利看了看伍利的手表,说是四点五十九分。

埃米特指着地图上的另一条路。

——如果我们原路返回,他说,就可以从时代广场开始我们的旅行。如果我们开快些,就可以在所有招牌灯亮起之前赶到那里。

比利抬起头,眼睛瞪得大大的。

——可以吗,埃米特?真的可以吗?可那样一来,我们不就绕路了吗?

埃米特摆出思索一番的样子。

——我想是绕了一点。但今天是几号呀?

——六月二十一日[3]。

埃米特把史蒂倍克挂上挡。

——那我们还有十三天的时间横跨美国,如果我们想在独立日前抵达旧金山的话。

---

1 美国纽约州著名的水疗之城。

2 美国宾夕法尼亚州东北部城市。

3 埃米特和比利离开沃尔科特家的营地是在一九五四年六月二十一日下午五点。在《莫斯科绅士》的结尾中,罗斯托夫伯爵走出大都会酒店是在一九五四年六月二十一日半夜十二点。因有七个小时的时差,两者实为同一时刻。——作者注

达奇斯

我清醒过来,感觉自己漂浮着——就像一个人在阳光灿烂的午后坐在船上一样。事实证明,的确如此:我在阳光灿烂的午后坐在船上!我摇了摇头,想让脑子清醒一点,然后双手按着船舷,撑起身体。

我很乐意承认,我留意到的第一件事是眼前的自然美景。虽然我一向不太喜欢乡村——我觉得野外一般并不宜人,有时还很荒凉——但眼前的风景却让我深感满足。松树绕着湖岸拔地而起,阳光从天空倾泻而下,一阵微风轻拂水面。让人不禁感叹一切何其美轮美奂。

但因为屁股疼,我被拉回现实。我低头一看,发现自己坐在一堆上了白漆的石头上面。我拿起其中一块细瞧,发现不仅手上有干掉的血迹,衬衫前襟上也满是干掉的血迹。

这时,我想起来了。

埃米特用枪托打了我!

我努力开保险箱,他冲进门来。我们意见不一致,有些扭打,还有点针锋相对。为了来点戏剧效果,我挥舞着一把枪,大致对准了比利。但埃米特立刻误会了我的意思,他夺走步枪,给了我一下。

我想,他指不定打断了我的鼻子。这解释了为什么我用鼻孔呼吸这么困难。

伸手轻摸伤口时，我听到汽车引擎的轰响。我看向左侧，看到黄如金丝雀一般的史蒂倍克正在倒车，空转了一会儿，然后咆哮着驶出沃尔科特家的车道。

——等等！我大喊。

可当我侧过身来，想叫埃米特的名字时，小船往水里沉了一点。

我猛然后仰，小心翼翼地坐回中间的位置。

好吧，我心想，埃米特用步枪把我打晕了，但没像威胁的那样送我去警局，而是把我放在一条没有桨的小船上漂流。他为什么这么做？

这时，我眯起眼睛。

因为小万事通先生告诉他，我不会游泳。这就是为什么。沃森兄弟让我漂在湖上，这样他们就有足够的时间撬开保险箱，将伍利的遗产占为己有。

我咂摸着这个丑陋的想法——一个我永远无法赎罪的想法——这时我看到船头堆着一沓沓钞票。

果然不出我所料，埃米特撬开了老爷子的保险箱。不过，他没有让我一无所获，而是给我留下了应得的那份。

这是我应得的那份，不是吗？

我是说，五万美元原来长这样啊？

我自然感到好奇，开始向船头移动，想快速清点一下。可我刚动，重量的转移就让船头下沉，湖水开始从船头的破洞里涌进来。我赶忙坐回去，于是船头翘起，湖水不再涌入。

湖水在我脚边晃荡时，我意识到这不是什么普通的小船。这是船库旁边正待修理的那条小船。所以埃米特才会在船尾装上石头。为了让破洞的船头高于水线。

我笑着想,真是太有创意了。一条没有桨的破船漂在湖心。这简直是为卡赞蒂基斯准备的舞台布置啊。要是埃米特把我的双手绑在身后,或给我戴上手铐,那就更好了。

——行吧,我说,感觉自己完全能克服这个挑战。

据我估计,我离岸边有几百英尺。如果我向后靠,双手伸进水里轻划,应该能安全上岸。

把双臂伸到船外竟然如此别扭,而且湖水竟然如此冰冷。说真的,每隔几分钟,我就得中断划水,暖一下手指。

可我刚有点进展,傍晚的微风就开始增强,每次划水间隙休息时,我发现自己又漂回了湖心。

为了弥补,我开始划得更快一些,休息得更短一些。可风像在回应似的,吹得更猛了。猛到吹走一沓钞票最上面的那张,飘到二十英尺外的湖面上。然后,又飞走一张。接着,又一张。

我以最快的速度划水,完全不休息了。可风一直吹啊吹,钞票一直飞啊飞,一张又一张五十美元呼啦啦飞过船身。

我别无选择,只能停止划水,站起身,开始缓缓向前。当我迈出第二小步时,船头多沉了一英寸,湖水又开始涌进来。我后退一步,湖水不再涌入。

我意识到,这么小心翼翼根本不顶用。我必须先抓住钞票,在小船涌入太多水之前迅速退回船尾。

我向前伸出双臂，稳住身体，准备扑上去。

一切只需动作敏捷。动作要快，手法要轻。就像从酒瓶中取出软木塞一样。

没错，我心想。整个过程用不了十秒钟。但没有比利帮忙，我只能自己倒计时了。

数到十，我向前迈出第一步，小船向右摇晃。数到九，为了保持平衡，我向左迈了一步，小船向左倾斜。数到八，我在左摇右晃之中失去平衡，向前扑倒，正好摔在钞票上面，湖水从洞里涌进来。

我伸手去抓船舷，想把自己撑起来，但我的手指因为划水冻麻了，没有抓住，我又向前一摔——我断掉的鼻子猛地磕上船头。

我哀号一声，本能地一下子爬起来，冰冷的湖水不断涌入，淹没我的脚踝。由于我的重量全在船头，身后的船尾翘了起来，石头滚向我的脚边，这让船头继续下沉，我一头栽进湖里。

我的双脚在水下乱踢，双臂拍打着水面，我想深深吸一口气，却深深呛了一口水。我咳嗽着、挣扎着，感觉脑袋被水淹没，身体开始下沉。透过斑驳的水面，我看到钞票的影子在水上漂浮，仿佛秋日的落叶。然后，小船从我头顶漂过，投下一个更大的暗影，那暗影开始向四面八方延伸。

就在整片湖似乎即将被黑暗吞没时，一块巨大的幕布升起，我发现自己站在繁忙的大都市一条人潮拥挤的街上，只是周围都是我认识的人，他们都定格在原地。

伍利和比利并排坐在近处的长凳上，微笑地看着加利福尼亚那栋房子的平面图。萨莉朝一辆婴儿车俯身，要给她照看的宝宝盖毯子。花车旁边是萨拉姐姐，一脸惆怅和孤独。而不到五十英尺远的地方，站在那辆亮黄色汽车门边的是埃米特，看起来正直又磊落。

——埃米特，我喊道。

就在这时，我却听到远处传来时钟的嘀嗒声。只不过，那不是时钟，声音也不远。原来是那块被塞进我背心口袋里的金表，此刻倏然出现在我手中。我低头看表盘，看不清时间，但我知道，嘀嗒声再响几下，整个世界将恢复运转。

于是，我摘下皱巴巴的帽子，向萨拉和萨莉鞠了一躬，向伍利和比利鞠了一躬，又向独一无二的埃米特·沃森鞠了一躬。

最后的嘀嗒声响起，我转身面对他们所有人，就像哈姆雷特那样，用最后一口气说出最后一句台词：余下的只是沉默[1]。

还是伊阿古说的[2]?

我一向记不住。

---

[1] 出自《哈姆雷特》第五幕第二场，是哈姆雷特在剧中的最后一句台词（The rest is silence.）。

[2] 伊阿古在《奥赛罗》中的最后一句台词出现在第五幕第二场，与哈姆雷特的最后一句台词相似：从此刻起，我不再说一句话（From this time forth I never will speak word.）。

林肯公路

THE LINCOLN HIGHWAY
Copyright © 2021 by Cetology, Inc
This edition arranged with William Morris Endeavor Entertainment, LLC.
through Andrew Nurnberg Associates International Limited
Simplified Chinese translation copyright © 2023 by China South Booky Culture Media Co., Ltd.
All rights reserved.
Cover Illustration © Gustavo Viselner
©中南博集天卷文化传媒有限公司。本书版权受法律保护。未经权利人许可，任何人不得以任何方式使用本书包括正文、插图、封面、版式等任何部分内容，违者将受到法律制裁。

著作权合同登记号：图字18-2023-182

图书在版编目（CIP）数据

林肯公路 /（美）埃默·托尔斯著；袁宁译. --长沙：湖南文艺出版社，2023.10
书名原文：The Lincoln Highway
ISBN 978-7-5726-1350-0

Ⅰ.①林… Ⅱ.①埃…②袁… Ⅲ.①长篇小说—美国—现代 Ⅳ.① I712.45

中国国家版本馆 CIP 数据核字（2023）第 145488 号

上架建议：外国文学·经典

LINKEN GONGLU
林肯公路

著　　者：	[美]埃默·托尔斯
译　　者：	袁　宁
出 版 人：	陈新文
责任编辑：	吕苗莉
监　　制：	吴文娟
策划编辑：	姚珊珊　黄　琰
特约编辑：	逯方艺
版权支持：	辛　艳　张雪珂
营销编辑：	杨若冰　傅　丽
封面设计：	梁秋晨
版式设计：	崔晓晋
出版发行：	湖南文艺出版社
	（长沙市雨花区东二环一段 508 号　邮编：410014）
网　　址：	www.hnwy.net
印　　刷：	北京天宇万达印刷有限公司
经　　销：	新华书店
开　　本：	875 mm × 1230 mm　1/32
字　　数：	453 千字
印　　张：	19.25
版　　次：	2023 年 10 月第 1 版
印　　次：	2023 年 10 月第 1 次印刷
书　　号：	ISBN 978-7-5726-1350-0
定　　价：	89.00 元

若有质量问题，请致电质量监督电话：010-59096394
团购电话：010-59320018